हिन्द पॉकेट बुक्स

साढ़े तीन घंटे

10 जून, 1955 को मेरठ में जन्मे वेद प्रकाश शर्मा हिंदी के लोकप्रिय उपन्यासकार थे। उनके पिता पं. मिश्रीलाल शर्मा मूलत: बुलंदशहर के रहने वाले थे। वेद प्रकाश एक बहन और सात भाइयों में सबसे छोटे थे। एक भाई और बहन को छोड़कर सबकी मृत्यु हो गई। 1962 में बड़े भाई की मौत हुई और उसी साल इतनी बारिश हुई कि किराए का मकान टूट गया। फिर एक बीमारी की वजह से पिता ने खाट पकड़ ली। घर में कोई कमाने वाला नहीं था, इसलिए सारी ज़िम्मेदारी मां पर आ गई। मां के संघर्ष से इन्हें लेखन की प्रेरणा मिली और फिर देखते ही देखते एक से बढ़कर एक उपन्यास लिखते चले गए।

वेद प्रकाश शर्मा के 176 उपन्यास प्रकाशित हुए। इसके अतिरिक्त इन्होंने खिलाड़ी श्रृंखला की फिल्मों की पटकथाएं भी लिखी। *वर्दी वाला गुंडा* वेद प्रकाश शर्मा का सफलतम थ्रिलर उपन्यास है। इस उपन्यास की आज तक करोड़ों प्रतियाँ बिक चुकी हैं। भारत में जनसाधारण में लोकप्रिय थ्रिलर उपन्यासों की दुनिया में यह उपन्यास सुपर स्टार का दर्जा रखता है।

हिन्द पॉकेट बुक्स से प्रकाशित

लेखक की अन्य पुस्तकें

वर्दी वाला गुण्डा

सुहाग से बड़ा

सुपरस्टार

चक्रव्यूह

कैदी नं. 100

खेल गया खेल

सभी दीवाने दौलत के

बहू मांगे इंसाफ़

कारीगर

पैंतरा

हत्या एक सुहागिन की

साढ़े तीन घंटे

वेद प्रकाश शर्मा

हिन्द पॉकेट बुक्स
पेंगुइन रैंडम हाउस इम्प्रिंट

हिन्द पॉकेट बुक्स

यूएसए। कनाडा। यूके। आयरलैंड। ऑस्ट्रेलिया। सिंगापुर
न्यू ज़ीलैंड। भारत। दक्षिण अफ्रीका। चीन

हिन्द पॉकेट बुक्स, पेंगुइन रैंडम हाउस ग्रुप ऑफ़ कम्पनीज़ का हिस्सा है, जिसका पता global.penguinrandomhouse.com पर मिलेगा

पेंगुइन रैंडम हाउस इडिया प्रा. लि.,
चौथी मंजिल, कैपिटल टावर -1, एम जी रोड,
गुड़गांव 122022, हरियाणा, भारत

पेंगुइन
रैंडम हाऊस
इंडिया

प्रथम संस्करण : तुलसी पॉकेट बुक्स द्वारा 1989 में प्रकाशित
प्रथम हिन्दी संस्करण हिन्द पॉकेट बुक्स द्वारा 2022 में प्रकाशित

10 9 8 7 6 5 4 3 2

इस उपन्यास के सभी पात्र और घटनाएँ काल्पनिक हैं। इस उपन्यास का किसी भी व्यक्ति या घटना से कोई संबंध नहीं है। यदि किसी व्यक्ति, घटना या स्थानादि से इसकी समानता होती है, तो उसे मात्र एक संयोग माना जाए।

ISBN 9789353494094
मुद्रकः रेप्रो इंडिया लिमिटेड

www.penguin.co.in

This is a legitimate digitally printed version of the book and therefore might not have certain extra finishing on the cover.

साढ़े तीन घंटे

बारह दिसंबर!

हम पति-पत्नी के लिए यह दिन वर्ष के शेष तीन सौ चौंसठ दिनों से बिल्कुल अलग और सर्वाधिक महत्त्वपूर्ण दिन है, क्योंकि इसी पवित्र दिन हम दाम्पत्य-सूत्र बंधन में बंधे थे।

अपने इस महान् पर्व को सिर्फ हम दोनों पूरी शक्तिशाली और सादगी के साथ मनाया करते हैं, इसलिए प्रत्येक वर्ष के बारह दिसंबर को मेरठ से कहीं बाहर, दूर, किसी हिल स्टेशन, महानगर या ऐतिहासिक महत्त्व के स्थान पर निकल जाते हैं। इससे हमारा इन्जॉय तो होता ही है, साथ ही नई-नई चीजें देखने, विभिन्न किस्म के लोगों से मिलने आदि से ऐसी-जानकारियां भी मिल जाती हैं, जिसने मुझे अपने पाठकों के लिए दिलचस्प और नए-नए कथानक तैयार करने में मदद मिलती है। ऐसा ही एक कथानक मुझे इस बार 'जिन्दल पुरम्' से मिला।

जी हां! जिन्दल पुरम्।

एक औद्योगिक नगर।

इस बार हमने अपना 'मैरिज डे' इसी औद्योगिक नगर में गुजारने का निश्चय किया था। इस नगर में जो कथानक मुझे मिला, इस बार *साढ़े तीन घंटे* के नाम से उसी को कलमबद्ध कर रहा हूं।

'जिन्दल पुरम' पहुंचने पर हमने वहां के सबसे अच्छे होटल 'इन्ज्वॉय' में एक कमरा लिया। थोड़ी देर आराम और स्नानादि करके घूमने निकल गए।

यह नगर सिर्फ एक व्यक्ति ने बसाया था। जी हां, केवल एक ही व्यक्ति ने अपनी अक्ल, लगन, परिश्रम और योग्यता से। उस व्यक्ति का नाम था–हरिकेश बहादुर जिन्दल। प्रसिद्ध था कि हरिकेश बहादुर का जन्म एक गरीब दम्पति की झोंपड़ी में हुआ था। वे अपने माता-पिता की प्रथम संतान थे। उनके बाद, उनके तीन छोटे भाई और दो बहनें भी इस दुनिया में आ गई। एक दुर्घटना में पिता अपाहिज हो गए। गृहस्थी का सारा भार हरिकेश बहादुर पर आ पड़ा। उस वक्त हरिकेश बहादुर की उम्र केवल सोलह साल की थी, जब गृहस्थी चलाने के लिए एक लॉटरी का पत्ता लेकर अपनी झोंपड़ी के बाहर बैठा। साठ साल की आयु तक पहुंचते-पहुंचते वह कागज़ बनाने वाली एक मिल का मालिक बन गया। अब व्यापार में उसके छोटे भाई भी उसके साथ थे। देखते ही देखते वे एक के बाद दूसरी मिल की स्थापना करते चले गए।

नब्बे साल की आयु में हरिकेश बहादुर की मृत्यु हो गई।

परंतु अपने पीछे वे एक भरा पूरा परिवार पत्नी और बच्चे छोड़ गए थे। साथ ही छोड़ गए थे खूब फैला हुआ बिजनेस, जिसे उनके भाईयों और पुत्रों ने मिलकर संभाला ही नहीं, बल्कि बढ़ाते ही चले गए। हरिकेश बहादुर के बाद से चार पीढ़ियां बदल गई।

आज पूरा 'जिन्दल पुरम्' बस गया है।

नगर में जिन्दल परिवार की शुगर फैक्टी, डिस्टलरी, कपड़ा मिल, कागज़ मिल, रबर फैक्ट्रियां आदि लगभग हर वस्तु का उत्पादन करने की फैक्ट्री है। नगर के लोग जिन्दल परिवार के प्रत्येक सदस्य को पूज्यनीय मानते हैं। हरेक के दिल में, उनके लिए असीमित श्रद्धा एवं सम्मान है।

इस समय जिन्दल परिवार में केवल तीन ही प्राणी हैं। सबसे बड़े गजेन्द्र बहादुर जिन्दल, उनका युवा पुत्र अनूप जिन्दल और उनकी पत्नी विभा जिन्दल।

आप लोग, यानी मेरे पाठक सोच रहे होंगे कि मैं व्यर्थ ही जिन्दल

परिवार का विवरण इसलिए लिखकर आप लोगों को बोर क्यों कर रहा हूं! लेकिन नहीं, मैं ऐसी एक पंक्ति भी लिखना पंसद नहीं करता, जिसका मेरे मूल कथानक से संबंध न हो।

मैं तो कभी स्वप्न में भी नहीं सोच सकता था कि वहां मेरी मुलाकात विभा से हो जाएगी। जी हां, उस विभा से जिसका ख्याल आते ही मैं बेचैन-सा हो उठता हूं। जुबां पर नाम आते ही दिल बेकाबू होकर धड़कने लगता है। मेरे अतीत का एक टुकड़ा रह-रहकर आंखों के सामने चकराने लगता है। विभा से मुलाकात होने के बाद जो कुछ हुआ वह एकदम अप्रत्याशित, दर्दनाक सनसनीखेज और अत्यन्त ही रहस्यमय था। मेरे अब तक के लिखे गए हर जासूसी उन्यास से कहीं ज्यादा रहस्यमय।

शायद इसीलिए मैंने उस सबको एक कथानक के रूप में अपने पाठकों के सामने रखने का निश्चय कर लिया। हालांकि मैं जानता हूं कि मेरे इस कृत्य को विभा बदतमीजी और जलालत ही कहेगी। मेरे दिल की धड़कन मुझसे नाराज भी हो सकती है, परंतु अंजाम चाहे जो हो, एक सच्चा कलाकर होने के नाते वह सारा किस्सा *साढ़े तीन घंटे* में लिख रहा हूं। लगता है कि मैं बहक रहा हूं। भावनाओं में बह रहा हूं। ढेर सारी बातें बहुत जल्दी, एक ही सांस में कह देना चाहता हूं। यदि मैं इसी तरह लिखना रहा तो सब कुछ अटपटा-सा लगेगा, अतः अगले अनुच्छेद से प्रत्येक घटना को क्रमबद्ध ढंग से प्रस्तुत कर रहा हूं।

उस रोज तेरह दिसंबर था।

कुछ लोग 'तेरह' के अंक को मनहूस मानते हैं। कम से कम उस तेरह दिसंबर से पहले मैं ऐसे लोगों में से नहीं था, परंतु उस दिन घटी हृदयविदारक घटना ने मुझे भी यह मानने के लिए बाध्य कर दिया कि यह अंक सचमुच किसी न किसी रूप में मनहूस होता है।

दोपहर का समय।

करीब एक बज रहा था।

मैं और मधु (यह मेरी पत्नी का नाम है) इन्जवॉय के रेस्त्रां में बैठे लंच ले रहे थे।

मधु खाने में व्यस्त थी, अचानक ही मैंने उसे पुकारा–"मधु।"

"जी।" मधु के हाथ रूक गए।

"खाना वाकई अच्छा है।"

"जी हां, रात के खाने से तो बहुत ही अच्छा, उस खाने को खाते वक्त तो मैं यह सोच रही थी कि घुमाने के नाम पर जाने इस बार आप मुझे कैसे शहर में ले आए हैं?"

मैं मुस्कुरा दिया, बोला–"क्यों, जिन्दल पुरम् पसंद नहीं आया क्या?"

"अब तो पसंद आ रहा है।" मधु भी मुस्कुराई।

"मैं खाने के नहीं, इस शहर के बारे में पूछ रहा हूं बेवकूफ।" मधु की मुस्कुराहट गहरी हो गई वह जानती है कि जब मुझे उस पर ज्यादा प्यार आता है तो मैं अक्सर उसे बेवकूफ कह दिया करता हूं, बोली–"शायद आपको मालूम नहीं कि अच्छा खाना मिलना भी अच्छे शहर की खूबियों में से एक है।"

"तुम औरतों को तो बस खाने से ही मतलब है।" मैंने छेड़ा।

"हां-हां, क्यों नहीं और तुम मर्दों को क्या चाहिए, सैर-सपाटा, आंखें सेंकने के लिए बाजार में घूमती तितलियां।"

"सबसे खूबसूरत तितली तो मेरे सामने बैठी है।"

"बस-बस, बनाने को रहने दीजिए। मैं आपकी बीबी हूं, पाठक नहीं जो आपकी लच्छेदार बातों में फंसने के लिए पांच रुपये का नोट बर्बाद कर देते हैं।"

इस चुहलबाजी को जारी रखने के लिए अभी मैंने मुंह खोला ही था कि अचानक डायनिंग हॉल में एक शोर-सा उठा। काउण्टर क्लर्क सहित कई के मुंह से दबा-सा स्वर निकला–

"अनूप साहब। अनूप साहब!"

हमारा ध्यान भी भंग हो गया।

अचानक ही सरगर्मी-सी बढ़ गई थी। मेजों पर लंच लेते ग्राहक

खड़े हो गए। होटल के स्टॉफ का प्रत्येक कर्मचारी साधारण अवस्था से बहुत ज्यादा चुस्त और चौकस नजर आने लगा और ऐसा उस युवा जोड़े के कारण हुआ था, जो अभी-अभी हॉल में प्रविष्ट हुआ था।

मधु और हॉल में मौजूद सभी लोगों के साथ मेरी नजर भी उस तरफ उठ गई। काउण्टर के समीप खड़ा वह खूबसूरत जोड़ा मुस्कुरा रहा था। युवक किसी राजकुमार के समान सुंदर था और युवती!

उफ्फ! मेरा दिल बहुत जोर से धड़क उठा। धड़कता हुआ गोश्त का लोथड़ा जैसे कंठ में आ फंसा। बरबस ही मेरे कंठ से दबी-दबी चीख निकल गई–"विभा!"

मधु चौंककर मेरी तरफ देखने लगी!

मेरा ध्यान मधु की तरफ बिल्कुल नहीं था। दिल नियंत्रण से बिल्कुल बाहर होकर किसी हथौड़े के समान पसलियों पर चोट कर रहा था। मैं एकटक उसी तरफ देख रहा था। दृष्टि उसी पर चिपककर रह गई थी। विभा के मुखड़े पर! हां, निश्चय ही वह विभा थी। इन्द्र के दरबार की मेनका-सी। उतनी ही सुंदर, जितनी तब भी थी जब वह मेरे साथ पढ़ा करती थी, बल्कि उससे भी कहीं ज्यादा। दूध से गोरे, पूर्णिमा के चांद से गोल मुखड़े पर वे ही मृगनयनी आंखें। पंखुड़ियों जैसे होंठ। सुतवा नाक। घने, काले और लम्बे बाल। कंठ ऐसा, जैसे कांच का बना हो। हां, वह विभा ही थी विभा!

उसके होंठों पर मुस्कान थी।

जिस्म पर सच्चे गोटे के भारी जाल वाली कढ़ाई की साड़ी। उसी से मैच करता ब्लाऊज। गोल, भरी हुई कलाइयों में सोने की हीरे जड़ित चूड़ियां। गले में कीमती हीरों का जगमग करता नेक्लेस, होंठों पर नेचुरल कलर की लिपिस्टिक। मुखड़े पर हल्का-सा मेकअप। मस्तक पर नाक के ठीक ऊपर सिंदूरी सूरज। सिंदूर से भरी मांग। नाक में नथ, और कानों में लटकने वाले बुन्दे पहने वह विभा ही खड़ी थी। कमान-सी भवों के नीचे उसकी काली और गहरी, मुस्कुराती-सी आंखों में मैं खो गया।

मधु शायद एकटक उस वक्त मुझे ही देख रही थी।

विभा की दृष्टि अभी तक मुझ पर नहीं पड़ी थी।

मेरे दिमाग में बड़ी तेजी से सवाल उभरा कि अगर वह मुझे देख ले तो क्या पहचान लेगी? और यदि पहचान भी ले तो क्या मुझसे बात करेगी?

अचानक ही जाने कहां से *इन्जवॉय* का मैनेजर प्रकट होकर उनके सामने पहुंचा। सेवक की तरह झुककर उनकी अगवानी की। शायद उसने कुछ कहा!

अनूप और विभा एक खाली सीट की तरफ बढ़ गए।

मेरे दिमाग में बड़ी तेजी से विचार कौंधा कि यह अनूप वही, जिन्दल परिवार का एकमात्र जीवित चिराग अनूप जिन्दल है और वह उसकी पत्नी है।

विभा जिन्दल!

ओह! मेरे दिमाग में पहले ही यह ख्याल क्यों नहीं आया कि यही विभा, विभा जिन्दल होगी। आता भी कैसे, मैं तो ख्वाब में भी नहीं सोच सकता था कि विभा इतने बड़े घराने की बहू बन गई होगी।

जो कुछ अपनी आंखों से देख रहा था, मुझे तो अब भी वह सब कुछ स्वप्न-सा लग रहा था। इस परिवार के साथ जुड़कर विभा शर्मा, विभा जिन्दल बन गई है।

अभी अतीत का वह टुकड़ा मेरी आंखों के सामने उभरा ही था कि "कहां खो गए जनाब, क्या वह मुझसे भी सुंदर तितली है?" मधु ने मुस्कुराकर कहा।

मैं बुरी तरह चौंका, बोला–"व . . . वह विभा है, मधु।"

"कौन विभा?" मधु ने धीमे से पूछा।

परंतु मैंने हड़बड़ाहट में अपना वाक्य इतनी जोर से बोल दिया था कि आवाज हॉल में मौजूद दूसरे लोगों के अतिरिक्त अनूप और विभा ने भी सुन ली थी। दूसरों के समान चौंककर उन्होंने भी मेरी तरफ देखा, अगले ही पल विभा के कंठ में कहीं सितार बजा–"व . . . वेद?"

मैं उछल पड़ा। मधु के सवाल का जवाब दिए बिना हक्का-बक्का . . . सा विभा की तरफ देखने लगा।

"ओह, तुम तो सचमुच वेद ही हो!" विभा रूपी कोयल पुनः कूकी, वह खुश होकर लपकती-सी हमारी सीट की तरफ आई। हड़बड़ाकर मैं एक झटके से खड़ा हो गया।

मधु भी खड़ी हो गई।

"ह . . . हां विभा!" मैं हक्का-बक्का-सा था–"म . . . मैं तो तुम्हें यहां देखकर चकित रह गया!"

सारे हॉल की तरह मधु भी चकित निगाहों से हमारी तरफ देख रही थी। तब तक अनूप भी हमारी सीट के करीब आ चुका था, विभा ने बताया–"ये मेरे पति हैं, अनुप जिन्दल और ये हैं वेद प्रकाश शर्मा। मेरे साथ एल.एल बी. में पढ़े हैं। वही, जिनके आप उपन्यास पढ़ते हैं।"

"ओह!" कहने के साथ ही अनूप ने अपना हाथ आगे बढ़ा दिया, बोला–"आपसे मिलकर बहुत खुशी हुई शर्मा जी। मैं आपका फैन हूं। विभा अक्सर कहा करती थी तुम इसके साथ पढ़े हो।"

"म . . . मुझे भी!" मैंने जल्दी से हाथ मिलाते हुए कहा–"य . . . ये मेरी पत्नी हैं मधु।"

मधु ने अपनी आदत के मुताबिक हाथ जोड़कर नमस्ते की, होंठों पर मुस्कान बिखेरी और बोली–"लंच आपको हमारे साथ ही लेना पड़ेगा।"

"व्हाई नॉट? बैठो विभा, तुम्हारा क्लासफैलो मिल गया है और मेरा फेवरेट राईटर। लंच में मजा आएगा!" कहने के साथ ही अनूप कुर्सी बैठ गया।

विभा उसके सामने वाली कुर्सी पर।

मैं और मधु भी बैठ गए।

"और सुनाओ वेद, तुम यहां क्या कर रहे हो?" विभा ने पूछा। मेरे कुछ कहने से पहले ही अनूप बोल पड़ा–"कर क्या रहे होंगे, किसी नए प्लॉट की तलाश में होंगे।"

मैं और मधु हंसे पड़े।

"देखिए जी, आप हम दोस्तों की बातों के बीच में नहीं टपकेगें!" विभा ने अनूप से कहा–"आपको अपने लेखक से बात करनी है तो बाद में करें, फिलहाल चुप रहने में ही आपकी भलाई है।"

अनूप ठहाका लगाकर हंस पड़ा।

मधु और मैं भी मुस्कुरा दिए, अनूप ने मधु से कहा–"लीजिए मधु जी, हम दोनों ठूंठ रह गए। ये पुराने दोस्त मिल गए, अब भला हमारी परवाह कहां करेंगे?"

"पुरानी दोस्ती में कशिश ही ऐसी होती है।!" मधु ने कनखियों से मुझे देखा।

मेरे कुछ कहने से पहले ही वहां वेटर आ धमका। उनसे पूछकर मैंने उनकी पसंद के लंच का ऑर्डर दिया तो, सारा सामान वेटर यूं ले आया जैसे लेने के लिए कहीं गया ही नहीं था। हम चारों एक साथ लंच लेने लगे। इधर-उधर की बातें होती रहीं। विभा ने स्वयं स्वीकारा कि अब जासूसी उपन्यास के क्षेत्र में मेरा नाम खूब चल रहा है। उसने सफलता के लिए मुझे बधाई दी। अनूप जिन्दल किसी पाठक के समान ही मेरे उपन्यासों की तारीफ करता रहा, साथ ही कुछ वैसे प्रश्न करता रहा, जैसे अक्सर मिलने पर पाठक करते रहते हैं। जिस वक्त मैं और अनूप बात कर रहे थे उस वक्त मधु और विभा के बीच जाने क्या खिचड़ी पकती रही? लंच में हमें एक घंटा लगा और इस घंटे में ऐसा लगने लगा था कि जाने हम सब कितने पुराने परिचित हैं, अनूप ने हमें डिनर पर इंवाईट किया और हमारे काफी इंकार करने पर भी न माना तो हमें स्वीकार करना ही पड़ा। हमने उनसे डिनर उन्हीं के यहां लेने का वादा कर लिया।

कमरे की चटकनी अंदर से लगाकर मैं अभी घूसा ही था कि मधु ने पूछा–"कहिए जनाब, कौन हैं ये विभा देवी?"

"क . . . कौन हैं क्या मतलब?" मैं थोड़ा बौखलाया–"तुम्हें परिचय दिया तो था, वह एल.एल.बी. में मेरे साथ पढ़ी है!"

"पढ़े तो और भी बहुत से स्टुडेंट्स होंगे। "चंचल मुस्कुराहट के साथ मधु ने मुझे गहरी दृष्टि से देखते हुए कहा–"लेकिन वह विभा देवी मुझे कुछ विशेष ही आपके साथ पढ़ी हुई नजर आई। जी उठीं जैसे किसी गरीब को खजाना मिल गया हो।"

"ऐसे मत करो मधु!" मैं गंभीर हो गया–"विभा के बारे में ऐसा सोचना भी पाप है!"

मधु का चंचल स्वर–"कैसा सोचना?"

"वैसा ही, जैसा तुम सोच रही हो।"

"कैसा सोच रही हूं मैं?"

"शायद यही कि जब वह मेरे साथ पढ़ती थी तो मुझसे कुछ प्यार-व्यार करती थी!"

"क्यों नहीं हो सकता, उम्र ही ऐसी होती है। स्टुडेंट लाईफ में अक्सर यह रोग लग ही जाता है।"

मधु मुझे छोड़ रही थी, जबकि मैं पूरी तरह गंभीर था, बोला–"ये माना मधु कि स्टुडेंट लाईफ में अक्सर प्यार हो जाता है, लेकिन सच मानो, वह सब लड़कियों से अलग थी। बहुत ही ब्रिलियेंट। समझदार और सुलझे हुए, पैने दिमाग की मालिक!"

"आप तो बड़ी तारीफ कर रहे हैं उसकी?"

"मधु, सचमुच विभा है ही तारीफ के काबिल। अभी तुम उसके बारे में कुछ नहीं जानतीं, कुछ ही देर की मुलाकात है न, मेरे साथ वह तीन साल पढ़ी है। उसका दिमाग बहुत तेज है। बहुत ही पैना। सिर्फ मैं या दूसरे सब स्टुडेंट्स ही नहीं, बल्कि एल.एल.बी. के हमारे प्रोफेसर भी विभा के दिमाग का लोहा मानते थे। वह अपनी सुंदरता से हजार गुना ज्यादा बुद्धिमान है। सैकिंड-ईयर में एक दिन अचानक ही हॉस्टल के कमरे में हमारे एक साथी स्टुडेंट की लाश पाई गई। सभी चौंक पड़े थे। किसी समझ में नहीं आ रहा था कि हत्या कब, किसने और क्यों की? केस जब पुलिस के बस का न रहा तो प्रशासन ने केन्द्रीय खुफिया विभाग को सौंप दिया। खुफिया विभाग के जासूसों से पहले

ही अत्यन्त जटिल केस को विभा ने अपनी बुद्धि और तफ्तीश से हल करके सबको चकित कर दिया था।"

"मैं उसके दिमाग की नहीं जनाब, सुंदरता की बात कर रही हूं।"

"स . . . सच मधु, प्यार-व्यार की तरफ उसका कोई ध्यान नहीं था।"

"अरे, आप तो सीरियस हैं!" हल्के से चौंककर इस बार मधु भी गंभीर हो गई–"कमाल कर रहे हैं आप भी। क्या मैं आपको नहीं जानती हूं!"

"क्या मतलब?"

"मैं तो मजाक कर रही थी, आप शायद सचमुच यह समझो कि मैं आपके और विभा के संबंधों पर शक कर रही हूं!"

"ऐसा नहीं है मधु, मैं जानता हूं कि मेरे बारे में कम-से-कम तुम ऐसा कभी नहीं सोच सकतीं!"

"फिर आज अचानक ही इतने सीरियस कैसे हो गए?"

"दरअसल तुम्हारा यह सोचना ठीक ही था कि स्टुडेंट लाईफ में युवक-युवतियां अक्सर बहक जाया करते हैं, बात तुमने बिल्कुल उल्टी कही थी। दरअसल विभा कभी नहीं बहकी, उसे लेकर अक्सर लड़के ही बहक जाया करते थे। उन बहकने वाले लड़कों में मैं भी शामिल था।"

"क्या मतलब?" मधु चौंकी!

"मैं तुम्हें आज अपनी जिंदगी की किताब के कुछ ऐसे पृष्ठ पढ़ाना चाहता हूं जिन्हें तुमने कभी नहीं पढ़ा था, यूं समझो कि जिन्हें मैं खुद भूल चुका था।"

"आपके साथ फेरे ही आपकी जिंदगी की किताब पढ़ने के लिए लिए हैं।"

"तो सुनो!" मैं एक लंबी सांस लेने के बाद शुरू हो गया–"एल. एल.बी. में हम तीन साल साथ-साथ पढ़े। मैं भी होस्टल में रहता था और विभा भी। हमारे अन्य सहपाठी भी। एल.एल.बी. पढ़ाई ही दिमाग की है और दिमाग में हम सब में तेज विभा थी। मध्यम श्रेणी के दिमाग

वाले विद्यार्थियों में से तो क्या उस जमाने में पूरे कॉलेज में विभा से सुंदर लड़की नहीं थी। अनेक मनचले और रोमांटिक मिजाज के लड़के विभा का सामीप्य पाने के लिए बहाने ढूंढ़ा करते थे। लेकिन विभा का ध्यान कभी इस तरफ रहा ही नहीं। उसका ध्यान सिर्फ और सिर्फ अपनी पढ़ाई में ही था। मुझे यह कहने में कोई हिचक नहीं है कि फर्स्ट ईयर से ही वह मुझे अच्छी लगती थी। उसका ख्याल आते ही मेरे मन में मीठा-मीठा दर्द होने लगता था। उसके सामने पहुंचते ही दिल बड़ी जोर से धड़कने लगता था। मेरा मन उससे बातें करने, उसे देखते रहने के लिए किया करता था। उसके ख्यालों में गुम होकर मैं रात-रात-भर जागता रहता। उसे देखने के क्षण से ही मैं उसकी तरफ आकर्षित होने लगा था और यह आकर्षण समय के साथ बढ़ता ही चला गया। संयोग से जिस किसी दिन वह मुझे नहीं दिखती तो मन बेचैन, सब कुछ खाली-खाली-सा महसूस देता। ऐसा लगता जैसे कि वह दिन बिल्कुल बेकार गुजरा। संक्षेप में आज भी मुझे यह स्वीकार करने में कोई संकोच नहीं है कि मैं उससे प्यार करने लगा था। परंतु मैंने कभी दूसरे लड़कों की तरह उससे कभी कुछ कहा नहीं, बातें करने का बहाना तक तलाश नहीं किया। यहां तक कि फर्स्ट ईयर में मेरी विभा से कभी कोई बात नहीं हुई। मेरा प्यार पूर्णतया एकतरफा और मूक था। पूरी तरह खामोश हां, दूसरे की तरह मैं भी उसके दिमाग का लोहा मानने लगा था। उन दिनों विभा में अत्यंत ही सादगी थी। चेहरे पर पूर्ण गंभीरता लिए। वह पूरी यूनिवर्सिटी में प्रथम आई, जबकि मैं केवल सेकिंड क्लास मार्क्स ही प्राप्त कर सका। दिमाग और पढ़ाई के मामले में मैं उसके सामने कहीं भी नहीं ठहरता था। खैर, हम सैकिंड ईयर में प्रवेश कर गए। इस साल वह मेरी दोस्त बन गई। हम कैंटीन और मैस एक साथ अटैंड करने लगे। वह मुझसे खुलकर दोस्तों जैसा व्यवहार करती थी। उस सारे साल में प्रत्येक रात को दृढ़ निश्चय करता रहा कि कल विभा से अपने मन की बात कह दूंगा। परंतु दिन में सिट्टी-पिट्टी गुम हो जाती। विभा की गंभीरता, उसकी निश्छल और स्वच्छ बातें मुझे कुछ कहने ही नहीं

देतीं। साहस टूट जाता। हर दिन यही हुआ, कई बार यह सोचकर कि मैं ज़ुबान से कुछ नहीं कह पा रहा हूं पत्र लिखे, मगर दे न सका। पत्र दो-चार दिन पास पड़ा रहता, फिर उसे फाड़कर नया लिख लेता। सारे साल मैं यूं ही पत्र लिखता रहा और फाड़ता रहा। उन दिनों मेरे लिखे उपन्यास भी प्रकाशित होने लगे थे, मगर मेरे नहीं, किसी अन्य के नाम से। विभा ने पुनः यूनिवर्सिटी टॉप की। इस बार मेरे फर्स्ट क्लास के मार्क्स थे। शायद उसी के साथ रहने के कारण। हम तीसरे साल में प्रविष्ट हो गए। वह सारा साल भी यूं ही निकल गया, मैं कभी अपने प्यार को ज़ुबां पर भी नहीं ला सका। न ही अन्य किसी माध्यम से विभा को अपने दिल की बता सका। हमारे पेपर शुरू हो गए और अंतिम पेपर छूटने के बाद।

"व . . . विभा . . . विभा!" उसकी तरफ भागते हुए मैंने उसे पुकारा।

वह रूकी, बोली–"हैलो वेद। पेपर कैसा रहा?"

"ठीक!" भागने के कारण मैंने अपनी उखड़ी हुई सांस को नियंत्रित करने की कोशिश की।

"क्या बात है?" विभा मुस्कुराई–"काफी दूर से भाग कर आ रहे हो?"

"न . . . नहीं, ऐसी तो कोई बात नहीं है!" मैं संभला–"खैर, आज के बाद हम अपने-अपने शहर लौट जाएंगे, इसलिए सोच रहा था कि-कि . . .!"

मेरे गले में जैसे कुछ फंस गया था।

"हां . . . हां बोला न! क्या सोच रहे थे?"

"य . . . यह कि हम साथ बैठकर आखिरी बार चाय पी लें।"

"ओह, यह बात थी। आओ, मैं कैंटीन की तरफ ही जा रही थी!"

"क . . . कैंटीन नहीं विभा, मैं सोच रहा था कि कहीं बाहर . . ."

मेरे मुंह से निकलता ही चला गया।

विभा का चेहरा अचानक ही गंभीर हो गया।

मेरा दिल घबरा उठा।

थोड़ी कठोरता-सी भी उसके चेहरे पर उभरी। घबराकर मैं उससे अपनी कही हुई बात पर क्षमा मांगने वाला था कि अचानक उसके होंठों पर बड़ी प्यारी-सी मुस्कान उभर आई, बोली–"चलो, जब आखिरी बार ही साथ बैठंकर चाय पीनी है तो वहीं पिएंगे जहां तुम कहोगे!"

मेरा मन मयूर नाच उठा।

दिल में एक उमंग-सी उठी। लगा कि वह भी मेरे दिल की भावनाओं को समझती है, फिर भी मेरे साथ चाहे जहां चलने के लिए तैयार है। इसका सीधा-सा अर्थ है कि वह मेरा प्यार स्वीकार कर लेगी।

हम दोनों एक होटल के केबिन में जा बैठे।

रास्ते में मैंने दृढ़ निश्चय कर लिया था कि आज अपने दिल की बात भी विभा से कहकर ही रहूंगा और चाय की मेज पर आते ही मैंने कहा–"विभा!"

"हुं!" जाने किन विचारों में डूबी विभा चौंकी, उसने मेरी तरफ देखा, मैं सकपकाया किंतु शीघ्र ही संभलकर बोला–"मेरा एक उपन्यास मेरे नाम से छप गया है।"

"रियली?" उसने आश्चर्य व्यक्त किया।

"हां!" कहने के साथ ही मैंने जेब से *दहकते शहर* निकालकर मेज पर रख दिया। उसने उपन्यास उठाते हुए कहा–"वैरी गुड। कांग्रेचुलेशन वेद!"

"थैंक्यू!" मैं इतना ही कह सका।

विभा *दहकते शहर* को उलट-पुलटकर देखती रही। उसके मुखड़े की तरफ देखता हुआ मैं असली बात कहने का साहस जुटाता रहा, उपन्यास को देखते हुए ही उसने पूछा–"छपकर मार्किट में कब आया ये?"

"एक महीने पहले।

और तुम ये खुशखबरी मुझे आज दे रहे हो?"

"हां विभा!" मेरा स्वर स्वप्निल सा हो उठा–"तुम्हें यह खुशखबरी

देने के लिए मैंने आज ही का दिन चुना था!"

"आज का दिन, वह क्यों?"

"क . . . क्योंकि आज मैं तुमसे एक और बात करने वाला हूं।"

"कैसी बहकी-बहकी बातें कर रहे हो वेद?"

मैंने सारी दुनिया भर का साहस बटोर कर कहा–"ये . . . एक ऐसी बात, जिसे तुमसे कह देने के लिए मेरा मन तभी हुआ था जिस क्षण तुम्हें देखा था, किंतु तीन साल तक भी न कह सका।"

"ऐसी क्या बात है?"

"व . . . विभा, म . . . मैं तुमसे!" मेरा हलक सूख गया, सारा चेहरा पसीने से भरभर उठा।

"प्यार करता हूं!" विभा ने मेरा अधूरा वाक्य पूरा कर दिया।

मेरा दिल धक् से रह गया। सच, उन दो-चार क्षणों के लिए मेरा दिल बिल्कुल नहीं धड़का था। चेहरे पर ढ़ेर सारा पसीना और हक्का-बक्का रह जाने के भाव लिए उसकी तरफ देखा। वह बिल्कुल गंभीर थी। मेरे मुंह से बड़ी मुश्किल से फंसी-फंसी आवाज निकली–"ह . . . हां!"

"चलो, तुमने यह बात कही तो सही।" विभा बोली, उसके इस वाक्य ने मेरे हौंसले बुलंद कर दिए, बोला–"स . . . सच विभा, मैं तुमसे बहुत प्यार करता हूं। म . . . मुझे अपने नाम से छपने वाली इस पहली कृति की कसम है, तुमसे शादी करना चाहता हूं!"

"इतनी बड़ी कसम?"

"म . . . मैं इससे भी बड़ी कसम खा सकता हूं विभा। सच, मैं तुमसे बेहद . . . उफ्! तुम्हारी कसम! तुम्हारे इस खूबसूरत मुखड़े की तरफ देखकर मैं हमेशा से यही कल्पना करता रहा हूं कि इस मस्तक पर सिन्दूरी बिंदिया लगेगी, तुम्हारी मांग में सिंदूर भरा होगा, उस रूप में तुम कितनी सुंदर लगोगी। अपने इस रूप से कई गुना ज्यादा सुंदर! वह बिंदिया, वह सिंदूर। सब मेरे लिए होगा। म . . . मैं।"

"वेद!" उसने टोका।

उड़ते-उड़ते जैसे किसी ने मेरे पंख काट दिए। चौंककर उसकी तरफ देखने लगा।

उसने बड़े ही शांत और गंभीर स्वर में कहा–"मैं जानती हूं कि तुम भावुक हो। भावुक न होते तो लेखन की तरफ कभी न झुकते, लेकिन भावनाओं में इतनी दूर तक मत बहो कि उन्हीं में डूबकर रह जाओ।"

"क . . . क्या मतलब विभा?" मैं जमीन पर आ गिरा।

"मैं इन प्यार-मुहब्बत की बातों से नफरत करती हूं।"

"व . . . विभा!" मैं किसी जख्मी के समान छटपटा-सा उठा।

"जो तुमने कहा है या आगे भी जो कुछ तुम कह सकते हो, वह मैं जानती हूं। आज से नहीं, बल्कि तभी से जब हम फर्स्ट ईयर में थे। तुमसे पहले भी सैकड़ों लड़के मुझसे यही कह चुके हैं।"

"म . . . मैं उन लड़कों जैसा नहीं हूं विभा।"

"जानती हूं, इसलिए तुम्हारे कहने पर मैंने वैसा नहीं किया जैसा उन लड़कों के साथ करती रही हूं। ऐसा कहने से पहले ही मेरे हाथ का झन्नाटेदार थप्पड़ उनके गाल पर पड़ता था, मगर तुम्हारे साथ मैं ऐसा नहीं कर सकी। जानना चाहते हो क्यों?"

"क्यों?"

"क्योंकि मैं जानती हूं कि तुम सचमुच मुझसे बेहद प्यार करते हो।"

मैं चकित निगाहों से उसकी तरफ देखता रहा।

वह कहती ही चली गई–"सचमुच अपनी बात कहने के लिए तुमने बहुत अच्छा दिन चुना है। हमारी कॉलिज लाईफ का आखिरी दिन, अगर तुमने आज से पहले कभी मुझसे यह बात कही होती तो तुम्हारे साथ भी वही व्यवहार करती, किंतु तुमने सचमुच गजब के धैर्य का सुबूत दिया। इतना जबरदस्त धैर्य का, कि मैं खुद भी तुम्हारे मुंह से यह वाक्य सुनने के लिए बेचैन हो उठी थी।"

"वि . . . विभा!"

"प्यार, खांसी और बैर किसी के छिपाने से छुपते नहीं हैं वेद। और कम-से-कम उस लड़की से तो बिल्कुल नहीं छुपा सकता, जिससे

उसके इर्द-गिर्द रहने वाला पुरुष प्यार करता हो। हर नारी को ईश्वर ने पुरूष की नजरों का अर्थ समझने की अद्भुत शक्ति दी है। भले ही नारी अनजान बनी रहे, लेकिन वह जानती है कि कौन-सा मर्द उसे किस दृष्टि से देखता है। एक नारी होने के कारण वही अद्‌भुत शक्ति मुझमें भी है और उस शक्ति ने मुझे उसी क्षण तुम्हारे मनोभाव बता दिए थे, जिस क्षण तुमने मेरी तरफ पहली बार देखा था, आज से तीन साल पहले। एडमिशन वाले दिन।"

"फिर भी तुम . . ."

"इसलिए फर्स्ट ईयर में मैंने तुमसे बात तक नहीं की। हां, तुम्हारी नजर मैं बराबर पढ़ रही थी। मुझे उम्मीद थी कि किसी-न-किसी बहाने मुझसे बात करने या मेरा सामीप्य पाने का प्रयास करोगे, मुझसे वही वाक्य कहोगे जो तुमने आज कहा है, मगर तुमने मेरी इस धारणा को गलत साबित कर दिया। पूरा साल गुजर गया, तब मैं समझ गई कि तुम दूसरे लड़कों की तरह कम-से-कम छिछोरे नहीं हो। अपने अलावा मैंने तुम्हें कभी अन्य लड़की की तरफ आंख उठाकर देखते भी नहीं देखा, जबकि मैं जानती हूं कि तुममें बहुत-सी लड़कियां इंट्रेस्ट लेती थीं। तुम्हारे इसी करेक्टर ने सैकिंड ईयर में मुझे तुम्हारा दोस्त बना दिया। जब दूसरा साल भी गुजर गया तो मैं तुम्हारे प्यार की कायल हो गई। गुजरते हुए तीसरे साल ने मुझे बेचैन कर दिया और आज सुबह तक मेरी बेचैनी बहुत बढ़ गई थी, जानते हो क्यों? मैं ये 'बेचैनी' शब्द क्यों प्रयोग कर रही हूं?"

"क्यों?"

"क्योंकि मैंने तुममें देश का एक अच्छा 'डिटेक्टिव नॉवलिस्ट' बनने के गुण देखे हैं।"

"विभा!"

"यह सच है वेद और यह भी सच है कि तुम्हारे करेक्टर से प्रभावित हूं, तुम्हारे जज्बातों की कद्र करती हूं। तुम्हारे दिमाग में जिंदगी भर के लिए रह जाने वाली खलबली, दिल पर रह जाने वाले बोझ की हूक

शायद तुम्हें कभी अपने कार्य के प्रति ईमानदार न होने देता। मुझे डर था कि अगर तुमने मुझसे बात नहीं की तो देश एक भावी और अच्छे जासूसी उपन्यासकार को खो देगा। यही मैं नहीं सहती।"

"मैं अब भी समझ नहीं सका हूं कि तुमने मेरे प्यार को स्वीकार किया है या . . ."

"कह चुकी हूं वेद कि मुझे इस किस्म की बातों से नफरत है।"

उसने मेरा वाक्य बीच ही में काट दिया–"तुम्हें भी सलाह दूंगी कि इस प्यार-व्यार के चक्कर में कम-से-कम तब तक न पड़ना जब तक कि कुछ बन न जाओ, यह चक्कर इंसान को उसके असली मकसद से भटका देता है। एजुकेशन पूरी करने के बाद आज से हमारी लाईफ शुरू हुई। हमें अपने-अपने क्षेत्र में आगे बढ़ना है। तुम्हें उपन्यासकार बनना है। बहुत अच्छा। अपने क्षेत्र में सबसे ऊपर जाना है तुम्हें। यह एक दोस्त की राय, शुभकामना है। सिर्फ दोस्त की। सच, मेरे मन में तुम्हारे लिए एक दोस्त के अलावा कोई भावना नहीं है। यह रिश्ता सबसे ऊंचा है वेद, पति-पत्नी के रिश्ते से भी कहीं ऊंचा। प्लीज, किसी अन्य भावना का मिश्रण करके इसे दागदार मत करो। ऐसा करके तुम अपने साथ, नाइंसाफी करोगे।"

"म . . . मगर मैं . . .?"

"जानती हूं कि क्या कहोगे, यही न कि तुम अपने दिल के हाथों विवश हो। यह एक कच्ची भावना है वेद! बहुत कच्ची, बिल्कुल अस्थाई जानती हूं कि इस वक्त तुम्हें मेरे इंकार पर बहुत दुःख होगा किंतु वह दुःख अस्थाई है। आंखें मूंद कर, सब कुछ भी याद नहीं रहने देगा। इन क्षणों को, इन क्षणों में मिलने वाले उन दुःखों को जिन्हें तुम असहनीय समझ रहे हो, भूल जाओगे।"

"और उसने सच कहा था मधु!" मैं बताता ही चला गया–"एक-एक शब्द बिल्कुल ठीक कहा था विभा ने। मैं समझ चुका था कि उसने मेरा प्यार ठुकरा दिया है। सच, उस वक्त कठोर हकीकत से भरी उसकी ढेर सारी बातों में से मेरे पल्ले एक नहीं पड़ी थी, मेरे सिर पर प्यार का

भूत सवार था इसलिए केवल यही बात मेरे पल्ले पड़ सकी कि विभा ने मेरा प्यार ठुकरा दिया है। उसकी शेष बातों का मैंने यही अर्थ निकाला कि वह मुझे बच्चा समझकर शब्दों के खिलौनों से बहला रही है। बहुत दुःख हुआ था मुझे। लगा था कि इस चोट को पूरी ताकत लगाने के बावजूद मैं बर्दाश्त नहीं कर सकूंगा। मगर, अब विभा की तरफ से इतने स्पष्ट इंकार के बाद हो भी क्या सकता था? एक तरफा प्यार से क्या होता है! जिसके मन में मेरे लिए दोस्ती से आगे की कोई भावना ही नहीं है, उसके मन में मैं अपने लिए प्यार नहीं भर सकता। यह सोचकर मैंने उस केबिन में उसकी बातों में आ जाने का नाटक किया। मैंने कहा कि उसे मैं अपनी दोस्त के रूप में ही याद रखूंगा। उसने मुझसे वादा लिया कि मैं अपने उपन्यास लेखन के काम में चारों तरफ से आंखें मूंदकर जुट आऊंगा। इस सारी उधेड़बुन में हम दोनों की चाय बिल्कुल ठंडी हो चुकी थी। हमने चाय दुबारा मंगाई। दोस्तों की तरह पी। वहां से उठकर दोस्तों की तरह ही होस्टल तक आए और फिर हमारे हाथ एक अनिश्चित समय तक की विदाई के लिए मिल गए।"

"फ . . . फिर क्या हुआ?" बहुत ध्यान से सुनती हुई मधु ने पूछा।

"अपने होस्टल के कमरे में आकर मैं पलंग पर गिर पड़ा। फूट-फूटकर रोया। उसके इंकार से दिल पर लगी चोट मुझे बिल्कुल असहनीय महसूस दे रही थी। यहां तक कि एक बार को तो उसके शब्दों का ख्याल आ गया। उसने मुझसे उपन्यासकारों की श्रेणी में बहुत ऊंचा उठने की इच्छा की थी। उस सारी रात मैं एक क्षण के लिए भी नहीं सोया। फूट-फूटकर रोता रहा। सुबह को सात बजे पता लगा कि विभा प्रातः पांच बजे वाली गाड़ी से चली गई है। मेरे दिल में पुनः दर्द की एक तीव्र लहर उठी। मैं फिर रो पड़ा। मन हल्का हो गया उसके बाद सचमुच मैंने पूरी लगन से, सब कुछ भुलाकर अपने काम में जुट जाने की ठान ली। यह सोचकर कि मेरी विभा की यही इच्छा थी। मेरी मेहनत रंग लाने लगी। नाम उभरने लगा। कुछ दिन तक विभा की याद एक कसक बनकर दिल में चुभती रही, फिर धीरे-धीरे उस पर गर्द-सी

छाने लगी। लाखों पाठक मुझे प्यार करने लगे थे। उन्हीं के प्यार और अपने उपन्यासों की कहानी में डूब गया। उसने सच ही कहा था, केबिन में लगा जख्म भर गया। तुमसे शादी भी हो गई और मैंने विभा के साथ गुजारे वक्त को इतना भी महत्त्वपूर्ण नहीं समझा कि कभी उनका जिक्र तुमसे करता। किसी ने सच कहा है मधु, वक्त बड़े-से-बड़े जख्म को भर देता है।"

किंकर्त्तव्यविमूढ़-सी मधु मेरी तरफ देखती रह गई।

चुप होने पर जब मैंने उसे इस तरह अपनी तरफ देखते पाया तो पूछा–"क्या हुआ मधु? तुम मुझे इस तरह क्यों देख रही हो?"

"क्या आप वाकई वैसे हैं जैसा अभी-अभी आपने कहा?"

"क्या मतलब?"

"क्या आप सचमुच विभा को भुला बैठे थे?"

"कुछ भी न समझते हुए मैंने कहा–हां, लगभग।"

"आज मुझे चोट-सी लगी है। मैंने तो कल्पना भी नहीं की थी कि आप इतने स्वार्थी हो सकते हैं। इतने खुदगर्ज, मेरी नजर में ऐसे तो नहीं थे आप।"

"म . . . मधु, मैं समझ नहीं पा रहा हूं कि तुम क्या कहना चाहती हो?"

"आप उसे भूल गए, उसे! जिसकी वजह से आज आपका नाम लाखों-करोड़ों पाठक जानते हैं, वर्ना आज, शायद आपका कोई अस्तित्व ही न होता। आप उसी को भूल बैठे थे। उफ्फ! काश, उस वक्त मुझे पता होता कि वह इतनी महान है तो मैं बड़ी श्रद्धा से सुनकर उसके चरण स्पर्श करती।"

"म . . . मधु।"

"जानते हो क्यों?"

मैं हक्का-बक्का-सा उसे देख रहा था। मैं उससे क्षमा मांगती। यह कहती कि मेरा पति खुदगर्ज है, उसे भूल गया था। अपने स्वार्थी पति की तरफ से मैं क्षमा मांगती हूं।"

मधु के तमतमाए चेहरे की तरफ मैं देखता ही रह गया। काफी देर तक तो कुछ कहने का साहस ही न जुटा सका, काफी कोशिश के बाद थोड़ी देर के बाद बोला–"लगता है कि तुम ठीक ही कह रही हो मधु, मुझे विभा को नहीं भूलना चाहिए था।"

"अगर आप सच पूछें तो आपकी 'सरस्वती' विभा ही है। उस दिन, केबिन में जो बातें उसने आपसे कीं, वे इतनी सुलझी हुई और सत्यता से भरी बातें थी कि मैं वैसी बातें करने की कल्पना भी नहीं कर सकती। मैंने तो आज से पहले यह भी नहीं सोचा था कि कोई लड़की इतने सुलझे हुए दिमाग की भी हो सकती है।"

"सचमुच मधु, मैं एक बार फिर कहूंगा कि विभा बेहद ब्रिलियेंट है। आज उसे देखते ही मैं बुरी तरह चौंक पड़ा। दिल के जख्म पर लगे टांके जैसे उधड़ते चले गए। वह बेहद सम्मानित है, मेरे लिए श्रद्धा की पात्र। मुझे देखते ही उसका चेहरा किस तरह खिल उठा था!"

"हे भगवान! जल्दी ही डिनर का वक्त हो ताकि उस देवी के चरण छूकर मैं आपके गुनाह की माफी मांग सकूं।"

यह सोचकर मेरे मन में मधु के लिए ढेर सारा प्यार उमड़ आया कि ये शब्द उसने उस लड़की के लिए कहे हैं जिसका मैं कभी बुरी तरह दीवाना रहा था।

यह जानने के बाद कि जिन्दल परिवार की बहूरानी से हमारे इतने गहरे संबंध हैं, होटल का सारा स्टाफ हमें विशेष सम्मान और श्रद्धा से देखने लगा था। मैनेजर ने हमें बताया था कि जिन्दल परिवार ने अपने निवास स्थान का नाम 'मंदिर' रखा है।

पौने सात बजे ही हम टैक्सी द्वारा 'मंदिर' की तरफ रवाना हो गए।

जब 'मंदिर' के पोर्च में हम टैक्सी से उतरे तो भौंचक्के से अपने चारों तरफ देखने लगे। 'मंदिर' नाम की वह इमारत किसी भी रूप में ताजमहल से कम खूबसूरत नहीं थी। ऊंची और संगमरमरी बाउंड्री वॉल के घिरे भू-भाग के बीचों-बीच खालिस सफेद रंग के संगमरमरी पत्थरों से बनी पांच मंजिली इमारत सीना ताने खड़ी थी।

इमारत के चारों तरफ लॉन था।

लॉन में दीवार, अशोक, जामुन और शहतूत आदि के अनेक वृक्ष थे। घास ऐसी थी जैसे हरे रंग का मखमली कालीन बिछा हो। क्यारियों में खिले सैकड़ों किस्म के फूल वातावरण को महकाए हुए थे। इमारत का मुख्य द्वार किसी किले की तरह विशाल एवं भव्य था।

द्वार के मस्तक पर लिखा था–'मंदिर।'

किसी बगुले के-से सफेद रंग की बेदाग वर्दी पहने मंदिर के चार सेवकों ने हमारी अगवानी की। वे हमें इमारत के अंदर ले गए। हमने देखा कि इमारत के भीतरी भाग में लगे सभी पत्थरों पर रामायण की चौपाइयां लिखी थीं। सिर्फ फर्श पर चौपाइयां नहीं लिखी थीं, हमारी अगवानी करते हुए सेवक हमें कई गैलरियों, हॉलों और दलानों से गुजरते हुए ले जा रहे थे। दीवारों, थम्बों और छतों में जड़े पत्थरों पर लिखी रामायण की चौपाइयों को मैं और मधु पढ़ते हुए भौंचक्के से चले जा रहे थे।

अचानक ही मैंने एक सेवक से पूछा कि क्या समूची इमारत पर ही ये चौपाइयां लिखी हैं, तब उसने बड़े सम्मानित स्वर में जवाब दिया–"जी हां, दरअसल इमारत की सभी दीवारों पर चौपाइयों के रूप में संपूर्ण रामायण लिखी हुई है, इसीलिए इस इमारत का नाम मंदिर रखा गया है।"

"स . . . संपूर्ण रामायण?" न चाहते हुए भी मेरे मुंह से चकित स्वर निकल पड़ा।

आगे बढ़ते हुए उसने हल्की-सी मुस्कान के साथ सिर्फ इतना ही कहा–"जी हां।"

मेरा दिमाग झन्नाकर रह गया। मन-ही-मन उस आईडिए की प्रशंसा किए बिना नहीं रह सका, मधु भी भौंचक्की-सी मेरे साथ सेवकों के पीछे चली जा रही थी। सेवकों ने हमें एक बहुत बड़े हॉल में पहुंचा दिया था। वहीं विभा थी, जो हमें देखते ही स्वागत के लिए खड़ी हो गई।

यदि मैं उस हॉल की खूबसूरती का वर्णन करने बैठूं तो शायद कई पेज भरता चला जाऊंगा, इसलिए संक्षेप में केवल इतना ही लिखूंगा कि हॉल इन्द्र की मधुशाला जैसा लग रहा था। बीचों-बीच एक बहुत लंबी डायनिंग टेबल रखी थी। टेबल पर सजे थे–चांदी के चमचमाते बर्तन।

विभा ने हमें डायनिंग टेबल से संबंधित कुर्सियों पर बैठाया। मधु ने सचमुच उसके चरण स्पर्श किए, मेरे स्वार्थीपन की क्षमा मांगी। जब मधु ने ऐसा किया तो कुछ भी न समझने के कारण विभा बौखला-सी गई। जब मैंने उसे सब कुछ समझाया तो खिल-खिलाकर हंस पड़ी, बोली–“वेद को एक अच्छा लेखक बनाने के लिए मैंने कुछ नहीं किया, किसी को कोई कुछ नहीं बना सकता। हर व्यक्ति अपने टैलेंट और मेहनत से कुछ बन जाया करता है।”

कुछ देर तक इसी तरह की औपचारिक बातें होती रहीं।

मैंने चौंकते हुए पूछा–“मिस्टर अनूप कहां हैं, नजर नहीं आ रहे?”

“अभी आ जाएंगे।” विभा के स्वर में अजीब-सी गंभीरता उभर आई।

“लेकिन हमें यहां बुलाकर वे खुद चले कहां गए?”

“गए कहीं नहीं। वहां उस कमरे में है।” विभा ने एक बंद कमरे की तरफ इशारा किया।

मैं और मधु चकित रह गए, दृष्टि बंद दरवाज़े पर स्थिर हो गई, मेरे मुंह से हैरत में डूबा स्वर निकला–“उस कमरे में, मगर क्यों? मिस्टर अनूप उस कमरे में क्या कर रहे हैं? उन्हें बुलाओ विभा।”

“अभी नहीं।” विभा का स्वर पहले से भी कहीं ज्यादा गंभीर था, साढ़े सात बजा रही वॉल-क्लॉक की तरफ देखती हुई वह बोली–“त . . . तीस मिनट।”

“मगर किस चीज में?”

“उनके बाहर आने में।”

“मैं कुछ समझा नहीं विभा। मेरा स्वर हैरत में डूबा जा रहा था–

"मिस्टर अनूप ठीक आठ बजे ही उस कमरे से बाहर क्यों निकलेंगे, वहां वे क्या कर रहे हैं?"

"यह सवाल तो उनके बाहर आते ही खुद मुझे भी उनसे पूछना है।"

"तुम अजीब-सी रहस्यमय बात कर रही हो विभा, ऐसा क्या है। क्या वे हर रोज, इस समय उसी कमरे में बंद होते हैं?"

"नहीं।"

"तो फिर?"

"उस वक्त ठीक साढ़े चार बजे थे जब वे यहां आए, मुझसे बोले कि वे उस कमरे में जा रहे हैं।"

". . ."

"ठीक साढ़े तीन घंटे तक उस कमरे में रहेंगे। मैं चकरा गई, सोचने लगी कि साढ़े तीन घंटे तक वे अकेले उस कमरे में बंद होकर क्या करेंगे? यही सवाल मैंने उनसे पूछा भी, किंतु उन्होंने कुछ भी नहीं बताया। जब मैंने ज्यादा जिद की तो उल्टे डांटने लगे, मैं चकित निगाहों से दिखती रह गई, क्योंकि पहले कभी वे मुझ पर इस तरह नहीं झुंझलाए थे। मैं अवाक्-सी खड़ी उनकी तरफ देखी ही रही थी कि वे मुझे कठोर शब्दों में यह हिदायत देकर कमरे में चले गए कि साढ़े तीन घंटे से पहले उन्हें किसी भी सूरत में डिस्टर्ब न किया जाए।"

मेरे चेहरे पर हैरानी के भाव उभर आए, मधु भी चकित-सी विभा की तरफ देख रही थी, न रहा गया तो बोला–"म . . . मगर, ये बात क्या हुई विभा। मैं कुछ समझ नहीं पा रहा हूं।"

"समझ तो मैं खुद नहीं पा रही हूं वेद। अचानक ही विभा के सुंदर मुखड़े पर मौजूद गंभीरता अपना आकार बढ़ाती चली गई–"मेरी अटपटी बातें सुनकर जितने चकित तुम रह गए हो, उससे कहीं ज्यादा हैरत में मैं खुद हूं। जो कुछ मैंने देखा और सुना है उसने मेरी बुद्धि चकरा दी है।"

"तुमने क्या सुना है?"

"हम लोगों ने तुम दोनों को कोई उपहार देने का निश्चिय किया था,

अतः उपहार खरीदने के लिए हमें बाजार जाना था। उस वक्त करीब साढ़े तीन बजे थे जब मैं बाजार चलने के लिए तैयार होकर इस हॉल में आई। वे पहले से ही तैयार हुए यहां बैठे थे। कुछ देर तक हम यहीं बैठे विचार-विमर्श करते रहे कि तुम्हें उपहार में क्या दें, किंतु कुछ निश्चय नहीं कर सके। तब अनूप ने कहा कि यह निर्णय हम बाजार में ही कर लेगें। हम उठकर दरवाज़े की तरफ बढ़े ही थे कि एक व्यक्ति हॉल में प्रविष्ट हुआ।"

"हम ठिठक गए।"

"त . . . तुम!" उसे दिखते ही अनूप के मुंह से निकला था।

मैंने अचानक अनूप की तरफ देखा और देखते ही भौंचक्की रह गई, क्योंकि अनूप का चेहरा हल्दी के समान पीला पड़ता चला गया था। वह एक पतला-दुबला और करीब साढ़े छः फुट लंबा व्यक्ति था। जिस्म पर काला कोट और काली ही पतलून पहने हुए उस व्यक्ति के होंठ मोटे, काले और भद्दे थे। आंखें किसी नशे के कारण सुर्ख और डरावनी-सी। अनूप की तरफ देखता हुआ वह निरंतर जहरीले अंदाज में मुस्कुरा रहा था।

"त . . . तुम यहां क्यों आए हो?" अनूप ने लगभग चीखते हुए पूछा।

जवाब में उसकी मुस्कुराहट गहरी हो गई, भद्दा हाथ कोट की जेब में गया और जब वह बाहर आया तो उसमें एक संतरा दबा हुआ था, संतरे को देखते ही अनूप के चेहरे का रंग उड़ गया। उसने संतरा हवा में उछाला, लपका। फिर हवा में उछाला लपका और बार-बार ऐसा ही करता हुआ अनूप की तरफ बढ़ने लगा। मैं कभी उस व्यक्ति को देख रही थी, और उसे कभी अनूप को। अनूप की दृष्टि संतरे पर टिकी थी और उसे भयवश कांपते देखकर मैं हैरान थी।

"प . . . प्लीज। प्लीज ये संतरा जेब में रख लो।" अनूप गिड़गिड़ा उठा।

वह हंसा, बड़ी भयानक हंसी थी उसकी।

अनूप के चेहरे को मैंने पसीने-पसीने होते देखा, रो देने के से अंदाज में चीख पड़े–"अ . . . आखिर तुम चाहते क्या हो, यहां क्यों आए हो?"

"आपको मेरे साथ चलना होगा।" कहते हुए संतरा उसने जेब में रख लिया।

"क . . . कहां?"

"जहां मैं कहूं।"

"म . . . मगर इस वक्त तो मैं अपनी पत्नी के साथ . . ."

"खामोश!" अनूप का वाक्य पूरा होने से पहले ही वह गुर्रा उठा–"तुम्हें इसी वक्त मेरे साथ चलना होगा, वर्ना मैं इस संतरे को यहीं छीलना चालू कर दूंगा और फिर इसकी फांकें बिखर जाएंगी।"

"न . . . नहीं!" अनूप पागलों की तरह चीख पड़ा–"त . . . तुम ऐसा नहीं कर सकते। म . . . मैं तुम्हारे साथ चल हूं। व . . . विभा। तुम यहीं ठहरो। मैं अभी आता हूं . . ."

"लेकिन?"

"प . . . प्लीज विभा, इस वक्त कोई सवाल मत करो। वापस आकर मैं तुम्हें सब कुछ बता दूंगा, फिलहाल मैं इसके साथ जा रहा हूं।" कहने के बाद वे कुछ इतनी तेजी से हॉल का दरवाज़ा पार कर गए कि मुझे भी कुछ कहने का मौका ही न मिल सका। मैं हक्की-बक्की-सी खड़ी रह गई, जबकि वे और उनके साथ ही वह संतरे वाला आदमी भी जा चुका था। बहुत देर तक मैं किंकर्त्तव्यविमूढ़-सी मुंह फाड़े खड़ी उस दरवाज़े को देखती रही जिससे वे निकलकर गए थे, फिर धम्म से सोफे पर गिर पड़ी। तुम्हारे लिए प्रजेंट लाने की बात मैं बिल्कुल भूल चुकी थी। सोफे पर पड़ी दो-चार मिनट में ही घट गई उस आश्चर्यजनक घटना के बारे में सोच-सोचकर हैरान और चिंतित होती रही। रह-रहकर मेरी आंखों के सामने संतरे वाला आदमी, उसकी जहरीली मुस्कान, उसके शब्द, अनूप की घबराहट, उनकी गिड़गिड़ाहट से सिर चकराने लगा।

करीब एक घण्टे बाद यानी साढ़े चार बजे, वे तेजी से और लंबे-

लंबे कदमों के साथ हॉल में पुनः प्रविष्ट हुए। मैं एक झटके से खड़ी हो गई। इस बार उनके साथ संतरे वाला आदमी नहीं था। मुझे देखते ही रहे। मैं दावे के साथ कह सकती हूं कि वे किसी उलझन में उलझे हुए थे। बेहद परेशान। चाहकर भी मैं कुछ बोल न सकी, जबकि उन्होंने कहा–"त . . . तुम, विभा। तुम अभी तक यहीं हो?"

"ज . . . जी!" मेरे गले में जैसे कुछ फंस गया था।

"मधु और वेद के लिए कोई प्रजेंट लेने नहीं गई?"

"जी नहीं।"

"क्यों मैं तो कह गया था कि . . ."

"आप तो जानते हैं कि मैं कभी अकेली बाजार नहीं जाती हूं।"

"ओफ्फो, तुम समझती क्यों नहीं विभा? फिलहाल मुझे काम है, तुम जाकर कोई प्रजेंट ले आओ।"

"अब आपको क्या काम है?"

"मैं उस कमरे में जा रहा हूं, साढ़े तीन घंटे तक मुझे उसी कमरे में कोई जरूरी काम करना है। याद रहे, तुम या अन्य कोई भी मुझे बिल्कुल डिस्टर्ब न करे।"

"मगर, ऐसा आपको क्या काम है?"

कमरे की तरफ बढ़ते हुए वे ठिठके और बोले–"फिलहाल मैं कुछ नहीं बता सकता, यदि दिमाग ने साथ दिया तो साढ़े तीन घंटे बाद इस कमरे से निकलकर ही सब कुछ बताऊंगा।"

"मेरी तो कुछ समझ में नहीं आ रहा है, पता नहीं आप कैसी बातें कर रहे हैं? वह संतरे वाला आदमी कौन था? आप संतरे से इस कदर क्यों डरते हैं?"

"इस वक्त मेरे पास तुम्हारे किसी सवाल का जवाब देने के लिए वक्त नहीं है, एक-एक क्षण कीमती है। याद रखना विभा, साढ़े तीन घंटे से पहले मुझे किसी भी हालत में डिस्टर्ब न किया जाए।"

उनकी इस चेतावनी के बाद मैंने कुछ कहने के लिए मुंह खोला ही था कि उस कमरे के अंदर पहुंचकर उन्होंने दरवाज़ा बंद कर

लिया। चटकनी बंद होने की आवाज ने मेरे होश उड़ा दिए। तब से अब तक तीन घंटे से कुछ ज्यादा समय हो चुका है, वे उसी कमरे में बंद हैं।

विभा की उस छोटी-सी कहानी ने हमें बुरी तरह हैरान कर दिया। भौंचक्के से काफी देर तक हम विभा के सुंदर मुखड़े को देखते रह गए। हम इतने ज्यादा चकित थे कि चाहकर भी थोड़ी देर तक कुछ बोल नहीं सके। विभा की कहानी के मुताबिक जो सवाल संतरे वाले आदमी के आने के बाद से उभरे थे उनका जवाब सिर्फ अनूप ही दे सकता था और वह कमरे में बंद था।

साढ़े तीन घंटे के लिए।

मेरी नजर अनायास ही बॉल-क्लाक की तरफ उठ गई।

सात बजकर चालीस मिनट हो चुके थे। पर्दा उठने में सिर्फ बीस मिनट रह गए थे मगर वे बीस मिनट हमें बीस युगों से लगने लगे।

"शायद मैंने तुममें एक अद्‌भुत गुण देखा था, किसी भी व्यक्ति को देखते ही उसके पेशे, आर्थिक स्थिति और उसकी आदतों आदि के बारे में सही-सही बता देती थीं।"

"तो?"

"क्या तुमसें अब भी वह अद्भुत क्षमता है?"

"वह अद्‌भुत क्षमता नहीं थी वेद, किसी भी व्यक्ति को ध्यान से देखकर उसके चाल-ढाल, रंग-रूप के बारे में सोचकर काफी कुछ बताया जा सकता है।"

" क्या तुम आज भी ऐसा कर सकती हो?"

" हां।"

"तो उस संतरे वाले आदमी के बारे में कुछ बताओ विभा, उसे तुमने देखा था। वह क्या था, उसकी आर्थिक स्थिति, पेशा, आदतें। क्या तुम बता सकती हो कि वह क्या काम करता था?"

"उसके बारे में सोचकर ही तो मैं ज्यादा चिंतित हूं।"

"क्या मतलब?"

"निश्चित रूप से वह कोई गुंडा था, बहुत ही निम्न स्तर का। वह किसी भी लूट में शामिल होने से लेकर कत्ल तक कर सकता था।"

"ओह!" मेरे मस्तक पर चिंता की लकीरें उभर आईं।

मधु ने चिंतित स्वर में पूछा–"म . . . मगर तुम यह कैसे कह सकती हो विभा बहन?"

"उसके चेहरे पर मौजूद कठोरता कहती थी कि वह कत्ल कर सकता है। चाल बता रही थी कि वह गुंडा है। अनूप को धमकाते वक्त उसके होंठों पर जो मुस्कान उभर रही थी वह सिर्फ पेशेवर ब्लैकमेलर के होंठों पर ही उभर सकती है। उसने कीमती काला सूट पहन रखा था, जो उसके धनवान होने को सबूत था।"

"ओह!" मधु की आंखों में विभा के लिए प्रशंसा के भाव उभर आए।

"मगर, असल में वह धनवान नहीं था।"

"क्या मतलब?" चौंक पड़ा।

"बेशक, वह कीमती सूट पहने हुए था किंतु उसके बाएं हाथ में जो घड़ी थी वह बेहद सस्ती थी। इससे जाहिर होता है कि असल में उसकी आर्थिक स्थिति ठीक नहीं थी। केवल अच्छे कपड़े पहनकर वह ऐसा दर्शाने की चेष्टा कर रहा था। उसके हाथ-पैर देखकर मैं जान गई थी कि वह कोई शारीरिक मेहनत का काम नहीं करता। दिमाग उसमें था नहीं, अतः दिमागी काम भी नहीं कर सकता। इसका मतलब ये है कि वह किसी भी तरह की मेहनत नहीं करता। हराम की कमाई खा रहा है।"

"कमाल है विभा बहन, आप किसी भी व्यक्ति को देखकर इतना सब कुछ बता सकती हैं?" मधु का स्वर हैरत में डूबा हुआ था।

"मैं ही नहीं मधु बहन, कोई भी किसी व्यक्ति को देखते ही इतना सब कुछ, बल्कि इससे भी ज्यादा बता सकता है। जरूरत केवल किसी को भी देखकर उसके बारे में गहराई से सोचने की होती है। एक मजदूर यदि करोड़पति सेठ के कपड़े पहनकर तुम्हारे सामने आ खड़ा हो तो उसे देखकर तुम थोड़ा-सा सोचते ही बता सकती हो कि वह सेठ नहीं है, उसी तरह एक सेठ मजदूर नहीं बन सकता।"

"म . . . मगर इंसान इस नजरिए से सोचता कहां है विभा बहन?"

"यहीं तो चूक जाता है, यदि सोचे तो सामने वाला खुली किताब के समान बन जाता है, जरूरत सिर्फ उसे पढ़ने वाली आंखों की होती है। जिन चीजों को हम साधारण या अर्थहीन समझकर छोड़ देते हैं, दरअसल वही चीजें किसी व्यक्ति के व्यक्तित्व को खुली किताब बना देते हैं।"

"क्या तुम यह भी बता सकती हो विभा कि मिस्टर अनूप उसे देखकर आतंकित क्यों हो गए थे?"

"जाहिर है कि वे उस व्यक्ति से पूर्व परिचित थे और संतरे वाला व्यक्ति उनके जीवन के किसी ऐसे भेद से वाकिफ है, जिससे वे किसी अन्य को नहीं कहना चाहते।"

"और उस भेद का संबंध किसी न किसी रूप में संतरे से है।"

"हां।"

"संतरे से किसी भेद का क्या संबंध हो सकता है?"

"यह तो वे ही बता सकते हैं।" कहने के साथ ही विभा की नजरें बंद कमरे की तरफ उठ गई, मैं वॉल-क्लाक की तरफ देखने लगा।

पौने आठ बजे थे। मुझे यह देखकर दुःख-सा हुआ कि अभी सिर्फ पांच मिनट ही गुजरे हैं।

हमारे बीच सन्नाटा छा गया।

इतना गहरा सन्नाटा था कि वॉल क्लॉक की 'टिक-टिक' स्पष्ट सुनाई देने लगी। हम तीनों ही अपने-अपने विचारों में गुम हो गए थे। सबके दिमाग में शायद सवाल एक जैसे ही थे।

घड़ी की सुइयां बहुत ही मंथर गति से रेंग रही थी।

हमारे दिल तेजी से धड़कने लगे थे।

घड़ी की रेंगती हुई सुइयों के साथ ही हमारे दिलो-दिमाग पर हावी उत्तेजना और जिज्ञासा बढ़ने लगी। हम कभी वॉल-क्लॉक की तरफ देखते, कभी कमरे के बंद दरवाज़े को। धड़कनें और बेचैनी बढ़ती चली गई। समय सरक रहा था।

अनूप को उस कमरे में बंद हुए साढ़े तीन घंटे गुजरने वाले थे।

किसी तरह वे तनावपूर्ण क्षण गुजरे तो साढ़े तीन घंटे भी गुजर गए और वॉल-क्लॉक ने टनटनाना शुरू कर दिया। घंटा आठ बजे का संदेश दे रहा था।

बड़ी उम्मीद भरी नजरों से हमने कमरे के बंद दरवाज़े को देखा कि सारे मन्दिर में फायर की एक जोरदार आवाज गूंज गयी–फायर की आवाज बंद कमरे के अंदर से उभरी थी।

उछल पड़ने के-से अंदाज में हम तीनों एक झटके के साथ खड़े हो गए। एक भयानक आशंका ने हमें जड़-मूल तक हिलाकर रख दिया। रोंगटे खड़े हो गए। धड़कने जैसे रूक गई। पहले विभा फिर मैं और मेरे बाद मधु उस कमरे के बंद दरवाज़े पर झपट पड़े।

कमरे के अंदर खामोशी छा गई थी।

मंदिर में कोहराम–मच गया।

पागल से होकर हम तीनों जुनूनी अवस्था में बंद दरवाज़े को झंझोड़ने लगे, साथ ही अनूप का नाम ले-लेकर चीखते भी चले जा रहे थे, मगर हमारी किसी भी हरकत के जवाब में अंदर से हल्की-सी आहट भी न उभरी।

भागते, हांफते और बदहवास से मंदिर के ढेर सारे सेवक जमा हो गए थे। भयानक आशंका हमारे दिलों में अपना आकार बढ़ाती चली गई। मैं और मधु तो उस वक्त तक होश भी न संभाल पाए थे जब विभा ने चीखकर सेवकों को दरवाज़ा तोड़ डालने का हुक्म दिया।

सेवक दरवाज़े पर झपट पड़े।

हम एक तरफ हट गए।

'धड़ाम-धड़ाम' की आवाज गूंजने लगीं। सेवक प्राणार्पण से दरवाज़ा तोड़ने के काम में जुट गए थे। हम तीनों पसीने-पसीने हो गए।

एक जबरदस्त धमाके के साथ दरवाज़ा टूटकर कमरे में जा गिरा।

वातावरण में एक साथ अनेक चीखें गूंज गईं। हम तीनों भी टूटे हुए दरवाज़े पर झपटे। कमरे में दाखिल होते ही विभा के हलक से चीख उबल पड़ी–"न . . . नहीं!"

मेरे होश उड़ गए। टांगें कांपने लगीं।

मधु का चेहरा कागज़ की तरह सफेद पड़ गया। उसकी आंखों में भी मेरी तरह खौफ ही खौफ नजर आ रहा था। चीखती हुई विभा कमरे के फर्श पर गिर गई।

फिर अपनी दोनों कलाइयां उसने फर्श पर दे मारीं।

उफ्! खतरनाक कांच की चूड़ियां टूट गई, कांच के नन्हें-नन्हें टुकड़े चारों तरफ उछलकर बिखर गए। एक झटके से उसने अपनी सुहाग बिंदिया पोंछ डाली। मेरा दिलो-दिमाग हाहाकार कर उठा।

विभा पछाड़ों के साथ, दहाड़े मार-मारकर रो रही थी। पागल-सी हुई वह अपना सिर फर्श पर पटक रही थी।

घबराकर मैंने मधु को इशारा किया।

मधु विभा को संभालने के लिए आगे बढ़ी, मेरी दृष्टि मंदिर के सेवकों की तरह लाश पर चिपककर रह गई थी। अनूप की लाश पर!

लाश एक मेज के पीछे कुर्सी पर थी। कुर्सी पर बैठे अनूप का सिर मेज पर था। दांए हाथ में रिवॉल्वर, दाईं कनपटी पर गोली का सुराख और सुराख से गर्म, गाढ़ा खून अभी तक बह रहा था। मेज की चमकदार सनमाईका भीगती जा रही थी।

मेज पर ही एक खुला हुआ पैन और कागज़ पड़ा था।

दाईं तरफ फोन रखा था, परंतु रिसीवर क्रेडिल पर नहीं था। मेज से नीचे हवा में झूल रहा था।

सनमाईका पर बहते खून की बूंदें टप-टप करके झूलते रिसीवर के माऊथपीस में गिर रही थीं।

हॉल में रखे फोन पर से किसी ने पुलिस को सूचना दे दी।

सभी सेवक दहाड़ें मार-मारकर रो पड़े थे। सारे मंदिर में बड़ा ही करूणाजनक रूदन गूंज गया, मेरा दिल भी फूट-फूटकर रोने के लिए

मचल उठा। जबड़े भींचकर मैंने बहत सख्ती से अपने रोने की इच्छा को दबाया, आगे बढ़ा।

मधु विभा को संभालने में लगी थी।

मैं अभी मेज के समीप पहुंचा ही था कि . . .

"न . . . नहीं वेद, उनकी लाश को छूना नहीं!" अचानक ही विभा की गुर्राहटदार चीख ने मुझे उछाल दिया। मैंने चौंककर विभा की तरफ देखा और दंग रह गया।

आंसुओं से भीगे उसके चेहरे पर कठोरता थी। सारा श्रृंगार धुल चुका था। आश्चर्यजनक तरीके से जैसे वह रोना भूल गई थी। मधु अनावश्यक रूप से उसे पकड़े खड़ी थी।

मेरे साथ सभी हैरतअंगेज निगाहों से उसे देखते रह गए।

विभा की आंखें अनूप की लाश पर स्थिर थीं और उस लाश को देखते-ही-देखते मेरी विभा का चेहरा पत्थर की तरह सख्त, खुरदरा और कठोर होता चला गया। रोना भूलकर वह स्थिर से कदमों से मेज की तरफ बढ़ी।

बहुत ध्यान से उसने मेज पर मौजूद चीजों को देखा।

अंत में उसके साथ ही मेरी नजर भी खुले पैन के समीप पड़े उस कागज़ पर स्थिर हो गई, जिस पर एक अजीब-सी आकृति बनी हुई थी, मैंने ध्यान से उस आकृति को देखा, कागज़ पर उस आकृति के ऊपर एक वाक्य लिखा था, वाक्य निम्न था–

"साढ़े तीन घंटे की कोशिश के बावजूद, क्योंकि मैं इसका अर्थ नहीं समझ सका हूं, इसलिए आत्महत्या कर रहा हूं। मेरी मौत की जिम्मेदार सिर्फ यह आकृति है, अन्य कोई नहीं।"

वाक्य को पढ़कर मेरी बुद्धि चकरा गई। कदाचित विभा ने भी वह वाक्य पढ़ लिया था, तभी तो उसने झपटने के-से अंदाज में उस कागज़ को उठा लिया। गौर से आकृति को देखा।

आकृति निम्न थी–

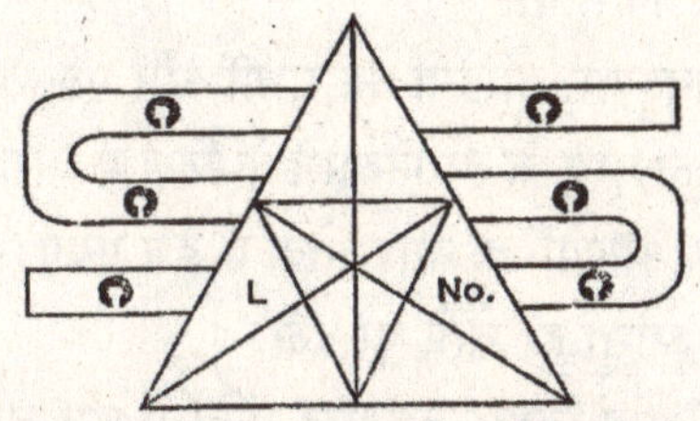

आकृति को देखकर हुई विभा की आंखें सिकुड़ती चली गई। संकुचित-सी होने बाद विभा की आंखें गोल हो गईं, कदाचित वह इस आकृति का अर्थ निकालने की कोशिश कर रही थी। कोशिश मेरी भी यही थी। पंरतु मैं कुछ भी न समझ सका।

यदि वह वाक्य अनूप ने ही लिखा था तो बड़ी अजीब-सी बात थी, साढ़े तीन घंटे से इस कमरे में बंद होकर क्या अनूप इसी आकृति का अर्थ निकालने में व्यस्त था? वह अर्थ नहीं निकाल सका, इसमें आत्महत्या करने की जरूरत कहां से आ पड़ी?

बड़ी अजीब-सी उलझन थी।

अभी मैं समझ भी नहीं सका था कि विभा आकृति का अर्थ समझ पाई है या नहीं कि मंदिर में भारी बूटों की आवाज गूंज उठी। चार-पांच पुलिसकर्मियों के साथ इंस्पेक्टर त्रिवेदी कमरे में दाखिल हुआ। दरवाज़े पर पहुंचते ही उसके चेहरे पर अजीब-सी वेदना भरी कठोरता उभर आई, सिर से कैप उतार ली उसने और मेज की तरफ बढ़ा।

पैट्रोल पर दौड़ने वाली आग के समान अनूप की मृत्यु का समाचार सारे 'जिन्दल पुरम्' में फैल गया, जिसने सुना वही 'धक्क' से रह गया। हक्का-बक्का, अवाक्-सा। जिन्दल परिवार से संबंधित फैक्ट्रियों, मिलों और दूसरे व्यापारिक संस्थानों का तो चक्का जाम हो ही गया, साथ ही जिन्दल पुरम् में मौजूद बाजार और ऑफिस तक बंद हो गए।

सभी मंदिर की तरफ उमड़ पड़े।

वैसा वातावरण था जैसा किसी भी राष्ट्र में कोई जनप्रिय नेता तो

था, सबका प्यारा।

जिन्दल पुरम् का प्रिय।

गरीबों का मददगार, दुखियों का साथी और एक आदर्श युवक के रूप में वह जिन्दल पुरम् के हर निवासी के दिल में वास करता था। वह समूचा, छोटा-सा औद्योगिक नगर शोक में डूब गया।

हर आंख में आंसू। हर चेहरे पर दर्द।

दुख में डूबी, भाव विह्ल वह भीड़ मंदिर में घुस जाना चाहती थी।

भीड़ को काबू करने के लिए समीप के महानगर से अतिरिक्त पुलिस फोर्स जिन्दल पुरम् बुलानी पड़ी थी, फोर्स मंदिर को घेरे भीड़ को नियंत्रित कर रही थी।

और अंदर . . .

आई.जी. पुलिस तक रेंज के अधिकारी आ चुके थे, पुलिस के फोटोग्राफर लाश और दुर्घटना वाले कमरे के विभिन्न कोणों से फोटो ले रहे थे। फिंगर-प्रिंट्स वाले अपना काम कर रहे थे। पोस्टमार्टम विभाग के लोग भी वहां पहुंच चुके थे।

विभा अनेक स्त्रियों से घिरी हॉल के एक कोने में बैठी सिसक रही थी, उसे सांत्वना देने वालों में ही मधु भी थी और मैं . . . उससे काफी दूर हॉल के दूसरे कोने में गुमसुम-सा खड़ा मैं विभा को देख रहा था, अपनी विभा को, उसे, जिससे कभी मैंने बेइंतहां प्यार किया था। आज भी करता हूं, उसे, जिसके सुहागिन होने की मैंने कभी कल्पना की थी।

और उसे, जिसकी जिंदगी में मैंने कदम रखते ही, जिसे विधवा कर दिया था।

विधवा!

"आह!" मेरे अंदर से एक हूक-सी उठी।

दिमाग में यह विचार आते ही मैं कंपकंपा गया कि मेरी विभा मैंने उसकी जिंदगी में दुबारा कदम रखा। उफ्फ! क्या मेरी विभा के सुहाग को मेरी नजर लगी है। कहीं यह सब इसलिए तो नहीं हुआ है कि मैंने

भी उसकी मांग, उसकी बिंदिया और उसके मंगलसूत्र को अपने लिए देखे जाने की कल्पना की थी?

क्या मेरी नजर ने ही उसकी मांग से सिंदूर पोंछकर राख उड़ा दी है। क्या मेरी ही नजर उसकी बिंदिया, उसके मंगलसूत्र को डस गई है?

जरूर मुझे विभा को अनूप के लिए श्रृंगार करते देखकर जलन हुई होगी।

हॉल के उस कोने में खड़ा मैं ऐसे ही ढेर सारे मूर्खतापूर्ण विचारों की मौजूदगी में खुद को अपराधी-सा महसूस कर रहा था, न चाहते हुए भी मेरे दिल में ऐसे सैकड़ों विचार उठ रहे थे।

अचानक ही आई.जी. साहब मेरे पास आए, मेरा परिचय जिन्दल पुरम् में आने का उद्देश्य आदि पूछा।

बिना कुछ छुपाए मैं सब कुछ बताता चला गया।

सुनने के बाद उनके चेहरे पर हैरत के असीमित भाव उभर आए, फिर जेब से वही कागज़ निकालकर मुझे दिखाते हुए बोला–"यह कागज़ हमें लाश के पास से मिला है।"

"मैं जानता हूं।"

"क्या इस पर लिखा वाक्य मिस्टर अनूप ने ही लिखा था?"

"ज . . . जी, मैं विश्वासपूर्वक नहीं कह सकता।"

"क्यों?" उन्होंने मुझे कड़ी दृष्टि से घूरा।

"मैंने पहले कहीं मिस्टर अनूप की राईटिंग कभी नहीं देखी है।"

"ओह!" कहकर वे चुप हो गए, फिर जाने क्या सोचकर उन्होंने मधु को स्त्रियों के बीच से बुलाया, उसके बयान लिए। सवाल लगभग वही थे, जो मुझसे किए गए थे, जवाब ठीक वही थे, जो मैंने दिए थे।

उसके बाद उन्होंने विभा के बयान लेने की इच्छा जाहिर की। बहुत से लोगों की यह राय थी कि उस वक्त वह बयान देने की स्थिति में नहीं परंतु विभा स्वयं ही बयान देने के लिए उठ खड़ी हुई।

विभा और आई.जी. साहब एक कमरे में चले गए।

कमरा बंद कर लिया गया।

मैं उस वक्त नहीं जान सकता था कि कमरे के अंदर क्या बातें हुई परंतु बाद में विभा से जो कुछ पता लगा वही यहां लिख रहा हूं। विभा से भी आई.जी. साहब को लगभग वही कहानी सुनने को मिली जो हमसे सुन चुके थे, तब उन्होंने पूछा–"क्या तुम्हें अपने यहां आने वाले मेहमानों पर कोई शक है?"

"नहीं।" विभा ने दृढ़ता के साथ कहा था–"उनका इस सबसे कोई संबंध नहीं है।"

"ओह, खैर, क्या इस कागज़ पर यह वाक्य आपके पति ने ही लिखा है?"

"जी हां लेकिन!"

"लेकिन?" आई.जी. ने पूछा–"आप ऐसा किस आधार पर कह रही हैं?"

"मैं उनके हाथ से लगाए गए 'दशमलव' को भी एक नजर में देखकर पहचान सकती हूं और उसी आधार पर कह सकती हूं कि यह आकृति उन्होंने नहीं बनाई, वाक्य निसंदेह उन्होंने लिखा है, इसमें भी शक नहीं कि जिस पैन से वाक्य लिखा गया है, आकृति भी उसी पैन से बनाई गई है और वह पैन वही था जो मेज पर से आपको मिला होगा।"

"क्या वह पैन मिस्टर अनूप का ही था?"

"जी हां।"

"इसका मतलब ये है कि किसी अन्य ने मिस्टर अनूप से पैन लेकर कागज़ पर यह आकृति बनाई?"

"ऐसा ही लगता है।"

"क्या आप बता सकती हैं कि उन्होंने आत्महत्या क्यों की?"

"निश्चित ही इस आकृति का अर्थ न समझ में आने की वजह से उन्होंने आत्महत्या की है।"

"हम समझे नहीं।!"

"आत्महत्या उन्होंने की नहीं है, बल्कि उनसे कराई गई है और इसी वजह से मैं इसे आत्महत्या का नहीं, बल्कि हत्या का मामला समझती

हूं, मेरे पति की हत्या की गई है।"

"हत्या?"

"जी हां।" विभा का चेहरा कठोर होता चला गया, दांत भींचकर वह भभकते से स्वर में गुर्राती चली गई–"किसी को आत्महत्या के लिए विवश करना, हत्या करना ही होता है, बल्कि आप यह भी कह सकते हैं कि किसी की हत्या करने का यह एक नया तरीका है।"

"आपकी बातों ने मुझे हैरत में डाल दिया है।"

"जाहिर है कि मुजरिम ने उनसे इस आकृति का अर्थ पूछा, अर्थ निकालने के लिए साढ़े तीन घंटे का समय दिया, और साढ़े तीन घंटे में इसका अर्थ न बताने की सूरत में मुजरिम ने 'उन्हे' संतरे से संबंधित भेद खोलने की धमकी दी, शायद वह भेद इतना गहरा था कि उन्होंने उसके खुलने से पहले ही मर जाना बेहतर समझा।"

"क . . . कमाल है, क्या आप शादी से पहले कहीं डिटेक्टिव रह चुकी हैं?"

"जी नहीं, सिर्फ एल.एल.बी. पास की है, मुजरिमों की हिस्ट्री और उलझे हुए मर्डर केसों से संबंधित फाइलें पढ़ने का शौक रहा है, एल. एल.बी के सैकिंड ईयर में मेरे एक साथी छात्र का मर्डर हो गया था, थोड़ी-सी तहकीकात उस केस में की थी और अब!" कहते हुए विभा का चेहरा सख्त हो गया–"कसम खाती हूं कि उनके हत्यारे को मैं खुद तलाश करके अपने हाथों से बदला लूंगी।"

आई.जी. को लगा कि विभा भावुक होने जा रही है इसलिए शीघ्रता से बोले–"क्या आप दोबारा सामने आने पर संतरे वाले आदमी को पहचान सकती हैं?"

"करोड़ों की भीड़ में भी।" विभा का भभकता स्वर।

"अच्छा आप एक बात बताइए, बड़ा ही अजीब-सा सवाल पूछ रहा हूं।" आई.जी. साहब ने पूछा–"मुजरिम आपके पति से ही इस आकृति का अर्थ क्यों पूछना चाहता था, किसी अन्य से क्यों नहीं?"

"इस सवाल का जवाब सामने आते ही मुजरिम बेनकाब हो जाएगा।"

"इसी से दूसरा सवाल ये है कि मुजरिम ने यह पहेली हल करने के लिए साढ़े तीन घंटे का समय ही क्यों दिया, कम या ज्यादा क्यों नहीं?"

"अभी मैं कुछ नहीं कह सकती।"

"अब एक अंतिम सवाल।" आई.जी. ने पूछा–"आप यह कागज़ देख चुकी हैं, इस वक्त भी देख रही हैं। क्या आप इस पर बनी पहेली को हल कर सकती हैं?"

"फिलहाल नहीं कर पाई हूं, हां, आपसे रिक्वेस्ट है कि इसकी एक फोटो स्टेट कॉपी कराकर मेरे पास भिजवा दीजिएगा।"

आई.जी. साहब विभा को देखते रह गए।

विभा बोली–"आप यह सोचकर हैरान हैं न कि एक ऐसी पत्नी जिसके पति की मृत्यु कुछ देर पहले हुई है, लाश अभी तक उसी कमरे में पड़ी है। आपको बयान देने के लिए तैयार कैसे हो गई, बल्कि बयान से आगे भी बातें कैसे कर रही है। जवाब एक ही है आई.जी. अंकल। यह इतनी सब बातें करने की ताकत उन्होंने ही दी है, उस कमरे में पड़ी उनकी लाश ने। उसी ने चीख-चीखकर मुझसे कहा है कि विभा, तुझे साधारण पत्नी की तरह सिर्फ रो-बिलखकर या हत्यारे को गालियां देकर ही संतोष नहीं कर लेना है, तुझे हत्यारे को तलाश करना है। उसे सजा देनी है। बस, उनकी लाश की उसी चीख ने मुझे ताकत दी है।" आई.जी. साहब के जिस्म में झुरझुरी-सी दौड़ गई, चाहकर भी वे अपने मुंह से कोई शब्द न निकाल सके। विभा की आंखों से आंखें तक न मिला सके थे वे।

बात तब की है जब पुलिस कार्रवाई समाप्त हो चुकी थी, शव को पोस्टमार्टम के लिए ले जाने की तैयारियां हो रही थीं, स्त्रियों के बीच में विभा गुमसुम-सी बैठी थी। किसी बुजुर्ग महिला ने उस बेचारी को सफेद ब्लाउज और बेदाग सफेद साड़ी पहना दी थी।

विधवाओं वाला लिबास!

विभा को उस रूप में देखकर मेरा दिल दहाड़ें मार-मारकर रो पड़ने के लिए मचल उठा, मेरे दांत और मुट्ठियां भिंच गई, रोंगटे खड़े हो गए।

पूरी ताकत लगाने के बावजूद भी मैं अपनी आंखों को छलक पड़ने से न रोक सका।

अचानक ही हॉल में मौजूद लोगों के मुंह से दबी-दबी सी चीत्कारें निकल गई।

पोस्टमार्टम विभाग के दो व्यक्ति शव के स्ट्रेचर को लिए वे हॉल से गुजरते हुए दरवाज़े की तरफ बढ़ रहे थे। अनायास ही मेरी दृष्टि विभा पर जा पड़ी।

उसके संगमरमरी चेहरे पर दुख-दर्द या वेदना का कोई भाव नहीं था।

पत्थर की पवित्र मूर्ति-सी, सपाट मुखड़े वाली विभा एकटक स्ट्रेचर की तरफ देख रही थी, एकाएक मैं उस वक्त चौंक पड़ा, जब वह झटके के साथ उठ खड़ी हुई।

उसके इर्द-गिर्द बैठी मधु सहित अन्य स्त्रियां भी चौंकीं।

"ठ . . . ठहरो!" पत्थर की प्रतिमा के मुंह से एकाएक आवाज निकली।

सभी उछल पड़े, एक झटके से समस्त निगाहें उस पर स्थिर हो गई। स्ट्रेचर ले जाने वाले कर्मचारी भी दरवाज़े के समीप ठिठक गए थे, विभा ने अगला आदेश दिया–"स्ट्रेचर को वहीं रख दो।" तुरंत फर्श पर रख दिया।

एक झटके से उसने लाश के ऊपर से चादर खींच ली।

अनेक चीखें उबल पड़ीं, परंतु उनमें विभा की चीख शामिल नहीं थी, वह तो पागलों तरह अनूप की जेबें टटोल रही थी, कोई नहीं समझ सका कि वह क्या तलाश कर रही है। जानना सभी चाहते थे, किंतु सवाल करने का साहस तक किसी में नहीं था। जेबों की तलाशी से इच्छित वस्तु नहीं मिली थी।

एकाएक ही वह घूमी और गुर्राते से स्वर में आई.जी. साहब से बोली–"क्या आपमें से किसी ने इनकी तलाशी ली है?"

"न . . . नहीं।" मैंने आई.जी. की आवाज को भी कांपते महसूस किया।

"ओह!" विभा के मुंह से एकमात्र यही शब्द निकला और साथ ही उसकी आंखें सिकुड़ती चली गई, परेशानी पर सोचने की प्रतीक ढेर सारी लकीरें उभर आई थी।

"म . . . मगर आप मिस्टर अनूप की जेबों में क्या तलाश रही थीं?" आई.जी. ने वह प्रश्न पूछा जो मेरे विचार से उस वक्त सभी के दिमाग में चकरा रहा था।

"सॉरी, वह मेरी एक पर्सलन चीज थी, जिसके बारे में मैं किसी को भी कुछ बताना जरूरी नहीं समझती और वैसे भी, उस वस्तु का हत्यारे से कोई संबंध नहीं है।"

"फिर भी।"

" आप शव को पोस्टर्मार्टम के लिए ले जा सकते हैं।"

विभा ने कुछ ऐसे ढ़ंग से कहा कि उसके बाद स्वयं आई.जी. भी उससे कोई सवाल करने का साहस नहीं कर सके। शायद मेरी तरह इस वक्त सब यही सोच रहे थे कि विभा ने लाश की जेबों में से क्या तलाश करना चाहा था।

उस वक्त केवल मैं ही नहीं, बल्कि हॉल में मौजूद सभी व्यक्ति चकित एवं अवाक् से रह गए सब स्ट्रेचर सहित पुलिस-दल के बाहर जाते ही विभा बड़ी तेजी से मेरे नजदीक आई और बोली–"मेरे पीछे उस कमरे में आओ वेद।"

मैं सकपका-सा गया, जबकि वह एक क्षण के लिए मेरे पास बिना ठिठके आगे बढ़ गई। उसका रूख उस कमरे की तरफ था जिसमें उसने आई.जी. से बातें की थीं। कई पल तक तो मैं हक्का-बक्का-सा खड़ा रहा, दिमाग को झटका-सा लगा तो किंकर्त्तव्यविमूढ़-सा खड़ा उसके पीछे लपक पड़ा। इस वक्त वह मुझे उसी मूड में नजर आ रही थी, उस मूड में साथ के छात्र की हत्या की तफ्तीश करते वक्त थी।

उसके पीछे लपकता हुआ-सा मैं कमरे में पहुंच गया।

उसने घूमकर कहा–"दरवाज़ा अंदर से वोल्ट कर दो वेद।"

मैं जैसे विभा के हुक्म का गुलाम था, दरवाज़ा वोल्ट करके घूमने

पर मैंने उसे अपनी ओर ही देखते पाया, विधवा विभा को अकेले में अपने इतने नजदीक पाकर मैं अपनी भावनाओं को काबू में न रख सका। न चाहते हुए भी मेरी आंखें भरती चली गई।

"क्या तुम जानते हो वेद, कि मैंने तुम्हें इस कमरे में क्यों बुलाया है?"

मैं चाहकर भी कुछ न बोल सका, सिर्फ डबडबाई आंखों से उसे देखता रहा।

"तुम्हें यह बताने के लिए कि उनकी जेबों में क्या तलाश रही थी?"

मेरे चेहरे पर शायद जिज्ञासा के भाव उभर आए।

"उस वस्तु के बारे में मैं सिर्फ तुम्हें बता रही हूं, किसी अन्य को बताने से हाथ आया हुआ एक सूत्र बेकार जा सकता है, यहां इस वक्त शायद एक तुम ही हो जिस पर मैं सबसे ज्यादा यकीन कर सकती हूं, मैं जानती हूं कि तुम उस बारे में किसी से कुछ नहीं कहोगे और साथ ही मेरी मदद करोगे।"

"मैं तुम्हारे हर आदेश का पालन करने के लिए तैयार हूं।"

कुछ कहने के लिए विभा ने अभी होंठ खोले ही थे कि किसी ने कमरे के बंद दरवाज़े पर दस्तक दी। हम दोनों का ध्यान भंग हो गया। विभा ने कहा–"दरवाज़ा खोल दो।"

मैंने आगे बढ़कर दरवाज़ा खोल दिया।

दरवाज़े पर एक अधेड़ आयु का सूटेड-बूटेड और आकर्षक सा नजर आने वाला व्यक्ति खड़ा था, उसने सम्मानित ढंग से विभा का अभिवादन किया।

"कहिए सावरकर अंकल?" विभा ने प्रश्न किया।

"ब . . . बहूरानी, मालिक का कहीं भी पता नहीं लग रहा है।"

विभा उछल-सी पड़ी–"क . . . क्या मतलब?"

"हम सब हैरान हैं, वे मंदिर में कहीं भी नहीं हैं। हालांकि हर फैक्ट्री बंद हो चुकी है फिर भी मैंने प्रत्येक फैक्ट्री के ऑफिस में फोन किया, वे कहीं भी नहीं हैं। शायद वे जिन्दल पुरम् में ही नहीं है, वर्ना अभी

तक मंदिर में पहुंच चुके होते, मैंने सभी से पूछा कोई ऐसा व्यक्ति नहीं मिला, जिसने उन्हें पिछले छह-सात घंटे से देखा हो।"

विभा का मुंह खुला का खुला रह गया। मैं समझ सकता था कि यह सावरकर नाम का व्यक्ति इस परिवार का कोई खास कर्मचारी है और ये बातें अनूप के पिता गजेन्द्र बहादुर के बारे में हो रही है, सावरकर की बातों ने मेरा माथा भी ठनका दिया।

विभा बड़बड़ा-सी उठी–"अजीब बात है, बाबूजी भला कहां चले गए?"

"आपको इस अजीब बात की सूचना देनी मैंने जरूरी समझी।"

"सबको बाबूजी की तलाश में लगा दें सावरकर अंकल, और पुलिस को भी उनके गुम होने की सूचना दे दें।"

"जो हुक्म बहूरानी।" कहने के बाद सावरकर ने मुड़ना ही चाहा था कि . . .!

"ठहरिए सावरकर अंकल!" विभा ने कहा।

सावरकर ठिठक गया।

विभा ने प्रश्न किया–"क्या आपने कभी अपने अनूप बाबू के साथ ऐसे व्यक्ति को देखा है, जिसका कद करीब साढ़े छह फिट लंबा हो, पतला-दुबला, काले मोटे और भद्दे होंठों वाला ऐसा व्यक्ति जिसकी आंखें अक्सर किसी तरह नशा करने की वजह से लाल रहती हों?"

"जी नहीं बहूरानी, मैं इस हुलिए के किसी व्यक्ति को नहीं जानता, लेकिन . . .!"

"लेकिन?"

"अनूप बाबू द्वारा आत्महत्या की खबर सुनकर मैं आज फिर भौंचक्का रह गया।"

"फिर?" चौंकती हुई विभा ने पूछा–"फिर से क्या मतलब?"

"ऐसा ही आज से चार साल पहले हुआ था, जबकि मैंने इसी तरह अचानक ऑफिस में बैठे अलका बेटी द्वारा आत्महत्या करने की खबर सुनी थी।"

"..."

"हां। फिर भी, मैंने और मेरी तरह ही शायद दूसरे कुछ लोगों ने भी मन-ही-मन यह सोचा कि अलका बेटी जवान थी, सुंदर थी। संभव है उसे किसी युवक से प्यार हो गया हो। अपने प्यार की बात उसने मालिक और छोटे मालिक को बताई हो और उन्होंने उस युवक से अलका की शादी करने से इंकार कर दिया हो और इसी गम में अलका ने आत्महत्या कर ली हो।"

"क्या आपके ऐसे सोचने के पीछे कोई आधार था?"

"ऐसा कोई आधार नहीं था, जिसे सबूत कहा जा सके।"

"क्या मतलब?"

"बुरा न मानिएगा बहूरानी जी।" सावरकर ने अपने दिल की बात कह दी–"जब कोई जवान लड़की आत्महत्या कर ले और पुलिस तथा जासूसों की लाख कोशिश के बाद भी वजह पता न लगे तो लोग अक्सर यह सोचने लगते हैं कि प्यार-मुहब्बत का चक्कर रहा होगा, उस वक्त ऐसा सोचकर बहुत लोगों ने अपनी जिज्ञासा शांत कर ली थी, मैं भी उन्हीं में से एक था। मन को यह सोचकर समझा लिया था कि बड़े मालिक और छोटे मालिक अलका की आत्महत्या की वजह जानते होंगे। केवल अपनी इज्जत की खातिर उसे प्रचारित नहीं होने दे रहे हैं।"

"हां, वैसी घटना आप लोगों के दिल में ऐसी धारणा बना ही देती है।"

"म . . . मगर आज!"

"आज क्या?"

"अनूप बाबू ने आत्महत्या करके मेरी और शायद मेरे जैसे ही सैकड़ों लोगों की उस धारणा को बिखेर कर रख दिया है।"

थोड़ी चौंकती-सी विभा ने पूछा–"इस घटना का संबंध आप उस आत्महत्या से कैसे जोड़ रहे हैं?"

"लगता है कि जिन्दल परिवार के लोगों को आत्महत्या करने का जुनून सवार हो गया है।"

"क्या मतलब?" विभा पहले से कहीं ज्यादा बुरी तरह चौंकी।

"आत्महत्या लोग क्यों करते हैं, जिन्दगी से निराश होकर। लोग निराश क्यों होते हैं, किसी अभाव की वजह से या अचानक लगे किसी शॉक से। जिन्दल परिवार के लोगों को भला क्या अभाव है? क्या शॉक लग सकता है? और विशेष रूप से यदि छोटे मालिक की जिंदगी के बारे में सोचा जाए तो दूर-दूर तक भी आत्महत्या की कोई वजह नजर नहीं आती। दुनिया की हर चीज उनके सिर्फ एक इशारे पर उनके कमरे में हाजिर हो सकती थी, आप जैसी पत्नी थी उनकी, और सुना है कि सात-आठ महीने बाद नन्हें मालिक भी आने वाले हैं। ऐसी ढेर सारी खुशियों से घिरा व्यक्ति भला आत्महत्या क्यों करेगा? नहीं बहूरानी, दूर-दूर तक भी कोई वजह नहीं है, जिसे सोचकर हम उसी तरह खुद को भ्रमित कर लें जिस तरह अलका बेटी के आत्महत्या कर लेने पर कर लिया था, अब तो ऐसा लगता है कि जिन्दल परिवार के लोगों को आत्महत्या करने की बीमारी हो गई है।"

"ओह नो, आप जाने क्या-क्या सोच रहे हैं, सावरकर अंकल।" विभा ने खुद को भावुक होने से रोकते हुए कहा–"खैर, आप जाइए और जल्दी से बाबूजी का पता लगाने की कोशिश कीजिए।"

सावरकर चला गए।

विभा जाने किन ख्यालों में गुम हो गई, शून्य में आंखें स्थिर किए जाने वह क्या सोच रही थी, जबकि मैं चुपचाप खड़ा उसकी तरफ देखता रहा। सावरकर की बातों ने मेरे दिमाग को भी झकझोर-सा डाला था, उसके बोलने से दूसरी बातों के अलावा मुझे यह भी पता लगा था कि विभा अनूप के बच्चे की मां बनने वाली है। यह बात मुझे पता भी लगी तो कैसे वातावरण में?

तब, जबकि मैं उसे मुबारकबाद भी नहीं दे सकता था।

"वि . . . विभा!" मैंने उसे धीरे से पुकारा।

"आं . . . हां . . ." वह जैसे किसी स्वप्न से जागी हो, अगले ही पल संभलकर बोली–"सॉरी माफ करना वेद, कुछ देर के लिए मैं भूल

गई थी कि कमरे में तुम भी मौजूद हो।"

"कहां सोचने लगी थीं?"

"सावरकर अंकल अलका बहन जी द्वारा चार साल पहले की गई आत्महत्या से इस घटना को जोड़कर मेरे दिलो-दिमाग में अजीब-सी खलबली मचा गए।"

"मैं अलका के बारे में कुछ भी नहीं जानता।"

"वे कभी भावुक नहीं होते थे, किंतु अक्सर तब भावुक हो उठते थे जब अलका बहन जी का जिक्र आ जाता था, शायद वे अपनी बहन से बहुत प्यार करते थे। हमारी शादी के तीन साल पहले ही अलका बहन जी ने आत्महत्या कर ली थी। मैं पूछा करती कि बहन जी ने ऐसा क्यों किया तो बड़े मायूस से वे कहा करते थे–काश, वे जान सकते। काश, कोई जान सकता कि उस बेवकूफ ने ऐसा क्यों किया। कोई भी तो उसके दिल का दर्द नहीं जान सका था।"

मैं चुप रहा जबकि विभा कहती चली गई–"सावरकर अंकल ठीक ही कह रहे थे। किसी जवान लड़की के आत्महत्या का कारण पता न लगाने पर लोग अक्सर ऐसा सोच ही लेते हैं मगर उस घटना को उन्होंने इस आत्म-हत्या से क्यों जोड़ा?"

"क्या मतलब?"

"मैं इसे आत्महत्या नहीं मानती वेद, यह हत्या का मामला है। उनकी मेज पर रखे फोन का रिसीवर क्रेडिल पर नहीं रखा था, जाहिर है कि मरने से कुछ ही क्षण पूर्व उन्होंने किसी से बात की थी, सवाल ये उठते हैं कि किससे और क्या?"

"संभव है कि किसी ने अनूप को फोन किया हो?"

"नहीं, ऐसा नहीं था। हम कमरे के बाहर हॉल ही में बैठे थे, अगर किसी ने उन्हें फोन किया होता तो वैल की आवाज हमें जरूर आती। हमने वैल की कोई आवाज नहीं सुनी, जाहिर है कि किसी ने उन्हें नहीं बल्कि खुद उन्होंने ही किसी को फोन किया था।"

मैं लाजवाब हो गया।

"इस सारे झमेले में मैं कुछ इस तरह फंसी कि बाबूजी की तरफ मेरा ध्यान ही नहीं गया, क्या ये कम आश्चर्यजनक बात है वेद, कि ऐसे समय में बाबूजी गायब हैं?"

"आश्चर्यजनक ही नहीं, बल्कि रहस्यपूर्ण भी।"

"निःसंदेह, और मैं दावे से कह सकती हूं कि यह मामला बहुत गहरा है। बाबूजी का गायब होना वाकई मुझे चिंतित किए दे रहा है। संभव है कि इस वक्त वे किसी किस्म के खतरे में फंसे हुए हों।"

मुझे लगा कि जो विभा ऊपर से इस वक्त कठोर और सामान्य नजर आ रही है, असल में अंदर-ही-अंदर वह बुरी तरह टूटी हुई है और विचलित है वरना मैं उसे अच्छी तरह जानता हूं। वह निराशा से भरा कभी कोई वाक्य नहीं बोला करती और इस वक्त तो वह ये भी भूली हुई थी कि सावरकर के आने से पहले मुझे कुछ बताने वाली थी, जो वह बताने वाली थी, उसे जानने की तीव्र जिज्ञासा मेरे मन में मचल रही थी, इसलिए बोला–"तुम मुझे यह बताने वाली थी कि लाश की जेब में तुम क्या . . .?"

"हां सॉरी, वह बात तो मेरे दिमाग से उत्तर ही गई।"

"क्या था वह?"

"एक हेयर पिन।"

"हेयर पिन?" मैं उछल ही जो पड़ा।

"हां, हेयर पिन।"

विभा अभी कुछ कहने ही जा रही थी कि कमरे का ढुलका हुआ दरवाज़ा 'भड़ाक' से खुला। हम दोनों ने चौंककर उधर देखा। दरवाज़े पर खड़ा सावरकर हांफ रहा था। उसका चेहरा फक्क था, बुरी तरह उड़ा हुआ रंग। बहदवासी की-सी हालत में उसने कहा–"म . . . मालिक मिल गए हैं।"

"क . . . कहां हैं बाबूजी, वे ठीक तो हैं न?"

"न . . . नहीं।"

मैं कांप गया, विभा चीख-सी पड़ी–"क . . . क्या मतलब, क्या हुआ उन्हें?"

"म . . . मालिक बेहोश हैं।"

"क . . . क्या? मगर बाबूजी कहां हैं?"

"इस वक्त वे 'हरिकेश बहादुर अस्पताल' में हैं।"

"उफ्फ, आप पहेलियां क्यों बुझा रहे हैं सावरकर अंकल? आखिर एक ही सांस में क्यों नहीं बता देते कि बाबूजी कहां मिले। बेहोश कैसे हो गए?"

"अभी-अभी 'भारत शुगर मिल' के जनरल मैनेजर मिस्टर एस. रामानाथन का फोन आया था, वह हरिकेश अस्पताल से बोल रहा था। उसने बताया कि मालिक 'रूकमणी पार्क' में बेहोश अवस्था में पड़े मिले हैं, उसने उन्हें वहां से उठाकर अस्पताल में पहुंचाया। कोई नहीं जानता कि वे कब और कैसे बेहोश हुए, डॉक्टर उन्हें होश में लाने की कोशिश कर रहे हैं, शायद होश में आने के बाद ही वे कुछ बता सकें।"

"ओह, जल्दी कीजिए सावरकर अंकल। हमें अस्पताल पहुंचना है।"

विभा बुरी तरह व्यग्र और बेचैन उस कमरे के सामने गैलरी में टहल रही थी, जिसमें गजेन्द्र बहादुर थे। कमरे का दरवाज़ा बंद था। गैलरी में मेरे और सावरकर के अलावा भी बहुत से लोग थे। सभी बेचैन, चिंतित और व्यग्रतापूर्वक बंद दरवाज़े की तरफ देख रहे थे।

वे सभी जिन्दल परिवार की किसी-न-किसी फर्म के कर्मचारी थे। विभा की मौजूदगी की वजह से वे सभी सम्मानपूर्वक, हाथ बांधे खामोश खड़े थे। सभी के चेहरों पर दुःख-दर्द के स्वाभाविक भाव थे।

अच्छी-खासी भीड़ के बावजूद गैलरी में सन्नाटा था, बहुत ही पैना सन्नाटा।

इसी भीड़ में एक तरफ 'भारत शुगर मिल' का जनरल मैनेजर एस. रामानाथन भी खड़ा था, वह एक पतला-दुबला, तोते-सी नाक, सांवले रंग, बड़ी-बड़ी आंखों वाला करीब पांच फिट छह इंच लंबा युवक था। पतले होंठों वाले रामानाथन की आयु तीस के करीब थी। विभा ने वहां पहुंचने पर सबसे पहले उसी से बात की थी। रामानाथन केवल इतना

ही बता पाया था कि गाड़ी से, रूकमणी पार्क के सामने से गुजरते वक्त उसने पार्क में कुछ लोगों की भीड़ देखी। तभी एक व्यक्ति ने हाथ के इशारे से उसे कार रोकने के लिए कहा। उसने कार रोक ली, तब उस व्यक्ति ने बताया कि पार्क में गजेन्द्र बहादुर जिन्दल बेहोश अवस्था में पड़े हैं। सुनकर वह चौंक पड़ा। भागकर पार्क में पहुंचा। उसके बाद पहले उसने उन्हें यहां पहुंचाया। तब 'मंदिर' फोन किया।

अस्पताल में पुलिस और स्वयं आई.जी. भी पहुंच चुके थे। वे भी एक तरफ हाथ बंधे खामोश खड़े थे।

सभी को गजेन्द्र बहादुर जिन्दल के होश में आने की प्रतीक्षा थी।

होती भी क्यों नहीं।

शायद मेरी तरह ही सब सोच रह थे कि होश में आने पर वे निश्चय ही अपने इतनी देर गायब होने और बेहोश होने ही वजह बताएं। मैं अभी यह निश्चय नहीं कर पा रहा था कि उनके बेहोश होने का संबंध अनूप की आत्महत्या या हत्या से है या नहीं?

अचानक ही दरवाज़ा खुला।

गैलरी में टहलती विभा ठिठकी, और फिर उस तरफ लपक-सी पड़ी।

गले में टेलिस्कोप डाले डॉक्टर बाहर निकला। बाहर निकलते ही उसने दरवाज़ा वापस भिड़ा दिया था। उसके समीप पहुंचती हुई विभा ने पूछा–"क्या हुआ डॉक्टर, क्या बाबूजी को होश आ गया है?"

"जी हां।" डॉक्टर का अंदाज और लहजा बहुत ही सम्मानित था।

"थ . . . थैंक्स गॉड। मैं उनसे बात करना चाहती हूं डॉक्टर।" कहने के साथ ही विभा ने दरवाज़े की तरफ लपकना चाहा था कि डॉक्टर सहम-सा गया, कांपने हुए मैंने उसे साफ देखा था, फिर कुछ इस तरह बोला जैसे अपनी किसी बहुत बड़ी गलती के लिए माफी मांग रहा हो–"म . . . माफ कीजिएगा बहूरानी, वे अभी-अभी होश में आए हैं और उन्हें बताया नहीं गया है कि अनूप बाबू नहीं रहे।

यह खबर उन्हें नहीं बताऊंगी।" कहने के बाद इस बार वह तेजी से दरवाज़े की तरफ बढ़ ही जो गई थी।

"म . . . मगर बहूरानी। अ . . . आपका लिबास!" हकलाकर डॉक्टर ने जल्दी से कह दिया।

विभा एकदम ठिठक गई।

"उफ्फ!" कहते हुए उसने दांए हाथ का घूंसा बहुत जोर से बाईं हथेली पर मारा।

उसकी इस बेबसी पर वहां खड़े सभी लोगों की आंखें डबडबा गईं। मेरे सारे जिस्म में एक अजीब-सी सिहरन दौड़ गई थी, कसमसाकर, आंखें फाड़े डॉक्टर की तरफ देखती रह गई थी विभा। जबकि डॉक्टर इस तरह खड़ा था जैसे विभा का मुजरिम हो।

कई क्षण के लिए अजीब-सी उत्तेजना का वातावरण बन गया।

फिर विभा ने ही डॉक्टर से पूछा–"होश में आने के बाद वे क्या कर रहे हैं?"

"बार-बार अनूप बाबू के बारे में पूछ रहें हैं, कह रहे हैं कि उन्हें उनसे मिलाया जाए।"

"ओह, इसका मतलब बाबूजी को 'उनके' बारे में जरूर कुछ शक है। वे जरूर कुछ जानते हैं लेकिन? वे क्या जानते हैं, कैसे पता लगे?" बड़बड़ाती हुई विभा ने शिकारी के जाल में फंसी हिरनी के समान चारों तरफ देखा और फिर बंदूक से छूटी गोली की तरह आई.जी. की तरफ बढ़ गई।

"आई.जी. अंकल!" वह उनके निकट पहुंचते ही बोली–"मुझे लगता है कि बाबूजी 'उनके' हत्यारे के बारे में जरूर कुछ जानते हैं, प्लीज आप अंदर आइए और उनसे बयान लीजिए।"

"आई.जी. साहब डॉक्टर के पास पहुंचे, उससे पूछा–डॉक्टर ने इस शर्त के साथ इजाजत दे दी कि उन्हें अनूप के बारे में कुछ नहीं बताएंगे। आई.जी. साहब कमरे के अंदर चले गए।

दरवाज़ा पुनः बंद हो गया।

गैलरी में मौजूद लोगों के दिल इतनी तेजी-से धकड़ने लगे जैसे निर्धारित समस्त धड़कनें अभी और इसी वक्त पूरी कर लेना चाहते हों।

विभा पुनः पहले से भी कहीं ज्यादा बेचैन-सी गैलरी में टहलने लगी।

अभी पांच ही मिनट गुजरे थे कि एकाएक वह ठिठकी और फिर बड़ी तेजी-से फोन की तरफ बढ़ी।

विभा ने रिसीवर उठाकर किसी का नंबर डॉयल किया।

संबंध स्थापित होते ही बोली–"हैलो, मैं विभा बोल रही हूं। जिन्दल पुरम् की बहूरानी।"

दूसरी तरफ से कुछ कहा गया।

"आठ बजे से एक, तीन, चार या ज्यादा-से-ज्यादा पांच मिनट पहले 'मंदिर' से मिस्टर अनूप ने फोन पर किसी से कुछ बातें की थीं, क्या आप बता सकती हैं कि वह फोन कहां किया गया था और क्या बातें हुई थीं?"

दूसरी तरफ से पुनः कहा गया।

विभा ने कहा–"जितनी जल्दी हो सके पता करके मुझे इस फोन पर बताया जाए, अभी मैं यहीं हूं। फोन नंबर लीजिए, यह नंबर 'हरिकेश बहादुर अस्पताल' का है।"

फिर, नंबर बताने के बाद उसने रिसीवर रख दिया।

धड़कनें बढ़ती ही जा रही थीं।

पांच मिनट और गुजर गए, दिल में सवाल उठा कि आखिर इतनी देर तक आई.जी. साहब अंदर क्या कर रहे हैं और अचानक ही मैं बुरी तरह उछल पड़ा। जिस्म के सभी मसामों ने एक साथ पसीना उगल दिया।

चौंक सभी पड़े थे और चौंकने की वजह थी उस तनावपूर्ण सन्नाटे को झकझोर देने वाली फोन की वैल।

फोन क्योंकि ठीक मेरे पीछे और अत्यंत समीप रखा था इसलिए सबसे ज्यादा बुरी तरह मैं ही चौंका। विभा हवा के झोंके की तरह

फोन पर पहुंची, रिसीवर उठाकर कुछ देर तक वह दूसरी तरफ से बोलने वाले की आवाज सुनती रही और कुछ देर बाद 'थैंक्स' कहकर रिसीवर रख दिया। इधर उसने रिसीवर रखा था और उधर आहिस्ता से कमरे का दरवाज़ा खुला।

"कहिए आई.जी. अंकल, क्या बाबूजी ने कोई बयान दिया?"

"हां।"

"जल्दी बताइए, क्या?"

"उनका कहना है कि उस वक्त करीब ढाई बजे थे जब वे अपनी गाड़ी से कपड़ा मिल से शुगर फैक्ट्री की तरफ जा रहे थे तब 'चैपलिन रोड' पर एक व्यक्ति ने हाथ के इशारे से उन्हें रूकने के लिए कहा, वह व्यक्ति साढ़े छह फुट लंबा और पतला-दुबला था, लाल आंखों वाले उस व्यक्ति के होंठ काले, मोटे और भद्दे थे, जिस्म पर काले कपड़े पहने हुए था।"

"ओह, यह तो उसी संतरे वाले आदमी का हुलिया है।"

आई.जी. ने आगे बताया–"कार क्योंकि गजेन्द्र बहादुर जी स्वयं ही ड्राईव कर रहे थे और वह व्यक्ति लिफ्ट मांगने वाले अंदाज में रूकने के लिए कह रहा था इसलिए उन्होंने गाड़ी रोक ली। उसने 'सुभाष चन्द्र बोस' मार्ग तक के लिए लिफ्ट की याचना की, उसने कहा था कि वहां अस्पताल में उसकी बीवी की डिलीवरी होने वाली है, आप जानती हैं कि शुगर फैक्ट्री सुभाष बोस मार्ग पर ही है, अतः जिन्दल साहब ने उसकी परेशानी समझते हुए लिफ्ट देने में कोई बुराई नहीं समझी।"

"फिर क्या हुआ?"

"जिन्दल साहब ने पिछला दरवाज़ा खोल दिया, वह गाड़ी में बैठा गया, अभी गाड़ी ने रफ्तार पकड़ी ही थी यानि ज्यादा दूर नहीं निकली थी कि उस व्यक्ति ने जेब से रिवॉल्वर निकालकर इनकी कनपटी पर रख दिया। ये बुरी तरह चौंक पड़े, जबकि ड्राईविंग सीट भी उसने खुद संभाल ली, अभी ये कुछ समझ भी नहीं पाए थे कि उसने बिजली की-सी तेजी से रिवॉल्वर के दस्ते का वार इनकी कनपटी पर किया,

एक चीख के साथ ये बेहोश होकर सीट पर लुढ़क गए।

"ओह!" विभा के जबड़े कस गए थे।

"होश आने पर इन्होंने खुद को तीन कमरों वाले फ्लैट के एक कमरे में कुर्सी पर बंधे पाया। उनके चेहरे पर ढेर सारा पानी डालकर उन्हें होश में लाया गया, सामने वही व्यक्ति था। इस वक्त वह चेहरे पर पूरा दरिंदगी लिए ठहाके लगा-लगाकर हंस रहा था, इन्होंने चीखकर उससे इस व्यवहार की वजह जाननी चाही तो उसने केवल यही कहा कि वजह कुछ देर बाद खुद ही पता लग जाएगी। उसके बाद इन्हें उसी अवस्था में छोड़कर वह चला गया, कदाचित् वह फ्लैट का दरवाज़ा बाहर से बंद करके गया था।"

उत्सुक विभा ने पूछा–"फिर क्या हुआ?"

"उस वक्त करीब पौने चार बजे थे, जब वही व्यक्ति पुनः कमरे में दाखिल हुआ, इस बार उसके साथ अनूप साहब भी थे, अनूप और ज़िन्दल साहब वहां एक-दूसरे को आमने-सामने देखकर बुरी तरह चौंक पड़े। दोनों ही ने एक-दूसरे को हैरत के साथ पुकारा था और अनूप साहब दौड़कर कुर्सी के साथ बंधे जिन्दल साहब के नजदीक पहुंचे। उस वक्त लाल आंखों वाला ठहका लगाकर हंस पड़ा, अनूप साहब ने चौंकते हुए घूमकर उस तरफ देखा, परंतु तब तक वह जेब से रिवॉल्वर निकालकर उन पर तान चुका था।"

गुस्से में अनूप साहब चीख पड़े–"जोगा, इस हरकत का क्या मतलब?"

"ओह, तो उस संतरे वाले आदमी का नाम जोगा था?"

"शायद।"

"फिर क्या हुआ?"

"वह हंसता रहा और दिल खोलकर हंसने के बाद बोला–"इस फ्लैट पर मैं तुम्हें केवल यही दिखाने लाया था अनूप, उम्मीद है कि तुम अपने पिता की वस्तु-स्थिति से परिचित हो गए होंगे?"

"म . . . मगर इस हरकत का मतलब क्या है?"

"अभी समझाता हूं।" कहने साथ ही जोगा आगे बढ़ा और उसने अनूप की जेब से उसका पैन निकाल लिया, अपनी जेब से एक कागज़ निकाला और कागज़ पर एक आकृति बनाई।"

"फिर?" कागज़ को देखते हुए अनूप ने पूछा।

"यह आकृति एक पहेली है और यह पहेली तुम्हें हल करनी है।"

"ल . . . लेकिन पहेली हल करने का इस बात से क्या मतलब?"

"पहेली हल करने के लिए तुम्हें केवल 'साढ़े तीन घंटे' का समय दिया जाएगा और यदि तुम उन साढ़े तीन घंटे में इस पहेली को हल नहीं कर सके तो तुम्हारे पिता का कत्ल कर दिया जाएगा।"

"न . . . नहीं!" अनूप साहब चीख पड़े।

"इतना ही नहीं, बल्कि सारी दुनिया के सामने संतरा भी छील दिया जाएगा।

"न . . . नहीं जोगा, तुम ऐसा नहीं करोगे। तुम ऐसा कुछ नहीं कर सकते!" अनूप साहब चीखे जरूर थे, किंतु उनका चेहरा पीला पड़ चुका था, अगले ही पल वे गिड़गिड़ा से उठे–"ऐसा मत करना जोगा, प्लीज, ऐसा मत कहो। तुम जो चाहोगे मैं तुम्हें दूंगा, लेकिन ऐसा मत करना।"

"नही करूंगा, लेकिन . . ."

"लेकिन?"

"उस अवस्था में तुम्हें आत्महत्या कर लेनी होगी।"

"ज . . . जोगा!"

"चीखो मत अनूप, गला खराब हो जाता है। दरअसल जो दो बातें मैंने कही हैं, उनमें से एक तो होनी ही है। हां, उनमें से तुम क्या होना पसंद करते हो, यह हम तुम्हारी ही इच्छा पर छोड़ते हैं।"

"मैं समझ नहीं पा रहा हूं जोगा कि आखिर तुम।"

"इतने घबरा क्यों रहे हो? एक पहेली ही तो है। उसे तुम हल भी कर सकते हो, उस सूरत में . . ."

"क . . . किंतु आखिर क्या सनक है जोगा, सिर्फ एक पहेली के लिए तुम . . . आखिर क्या है इस पहेली में?"

"इस मामले में तुमसे बहस करने के लिए मेरे पास समय नहीं है, केवल इतना ही समझ लो कि जो मैं कह रहा हूं वह पत्थर की लकीर है, यकीन दिलाता हूं कि तुम्हारे सफल होने पर न ही संतरा लूंगा, न तुम्हारे पिता को कत्ल करूंगा और न तुम्हें आत्महत्या करने की जरूरत पड़ेगी। हां, असफल होने पर इन दोनों कामों में से एक जरूर होगा। पसंद तुम्हारी रहेगी।"

एक बार अनूप साहब चाहकर भी कुछ न बोल सके।

उसने अपनी कलाई पर बंधी रिस्टवाच में समय देखते हुए कहा–"इस वक्त चार बजे हैं, टैक्सी द्वारा यहां से मंदिर तक का रास्ता पन्द्रह मिनट का है यानी तुम साढ़े चार के करीब मंदिर पहुंच जाओगे, साढ़े तीन घंटे मैं तुम्हें इस फ्लैट में बैठाकर भी दे सकता था, तुम्हें आजाद छोड़ रहा हूं तो यह भी मैंने सोच ही लिया होगा कि तुम क्या-क्या कर सकते हो। संतरा मेरी जेब में है और तुम्हारे यहां से निकलते ही मैं भी यहां न रहूंगा, किसी गुप्त स्थान पर चला जाऊंगा। तुम्हारे पिता मेरे द्वारा खरीदे गए किराए के दो गुंडों की निगरानी में यहीं रहेंगे, बेचारे वे मेरे बारे में कुछ नहीं जानते हैं, अगर यहां पुलिस ने छापा मारा तो यहां से उन्हें तुम्हारे पिता की लाश और ज्यादा से ज्यादा वे दो गुंडे मिलेंगे, उस आज्ञात स्थान पर रहकर भी मैं हर पल इस फ्लैट को नजर में रखूंगा, ऐसी कोई गड़बड़ महसूस करते ही मैं वही संतरा छीलना शुरू कर दूंगा।"

"ऐसा कुछ नहीं होगा।"

"उम्मीद तो यही है।" जोगा के भद्दे होंठों पर जहरीली मुस्कान थी।

"न . . . नहीं . . . नहीं अनूप, तू इस कमीने की धमकी में क्यों आ रहा है बेटे, हमें मर जाने दे, मगर तू अपनी जिंदगी को खतरे में मत डाल।" कुर्सी पर बंधे गजेन्द्र पागलों की तरह चीख-चीखकर ऐसे ही शब्द कहने लगे थे, किंतु अनूप ने उनकी एक न सुनी, जोगा से बोला–"मुझे वह फोन नंबर की सूचना देनी है।"

"और तब जोगा ने अनूप साहब को नंबर बता दिया।"

आई.जी. ने कहा।

सब कुछ सुनती हुई विभा का गुलाबी चेहरा किसी कोयले की तरह काला पड़ गया, पत्थर की तरह सख्त और खुरदरा। उसके जबड़े भिंचे हुए थे, आंखों में आग बरस रही थी। विभा को उस अवस्था में देखकर आई.जी. तक के जिस्म में झुरझुरी-सी दौड़ गई, वह किसी नागिन के समान फुंफकारी–"क्या वह नंबर बाबूजी ने सुना था?"

"जी हां।"

"क्या उन्हें नंबर याद रहा यानि क्या उन्होंने आपको बताया?"

"जी हां।"

विभा ने उसी मुद्रा में पूछा–"क्या वह नंबर डबल फाईव, सेविन, थ्री, फोर, ऐट है?"

"हां, अरे?" आई.जी. साहब हैरत से उछल पड़े– "म . . . मगर आपको यह नंबर कैसे मालूम?"

"मरने से पहले उन्होंने इसी नंबर पर फोन किया था। विभा उसी पत्थर की तरह सख्त स्वर में कहती चली गई–"फोन पर उन्होंने कहा था कि वे पहेली को हल करने में कामयाब नहीं रहे हैं और अपना वादा पूरा कर रहे हैं अतः वह भी अपना वादा पूरा करे। खैर, आप बात आगे जारी रखिए। उसके बाद क्या हुआ?"

चकित निगाहों से विभा को देखते हुए आई.जी. ने कहा–"उनका कहना है कि अनूप के वहां से जाते ही जोगा ने उन्हें बेहोश कर दिया, दुबारा होश में आने पर उन्होंने खुद को यहां पाया। वे नहीं जानते कि इस बीच वे कहां रहे और क्या हुआ। वे बार-बार अनूप साहब के बारे में पूछे रहे हैं, पागलों की तरह वे यही कहे जा रहे हैं कि उन्हें अनूप से मिलाया जाए।"

"क्या वे उस फ्लैट का पता जानते हैं जहां उन्हें ले जाया गया था।?"

"नहीं।"

"अगर वे दुबारा उस फ्लैट के अंदर पहुंच जाएं तो क्या उसे पहचान लेंगे?"

"इस सवाल के जवाब में कहना है–'हां', लेकिन जिन्दल पुरम् में अनगिनत फ्लैट हैं, हम भला उन्हें किस-किस फ्लैट के अंदर ले जाएंगे?"

"फ्लैट का पता मैं जानती हूं।"

"क . . . क्या? म . . . मगर कैसे।?" हैरतवश आई.जी. की आंखें फैल गई।

"मैंने एक्सचेंज से मालूम कर लिया है कि मरने से पहले उन्होंने किस नंबर के फोन पर किससे क्या बातें की थीं, एक्सचेंज से यह भी पता लग गया है कि उपरोक्त नंबर का फोन किस फ्लैट में है, अब बाबूजी को वहीं ले जाकर तो सिर्फ यह पुष्टि करानी है कि वह फ्लैट वही है, जहां उन्हें कैद किया गया था या नंबर किसी दूसरे फ्लैट का दिया गया था?"

"ओह!" आई.जी. का संदेह दूर हुआ।"

"क्यों डॉक्टर?" विभा ने समीप ही खड़े डॉक्टर से पूछा।

"स . . . सॉरी बहूरानी, दरअसल अभी।"

"ओह!" विभा के मस्तक पर चिंता की लकीरें उभर आईं–"खैर फिलहाल, उन्हें रहने दीजिए। हम ही चैक करते हैं, क्यों आई.जी. अंकल। आपकी क्या राय है?"

किंकर्त्तव्यविमूढ़ से आई.जी. ने कह दिया–"यही ठीक रहेगा।"

"चलिए।" कहने के साथ ही विभा किसी सनसनाते तीर की तरह आगे बढ़ी।

कार विभा स्वयं ड्राईव कर रही थी, मैं अगली सीट पर उसके बराबर में ही बैठा था, पिछली सीट पर मिस्टर सावरकर बैठे थे। सावरकर ने कहा था कि कार वह ड्राईव कर लेगा, वे आराम से पिछली सीट पर बैठें परंतु विभा ने उसकी बात न मानकर उन्हें पीछे बैठने का आदेश दिया।

कार के पीछे आई.जी. की कार और उसके पीछे पुलिसकर्मियों से भरी जीप चली आ रही थी, हमारी कार सबसे आगे इसलिए थी, क्योंकि जिस फ्लैट पर हम जा रहे थे उसका पता सिर्फ विभा को ही ज्ञात था। कार में पूरी तरह खामोशी छाई हुई थी।

एकाएक ही विभा ने मुझे पुकारा–"वेद!"

"हुं!" विचार श्रृंखला बिखर जाने के कारण मैं उछल सा पड़ा।

"तुम जासूसी उपन्यास लिखते हो न?" सड़क पर दृष्टि गड़ाए उसने अजीब सा सवाल किया।

उसके सवाल का अर्थ न समझते हुए मैंने कहा–"हां।"

"क्या तुम इस केस के हत्यारे की मानसिक स्थिति का विश्लेषण कर सकते हो?"

"मैं समझा नहीं।"

"तुमने आई.जी. के मुंह से बाबू जी के बयान सुने, उनसे लगता है कि अनूप ने हत्यारे द्वारा दी गई पहेली हल कर दी होती तो हत्यारे को कुछ भी चाह नहीं थी।"

"हां, मगर ये बड़ी अजीब सी बात है।"

"इसका मतलब ये कि हत्यारे की दिलचस्पी उन्हें मार देने से कहीं ज्यादा उस पहेली के हल में थी।" विभा ने कहा–"ऐसा उस पहेली में क्या है?"

"मेरी समझ में तो कुछ नहीं आ रहा है विभा। बेशक, मैं जासूसी उपन्यास लिखता हूं, लेकिन इतने उलझे हुए नहीं। मेरे पात्र विजय और विकास हैं, उनका संबंध भारतीय सीक्रेट सर्विस से है, अतः ज्यादातर वे किसी अन्तर्राष्ट्रीय ऑपरेशन पर ही काम करते हैं, ऐसे ऑपरेशन का रहस्य तो पहले ही खुला रहता है, सवाल सिर्फ ये होता कि वे ऑपरेशन में कैसे सफल होंगे। पाठकों को हल्का-फुल्का मनोरंजन देना ही मेरे उन उपन्यासों का ध्येय है, उसमें इतने सवाल, इतने पेंच या इतने उलझाव बिल्कुल नहीं होते। ऐसे कथानक शायद पाठक पसंद भी नहीं करेंगे।"

"तुम्हारी गलतफहमी है, मेरे ख्याल में तुम्हें पेंचदार कथानक ही लिखने चाहिए। ऐसे कथानकों से तुम मनोरंजन के साथ उनकी बुद्धि भी पैनी करोगे। मेरी राय है कि तुम भविष्य में ऐसे ही कथानक लिखो।"

"अपने किसी उपन्यास में पात्र के जरिए पाठकों से राय लूंगा।" मैंने विषय को खत्म किया और वापस इस केस पर आता हुआ बोला–"क्योंकि मैं ऐसे कथानक नहीं लिखता इसलिए मिस्टर अनूप के हत्यारे की मानसिक स्थिति का विश्लेषण भी नहीं कर सकता।"

वह चुप रह गई।

कुछ देर तक मैं उसके बोलने की प्रतीक्षा करने से निराश होकर बोला–"क्या तुम हत्यारे की मानसिक स्थिति का विश्लेषण कर सकती हो विभा?"

"मेरे ख्याल से जिन्दल पुरम् में अभी मर्डर और होने चाहिएं।"

"क . . . क्या मतलब?" मैं उछल पड़ा।

"फिलहाल यही हत्यारे की मानसिक स्थिति का विश्लेषण है, उसे पहेली का हल चाहिए। अपनी नजर में वह जिसे भी बुद्धिमान समझेगा उसके सामने पहेली रख देगा, हल न कर पाने की सूरत में उसकी हत्या कर देगा।"

"बड़ी अजीब बात कह रही हो तुम।?" मैंने पूछा–"क्या तुम इस खाली समय में मुझे उस हेयर?"

"उस बारे में हम बाद में बात करेंगे।" विभा ने मेरी बात बीच में काटकर जल्दी से कहा, मैं समझ गया कि विभा सावरकर के सामने हेयर पिन के बारे में कोई बात करना नहीं चाहती है, मुझे अपनी भूल का अहसास हुआ और फिर एकाएक ही दिमाग में सवाल उठा कि क्या विभा मिस्टर सावरकर पर शक कर रही है?

"यदि हां, तो कैसा शक?"

हत्यारा तो बिल्कुल स्पष्ट है–जोगा!

क्या विभा जोगा को इस केस का मुख्य मुजरिम नहीं मानती, यदि ऐसा है तो विभा की धारणा के पीछे तथ्य क्या है। सावरकर पर वह कैसे, क्यों और क्या शक कर रही है?

मैं अभी इन्हीं प्रश्नों में उलझा हुआ था कि एक हल्के से झटके के साथ गाड़ी रूक गई। मैंने देखा कि गाड़ी तीन मंजिले फ्लैट्स के दूर तक फैले सिलसिले और चारदीवारी से घिरे स्थान पर रूकी थी। एक स्थान पर लिखा था–'मानसरोवर कॉलोनी।'

आई.जी. की कार और पुलिस जीप भी हमारे पीछे ही रूक गईं।

विभा के नेतृत्व में पूरा काफिला एक इमारत की दूसरी मंजिल पर स्थित फ्लैट नंबर 'सी-इक्यावन' के बाहर गैलरी में रूक गया, विभा ने कहा–"यही वह फ्लैट होना चाहिए।"

"म . . . मगर यह तो बंद है।" आई.जी. ने फ्लैट के बाहर लटके ताले को देखते हुए कहा।

"जी हां, लेकिन ठहरिए। इस ताले पर कोई हाथ नहीं लगाएगा। अगर फ्लैट वही है तो ताले पर जोगा की उंगलियों के निशान जरूर होने चाहिएं।" कहने के तुरंत बाद ही वह मेरी तरफ घूमी, बोली– "क्या हमारे पास रूमाल है वेद?"

मैंने जेब से रूमाल निकालकर उसे दिया।

उसने अपने बालों से एक हेयर पिन निकाला, बाएं हाथ में रूमाल लेकर उससे ताले को इतनी आहिस्ता से पकड़ा कि उस पर बने उंगलियों के निशान मिट न पांए, दांए हाथ से हेयर पिन की मदद से वह ताले को खोलने का प्रयास करने लगी, मेरे और सावरकर के अलावा सभी पुलिस-कर्मी आई.जी. तक विभा की कार्रवाई को हैरत में डूबे देख रहे थे। उस वक्त तो सबकी आंख लगभग फट-सी पड़ी, जब विभा की पांच मिनट की कोशिश के बाद ही ताले ने मुंह-फाड़ दिया।

ताला सावधानी से एकतरफा रखा गया।

दरवाज़ा खोलकर विभा और उसके पीछे हम सभी फ्लैट में दाखिल हो गए। फ्लैट तीन कमरों का ही था, डायनिंग, ड्राइंग और बेडरूम। ड्राइंग रूम के दरवाज़े पर हम सभी ठिठक गए।

एक कुर्सी और उसके समीप ही फर्श पर नॉईलॉन की रस्सी पड़ी थी, कुर्सी से थाड़ी दूर एक बाल्टी रखी थी। कुर्सी और उसके आसपास

का फर्श अभी तक गीला था। बाल्टी की तली में थोड़ा सा पानी शेष था।

हम सभी समझ गए कि गजेन्द्र बहादुर इसी कुर्सी से बंधे रहे होंगे।

विभा ने कहा–"फ्लैट यही है, मैं ड्राइंग रूप में रखे फोन का नंबर देख चुकी हूं, कोई भी फ्लैट में मौजूद किसी वस्तु को छेड़ेगा नहीं, आई.जी. साहब कृपया आप फिंगर प्रिंट्स विभाग को फोन कर दीजिए, अपने फोटोग्राफर को भी। यहां के फोटो और निशान लेने बहुत जरूरी हैं।"

आई.जी. साहब बिना कुछ कहे मुड़ गए।

"ठहरिए!" विभा ने पूछा–"आप फोन कहां से करेंगे?"

"इसी इमारत के किसी दूसरे फ्लैट से।"

"गुड, इस फ्लैट के फोन पर हत्यारे की उंगलियों के निशान होंगे।"

आई.जी. साहब बाहर चले गए।

मैंने विभा से पूछा–"जब यह स्पष्ट है विभा कि वह जोगा था तो निशान आदि के लिए इतनी सावधानी की क्या जरूरत है, हुलिए और नाम से ही उसे तलाश किया जा सकता है।"

"इस फ्लैट में रहने वाले का नाम दीनदयाल है।"

"यह बात तुम्हें कब, कहां और कैसे पता लगी गई?"

"एक्सचेंज से, फोन दीनदयाल के नाम से ही है। जोगा नाम और हुलिया दोनों ही नकली हो सकते हैं, संभव है कि दीनदयाल अनूप से 'जोगा' नाम और उसी हुलिए में मिलता रहा हो। जब उंगलियों के निशान दीनदयाल से मिलाए जाएंगे तो स्पष्ट हो जाएगा कि दीनदयाल ही जोगा था या नहीं?"

मैं विभा की बुद्धि की विलक्षणता और दूरदर्शिता पर चकित-सा उसे देखता रह गया, जबकि वह सारे कमरे में घूम-घूमकर जाने क्या तलाश कर रही थी। हम सभी पूरी तरह मौन उसे देखते रहे।

हम सबको अपने पीछे न आने की आज्ञा-सी देती हुई वह बेडरूम में चली गई। दस मिनट बाद लौटकर कमरे में आई।

तभी आई.जी. साहब भी कमरे में आए। सामने पड़ते ही विभा ने उससे फोन के बारे में पूछा, जवाब में आई.जी. साहब बोले–"फोन तो हमने कर दिया है, लेकिन हमें पता लगा है कि इस फ्लैट के मालिक का नाम जोगा नहीं दीनदयाल है।"

"शायद आपने किसी पड़ोसी का बयान लिया है?"

"हां।"

"तब तो आपको यह भी पता लगा होगा कि 'गांधी बाजार' में दीनदयाल की कैमिस्ट की दुकान है।"

"अरे आपको कैसे मालूम?"

"दीनदयाल की उम्र तीस-पैतीस के बीच की है, आंखें छोटी, नाक लंबी, माथा चौड़ा और सिर पर नाम मात्र के बाल हैं, कद पांच फुट दो या तीन इंच है। स्वास्थ्य अच्छा है। उसकी पत्नी का नाम निर्मला है, जो आजकल मायके गई हुई है, इनके दो बच्चे हैं सात वर्षीय बंटी और तीन वर्षीय शिखा। दीनदयाल सुबह के नौ बजे दुकान चला जाता है और रात साढ़े आठ के करीब वापस लौटता है।"

आई.जी. के चेहरे पर सारे जमाने भर की हैरत उभर आई, बोले–"अ . . . आप कहीं जादूगरनी तो नहीं हैं?"

"निर्मला का मायका देहली में है।"

"क . . . कमाल कर रही हैं आप, भला आपको यह सब कुछ . . ."

"इसमें कमाल या जादूगरी जैसी कोई बात नहीं है आई.जी. साहब, जो बातें आप बाहर पड़ोसियों से मालूम कर रहे थे उससे कहीं ज्यादा बातें इस फ्लैट में रहकर जानी जा सकती हैं। बेडरूम में पूरे परिवार का एक फोटो है, एक अलमारी में कैमिस्ट की दुकान का पैड रखा है। बेड पर देलही से आया निर्मला का एक पत्र पड़ा है जो शायद कल ही दीनदयाल को मिला था और उसने पढ़ कर सिरहाने रख दिया था, पत्र में बहुत-सी बातों के अलावा यह भी लिखा है कि बंटी और शिखा अपने पापा को बहुत याद करते हैं।"

"ओह!" आई.जी. के दिमाग को सुकून-सा मिला।

"फ्लैट में मौजूद सामान से यह अनुमान भी सहज ही लगाया जा सकता है कि दीनदयाल का स्टोर ठीक ही चलता है, दो से लेकर ढाई हजार के बीच की आय उसे हो ही जाती है।"

"कमाल है, आप इतनी छोटी-छोटी चीजों से . . ."

"ये छोटी-छोटी चीजें ही, जिन्हें हम देखते हैं किंतु महत्वहीन समझ कर, उन पर मनन नहीं करते, दरअसल किसी भी व्यक्ति के पूरे व्यक्तित्व का दर्पण होती है, किसी ने पानी की एक बूंद को देख कर घोषणा कर दी कि कहीं-न-कहीं समुद्र जरूर है। पानी की वह बूंद दूसरे लोगों ने भी देखी थी, किंतु सिर्फ देखी ही थी, उस पर मनन नहीं किया था। जिसने मनन किया वह जान गया कि कहीं-न-कहीं समुद्र जरूर है। किसी व्यक्ति के रहने के स्थान को देखकर उसकी रूचियों और आर्थिक स्थिति के बारे में जाना जा सकता है।"

"आपके इस तरह बताने के बाद सब कुछ कितना आसान लगता है?"

"कोई भी उलझन केवल तब तक उलझन है जब तक कि हम उस पर सोचते नहीं हैं, यदि हम सोचें और हमारे सोचने की धारा ठीक हो तो उलझन को सुलझते देर नहीं लगती और जब उलझन सुलझ जाती है तो लगता है कि उलझन थी ही कहां, हम तो व्यर्थ ही परेशान हो रहे थे।"

"हम तो कभी सोच भी नहीं सकते थे बहूरानी, कि आप इतने सुलझे हुए विचारों की होंगी।"

"खैर, आगे की जानकारी के लिए दीनदयाल का मिलना बहुत जरूरी है।" विभा ने कहा–"दुकान बंद होगी, उसका इस वक्त यहां न मिलना संदेहास्पद है, कहां है वह। क्या आपने पड़ोसियों से मालूम किया?"

"पड़ोसियों ने उसे सुबह दुकान पर जाते देखा था, उसके बाद नहीं देखा।"

विभा ने मानो स्वयं ही सवाल किया–“दीनदयाल कहां गया, क्यों गायब हो गया?”

“कहीं वही तो जोगा नहीं है विभा।?” मैंने राय व्यक्त की।

“उसे तलाश करवाएं आई.जी. अंकल, बहुत से सवाल ऐसे हैं, जिनका जवाब दीनदयाल ही दे सकता है।”

आई.जी. साहब ने कुछ कहने के लिए मुंह खोला ही था कि वहां पुलिस फोटोग्राफर और फिंगर प्रिंट्स विभाग के लोग पहुंच गए, विभा ने मुझसे कहा–“चलो वेद, फिलहाल हमारे लिए यहां कोई काम नहीं है।”

“आपने यह मांगी थी।” आई.जी. ने जेब से एक ‘तह’ हुआ कागज़ निकालकर विभा को दे दिया–“उस पहेली की फोटोस्टेट कॉपी, जिसे हल न करने की सूरत में मिस्टर अनूप ने आत्महत्या कर ली।”

कागज़ लेते वक्त विभा का सारा चेहरा भभक रहा था।

रात के करीब बारह बज गए थे। कार ‘जिन्दल पुरम्’ की चिकनी, चौड़ी और साफ सड़क पर तैरने के से अंदाज में दौड़ी चली जा रही थी। कार में केवल हम दोनों ही थे। ड्राईव वह स्वयं ही कर रही थी। मैं उसके समीप ही बैठा कागज़ पर बनी पहेली को देख रहा था। उस पहेली को जिसको मैं अपनी विभा के सुहाग की हत्यारी कह सकता था।

विभा की आंखें कार के आगे-आगे दौड़ रहे हैडलाईट के प्रकाश पर थीं, सड़क पर दृष्टि गड़ाए ही उसने मुझसे पूछा–“आया कुछ समझ में?”

“नहीं, मेरे पल्ले तो कुछ नहीं पड़ रहा है।”

“उस पर से ध्यान हटा लो, इस तरह कुछ पल्ले पड़ेगा भी नहीं।”

“क्या मतलब?” मैंने विभा की तरफ देखते हुए पूछा।

“वह पहेली इतनी सरल नहीं हो सकती जिसे वे साढ़े तीन घंटे में हल नहीं कर सके, वे जानते थे कि अगर वे इसे हल नहीं कर सके तो वे साढ़े तीन घंटे उनकी जिन्दगी के आखिरी घंटे होंगे अतः इसे हल

करने में उन्होंने पूरी तन्मयता से अपना सम्पूर्ण दिमाग लगाया होगा, हर वह कोशिश की होगी जो वे कर सकते थे, किंतु फिर भी सफल न हो सके। इसका मतलब है कि पहेली कठिन है और यूं दिमाग खर्च करने से समझ में नहीं आएगी। इसको हल करने के लिए अलग से समय चाहिए।"

"शायद तुम ठीक कह रही हो।"

"इसे मैं करूंगी और साढ़े तीन घंटे में हल करूंगी।"

"व . . . विभा!" चौंकते हुए कहते वक्त मेरा लहजा कांप गया, बल्कि यूं लिखना चाहिए कि मेरा सारा अस्तित्व ही कांप उठा था। जब मैंने ड्राइविंग करती विभा की तरफ देखा तो जिस्म में झुरझुरी-सी दौड़ गई, उसके चेहरे पर अजीब-सी सनसनी फैला देने वाली दृढ़ता थी। आंखें पथराई-सी महसूस दीं, उसने उसी चट्टानी और खुरदुरे स्वर में कहा–"हां वेद, पूरे साढ़े तीन घंटे में और ये भी वादा रहा कि अगर मैं उतने ही समय में हल न कर सकी तो उनकी तरह आत्महत्या कर लूंगी।"

"न . . . नहीं!" मेरे जिस्म का सारा रोयां खड़ा हो गया–"ऐसा मत कहो।"

"क्यों, क्या तुम समझते हो कि उस समय में मैं इसे हल नहीं कर सकूंगी?"

"नहीं, यह बात नहीं है। मुझे तुम्हारे दिमाग पर भरोसा है, फिर भी ऐसी प्रतिज्ञा मत करो।"

"प्रतिज्ञा तो मैं कर चुकी हूं, चिंता मत करो दोस्त। मैं मरने वाली नहीं हूं।" कहती हुई विभा के चेहरे पर विश्वास के सारे लक्षण उभर आए–"मैं जिंदा रहूंगी, किसी और के लिए नहीं, बल्कि मुजरिमों के लिए, उनके लिए जो किसी का सुहाग उजाड़ते हैं, किसी मां से उसका बेटा, किसी बहन से उसका भाई या किसी भाई से उसकी बहन छीनते हैं, मुजरिम कहलाई जाने वाली ये कौम हमारे समाज के मस्तक पर लगा कोढ़ का बदनुमा धब्बा है, इस दाग को, इस कोढ़ को साफ करने

के लिए मैं जिंदा रहूंगी।"

"व . . . विभा!"

"डिटेक्टिव बनना, डिटेक्टिव बनकर जुर्म और मुजरिमों के खिलाफ जंग छेड़ना ही मेरा मकसद था, वेद, वही मकसद जिसका संकेत उस दिन मैंने तुम्हें होटल के उस केबिन में दिया था। मैं डॉक्टर बनना चाहती थी वेद, जुर्म और मुजरिमों का इलाज करने वाली डॉक्टर, और अपनी मंजिल तक पहुंचने के लिए ही कॉलेज की पढ़ाई खत्म करने के बाद भी मर्डर के उलझे हुए केसों से संबंधित फाईलों में ही डूबी रहती थी। मेरा दिमाग इस विषय के अलावा किसी तरफ नहीं था। झटका उस दिन लगा जिस दिन मम्मी-पापा से पता लगा कि उन्होंने मेरी शादी जिन्दल पुरम् के इकलौते वारिस अनूप से तय कर दी है। मैं रोई, चीखी, उनसे कहा कि मैं शादी करना नहीं चाहती, मुझे जासूस बनना है, किंतु किसी ने एक न सुनी। मम्मी-पापा ने समझाया कि लड़की होना एक आवश्यक सामाजिक व्यवस्था है, किसी लड़की की शादी न हो तो लोग तरह-तरह की बातें करते हैं। मैंने कहा कि मुझे समाज के कुछ कहने की कोई परवाह नहीं है, अब उन्होंने मुझे समझाया कि नारी का जन्म कुछ और नहीं, बल्कि सिर्फ और सिर्फ किसी कुल की मर्यादामयी बहू, गृहिणी और किसी की ममतामयी मां बनने के लिए होता है। मैं इस बात से सहमत नहीं थी, फिर भी मेरी इच्छा के विरूद्ध शादी कर दी गई। सारे सपने, सारे मंसूबे टूट-टूटकर बिखर गए और जब शादी हो ही गई तो ये सच्चाई है वेद कि मैं अपने मकसद के बारे में सब कुछ भूल गई। हलातों से फैसला कर लिया था मैंने, इस हद तक कि मैं केवल एक पत्नी, आदर्श गृहिणी और इस कुल की मर्यादामयी बहू बन गई। खुद भूल गई कि कभीं मैंने क्या बनने की सोची थी, जब इंसान हालातों से फैसला कर लेता है तो खुश रहने लगता है। सो, मैं खुश थी। यकीन मानो दोस्त, मैं बहुत खुश थी कि अचानक ही आज किस्मत ने मुझे फिर झटका दिया, ऐसा झटका जिसने कि मुझे विधवा कर दिया, मेरा सब कुछ लूट लिया, जिसने और जिसने लूटा है वह

मुजरिम है, उसी घृणित जाति का एक जानवर जिसका इलाज मैं कभी डॉक्टर बनकर करना चाहती थी। जब ये सफेद लिबास मेरे तन पर सारी जिंदगी रहेगा वेद, और यह लिबास मुझे जुर्म की वजह से मिला है,उसी जुर्म की वजह से जिसे समूल नष्ट करने की मैंने कसम खाई थी। अब वह कसम पूरी होगी, यह सफेद लिबास हर क्षण याद दिलाता रहेगा कि मुझे जुर्म और मुजरिमों का खात्मा करना है। जो बनने की बात मैं शादी के बाद भूल गई थी आज वही बनने का दृढ़ निश्चय कर लिया है। सो, विभा के मुंह से अलफाज नहीं आग निकलने लगी थी, चेहरा यूं भभकने लगा था जैसे किसी फैक्ट्री का ब्वॉयलर हो।

जाने किसी भावना के वशीभूत मेरा सारा जिस्म पसीने से तर हो गया।

मैं चाहकर भी कुछ बोल न सका, जुबान तालू से चिपककर रह गई थी जैसे! कार के अंदर केवल इंजन की मद्धिम-सी आवाज ही गूंजती रही। खुद को सामान्य दर्शाने के लिए मैंने पूछा–"वैसे विभा, तुम्हारे ख्याल से दीनदयाल क्या निकलेगा?"

"क्या मतलब?"

"मेरा मतलब, क्या उसके मुजरिम होने की संभावना है?"

"कम-से-कम दीनदयाल को देखे बिना उसके बारे में कोई भी धारणा बना लेना तो न्यायोचित होगा और न ही बुद्धिमानी। वह मुजरिम हो भी सकता है, नहीं भी। हां, इतना जरूर है कि उसका बयान इस केस में महत्वपूर्ण जरूर साबित होगा, दीनदयाल का गायब होना कहता है कि इस बारे में उसे कुछ-न-कुछ मालूम जरूर है।"

अभी मैंने कुछ कहने के लिए मुंह खोला ही था कि कार एक हल्के से झटके के साथ रूक गई। मैंने देखा कि कार हरिकेश बहादुर अस्पताल के पोर्च में रूकी थी, हम दोनों गाड़ी से उतर गए।

अस्पताल में विभा डॉक्टर से मिली।

अपने श्वसुर के बारे में मालूम किया। डॉक्टर ने बताया कि वैसे तो वे स्वस्थ हैं, किंतु बार-बार अनूप से मिलने के लिए कह रहे हैं, जब

विभा ने कहा, अनूप की मृत्यु के बारे में उन्हें बताना तो पड़ेगा ही तब डॉक्टर बोला–"हम समझते हैं बहूरानी, बताए बिना काम नहीं चलेगा। आखिर कल अंतिम संस्कार भी तो उन्हें ही करना है।"

"क्या उस वक्त बाबूजी को शॉक नहीं लगेगा?"

"हमारे ख्याल से नहीं।"

"क्यों?"

"आज सारी रात वे यहीं रहेंगे।" डॉक्टर ने बताया–"अनूप बाबू से बार-बार मिलने की वे जिद कर रहे हैं, कुछ तो उन्हें शक हो ही रहा है। जब हम उनके सारी रात के अनुरोध के बावजूद अनूप बाबू से न मिलवा सकेंगे तो उनका शक विश्वास में बदल जाएगा, यानी सुबह तक बिना किसी के बताए धीर-धीरे उन्हें खुद ही मालूम हो जाएगा। फिर जब हम बताएंगे तो उन्हें कोई शॉक नहीं लगेगा, क्योंकि यह बात तो उनका मस्तिष्क पहले ही समझ और स्वीकार कर चुका होगा।"

मुझे डॉक्टर की राय जमी।

विभा भी सहमत थी, शायद इसलिए चुप रह गई, फिर काफी देर तक वह डॉक्टर से उनके बारे में ही बातें करती रही, तीस मिनट बाद हम वापस आकर गाड़ी में बैठे।

गाड़ी मंदिर की तरफ रवाना हो गई।

बड़ी तेजी से घटने वाली घटनाओं के संबंध में मेरे दिमाग में बहुत से सवाल चकरा रहे थे, जानता था कि यदि विभा उन सारों का नहीं तो उनमें से कुछ सवालों का जवाब दे सकती है, किंतु जाने किन विचारों में गुम वह ड्राइविंग किए जा रही थी, उससे कोई भी सवाल करने का मेरा साहस न हुआ अभी मंदिर से एक-डेढ़ फर्लांग इधर ही थे कि विभा बुरी तरह चौंक पड़ी।

"द . . . दीन दयाल!" विभा के कंठ से चीख-सी निकली थी और अगले ही पल विभा के पैरों का दबाव ब्रेकों पर बढ़ता चला गया, टायरों की तीव्र चरमराहट के साथ कार फिसलती चली गई।

मगर, अब वह व्यक्ति कहीं नजर नहीं आ रहा था जिसे देख कर

हम चौंके थे या विभा ने फुर्ती से ब्रेक लगाए थे, विभा के कहने से मैं समझ गया था कि वह साया दीनदयाल ही था वह जो कार की हैडलाईट के प्रकाश में नहाया था। केवल एक क्षण के लिए।

अगले ही क्षण वह सड़क की दाईं तरफ अंधेरे में लुप्त हो गया था।

बाईं तरफ से बेतहाशा भागते हुए उसने सड़क पार की थी, वह सब कुछ एक क्षण के भी हजारवें हिस्से में हो गया था, कार के रूकने तक अभी मैं ठीक से कुछ समझ भी नहीं पाया था कि रात के गहरे सन्नाटे के बीच फायर की एक जोरदार आवाज गूंजी।

मैं सहम-सा गया।

जलता हुआ बुलेट बाईं तरफ से निकलकर हमारी कार के सामने से गुजरता हुआ दाईं तरफ छाए अंधेरे में गुम हो गया था। मेरे होश संभालने से पहले ही बाईं तरफ छाए अंधेरे से भागते कदमों की आवाज उभरी, साथ ही कड़ाकेदार चेतावनी–"भागने की कोशिश मत करो दीनदयाल, तुम बच नहीं सकोगे।"

तभी बाईं तरफ के अंधेरे से निकलकर कई पुलिसकर्मी सड़क पर पहुंचे।

हैडलाईट के प्रकाश में सड़क पर वे सभी ठिठके थे, वे सभी, क्योंकि भागते हुए वहां पहुंचे थे इसलिए हांफ रहे थे, इंस्पेक्टर त्रिवेदी भी उन्हीं में था और अपने हाथ में दबे रिवॉल्वर को कार की तरफ तानकर वहीं गर्जा–"कौन है उधर, हैडलाईट ऑफ करो।"

"ये हम हैं इंस्पेक्टर।" विभा ने जोर-से कहा।

"ओह, बहूरानी!" त्रिवेदी एकदम सकपका-सा गया, रिवॉल्वर की नाल स्वयं ही झुक गई, जबकि विभा ने जल्दी-से कहा। "दीनदयाल को हमने बाईं तरफ गुम होते देखा है इंस्पेक्टर पीछा करो।"

इंस्पेक्टर त्रिवेदी को जैसे अब याद आया हो कि वह दीनदयाल का पीछा कर रहा था, चीखकर अपने साथियों को भी वही हुक्म देते हुए उसने बाईं तरफ के अंधेरे में जंप लगा दी, उसके बाएं हाथ में रिवॉल्वर और दाएं हाथ में टार्च थी। सब कुछ इतनी तेजी से और कुछ ऐसी

हड़बड़ाहट के साथ हो रहा था कि मैं समझ न पा रहा था।

एकाएक मेरे शरीर को तेज झटका लगा।

कार को अचानक ही विभा ने गेयर डालकर पीछे हटाया, मैं कुछ समझ नहीं सका कि वह क्या कर रही है और अगले ही पल कार सड़क पर रास्ता रोकने के अंदाज में खड़ी थी और जब मैंने सभी पुलिसकर्मियों को प्रकाश में नहाते देखा तो विभा का अभिप्राय समझ गया।

दरअसल बाईं तरफ का सारा हिस्सा जिधर हमने दीनदयाल को गुम होते हुए देखा था, हैडलाईट के तीव्र प्रकाश से जगमगा-सा उठा। उस तरफ गन्ने का खेत था।

त्रिवेदी और उसके साथी चारों तरफ भागे-भागे फिर रह थे और उस अनोखे दृश्य को देखता हुआ मैं सोच रहा था कि दीनदयाल इस ईख में कहीं गुम हो गया है, शायद वह अब हाथ नहीं आएगा। वही हुआ।

पन्द्रह मिनट बाद निराश त्रिवेदी कार के समीप आया, बोला–"जाने कहां गुम हो गया बहूरानी?"

"वह इधर गया था।" विभा ने कहा।

"हां, देखा तो हमने भी था बहूरानी, फायर भी किया था, लेकिन . . . आप चिंता न करें। वह बचकर निकल नहीं सकेगा। जिन्दल पुरम् में उसे एक घर भी ऐसा नहीं मिलेगा जो अनूप साहब के हत्यारे को पनाह दे सके। सुबह होने से पहले ही वह हमारी गिरफ्त में होगा।"

"सुनो त्रिवेदी, तुम उसे मारोगे नहीं, जिंदा गिरफ्तार करोगे।" एकाएक ही मैंने विभा के लहजे को कड़ा होते महसूस किया–"और हमारा यह आदेश वॉयरलैस के जरिए सभी पुलिसकर्मियों को दे दो।"

"ज . . . जी बहूरानी।" त्रिवेदी सकपका-सा गया।

विभा चुप रह गई, कई क्षण के लिए कार के इर्द-गिर्द सन्नाटा-सा छा गया फिर अगला प्रश्न विभा ने ही किया–"मगर ये दीनदयाल तुम्हें टकरा कहां गया?"

"अपने दोस्त राम अवतार के घर पर।"

"क्या मतलब?"

"वॉयरलैस पर दीनदयाल के बारे में आदेश मिलते ही मैं भी उसकी तलाश में लग गया, मैंने सोचा कि इस तरह उसे कहां तलाश किया जाए तभी, मेरे दिमाग में आईडिया आया कि हो-न-हो ऐसे कठिन समय में वह अपने किसी परिचित रिश्तेदार या दोस्त के यहां छुपने की कोशिश करेगा। दीनदयाल के बराबर में ही राम अवतार की किताबों की दुकान है, मैंने सोचा कि राम अवतार से जरूर उसके परिचितों का पता मिल जाएगा, सो पता लगाकर राम अवतार के घर पहुंच गया। संयोग देखिए, दीनदयाल वहीं मिल गया, हमें देखते ही बंदूक से निकली गोली के समान भगा तभी से हम उसका पीछा कर रहे हैं।"

"राम अवतार कहां है?"

"यहां पास ही, मुश्किल से दो फर्लांग दूर उसका घर है। दीनदयाल के पीछे मैं वहां से हवलदार लखनसिंह को वहीं ठहरने और राम अवतार को गिरफ्तार कर लेने का हुक्म देकर भागा था।"

"यानि इस वक्त राम अवतार लखनसिंह की गिरफ्त में होगा?"

"जी हां।"

"गाड़ी में बैठो और हमें उसके घर ले चलो।"

इस तरह, त्रिवेदी गाड़ी में बैठ गया। अन्य पुलिसकर्मियों को वहीं तैनात रहने का निर्देश देने के बाद बोला–"चलिए बहूरानी।"

विभा ने गाड़ी इंस्पेक्टर के बताए हुए रास्ते पर बढ़ा दी, शीघ्र ही वे माध्यम श्रेणी के एक मकान में पहुंचे, हवलदार अधेड़ आयु के रामअवतार के हाथों में हथकड़ियां डाले कदाचित त्रिवेदी के लौटने का ही इंतजार कर रहा था। उसी कमरे में एक औरत और दो बच्चे बिलख-बिलख कर रो रहे थे।

बेचारे राम अवतार का चेहरा पीला जर्द पड़ा हुआ था।

विभा को देखते ही वह औरत जो शायद राम अवतार की पत्नी थी, विभा के कदमों में गिरकर रोती हुई गिड़गिड़ाने लगी, वह बार-बार यही

रही थी कि–"बहूरानी, ये बेकसूर हैं। इन्होंने कुछ नहीं किया।"

कुछ देर की खामोशी के बाद विभा ने गंभीर स्वर में कहा–"आप उठिए मां जी, आपका इस तरह हमारे पैरों में गिरना हमें बिल्कुल पसंद नहीं है। यकीन रखिए, अगर राम अवतार बेकसूर है तो उसे कुछ नहीं होगा।"

बड़ी मुश्किल से उसे समझाया गया।

तब, गिड़गिड़ाते से राम अवतार ने कहा–"आपकी कसम बहूरानी, मैंने कुछ नहीं किया।"

"बिल्कुल सही जवाब दो राम अवतार, क्या उस समय दीनदयाल यहीं था जब यहां पुलिस आई?"

"हां बहूरानी, लेकिन . . ."

"लेकिन?"

"स . . . सच, मुझे नहीं मालूम था कि वह यहां क्या करके आया है, यहां वह बहुत ही कम आया करता था और इतनी रात गए तो पहले कभी भी नहीं आया। जब मैंने दरवाज़ा खोलने पर देखा तो चौंक पड़ा, वह बहुत ही बदहवास और घबराया-सा था, मुझे लगभग धकेलता-सा वह अंदर दाखिल हुआ। अंदर आते ही उसने दरवाज़ा अंदर से बंद कर लिया, चौंककर मैंने उसकी बदहवासी, फूली सांस, घबराहट और इतनी रात गए आने का सबब पूछा तो हांफता हुआ सोफे पर बैठ गया और कि वह सब कुछ बताएगा, हलक सूख रहा है, पहले एक गिलास पानी पिलाया जाए। मैंने राजू की मां से उसके लिए पानी लाने के लिए कहा। पानी पीने के बाद वह गहरी-गहरी सांसें लेने लगा, हम पति-पत्नी अचंभे से उसे देख रहे थे, जब वह थोड़ा सामान्य हुआ तो मैंने उससे पूछा, बताने के लिए अभी उसने मुंह खोला ही था कि दरवाज़े पर दस्तक हुई। वह हड़बड़ाकर खड़ा हो गया।"

बंद दरवाज़े की तरफ मुंह करके मैंने ऊंची आवाज से पूछा–"कौन है?"

"प . . . पुलिस।" बाहर से आवाज सुनते ही मैं चकरा गया।

दीनदयाल पागलों की तरह चीख पड़ा–"नहीं राम अवतार दरवाज़ा नहीं खोलना।"

"क्यों?" चकराकर मैं चीख पड़ा–"क्या करके आया है तू?"

हमारी ये आवाजें शायद पुलिस ने सुन ली थीं, क्योंकि तभी दरवाज़ा खोलने के गुर्राहट ओदश के साथ दरवाज़े को तोड़ने की कोशिश की जाने लगी। उस वक्त बौखलाया सा दीनदयाल यहां से भाग निकलने का रास्ता ढूंढ रहा था।

"तूने जरूर कुछ किया है, मैं तो दरवाज़ा खोलूंगा।" ऐसा कहकर मैं दरवाज़े की तरफ बढ़ा, वह भागकर अंदर वाले कमरे में चला गया था, मेरे दरवाज़ा खोलते ही यहां पुलिस घुस गई, मुझे हवलदार ने पकड़ लिया, इंस्पेक्टर साहब अंदर वाले कमरे की तरफ लपके। इन्होंने उसे खिड़की के रास्ते से बाहर कूदते देख लिया था, हवलदार को यहीं रूकने का हुक्म देकर ये अपने बाकी साथियों के साथ . . ."

"तुम बिल्कुल सच कह रहे हो न?" विभा ने गुर्राकर पूछा।

"ब . . . बिल्कुल सच बहूरानी, मैं आपकी कसम खाकर कहता हूं। हवलदार साहब ने ही बताया कि दीनदयाल ही अनूप बाबू का हत्यारा है। उफ्फ, मुझे पहले क्यों नहीं मालूम था। काश, मुझे पहले पता होता बहूरानी, कि उसी कमीने ने हमारे देवता जैसे अनूप बाबू को मारा है तो मैं दीनदयाल के टुकड़े-टकड़े कर देता। उस कुत्ते की लाश बिछा देता मैं यहां।"

अंतिम शब्द कहते-कहते राम अवतार के चेहरे पर जो भभक उभर आई थी वह देखने लायक थी, उस भभक से ही मैं अंदाजा लगा सकता था कि जिन्दल पुरम् के निवासी केवल अनूप के लिए ही नहीं, बल्कि पूरे जिन्दल परिवार के लिए दिलों में कैसी श्रद्धा रखते हैं कुछ देर तक विभा भी रामअवतार के चेहरे पर उतर आई उसी अलौकिक भभक को देखती रही, फिर एकाएक ही इंस्पेक्टर त्रिवेदी की तरफ घूमकर बोली–"क्या तुमने कमरे के अंदर से राम अवतार और दीनदयाल की आवाजें सुनी थीं?"

“जी हां।”

“क्या तुमने उन्हीं वाक्यों को सुनकर सिपाहियों को दरवाज़ा तोड़ डालने का हुक्म दिया था?”

“हां बहूरानी। दीनदयाल यहीं था, उसकी आवाज मैंने बिल्कुल साफ सुनी थी।”

“रामअवतार को छोड़ दो, यह बिल्कुल बेकसूर है।।” कहने के साथ ही विभा किसी फिरकनी के समान तेजी से घूमी और हवा के झोंके की तरह मकान से बाहर निकल गई।

मैंने अपनी कलाई में बंधी रिस्टवॉच में समय देखा, उस समय रात का एक बज रहा था, जब विभा ने कार मंदिर के पार्किंग में रोकी। चौकीदार के साथ ही ढेर सारे कर्मचारियों ने कार को और कार से निकलने पर विभा को घेर-सा लिया था, परंतु विभा कार को गैराज में खड़ी करने को हुक्म देती हुई मुख्यद्वार की तरफ गई। मैं लपकता हुआ-सा उसके पीछे था।

विभा उसी कमेरे की तरफ बढ़ गई। जिसमें सावरकर के आने से पहले वह मुझे हेयर पिन के बारे में बताने वाली थी, मुझे अपने साथ ही कमरे में आने का संकेत दिया था उसने। कमरे में पहुंचने पर पुनः वही दरवाज़ा अंदर से बंद करने की आज्ञा।

मैं दरवाज़ा बंद करके विभा की तरफ घूमा।

“अब मैं तम्हें उस हेयर पिन के बारे में बताने वाली हूं वेद।” बिना किसी भूमिका के कहती हुई वह कमरे के एक कोने में पड़ी मेज की तरफ बढ़ गई, एक झटके से उसने दराज खोली। उसमें से कुछ निकाला और वापस मेरे करीब आकर बोली–“वह ऐसा हेयर पिन है।”

मैंने अपने सामने फैली उसकी हथेली देखी।

हथेली पर सचमुच एक हेयर पिन था, बिल्कुल अलग और अनोखा हेयर पिन। वैसा पिन मैंने पहले कभी नहीं देखा था, हेयर पिन तीन इंच लंबा मगरमच्छ के आकार का था। देखने से ही लगता था कि वह सोने का बना है और उसमें से निकलती झिलमिलाहट ने मुझे बता

दिए कि उसमें जगह-जगह कीमती हीरे जड़े हुए हैं। मेरी नजर हेयर पिन पर जमकर रह गई थी।"

विभा ने पूछा–"क्या तुम इस पिन की कीमत का अंदाजा लगा सकते हो वेद?"

"क . . . काफी कीमती है, सोने का हीरों से जड़ा।"

"छह महीने पहले वे कपड़ा मिल के लिए नई मशीनें खरीदने जापान गए थे, वहीं से मेरे लिए हेयर पिन का ये जोड़ा लाए थे। इस जोड़े की कीमत एक लाख है।"

"एक लाख?" मैं चकित रह गया।

"हां।" विभा ने कहा–"सोने का बना, मगरमच्छ के आकार का ये हीरों से जड़ा हेयर पिन पूरे भारत में दूसरा मिलना बहुत मुश्किल है और जिन्दल पुरम् में मिलना तो बिल्कुल नामुमकिन।"

"ऐसी महंगी चीज किसी करोड़पति पर ही मिलेगी।"

"इसीलिए इसके जरिए हत्यारे को ढूंढ निकालना बहुत आसान है।"

"मैं समझा नहीं, इसका भला हत्या से . . ."

"वेद!" वह मेरी बात बीच ही में काटकर बोली–"कथित जोगा के आने से पहले हम तुम्हारे लिए गिफ्ट की शापिंग करने बाजार जाने वाले थे, उस वक्त ये दोनों हेयर पिन मैंने अपने बालों में लगा रखे थे, जोगा के आने से पहले वे मेरे सिर पर हाथ फेर रहे थे, बालों को छेड़ रहे थे। तब उस वक्त उनका हाथ एक हेयर पिन पर था, जब अचानक ही जोगा आ गया उसे देखते ही वे हक्के-बक्के रह गए। तन-बदन तक की सुध न रही थी उन्हें, और उस वक्त मैंने अनजाने में ही, स्वाभाविक रूप से उनके उस हाथ को जिसमें हेयर पिन था, उनकी कोट की जेब में जाते देखा।"

"ओह!" मेरे मस्तिष्क में से एक गांठ खुली।

"इसमें शक नहीं कि उन्होंने अनजाने में ही, हेयर पिन अपनी जेब में डाल लिया था, मैंने साफ देखा था, किंतु क्योंकि उस वक्त तक मैं

भौचक्की-सी उन्हें और जोगा को देखती रह गई थी इसलिए 'पिन' के बारे में कुछ भी न कह सकी। वे जोगा के साथ चले गए। उनके वापस आने से पहले ही मुझे यह अहसास हो गया था कि मेरे बालों में एक ही पिन रह गया है अतः उसे उतार कर मैंने यहां दराज में रख दिया। उनके लौटने पर भी पिन का ख्याल न रहा, रहता भी कैसे, सारा माहौल और वे स्वयं इतने रहस्यमय हो उठे थे। दिमाग उन्हीं सवालों में उलझकर रह गया, उसके बाद जो हुआ वह तुम जानते ही हो।"

"म . . . मगर इस पिन से हत्यारे का पता कैसे लग सकता है?"

"पिन का ख्याल मुझे उस वक्त आया जब पोस्टमार्टम वाले उन्हें ले जा रहे थे, तुमने देखा कि तलाशी में पिन मुझे नहीं मिला। इसका मतलब है कि पिन हत्यारे ने निकाला।"

"ओह, तो क्या तुम यह कहना चाहती हो कि जोगा ने अनूप बाबू को यहां भेजने से पहले . . ."

"हां, मैं अच्छी तरह अनुमान लगा सकती हूं कि क्या हुआ होगा?" विभा सभी कड़ियों को जोड़ती हुई बोली–"हालांकि उनकी हत्या से किसी भी किस्म का आर्थिक लाभ उठाना हत्यारे का मकसद बिल्कुल नहीं थी, लेकिन इस पिन पर उसकी दृष्टि उस क्षण पड़ी होगी जब उसने पैन उन्हें लौटाया, तुम्हें याद होगा। बाबूजी के बयान के मुताबिक जोगा ने पैन उनके सामने नहीं लौटाया था, जबकि जब वे यहां आए तो पैन उनके पास था, मतलब ये कि जोगा ने दीनदयाल के फ्लैट के दूसरे कमरे में पहुंचकर पैन 'इनकी' जेब में डाला। तभी, उसकी नजर पिन पर पड़ी। पिन को देखते ही उसने उसकी कीमत का अंदाजा लगा लिया, कीमत का अंदाजा होते ही उसे लालच आ गया और उसने पिन रख लिया।"

"ओह, अब वह जरूर पिन को बेचने की कोशिश करेगा।"

"गुड, अब तुम समझ रहे हो। इस पिन को तुम अपने पास रख लो वेद, जिन्दल पुरम् में छोटा-सा सर्राफा है। कल तुम्हें वहीं रहकर ऐसे व्यक्ति की तलाश करनी है, जो इसके साथ का पिन बेचने आए।"

"म . . . मगर, हत्यारा पिन को जिन्दल पुरम् में बेचने का रिस्क क्यों लेगा?"

"क्योंकि वह नहीं जानता कि हेयर पिन बेचने की कोशिश जैसी साधारण घटना उसे पकड़वा सकती है।"

"क्या मतलब?"

"हत्या करने के बाद हत्यारा पूरी तरह चौकस रहता है, किसी-न-किसी स्रोत से वह खबर रखता है कि पुलिस या हत्या की तफ्तीश करने वाले किसी भी व्यक्ति के हाथ क्या सुबूत लगे हैं और वे क्या सोच तथा कर रहे हैं। जोगा को भी किसी-न-किसी स्रोत से सारी सूचनाएं मिल रही होंगी। सारी तफ्तीश के बीच, मेरे और तुम्हारे अलावा पिन का जिक्र तक किसी तीसरे व्यक्ति के सामने नहीं आया है। यानी कोई नहीं जानता कि इस हत्या से संबंधित कोई हेयर पिन भी है अतः हत्यारा समझ जाएगा कि पिन के बारे में न तो किसी को कुछ जानकारी ही है और न ही इस तरफ किसी का ध्यान है और इसीलिए पिन को बेचना वह खतरनाक नहीं समझेगा।"

"ओह, तो इसलिए तुमने कार में, सावरकर के सामने मुझे रोक दिया था?"

"हां, पिन का जिक्र मैं किसी तीसरे व्यक्ति के सामने बिल्कुल नहीं करना चाहती थी, पिन का नाम बीच में लाकर ही हाथ में आए इस सुबूत को बेकार कर देना था। इसी वजह से आई.जी. साहब के बार-बार पूछने पर भी मैंने नहीं बताया।"

वह घूमी, अब उसकी पीठ मेरी तरफ थी। हेयर पिन मैंने जेब में रख लिया, अब वह मुझ से दूर कमरे की एक खिड़की की तरफ बढ़ती हुई कह रही थी–"फिलहाल यहां मुझे तुम ही पर भरोसा . . . अरे!"

वह बुरी तरह चौंक पड़ी।

उसे चौंकती और कोई वजह न समझकर मैं भी चौंक पड़ा, मैंने देखा कि उसकी दृष्टि खिड़की पर चिपकी हुई थी, वह लपकती-सी खिड़की के समीप पहुंची।

"क्या हुआ विभा?" मैंने पूछा।

बड़ी तेजी से घूमकर उसने अपने होंठों पर उंगली रखकर मुझे चुप रहने के लिए कहा, अचानक ही उसकी इस मुद्रा और चेहरे के भावों ने मेरी बुद्धि को चकराकर रख दिया, मुंह फाड़े मैं हक्का-बक्का सा खड़ा रह गया था, मेरी समझ में कुछ भी नहीं आ रहा था, जबकि मुझ पर से दृष्टि हटाकर वह कमरे में फर्श को बहुत ध्यान से देखने लगी और उस वक्त तो मैं भौंचक्का रह गया, जब वह मेज की तरफ झपटी।

एक झटके में उसने दराज खोली।

अगले ही पल उसके हाथ में रिवॉल्वर देख मैं सकपका गया, किंतु मेरी तरफ लेशमात्र भी ध्यान दिए बिना वह कमरे के एक कोने में रखी सेफ के सामने पहुंचकर गुर्राई–"बाहर निकलो।"

मेरी खोपड़ी 'भक्क' से उड़ गई।

"कहीं विभा का मानसिक संतुलन तो नहीं गड़बड़ा गया?"

"मैं कहती हूं बाहर निकलो।" सेफ की तरफ रिवॉल्वर ताने वह बड़े ही खतरनाक स्वर में गुर्राई–"जानती हूं कि तुम सेफ के पीछे छुपे हो।"

उस वक्त मेरे दिमाग की नसें बुरी तरह झनझना रही थीं जब दोनों हाथ हवा में उठाए वह व्यक्ति सेफ के पीछे से प्रकट हुआ, वही जिसकी सिर्फ एक झलक मैंने हैडलाईट में देखी थी।

"द . . . दीनदयाल।" मेरे कंठ से चीख-सी निकल गई। रिवॉल्वर ताने विभा अपनी आग उगलती हुई आंखों से उसे घूर रही थी, जबकि बुरी तरह कांपता हुआ दीनदयाल गिड़गिड़ा उठा–"न . . . नहीं बहूरानी। गोली मत चलाइएगा, म . . . मैंने कुछ नहीं किया।"

मैं किंकर्त्तव्यमूढ़-सा देख रहा था।

"त . . . तुम दीनदयाल हो न?" विभा ने पूछा।

"हां बहूरानी, लेकिन सच, आपकी कसम–मैं निर्मला और बंटी बेकसूर हैं।"

"त . . . तुम यहां कैसे पहुंच गए?"

"प . . . पुलिस मेरे पीछे लगी है बहूरानी, बड़ी मुश्किल से पीछा

छुड़ाकर मंदिर के लॉन में पहुंचा। संयोग से इस कमरे की खिड़की खुली हुई थी। मैं अंदर आ गया।"

"और अंदर आने के बाद खिड़की बंद कर दी। है न?" विभा ने कटु स्वर में पूछा।

बुरी तरह सहमे हुए दीनदयाल के मुंह से निकला–"ज . . . जी हां।"

"उसी बन्द खिड़की को देखकर मैं चौंक पड़ी थी, उसने मुझे बता दिया था कि उसके माध्यम से जरूर कोई कमरे में आया है, क्योंकि अंतिम बार जब मैं इस कमरे से गई थी तो यह खुली हुई थी।"

एक बार फिर विभा की बुद्धि की तीव्रता और याद्दाश्त पर चकित रह गया, वह ठीक ही कह रही थी। उस वक्त मैंने भी खिड़की खुली देखी थी, किंतु इस वक्त भी देखकर चौंका नहीं था, दरअसल उस तरफ मैंने कोई विशेष ध्यान नहीं दिया था, जबकि विभा ने उस पर सोच लिया था।

वह कहती ही चली गई–"दुःख है कि कमरे में आते ही मेरा ध्यान खिड़की की तरफ नहीं गया, उसे बन्द देखते ही मैं चौंक पड़ी और फिर फर्श पर बने पद-चिन्हों ने बता दिया कि तुम सेफ से पीछे छुपे हो, खैर, मुझे तुमसे बहुत से सवालों का जवाब चाहिए, सबसे पहले ये बताओ कि तुम्हारी ये हालत कैसे हुई?"

दीनदयाल ने अपने ही जिस्म को देखा, बोला–"पुलिस से बचने के चक्कर में मैं भाग रहा था, उसी कोशिश में कई जगह गिरा। कपड़े फट गए, मैं जख्मी हो गया।"

"तुम पुलिस से क्यों डर रहे थे?"

"अनूप बाबू की आत्महत्या का समाचार सुनते ही मैं भी बाजार के दूसरे लोगों की तरह अपनी दुकान बंद करके मंदिर की तरफ दौड़ पड़ा था, मेरे दिल में भी जिन्दल पुरम् के दूसरे लोगों की तरह देवता जैसे अनूप बाबू के लिए सम्मान और श्रद्धा है, मैं उस वक्त मंदिर के बाहर लगी भीड़ में था। आप वहां पहुंच चुकी थीं, दूसरे साधारण नागरिकों की तरह मैं भी अस्पताल के अंदर दाखिल न हो सका, बाहर ही खड़ा

रहा। थोड़ी देर बाद आई.जी. साहब के साथ वहां के निकल गईं, उस वक्त मैं या भीड़ में मौजूद कोई भी दूसरा यह नहीं जान सका था कि आप कहां गई हैं, किंतु कुछ ही देर बाद भीड़ में जाने कैसे यह समाचार फैल गया कि आपने उस फ्लैट का पता लगा लिया है, जहां मालिक कैद थे और अब पुलिस के साथ वहीं गई हैं। किसी को उस फ्लैट का पता नहीं था जहां, आप गई थीं, कुछ ही देर बाद मैं एक थ्रीव्हीलर के माध्यम से अपने फ्लैट की तरफ रवाना हो गया, इमारत के बाहर ही लगी भीड़ देखकर मैं चौंक पड़ा और उस वक्त तो मेरे पैरों तले जमीन ही खिसक गई, जब लोगों से अपने फ्लैट का नंबर सुना, यह सुनकर मैं भौंचक्का रह गया था कि मालिक को मेरे ही फ्लैट में कैद रखा गया था और अब पुलिस को मेरी तलाश है।"

ध्यान से सुनती हुई विभा ने प्रश्न किया–"फिर?"

"मैं चकरा गया, बुद्धि घूम गई। निश्चय नहीं कर सका कि मुझे क्या करना चाहिए, वहां मुझे किसी के भी द्वारा खुद को पहचान लिए जाने का डर था, अतः जल्दी से वहां से दूर हो गया। मैं बुरी तरह परेशान, हैरान और घबराया हुआ था, समझ में नहीं आ रहा था कि यह सब कैसे हो गया। मालिक को कैद करे जाने से मेरे फ्लैट का क्या संबंध। मुझे एक मुजरिम की तरह तलाश किया जा रहा था और मैं बिल्कुल नहीं सोच पा रहा था कि इस मुसीबत से बचने के लिए क्या करना चाहिए। हरेक की जुबान पर अनूप बाबू के हत्यारे के रूप में मेरा ही नाम था और मुझे डर था कि कहीं कोई मुझे मेरा परिचित न मिल जाए, जानता था कि कोई भी परिचित मिलते ही मुझे धर दबोचेगा, मेरे और अपने संबंधों की बिल्कुल परवाह या लिहाज नहीं करेगा, क्योंकि अनूप बाबू को सभी देवता समान मानते थे। परिचितों के बारे में सोचते ही सोचते मेरा ध्यान राम अवतार की तरफ गया, पनाह के लिए और इसी मुसीबत से निकलने का रास्ता पूछने के लिए मैं वहीं पहुंचा, जानता था कि जब तक कोई मुझे अपनी स्थिति स्पष्ट करने के लिए पर्याप्त समय नहीं देगा, तब तक कोई मुझे समझ भी नहीं पाएगा। राम

अवतार के यहां पहुंचकर सबसे पहले यह महसूस करके मैंने संतोष की सांस ली कि अभी तक राम अवतार को यह नहीं मालूम था कि पुलिस मुझे तलाश कर रही है, राम अवतार को सब कुछ सच-सच बताकर मैंने सलाह लेने का निश्चय किया, एक गिलास पानी पीने के बाद उसे बताने के लिए अभी मैंने मुंह खोला ही था कि वहां पुलिस पहुंच गई। घबराकर वहां से भागा। एक ईख में घुसकर बड़ी मुश्किल से खुद को बचाने में कामयाब रहा। अब मैं समझ गया था पुलिस मुझे देखते ही मेरी कोई बात सुने बिना गोली मार देगी। मैं यह भी समझ गया था कि अब जिन्दल पुरम् के किसी भी मकान में मुझे कोई पनाह मिलने वाली नहीं है। उस वक्त मैं मंदिर के समीप था और अचानक मुझे ख्याल आया कि इस मुसीबत से सिर्फ आप ही निकाल सकती हैं, आपके कदमों से लिपटकर सब कुछ बता देना ही मेरी रक्षा कर सकता है, सो, मंदिर की पिछली बाउंड्रीवॉल फलांगकर लॉन में पहुंच गया, किसी तरह छुपते-छुपाते यहां तक और . . ."

"हमारे इस कमरे में आते ही तुम सेफ के पीछे से क्यों नहीं निकल आए?"

"इनकी वजह से।" उसका इशारा मेरी तरफ था।

विभा ने गंभीर स्वर में पूछा–"इनकी वजह से, क्या मतलब?"

"मैं सब कुछ आपको अकेले में बताना चाहता था, इनके इस कमरे से निकल जाने की इंतजार कर रहा था। मैं इन्हें नहीं जानता, लेकिन लोगों से सुना है कि ये आपके दोस्त हैं।"

विभा एकदम कुछ नहीं बोली। मैं भी चुपचाप ही खड़ा था, मुझे लग रहा था कि दीनदयाल ठीक ही कह रहा है, जबकि विभा ने उससे सवाल किया–"इसका मतलब ये कि तुम नहीं जानते कि तुम्हारे फ्लैट पर किसने क्या किया?"

"म . . . मैं तो सारे दिन दुकान पर था बहूरानी, सुबह नौ बजे ही फ्लैट से निकल पड़ा था।"

"क्या तुम लंच लेने भी अपने फ्लैट पर नहीं जाते थे?"

"जाता था बहूरानी, लेकिन केवल तब, जब निर्मला फ्लैट पर हों। आजकल वह मायके गई है, फ्लैट पर खाना तैयार करने वाला कोई भी नहीं है, अतः लंच दुकान पर ही ढाबे से मंगा लेता हूं।"

"देहली गए तुम्हारी पत्नी को कितने दिन हुए हैं?"

"बीस दिन।"

"इसका मतलब ये कि बीस दिन से तुम्हारा यही रूटीन है, इस बात के पूरे सबूत मिले हैं दीनदयाल, कि जो कुछ हुआ, तुम्हारे फ्लैट ही में हुआ है, मरने से पहले उन्होंने तुम्हारे ही नंबर पर फोन भी किया था।"

"मैं कुछ नहीं जानता बहूरानी, सच, मैं खुद हैरान हूं कि यह सब कैसे हो गया?"

"तुम्हारे बयान पर यदि यकीन कर लिया जाए तो इसका अर्थ है कि हत्यारे ने तुम्हारी गैर-हाजिरी में जुर्म करने के लिए तुम्हारा फ्लैट चुना?"

"उस कम्बख्त को सारे जिन्दल पुरम् में मेरा ही फ्लैट मिला था?"

"यही सवाल महत्वपूर्ण है दीनदयाल, यह कि हत्यारे ने तुम्हारा ही फ्लैट क्यों चुना, किसी और का क्यों नहीं? अच्छा जवाब दो। तुम्हारे फ्लैट की चाबी आज सारे दिन कहां रही?"

"मेरी जेब में, इस वक्त भी मेरे पास है।"

"फिर हत्यारे ने तुम्हारे फ्लैट पर लगा ताला कैसे खोल लिया?"

"मैं कुछ नहीं जानता बहूरानी।"

"याद करो दीनदयाल तुम्हारे इर्द-गिर्द ऐसे कितने लोग हैं जो तुम्हारी पत्नी के मायके जाने और उसी दिन से बने तुम्हारे रूटीन के बारे में जानते हैं?"

"यह बात तो मेरे लगभग सभी परिचित जानते हैं।"

"नकली चाबी या 'मास्टर की' की मदद से जिसने भी तुम्हारे फ्लैट का दुरूपयोग किया है वह निश्चय ही जानता था कि सुबह के नौ बजे जाकर तुम दुकान से रात साढ़े आठ बजे लौटते हो, तुम्हारी पत्नी मायके गई हुई है और सारे दिन फ्लैट पर ताला लगा रहता है

और इतनी जानकारी तुम्हारे किसी परिचित को ही हो सकती है, वही ऐसे खतरनाक काम के लिए, इतने आराम से फ्लैट का इस्तेमाल कर सकता है। दिमाग पर जोर डालो दीनदयाल, सोच कर जवाब दो कि तुम्हारे परिचितों में से ऐसा कौन है, जो यह काम कर सके?"

"मैं तो किसी को ऐसा नहीं समझता बहूरानी।"

"हत्यारे ने जो कुछ किया है उससे तुम बहुत बड़ी मुसीबत में फंस गए हो दीनदयाल, और तुम्हें इस मुसीबत में फंसाने के लिए ही उसने यह सब कुछ किया है, तुम्हें इस तरह फंसाने वाला निश्चय ही कोई तुम्हारा दुश्मन होगा। ऐसा दुश्मन जो दोस्त का मुखौटा चढ़ाकर तुम्हारे आस-पास रहता है।"

"म . . . मेरी भला किसी से क्या दुश्मनी हो सकती है बहूरानी, व्यापारी आदमी हूं। कोई गाली भी देता है तो विनम्रता से उसके हाथ जोड़ लेता हूं, मैंने तो कभी किसी को अलिफ से बे भी नहीं कहा।"

विभा जाने क्या सोचती रह गई, मैं एक लफ्ज भी नहीं बोला था। हां, दीनदयाल के बयान ने इस सारे मामले को कुछ और ज्यादा उलझा-सा दिया था। हालांकि उसका बयान काबिले यकीन था, ऐसा नहीं लगता था कि वह झूठ बोल रहा है। शक की कहीं कोई गुंजाइश थी भी नहीं। परंतु हत्यारे द्वारा जुर्म करने के लिए किसी अन्य का फ्लैट इस्तेमाल करना भी कम विचित्र बात नहीं थी।

"जो सच था वह मैंने आपको बता दिया है बहूरानी, अब यह आप पर निर्भर है कि आप यकीन करें या नहीं, मैं आपके हवाले हूं अगर आप मुझे, सच्चा महसूस करें तो माफ कर दें और अगर अनूप बाबू का हत्यारा महसूस करें तो अपने हाथों से मेरा गला दबा दें, मैं चूं भी नहीं करूंगा।"

"सिर्फ हमारे कुछ महसूस करने से कुछ नहीं होगा दीनदयाल, सुबह नौ बजे के बाद मुजरिम ने तुम्हारे फ्लैट का इस्तेमाल किया है, फ्लैट के ताले, रिसीवर और फ्लैट के अंदर मुजरिम की उंगलियों के निशान होंगे, तुमने कहा है कि तुम फ्लैट पर नहीं गए, लिहाजा ताले

पर तुम्हारी उंगलियों के निशान नहीं होंगे। ताले पर से मिले निशानों से तुम्हारी उंगलियों के निशान मिलाए जाएंगे, अगर नहीं मिले तो तुम्हारा बयान प्रमाणित हो जाएगा और यदि मिल गए तो?"

"म . . . मैं अपनी उंगलियों के निशान देने के लिए तैयार हूं बहूरानी।" दीनदयाल का चेहरा चमक उठा।

विभा ने आई.जी. का नंबर बताकर मुझे उन्हें फोन करने और यहां पहुंचने के लिए कहा, मैं कमरे से बाहर निकला और वहां रखे फोन से आई.जी. को फोन किया, दीनदयाल का बयान सच है या झूठ, पता लगाने के लिए विभा ने जिस पैमाने का निर्धारण किया था वह मुझे जंचा।

कुछ ही देर बाद वहां आई.जी. साहब आ गए।

विभा ने दीनदयाल को उन्हें सौंपा, उसका पूरा बयान बताया और कहा कि इसे आज रात बिना किसी प्रकार का कष्ट दिए लॉकअप में रखा जाए। इसकी उंगलियों के निशान ताले और फोन पर मिले निशानों से मिलाएं जाएं। इस तरह दीनदयाल को लेकर आई.जी. साहब विदा हुए।

कमरे में पुनः मैं और विभा रह गए।

कुछ देर बाद की खामोशी के बाद विभा बोली–"मेरा अनुमान गलत निकला, सोचा था कि दीनदयाल का बयान इस सारे झमेले को किसी-न-किसी हद तक सुलझाएगा जरूर, लेकिन यहां तो मामला ही उल्टा निकला। झमेला कुछ और ज्यादा उलझ गया है।"

"तुम्हारा अपना अनुमान क्या है विभा, दीनदयाल झूठ बोल रहा है या सच?"

"सच।" उसने बिल्कुल स्पष्ट कहा।

मैंने चौंकते हूए पूछा–"फिर व्यर्थ ही उसे लॉकअप में बंद कराने का क्या मतलब?"

"ऐसी सिर्फ मेरी अनुभूति है वेद, और हत्या के केस में कोई भी रास्ता अनुभूतियों से नहीं, बल्कि ठोस सबूतों के आधार पर निर्धारित

किया जाता है। कल सुबह तक के लिए उसे थोड़ी असुविधा होगी, सच प्रमाणित होने पर ही किसी को छोड़ना श्रेयस्कर होता है।"

"इसका मतलब ये कि हत्यारे ने इसका फ्लैट इस्तेमाल किया है?"

"बेशक!" विभा ने कहा–"और अगर यह बात सच है तो मानना पड़ेगा कि हत्यारा दुःसाहसी और बेहद चालाक है, उस तक पहुंचने के लिए दिमाग खपाना पड़ेगा और सच वेद, मेरे और उसके टकराव में मजा आ जाएगा।"

अपने जिस्म में दौड़ती हुई मैंने अजीब सनसनी महसूस की। विभा के भभकते चेहरे को मैं देखता ही रह गया। अचानक ही खुद को नियंत्रित करके वह बोली–"घटनाएं बहुत तेजी से घटी हैं और हर घटने वाली नई घटना से यह महसूस किया है कि कोई रहस्य खुलने वाला है, परंतु अहसास के ठीक विपरीत घटने वाली हर नई घटना इस सारे मामले को पहले से कहीं ज्यादा जटिल बना देती है।"

"क्या तुम कोई अनुमान लगा सकी हो विभा?"

"केवल यह कि वह संतरा इस केस में कुंजी है, अगर किसी तरह हमें यह पता लग जाए कि वे जोगा और उसके हाथ में दबे संतरे से इतना क्यों डरते थे तो बहुत से रहस्य खुल सकते हैं।"

"म . . . मगर यह पता लगाना आसान नहीं।"

"आओ मेरे साथ।" कहने के साथ ही वह तेजी से कमरे के बंद दरवाज़े की तरफ बढ़ गई, मैं उसके पीछे लगभग लपका ही था कि चटकनी गिराकर उसने स्वयं ही दरवाज़ा खोला और बाहर निकल गई। लिखने की आवश्यकता नहीं कि मैं उसके पीछे ही था।

वह मुझे दूसरी मंजिल के एक कमरे में ले गई।

कमरे को देखते ही महसूस किया कि मैं किसी राजकुमार के शयनकक्ष में आ गया हूं, विभा ने कहा–"यह हमारा बेडरूम है, और वह है उनकी पर्सनल सेफ।"

"पर्सनल सेफ से क्या मतलब है?"

कमरे की बाईं दीवार में एक तिजोरी जैसी सेफ अटैच्ड थी। तिजोरी

का केवल दरवाज़ा ही चमक रहा था और मैं देखते ही समझ गया कि वह 'नंबर लॉक' तिजोरी है, विभा की दृष्टि उसी पर केन्द्रित थी, बोली–"उसे खोलने की इजाजत मुझे भी नहीं थी।"

"मैं समझा नहीं।"

"एक दिन मैंने उनसे इस सेफ या तिजोरी के बारे में बात की थी, खोलने के लिए नंबर जानना चाहा था, तब उन्होंने कहा था कि इस तिजोरी को सिर्फ जिन्दल परिवार का मालिक ही खोल सकता है, परिवार की स्त्रियों को कभी सेफ का नंबर नहीं बताया जाता।"

"ऐसा क्यों?"

"उनके शब्दों में इसे जिन्दल परिवार की परम्परा ही कहा जा सकता है।"

मैंने उत्सुक स्वर में पूछा–"म . . . मगर उसमें क्या है?"

"बहुत जिद करने पर उन्होंने मेरे इस प्रश्न का जवाब दिया था, बोले थे कि इसमें एक 'रायतादान' है।"

"रायतादान?"

"हां, वही, जिसमें से आज से चालीस-पचास साल पहले दावत आदि में लोगों को 'रायता' सर्व किया जाता था।"

"म . . . मगर।"

"जिन्दल पुरम् के संस्थापक यानी हरिकेश बहादुर जिन्दल ने पीतल का बना वही 'रायतादान' एक 'बनिए' के पास गिरवी रखकर एक आना उधार लिया था और उसी आने से उन्होंने वह लॉटरी को पत्ता खरीदा था, जिसे लेकर वे अपनी झोंपड़ी के बाहर बैठे और ये जिन्दल पुरम् खड़ा किया।"

"ओह!"

"तीस साल बाद हरिकेश बहादुर ने यही रायतादान बनिए को दस हजार देकर छुड़ाया था, इस कहानी के मुताबिक 'रायतादान' कम-से-कम जिन्दल वंश के लिए ऐतिहासिक और जिन्दल पुरम् का संस्थापक बन गया। उसे इस सेफ में सुरक्षित रखा गया है और परंपरा के मुताबिक

खानदान का प्रत्येक मालिक अपने उत्तराधिकारी को सेफ का नंबर तथा 'रायतादान' का रहस्य बताता रहा है।"

"तब तो इसका नंबर बाबू जी को भी पता होगा?"

"हां, जरूर पता होगा, लेकिन मैं उनके द्वारा नंबर बताए जाने तक इंतजार नहीं कर सकती।"

"क्या मतलब?"

"कोशिश करके मैं इस सेफ को इसी समय खोलना चाहती हूं।"

"लेकिन क्यों, आखिर इसे खोलने से हमें अपने केस में क्या मदद मिलने वाली है?"

"मदद मिल भी सकती है वेद और नहीं भी, जब एक बार खानदान का मुखिया इस सेफ का रहस्य अपने वारिस को बता देता है तो उसके बाद वह स्वयं भी कभी सेफ को हाथ नहीं लगाता, यह बात वे जानते थे अतः अपनी किसी बहुत ही सीक्रेट चीज को इसमें निश्चिंत होकर रख सकते थे।"

"क्या तुम्हें लगता है कि इसके अंदर से कोई ऐसी वस्तु मिल सकती है, जिसमें संतरे के रहस्य का पर्दाफाश हो सके?"

"यदि उनके पास कोई ऐसी वस्तु थी तो उन्होंने इसी में रखी होगी।" कहने के साथ ही विभा आगे बढ़कर सेफ के समीप पहुंच गई। सेफ कमरे के फर्श के केवल दो फुट ऊपर दीवार में फिक्स थी।

विभा घुटने टेककर फर्श पर बैठी।

मैं समीप खड़ा उसे देखता रहा, एक क्षण भी बिना गंवाए उसने डायल से छेड़छाड़ शुरू कर दी थी, विभिन्न नंबरों को घुमा कर वह सेफ का हैंडिल घुमाती रही।

समय गुजरने लगा। दो घण्टे गुजर गए।

मैं बुरी तरह बोर होने लगा था, एक क्षण का भी विश्राम लिए बिना निरंतर डायल से जूझती रही, वह पसीने-पसीने हो गई थी, कई बार मैंने उससे कहा भी कि अब वह उसे छोड़े, कल सुबह ट्राई करे, किंतु उसने जैसे मेरी बात सुनी ही नहीं। जुटी रही।

उस वक्त सुबह के चार बजे थे जब अचानक ही 'कट' की हल्की सी आवाज के साथ हैंडिल घूम गया। अपने जिस्म में मैंने स्फूर्ति सी महसूस की, विभा ने भी संतोष की सांस ली थी।

मैं जल्दी से उसके निकट ही बैठ गया।

विभा ने सेफ खोली और उसके खुलते ही मैं चकित रह गया, शायद विभा भी, क्योंकि सेफ में कोई 'रायतादान' नहीं था। वह एक प्रकार से खाली ही था, परंतु पूर्णतया खाली भी नहीं कही जा सकती।

सेफ की एक रैक पर सलीके से कागज़ों का एक पुलन्दा रखा था।

विभा ने अंदर हाथ डालकर पुलन्दा उठा लिया, वे कुछ पत्र थे। करीब तीस-बत्तीस पत्र होंगे, एक ही राईटिंग के। जाहिर था कि वे सभी पत्र किसी एक ही व्यक्ति ने लिखे थे। प्रत्येक पत्र कॉपी के सादे कागज़ पर था, हर पत्र को सम्बोधन था। 'मेरे राजा अनूप' प्रत्येक पत्र के अंत में–'तुम्हारी सुधा पटेल।'

संबोधनों और लिखने वाली के नाम ने हमें वे पत्र पढ़ने के लिए उत्सुक कर दिया। हम दोनों ही जैसे वहां से उठना भूल गए थे, वहीं बैठे-बैठे हमने पहला पत्र पढ़ा, दूसरा, तीसरा, चौथा, पांचवां और इसके बाद एक के बाद दूसरा पत्र पढ़ते ही चले गए।

संक्षेप में मैं यही कह सकता हूं कि वे सभी पत्र दरअसल में 'प्रेम पत्र' थे जो किसी सुधा पटेल ने अनूप को लिखे थे, पत्रों से जाहिर था कि किसी जमाने में अनूप और सुधा पटेल आपस में प्यार करते थे, मगर कब यानि यह पता नहीं लगता था कि यह कहानी कितने दिन या वर्ष पुरानी है, क्योंकि किसी भी पत्र में कोई तारीख नहीं थी। न ही किसी पत्र में सुधा पटेल का एड्रेस था यानि पत्रों से लिखने वाले के बारे में उसके नाम के अलावा अन्य कोई विशेष बात पता नहीं लगती थी, पत्रों से जाहिर था कि अनूप भी सुधा पटेल को पत्र लिखता रहा है, क्योंकि कई पत्र अनूप के पत्रों का जवाब थे। पत्रों में उन दोनों के अलावा कहीं-कहीं जो तीसरा नाम आया था, वह था जोगा का नाम। जोगा, अनूप और सुधा के बीच विलेन का काम कर रहा था। एक पत्र

में सुधा ने लिखा था कि–"अनूप, यदि तुम कल सही वक्त पर न आ जाते तो जोगा मुझे बरबाद कर देता। मेरा सर्वस्व लूट लेता, मगर उससे चौकस रहना मेरे राजा, वह बहुत खतरनाक है। अब वह निश्चय ही तुम से बदला लेने की कोशिश करेगा।"

एक पत्र में सुधा ने लिखा था–"तुम्हारा पत्र मिला अनूप, पढ़कर दुःख हुआ। तुमने लिखा है कि मैं अबॉर्शन करा लूं। सारा इंतजाम तुम कर लोगे, लेकिन नहीं अनूप। तुम्हारी सुधा इतनी नीच नहीं है कि अपने ही बच्चे को मार डाले। प्लीज, ऐसा फिर कभी मत लिखना अनूप। बरसात की उस रात में खोह के अंदर हममें कोई एक नहीं, बल्कि दोनों की बहक गए थे। और एक बार बांध टूट जाने के बाद हम दोनों ही बहकते रहे और उसी का परिणाम मेरे पेट में है। ऐसी घटना होने पर लड़कियां अक्सर सारा दोष लड़कों पर ही थोप देती हैं, परंतु मैं उनमें से नहीं हूं, मेरा भी उतना दोष है, जितना तुम्हारा . . . और अब केवल इतना ही चाहती हूं कि ऐसा फिर कभी मत लिखना, वादा करती हूं, अपने या अपने बच्चे के लिए मैं कभी तुमसे कोई अधिक नहीं मांगूगी। हां, जोगा से सावधान रहना। लगता है उसे हमारे संबंधों की पूर्ण जानकारी है।"

उससे अगले पत्र में लिखा था–"तुम्हारा जवाब पढ़कर खुशी हुई अनूप। भगवान का शुक्र है कि तुमने मेरी प्रार्थना सुन ली। अब कभी अबॉर्शन की बात जुबान पर नही लाओगे। मैं तुम्हारी मजबूरी समझती हूं अनूप। तुम मुझसे शादी नहीं कर सकते। मुझे तुमसे कोई शिकवा, कोई शिकायत नहीं है। तुम्हें मालूम है न, मुझे गुलाब का फूल बहुत पसंद है। हर मुलाकात पर तुम मेरे लिए गुलाब का फूल लाया करते थे, मिलते ही उसे मेरे बालों में टंक दिया करते थे। मुझे बहुत अच्छा लगता था, बड़ी खुशी होती थी अब न हम मिल पाते हैं, न ही तुम गुलाब का फूल देते हो, मगर नहीं, शायद यह गलत है। तुमने तो मुझे गुलाब के फूल से भी कहीं ज्यादा अच्छा फूल दिया है। बेजान नहीं बल्कि ऐसा फूल जिसमें प्राण होंगे और हां, तुमने तो मुझे जीवन भर के लिए

एक फ्लैट और खर्चा देते रहने के लिए लिखा है, इस पेशकश के लिए शुक्रिया अनूप। मगर नहीं, तुम्हारी रानी रखैल नहीं बनेगी। मुझे अपनी प्रेमिका ही रहने दो। मैं कहीं भी रहकर इस फूल को जन्म दे दूंगी। सींचूंगी। संवारकर इसे अपने बुढ़ापे का सहारा बना लूंगी। यह फूल मेरा रहेगा अनूप, केवल मेरा। इस पर तुम्हारा भी कोई हक नहीं है।"

बस, सारे पत्रों में मिलाकर यह ही चंद उल्लेखनीय बातें थी।

उन पत्रों में उलझे हमें करीब एक घंटा गुजर चुका था और सभी पत्र पढ़ने के बाद हमारे चेहरे तथा मन-मस्तिष्कों पर सन्नाटा सा छा गया था। काफी देर तक हम एक-दूसरे से नजरें तक नहीं मिला सके। विभा ने सारे पत्र पुनः सेफ में रखे, दरवाज़ा बंद करते ही डायल घूम गया।

नंबर गड़बड़ा गए थे।

विभा आहिस्ता से खड़ी हुई, उसके खड़े होने का अंदाज ही बता रहा था कि वह टूट-सी गई है। इन पत्रों ने निराशा के किसी गहरे अंधकूप में डाल दिया था उसे।

मैं स्वयं भी सोचता-सा रह गया।

पत्रों की रोशनी में अनूप का चरित्र बहुत रोशन नहीं रह गया था, वह दागदार-सा नजर आ रहा था, कदाचित इन पत्रों को पढ़कर विभा के दिल में चोट-सी लगी थी, एकाएक वह मेरी तरफ घूमी और बोली–"इन पत्रों को पढ़ने के बाद तुम किस नतीजे पर पहुंचे वेद?"

"मैं, मेरी तो कुछ समझ में नहीं आ रहा है।"

"मैं जानती हूं कि पत्रों को पढ़ने के बाद तुम जिस नतीजे पर पहुंचे हो उसे केवल इसलिए कहना नहीं चाहते, क्योंकि वह मेरे पति थे, लेकिन नहीं दोस्त, हम इस वक्त एक हत्या के केस की तफ्तीश कर रहे हैं और हमें किसी भी सामाजिक रिश्ते के बंधन में कैद नहीं रहना है। सब कुछ भूलकर वही करना है, जो सुबूत कह रहे हैं।"

मैं चुप रहा, चाहकर भी कुछ नहीं कह सका था।

वह फिर बोली–"जोगा और उसके द्वारा दिखाए गए संतरे से जिस तरह आतंकित होते थे, उसी से जाहिर था कि अपनी पिछली जिंदगी में

उन्होंने कोई ऐसा गुनाह किया है जिससे वे डरते हैं और जिसके खुलने से बेहतर उन्होंने आत्महत्या समझी, ये पत्र बताते हैं कि सुधा पटेल और उनका संबंध ही वह रहस्य था, जिसे जोगा जानता था और संतरे के छील डालने की धमकी इसी रहस्य को खोल देने की धमकी थी।"

मैंने बड़ी मुश्किल से कहा–"इस रहस्य से भला संतरे का क्या मतलब?"

"तुम व्यर्थ ही उनके पक्ष में सोचने की कोशिश कर रहे हो वेद, सारा मामला बिल्कुल साफ है। वे सुधा पटेल से प्यार करते थे। बहक गए थे। उन बहके हुए क्षणों का फोटो आदि जोगा के कब्जे में था, वे उसी के प्रकाशित होने से डरते थे। अपने जीते जी उन जैसा कोई भी इज्जतदार व्यक्ति ऐसा रहस्य प्रकट होने देने की अपेक्षा मर जाना पसंद करेगा।"

मैं चुप रह गया।

मेरी वही धारणा बन गई थी, जो विभा कर रही थी। हां, उस सबको मैं अपने मुंह से विभा के सामने कहने का साहस नहीं जुटा सका था जबकि विभा कहती ही चली गई–"मुझे यह अफसोस नहीं है कि उन्होंने सुधा से प्यार किया, उनके बहक जाने का भी अफसोस नहीं है, क्योंकि साधारण लोगों से अक्सर ऐसा हो जाता है। अफसोस है तो केवल इस बात का कि उन्होंने सुधा के साथ न्याय नहीं किया।"

मैं अब भी चुप ही रहा।

"खैर, हम किसी एक व्यक्ति के चरित्र का विश्लेषण नहीं बल्कि हत्या की वारदात की तफ्तीश कर रहे हैं, एक बार फिर मेरा अनुमान गलत साबित हो गया है। सोचा था कि अगर संतरे का रहस्य खुल जाए तो सारी गुत्थियां सुलझ जाएंगी, लेकिन एक बार फिर गुत्थियां कुछ और ज्यादा उलझ गई हैं।"

"व . . . वह कैसे?"

"म . . . मेरे ख्याल से तो . . ."

"हां . . . हां, बोलो, तुम्हारे ख्याल से क्या?"

मैंने साहस करके कहा–“मेरे ख्याल से तो सब गुत्थियां सुलझ गई हैं, केवल इतना-सा ही चक्कर था, जोगा भी सुधा से प्यार करता होगा। अनूप बाबू से उसे ईर्ष्या होगी, इसलिए उसने अनूप बाबू की हत्या कर दी।”

“तब फिर उस पहेली का क्या मतलब?”

“व . . .वह कोई और चक्कर होगा।”

“उसी चक्कर का तो पता लगाना है।” विभा बोली–“यह भी पता लगाना है कि सुधा पटेल और यदि उसका बच्चा हो चुका है तो वे कहां हैं। जिक्र था कि इस सेफ में रायतादान है, वह कहां गया?”

“संभव है, कोई रायतादान न रहा हो, अनूप बाबू ने केवल तुम्हें संतुष्ट करने के मकसद से ही झूठ बोला हो।”

“हो सकता है, लेकिन ऐसी संभावना कम ही है, खैर, सेफ में रायतादान था या नहीं, इस सवाल का जवाब तो वक्त आने पर बाबूजी भी दे सकते हैं। फिलहाल हमारे सामने दो महत्वपूर्ण काम हैं, सुधा पटेल और उसके बच्चे को तलाश करना। जोगा को तलाश करना, जिसमें हेयर पिन हमारी मदद कर सकता है।”

“सुधा और उसके बच्चे को तलाश करके तुम क्या करोगी?”

“यह तो वक्त बताएगा वेद, सुबह हो गई है। फिलहाल तुम जाकर थोड़ी देर के लिए आराम कर लो और याद रखना, जिस रहस्य को रहस्य ही बनाए रखने के लिए उन्होंने आत्महत्या कर ली, यानि इन पत्रों का अभी किसी से जिक्र न करना। उम्मीद है कि तुम बाजार खुलने से पहले ही सर्राफे चले जाओगे।”

मैं चुपचाप कमरे से बाहर निकल गया।

हम होटल नहीं गए। 'मंदिर' में ही आराम करने के लिए हमें एक कमरा दे दिया गया था, किंतु आराम करने का होश या जरूरत किसे था। हां, इस बहाने हत्या के बाद से अब जाकर मैं और मधु अकेले में मिले। मधु भी सब कुछ जानने के लिए बेहद आतुर थी, इसलिए मिलते ही उसने प्रश्नों की झड़ी-सी लगा दी। मैंने अक्षरशः शुरू से लेकर अंत

तक उसे सब कुछ बता दिया। सेफ से मिले पत्रों के बारे में भी, किंतु साथ ही उसे पत्रों का जिक्र किसी अन्य से न करने की हिदायत दे दी थी। सुनकर मेरी ही तरह मधु भी अवाक् रह गई थी।

आपसे की बातचीत के बाद हम दोनों इस बात पर एकमत थे कि सारे रहस्य खुल चुके हैं, जले-भुने जोगा ने ही अनूप का मर्डर किया है, परंतु शीघ्र ही यह पता लगा कि हम कितना गलत सोच रहे थे।

यह तो हमने बाद में जाना कि उलझाव खत्म नहीं हुए थे, बल्कि बनने शुरू हुए थे।

उस वक्त हम दोनों बातें ही कर रहे थे जब पोस्टमार्टम विभाग के लोग अनूप का शव लेकर वहां आ गए, रिपोर्ट में कोई विशेष बात नहीं थी, मृत्यु गोली लगने से ही हुई थी। विभा भी अपने कमरे से बाहर निकल आई। उसकी आंखें लाल सुर्ख थीं। मुझे यह समझते देर न लगी कि मेरी देवी ने अकेले कमरे में जी भरकर अपने मन की भड़ास निकाली है।

सात बजे के करीब डॉक्टर्स गजेन्द्र बहादुर को भी वहां ले आए। जवान पुत्र की मृत्यु का आघात वह सह चुके थे। बुरी तरह विलाप कर रहे थे वे, विभा भी उनके वक्ष से लिपटकर फूट-फूटकर रोई। अंतिम संस्कार की तैयारियां होने लगीं।

जिन्दल पुरम् का हर निवासी 'मंदिर' के बाहर इकट्ठा होने लगा।

आठ बजते ही मैं सर्राफे की तरफ रवाना हो गया, किंतु वहां पहुंचकर मुझे अपनी बेवकूफी पर हंसी आई। एक भी दुकान खुली हुई नहीं थी, सारा बाजार बंद और कम-से-कम आज वह खुलना भी नहीं था।

मैं वापस आ गया।

उस वक्त जिन्दल पुरम् के नागरिक अनूप के अंतिम दर्शन कर रहे थे। चारों तरफ रूदन-ही-रूदन था। भीड़ में मुझे आई.जी. साहब भी नजर आए, उनसे पता लगा कि दीनदयाल को छोड़ दिया गया है, क्योंकि उसके फ्लैट के ताले से मिलने वाले फिंगर-प्रिन्ट्स उसके नहीं हैं।

उस वक्त शाम के पांच बजे थे, जब अनूप की ठंडी पड़ गई चिता से फूल चुने जा रहे थे।

रात के आठ बजे मैं, मधु और विभा गुमसुम से एक कमरे में बैठे थे, तभी एक सेवक ने आकर कहा कि एक व्यक्ति आपसे (विभा) मिलना चाहता है। मैंने सेवक को लगभग डांटते हुए कहा कि इस वक्त विभा किसी से नहीं मिलेगीं, तब सेवक ने बताया कि उसने मिलने वाले से यही कहा था, कि वह जाता ही नहीं है, कहता है उसका इसी वक्त बहूरानी से मिलना बहुत जरूरी है, वह बहूरानी से अनूप बाबू के बारे में कुछ बात करना चाहता है।

हम तीनों ही चौंक पड़े।

विभा ने उसे भेज देने के लिए कहा। कुछ ही देर बाद कमरे में सहमा, घबराया और आतंकित-सा जो व्यक्ति आया वह थोड़ा मोटा और गुट्टा था। आंखें नीली थी तथा वह धोती-कुर्ता पहने था।

"कहो, क्या बात है?" मैंने उससे पूछा।

"मुझे बहूरानी . . ." उसने विभा की तरफ देखा, विभा ने आगंतुक से कहा–"ये लोग हमारे विश्वसनीय हैं, तुम्हें जो कहना है बेहिचक इनके सामने ही कहो।"

उसने सहमे हुए से अंदाज में मेरी और मधु की तरफ देखा और फिर बोला–"आपको यह सुनकर आश्चर्य होगा बहूरानी, कि अनूप बाबू मरे नहीं हैं।"

"क . . . क्या?" एक साथ तीनों की मुंह से चीख-सी निकल गई थी।

"जी हां, वे जिंदे हैं।"

मेरी खोपड़ी भक्क से उड़ गई थी और शायद वही अवस्था मधु और विभा की भी थी। सारे जमाने की हैरत जैसे सिमटकर सिर्फ हम तीनों के ही चेहरों पर एकत्रित हो गई। कई क्षण तक हममें से कोई कुछ बोल नहीं सका, भौंचक्के-से अविश्वसनीय नजरों से उसे देखते रह गए। उसे, जो उस क्षण हमें कोई पागल ही महसूस दिखाई दिया था, विभा ने धीमे से कहा–"यह तुम क्या कह रहे हो।?"

"मैं ठीक ही कह रहा हूं बहूरानी, मैंने उन्हें अपनी आंखों से देखा है। उन्होंने मुझसे और मैंने उनसे करीब दस मिनट बातें की हैं, . . . लेकिन . . ."

"लेकिन, मतलब?"

"वे मुझे मार डालेंगे बहूरानी, आप मुझे बचा लीजिए। केवल आप ही मुझे बचा सकती हैं।"

"क्यों मार डालेंगे?"

"प . . . पता नहीं कैसे वे मेरे द्वारा किए भ्रष्टाचार के बारे में जान गए हैं?"

"भ्रष्टाचार?"

"हां बहूरानी, दरअसल मेरा नाम रेवतीशरण है। आपकी डिस्टलरी के उस विभाग में हूं जहां 'रम' बनती है, पिछले तीन सालों से मैं भ्रष्टाचार में शरीक रहा हूं। सबसे छुपाकर मैं गैलन के गैलन 'रम' जिन्दल पुरम् से बाहर चोर बाजार में भिजवाता रहा हूं। अब, यह बात जाने कैसे अनूप बाबू को पता लग गई है, वे मेरे पास आए थे। जेब से निकालकर उन्होंने मुझे एक बहुत लम्बा चाकू भी दिखाया और कहने लगे कि या तो 'रम' की चोरी में शरीक अपने दूसरे साथियों का नाम बताऊं, अन्यथा वे मुझे उसी चाकू से मार डालेंगे।"

उसकी अजीब बातें सुनकर हम हक्के-बक्के रहे गए।

"क्या तुम्हें यकीन है रेवतीशरण कि वे तुम्हारे अनूप बाबू ही थे?"

"जी हां बहूरानी, सोलह आने।"

"मगर वे तो मर चुके हैं, आज ही तो उनके शव का अंतिम संस्कार हुआ है।"

"इसीलिए तो उन्हें देखते ही मैं हैरान रह गया था, मैं खुद भी तो उनकी अंतिम यात्रा में शरीक था बहूरानी। शाम को मैं सबसे अलग बैठक वाले कमरे में अकेला पड़ा अनूप बाबू के बारे में ही सोच रहा था, यह कि, हमारे छोटे मालिक कितने नेक थे। विचारों की धुन में मुझे यह भी होश न रहा कि अंधेरा छा चुका है और अब मुझे बत्ती

जला लेनी चाहिए, उस वक्त सवा सात बजे थे जब अचानक ही किसी ने बैठक का दरवाज़ा खटखटाया, मैं चौंककर उठ बैठा। उस क्षण पहली बार मुझे अहसास हुआ कि कमरे में अंधेरा है। मैंने सोचा कि शोभा होगी, शोभा मेरी पत्नी का नाम है। सो, पहले लाईट जलाई और उसके बाद दरवाज़ा खोला। दरवाज़ा खोलते ही मैं हक्का-बक्का रह गया, नीचे की सांस नीचे, और ऊपर की ऊपर। बदहवास-सा मैं भूत-भूत कहकर अभी चिल्लाने ही वाला था कि दरवाज़े पर खड़े अनूप बाबू ने फुर्ती से झपटकर मेरा मुंह दबोच लिया, उनके बंधनों मैं कैद में छटपटाता ही रह गया, जबकि उन्होंने दरवाज़ा अंदर से बंद करके सांकल चढ़ा दी थी, फिर उन्होंने जेब से चाकू निकालकर उसे 'खट्ट' से खोला और मेरी गर्दन पर रखकर गुर्राए।–'अगर तुम चीखे या मुंह से कोई आवाज निकाली रेवतीशरण, तो याद रखो, ये चाकू तुम्हारी गर्दन के आर-पार कर दूंगा।'"

मैं बहुत डर गया था, कांपता हुआ आंखों में खौफ लिए उनकी तरफ देखता रहा।

फिर वे खुद ही बोले–"मैं तुम्हारे मुंह से अपना हाथ हटाता हूं, याद रखो जोर से नहीं बोलोगे मैं तुमसे कुछ पूछने आया हूं और तुम धीमे स्वर में ही मेरे सवालों का जवाब दोगे।"

उन्होंने मेरे मुंह से हाथ हटा लिया।

चाकू गर्दन पर ही रखा था।

उन्हें देखकर मेरी जो हालत हो रही होगी उसका अंदाजा तो आप लगा ही सकते हैं, पहले तो मैंने उन्हें उनका भूत ही समझा था फिर जब यह याद आया कि भूत के स्पर्श का अहसास नहीं हो सकता तो मानना पड़ा कि वे साक्षात् अनूप बाबू ही थे, डरते-डरते मैंने पूछ भी लिया।"–'अ . . . अनूप बाबू आप?'"

"हां मैं।"

"मैं मरा नहीं हूं हरामजादे।" वे दाँत किटकिटाकर बोले–'बल्कि तुम जैसे भ्रष्टाचारियों को सबक सिखाने के लिए मरने का नाटक किया है, बोलो? इस कमरे में अकेले पड़े क्या कर रहे थे?'

"अ . . . प आप ही की मृत्यु पर अफसोस कर रहा था मालिक।"

"अफसोस।" वे दांत भींचकर गुर्राए–"मेरी मौत पर और तुम अफसोस मना रहे थे, तुम्हें तो खुश होना चाहिए रेवतीशरण, अब तो तुम्हारी रम की चोरी और ज्यादा खुलकर चलेगी?"

"अ . . . आप ये कैसी बातें कर रहे . . ."

"बको मत रेवतीशरण।" मेरा वाक्य पूरा होने से पहले ही गर्दन पर चाकू की नोक चुभाते हुए वे गुर्राए,–"मुझसे झूठ बोलने की कोशिश मत करो, जानता हूं कि तुम हर महीने कम-से-कम दो गैलन रम जिन्दल पुरम् से बाहर भेजते रहे हो, समीप के महानगर में स्थित फाईव स्टार होटल 'मनोरंजन' के मालिक को।"

मेरी जुबान तालू से चिपक गई, सिट्टी-पिट्टी गुम।

मैं नहीं समझ सका कि अनूप बाबू इतना सब कुछ कैसे जान गए हैं, गुर्राते हुए जब उन्होंने मुझसे फिर बोलने के लिए कहा तो मैंने हकीकत स्वीकार कर ली, तब वे बोले–"जिन्दल पुरम् से तुझ जैसे राक्षसों का संहार करने के लिए ही मैंने खुद को मृत घोषित किया है, बोल! इस काम में और कौन-कौन तेरा साथी है?"

"क . . . कोई नहीं मालिक।"

"झूठ बोलता है, तेरे कुछ और भी साथी होंगे। उनके नाम बता?"

"मैंने बहुत कहा बहूरानी, कि इस काम में मेरा कोई साथी नहीं है, मैं अकेला ही हूं, लेकिन वे नहीं माने। लगातार धमकियां देकर मुझसे नाम पूछते रहे। जब मेरे साथ कोई है ही नहीं तो किसका नाम ले देता, उन्हें यकीन नहीं हुआ। नाम बताने के लिए उन्होंने मुझे आज तक का समय दिया है। कह गए हैं कि कल वे मुझसे फिर मिलेंगे और उनके जीवित होने का रहस्य किसी पर खोला तो वे मेरा ही नहीं, बल्कि मेरे सारे खानदान का खून कर देंगे।"

"तुमने फिर भी यहां आकर वह सब कुछ बता दिया?" मैंने पूछा।

"क्या करता साहब, यह तो मेरी मजबूरी है। उनके जाने के बाद मैं परेशान-सा हो गया, सोचने लगा कि जब कल वे आएंगे तो किसका

नाम बताऊंगा, लिहाजा वे मुझे मार डालेंगे। मैं मरने से बहुत डरता हूं। सोचने लगा कि मालिक के चाकू से बचने के लिए क्या करूं, तभी दिमाग में बहूरानी का ख्याल आया। सोचा कि आप ही मुझे बचा सकती हैं। मैं अपने बच्चों की कसम खाकर कहता हूं कि बैठक से सीधा यहीं आया हूं। किसी अन्य से बात तक नहीं की, उनके जीवित होने का रहस्य बताने की तो बात ही दूर।"

विभा ने कहा–"मगर हम इसमें क्या कर सकते हैं?"

"अ . . . आप मुझे अपने साथ ही रखिए, इस बार जब वे मुझसे मिलें तो उनसे कह दीजिएगा कि सचमुच उस काम में मेरा कोई साथी नहीं था, मैं आपको विश्वास दिलाता हूं। आप मुझे उनसे माफी दिलवा दें, कसम खाता हूं कि फिर कभी ऐसा कोई काम नहीं करूंगा, मुझे बचा लीजिए बहूरानी।"

हम दोनों और हमारे साथ ही विभा भी बड़ी अजीब-सी उलझन में फंस गई थी। रेवतीशरण ने जो कुछ कहा था वह बिल्कुल अविश्वसनीय था, किंतु उसे झूठा भी नहीं कहा जा सकता था, खुद यहां आकर, भला कोई क्यों यह सब कहेगा, बेवजह भला वह क्यों अपने भ्रष्ट और चोरी के किस्से को बेनकाब करेगा?

कुछ देर तक सोचती रहने के बाद विभा ने सवाल किया–"क्या तुम्हें अच्छी तरह याद है रेवतीशरण, कि तुमने कमरे की लाईट-ऑन करने के बाद ही दरवाज़ा खोला था?"

"यह बात भी कोई भूलने की है बहूरानी, आप यकीन कीजिए यह घटना बिल्कुल सच है। मेरे पास सुबूत भी है, ये देखिए। मेरी गर्दन पर चाकू का जख्म।" कहने के साथ ही उसने गर्दन का वह हिस्सा आगे किया जहां जख्म था, चाकू के उस छोटे से जख्म को हम तीनों पहले ही देख चुके थे।

"क्या तुम हमें अपनी बैठक दिखा सकते हो?"

"क्यों नहीं, आप इसी वक्त मेरे साथ चलिए।"

इस तरह हम तीनों रेवतीशरण के साथ कार द्वारा उसके घर पहुंचे।

बैठक देखी। विभा ने बहुत ही पैनी दृष्टि से बैठक का निरीक्षण किया था परंतु किसी विशेष नतीजे पर नहीं पहुंच सकी। कुछ देर बाद हम कार द्वारा वापस 'मंदिर' की तरफ लौट रहे थे। रेवतीशरण को उसके घर ही छोड़ आए थे, यह कहकर कि वह किसी से अनूप के जीवित होने का जिक्र न करे। साथ ही उसे आश्वासन दिया था, कि उस पर नजर रखी जाएगी, दुश्मन के किसी भी किस्म के आक्रमण से उसे बचा लिया जाएगा।

विभा ने एक पब्लिक टेलीफोन बूथ के समीप कार रोकी, हमें कार में ही बैठे रहने दिया और बातें करने लगी। मैंने और मधु ने एक-दूसरे की तरफ देखा, दोनों ही को अपनी खोपड़ी इस नए झमेले से उल्टी हुई-सी महसूस दे रही थी। रेवतीशरण के बयान का अर्थ किसी भी रूप में हमारी समझ में नहीं आ रहा था।

पांच मिनट बाद ही विभा वापस आ गई।

कार थोड़ी ही दूर चलकर एक ऐसे मोड़ पर घूम गई जो रास्ता मेरी जानकारी के मुताबिक कम-से-कम मंदिर की तरफ बिल्कुल नहीं जाता था, शायद इसलिए मैंने हल्के से चौंकते हुए कहा–"क्या हम मंदिर नहीं जा रहे हैं विभा?"

"नहीं,हम शिवाजी रोड चल रहे हैं।"

"क्यों?"

"वहां एक हत्या हो गई है।"

"क . . . क्या?" मेरे साथ ही मधु के कंठ से भी चीख-सी उबल पड़ी, अपने कान के समीप मैं सन्नाटे से उत्पन्न होने वाला बड़ा ही अनोखा-सा और रहस्यमय शोर सून रहा था, काफी कोशिश के बाद मैं अपने दिमाग को नियंत्रित कर सका, फिर पूछा–"किसका खून हो गया?"

"अभी यह पता नहीं लग सका।"

"क्या मतलब?"

"महानगर से आए हुए आई.जी. साहब अभी यहीं यानि जिन्दल

पुरम् में ही हैं, मैंने यह सोचकर कोतवाली फोन किया था कि किसी अधिकारी से कहकर किसी अच्छे से जासूस को रेवतीशरण पर नजर रखने के काम पर लगवा दूंगी, किंतु फोन पर खुद आई.जी. साहब ही मिल गए। पहले उन्होंने मेरे फोन करने का सबब पूछा, मेरे बताने पर बोले–'जासूस को तो मैं अभी भेज देता हूं बहूरानी, लेकिन समझ में नहीं आ रहा है कि अचानक ही जिन्दल पुरम् में आखिर ये होने क्या लगा है?'"

"क्या कुछ और भी हुआ है?" मेरे इस प्रश्न के जवाब में उन्होंने बताया कि मेरा फोन आने से कुछ ही क्षण पहले 'शिवाजी रोड' से किसी आनंद ने फोन पर सूचना दी है कि ब्लॉक एस की इमारत नंबर चार में किसी ने किसी की हत्या कर दी है। उनकी इस सूचना पर मैंने पूछा कि क्या वे वहां जा रहे हैं, उनके 'हां' कहने पर मैंने भी पता पूछा और वहां पहुंचने के लिए कह दिया।"

कार में मौत की-सी खामोशी छा गई थी।

इकहरे बदन और गेहुंए रंग वाले उस युवक का नाम महेन्द्र पाल सोनी था। उम्र करीब चौबीस, हेयर-स्टाइल जितेन्द्र जैसी थी। काली आंखों, भरी-भरी भंवों और तोते जैसी नाक वाला यह युवक देखने में आकर्षक लगता था, जिन्दल पुरम् की शुगर फैक्ट्री में वह जूनियर इंजीनियर के पद पर नियुक्त था।

सर्विस लगे अभी सिर्फ एक साल ही हुआ था।

महेन्द्र सोनी के माता-पिता पास के महानगर में रहते थे, फैक्ट्री की तरफ से उसे जिन्दल पुरम् में ही शिवाजी रोड पर एस ब्लाक में चौथी इमारत में फ्लैट नंबर बीस अलाट हुआ था।

हफ्ते में छः दिन वह अपने फ्लैट में ही रहता था।

शनिवार को ड्यूटी के बाद महानगर जाता। रविवार की छुट्टी वहीं व्यतीत करके सोमवार की सुबह ही पुनः जिन्दल पुरम् आ जाता। उसे पीने की लत नहीं थी, मगर परहेज भी नहीं करता था।

यार! दोस्तों की महफिल में बैठकर दो-तीन पैग वह लगा लिया

करता था, अभी उसकी शादी नहीं हुई थी, हां, जबसे जिन्दल पुरम् में उसकी सर्विस लगी थी तभी से रिश्ते वाले चक्कर लगाने लगे थे।

जिन्दल पुरम् के दूसरे निवासियों की तरफ अनूप की मृत्यु का उसे भी हार्दिक दुख था। उसकी नजर में भी अनूप एक आदर्श और देवता सरीखा व्यक्ति था। अंतिम संस्कार से फारिग होने के बाद महेन्द्र पाल सोनी अपने ऑफिस के ही एक दोस्त के घर चला गया था।

वह अकेला नहीं, बल्कि कुल मिलाकर वे पांच दोस्त थे, उनमें से एक वह भी था, जिसके यहां सब इकट्ठे हुए थे, शाम छः बजे ही उन्होंने गम कम करने के लिए 'एरिस्टोक्रेट' की एक बोतल खोल ली।

पांचों पीते रहे, बातचीत का विषय अनूप ही था! बीच-बीच में विभा का नाम भी आ जाता, जिसे वे सभी केवल बहूरानी कह रहे थे। पीने का दौर करीब सवा आठ बजे तक चलता रहा।

फिर सभी दोस्त विदा हुए।

एक थ्री व्हीलर के जरिए महेन्द्र पाल सोनी उस इमारत में आया था, जिसमें उसका फ्लैट था, सीढ़ियां चढ़ते वक्त उसने महसूस किया कि आज बातों-ही-बातों में क्षमता से कुछ ज्यादा ही पी गया है।

कदमों में हल्की-सी लड़खड़ाहट थी।

फिर भी वह दूसरी मंजिल पर स्थित अपने फ्लैट के बाहर पहुंच ही गया। हल्के से सुरूर में झूमते हुए उसने जेब से चाबी निकाली, दरवाज़ा खोलकर लाईट-ऑन की।

पलंग पर दृष्टि पड़ते ही वह चौंका।

उसे महसूस दिया कि पलंग पर कोई सो रहा है। शुरू के क्षणों में उसने कदाचित इसे अपना भ्रम समझा, इसीलिए आंखें मिच-मिचाईं, सिर को झटका देकर फटी-सी आंखों से पलंग की तरफ देखा।

वहां सचमुच कोई कंबल ताने पड़ा था। सिर से पांव तक!

पलंग पर सोए व्यक्ति के जिस्म का एक भी हिस्सा चमक नहीं रहा था, इसलिए थोड़ा सचेत-सा होता हुआ सोनी बोला—"कौन है, पलंग पर कौन सो रहा है?"

इस वाक्य के साथ ही वह पलंग के नजदीक पहुंच गया और शायद नशे की झोंक में ही उसने एक झटके से कंबल खींचकर एक तरफ फेंक दिया, इतना होने पर भी पलंग पर लेटा व्यक्ति निश्चल पड़ा रहा, वह आंखें खोले महेन्द्र सोनी की तरफ ही देख रहा था।

"तुम कौन हो भाई, और यहां कैसे आ गए?" महेन्द्र सोनी ने उसकी आंखों में झांकते हुए पूछा।

पलंग पर पड़े व्यक्ति की पलकें तक नहीं झपकीं।

अब महेन्द्र सोनी चौंका, उसका नशा हिरन होने लगा था।

ध्यान से देखा तो पाया कि पलंग पर पड़े व्यक्ति की आंखें शीशे की तरह चमक रहीं थीं, जीवन का कोई चिन्ह नहीं था उनमें।

महेन्द्र सोनी ने हड़बड़ाकर उसके मस्तक पर हाथ रखा और अगले ही पल वह बदहवास-सा खून-खून चिल्लाता हुआ फ्लैट से बाहर की तरफ भागा। पागलों की तरह गैलरी में इधर से उधर भागता हुआ खून-खून चिल्ला रहा था, आस-पास के फ्लैटों में रहने वाले हड़बड़ाकर बाहर निकले।

यह बयान था महेन्द्र पाल सोनी का, जो हमें खुद सोनी के मुंह से वहां पहुंचने पर सुनने को मिला, हम इस वक्त दूसरी मंजिल की गैलरी में खड़े थे, गैलरी में काफी भीड़ थी और महेन्द्र सोनी ने सबके सामने ही अपना बयान दिया था, कि उपरोक्त हालातों में फंस कर उसका नशा काफूर हो गया था।

"पुलिस स्टेशन फोन किसने किया था?"

"म . . . मैंने बहूरानी।" नाईट गाउन पहने एक बूढ़ा व्यक्ति बोला– "जब सारी इमारत में हंगामा मच गया और सभी लोग यहां गैलरी में जमा हो गए, तो मैंने कोतवाली फोन कर दिया।"

उसका वाक्य खत्म होते-होते वहां धड़धड़ाती पुलिस भी पहुंच गई, पुलिस का नेतृत्व खुद आई.जी. महोदय कर रहे थे, वहां आते ही उन्होंने पूछा–"कहां कत्ल हुआ है?"

"लाश इनके फ्लैट में पड़ी है।" विभा ने सोनी की तरफ इशारा

किया। आई.जी. साहब ने बड़ी ही खूंखार दृष्टि से महेन्द्र सोनी की तरफ देखा, सोनी के तिरपन कांप गए। चेहरा सफेद पड़ गया था, बड़े ही नर्वस अंदाज में उसने अपने शुष्क होंठों पर जीभ फेरी, आई.जी. साहब ने अचानक ही उस पर सवाल ठोक दिया–"किसको मारा है तुमने?"

महेन्द्र सोनी एकदम गिड़गिड़ा उठा–"म . . . मैंने किसी को नहीं मारा साहब!"

"ओह, तुम तो शराब भी पिए हुए हो।"

महेन्द्र सोनी कांपकर रह गया, जबकि विभा बोली–"मैं इनका बयान ले चुकी हूं आई.जी. साहब।"

"इस हालात में इसने क्या बयान दिया होगा बहूरानी?"

विभा ने महेन्द्र सोनी का सारा बयान दोहरा दिया, तब बोली–

"यानि वह सबके लिए अपरिचित है?"

"हां।"

"ये बकता है बहूरानी।" आई.जी. साहब गुर्राए–"झूठ बोल रहा है, बोल, कौन से दोस्त के यहां बैठकर शराब पी थी तूने, क्या नाम है उसका?"

"ज . . . जगमोहन साहब।"

"कहां रहता है?"

"श . . . शंकर स्ट्रीट में।"

आई.जी. साहब ने उससे जगमोहन का फोन नंबर पूछा, उसके द्वारा नंबर बताए जाने पर एस.एस.पी. को आदेश दिया कि वह उक्त नंबर पर फोन करके महेन्द्र सोनी के बयान की जांच करे और फिर विभा की तरफ घूमकर बोले–"क्या आप लाश को देख चुकी हैं बहूरानी?"

"जी नहीं, यहां पहुंचने के बाद मैंने महेन्द्र सोनी के बयान लिए ही थे कि आप पहुंच गए।"

"तो आईए, लाश का निरीक्षण कर लें।" कहने के साथ ही वे बीस नंबर फ्लैट की तरफ बढ़ गए।

विभा उनके पीछे थी, मैं और मधु विभा के साथ, कमरे की तरफ जाते हुए आई.जी. साहब ने एक अधिकारी को फोन द्वारा फिंगर प्रिन्ट्स, पुलिस फोटोग्राफर और पोस्टमार्टम वालों को बुला लेने का आदेश दे दिया था, हम फ्लैट के चौपट पड़े द्वार पर ठिठके।

फिर कमरे के अंदर दाखिल हो गए।

अब पलंग पर बिल्कुल चित अवस्था में पड़ी लाश को हम सभी बिल्कुल स्पष्ट देख सकते थे, मैं, मधु और आई.जी. साहब अभी उसे ध्यान से देख ही रहे थे कि विभा चौंक-सी पड़ी, उसके मुंह से निकला–"जोगा।"

हम तीनों ने एक साथ चिहुंक कर विभा की तरफ देखा।

विभा की दृष्टि लाश के चेहरे पर ही केंद्रित थी, वह बड़ी अजीब-सी अवस्था में बड़बड़ा रही थी–"हां, यह तो वही है, जोगा। इसे मैं करोड़ों की भीड़ में भी पहचान सकती हूं। संतरा दिखाकर यही उन्हें धमकाया करता था, यही उन्हें अपने साथ ले गया था।"

मैं और मधु चकित से विभा की तरफ देख रहे थे, जबकि आई.जी. साहब ने पूछा–"ये आप क्या कह रही हैं बहूरानी। कहीं आप धोखा तो नहीं खा रही हैं?"

"क्या मैं इस कमीने को पहचानने में भी धोखा खा सकती हूं, कभी नहीं। ध्यान से देखिए, क्या इसका हुलिया वही नहीं है, जो मैंने आपको बताया था?"

"हुलिया तो वही है, लेकिन . . ."

चौंकती हुई विभा ने पूछा, "लेकिन?"

"मैं इसे जानता हूं, इसका नाम जोगा नहीं है, इकबाल गजनवी है।"

"क्या मतलब?" विभा के साथ ही मैं भी चौंक पड़ा था।

आई.जी. ने बताया–"ये हिस्ट्रीशीटर गुंडा है। पुलिस हैडक्वार्टर में इससे संबंधित पूरी फाइल मौजूद है, पिछले दो साल से यह महानगर स्थित बंदरगाह के मवालियों की अगवानी कर रहा है, उन मवालियों का काम बोझा ढोने वाले कुलियों से हफ्ता वसूल करना है, मगर यह

बात समझ में नहीं आई कि यह जिन्दल पुरम् में क्या कर रहा है और किसने इसे कत्ल करके यहां डाल दिया?"

"भले ही इसका नाम इकबाल गजनवी हो, लेकिन मैं दावे से कह सकती हूं कि संतरे वाला आदमी यही है, संभव है कि मेरे पति इसे जोगा के नाम से जानते हों।"

"हो सकता है, लेकिन हमें अपनी स्मृति पर आश्चर्य है, इसका हुलिया ठीक वैसा ही है, जैसा आपने बताया था, किंतु उस वक्त हमें इकबाल गजनवी का ख्याल क्यों नहीं आया। शायद इसलिए कि हम इसकी जिन्दल पुरम् में मौजूदगी की कल्पना भी नही कर सकते थे।"

"यही वजह रही होगी, लेकिन इसका मतलब तो ये है कि यह दुहरी जिंदगी जी रहा था, कुछ लोग इसे इकबाल गजनवी के नाम से जानते हैं और कुछ लोग जोगा के नाम से।"

"संभव है कि जोगा के नाम से इसे केवल अनूप बाबू ही जानते हों।"

"नहीं, उनके अलावा भी मैं कम-से-कम एक और ऐसे व्यक्ति का नाम जानती हूं, जो इसे जोगा के नाम से ही जानता था। कहने के साथ ही विभा ने मेरी तरफ देखा, मैं समझ गया कि उसका इशारा सुधा पटेल की तरफ है, आई.जी. ने पूछा–"आप ऐसे किस दूसरे व्यक्ति को जानती हैं?"

"स . . . सॉरी, इस प्रश्न का जवाब मैं इस वक्त नहीं दे सकती।"

आई.जी. साहब चुप रह गए, जबकि मैं किंकर्त्तव्यविमूढ़-सा उस लाश को देख रहा था, उसे, जिसको विभा, जोगा की लाश बता रही थी, हालांकि आई.जी. साहब उसी का नाम इकबाल गजनवी बता रहे थे, किंतु मेरे लिए विभा के कथन पर शक करने मे गुंजाइश ही नहीं थी। मैं जानता था कि उसकी नजर धोखा नहीं खा सकती। जोगा की लाश ने मेरे दिमाग को कुंद कर दिया था, क्योंकि यह उसी व्यक्ति की लाश थी, जिसे मैं मन-ही-मन पक्के तौर पर अनूप का हत्यारा मान चुका था, इस लाश ने मेरे अनुमानों की इमारत को धराशाई कर दिया।

"बोलिए।"

"मुझे इस व्यक्ति से संबंधित फाइल चाहिए।"

"मिल जाएगी, लेकिन कमाल है, ये इकबाल गजनवी तो बड़ा रहस्यमय आदमी निकला।।" कहते हुए वे बड़ी सावधानी से पलंग की तरफ बढ़ गए थे, विभा भी उनके बराबर में ही खड़ी ध्यान से लाश को देख रही थी, मैं सोच रहा था कि रेवतीशरण के बयान और जोगा की इस लाश ने तो सारे मामले को एक अनोखा ही मोड़ दे दिया है, कुछ भी तो समझ में आने को तैयार न था।

"कमाल है, कहीं कोई जख्म। कोई घाव नहीं।" आई.जी. साहब बड़बड़ाए–"खून का हल्का-सा धब्बा तक भी तो कहीं नहीं है।"

"जहर से मरे व्यक्ति के जिस्म पर कोई घाव नहीं होता आई.जी. साहब।"

"क . . . क्या मतलब, क्या ये हत्या जहर से हुई है?"

"जी हां।"

आई.जी. साहब लाश को कुछ ध्यान से देखने के बाद बोले– "हमें तो नहीं लगता। जहर से मरे व्यक्ति का जिस्म नीला पड़ जाता है। मुंह से झाग निकलने लगते हैं, लेकिन यहां तो ऐसा कुछ भी नहीं है।"

"एक जहर का नाम 'पॉटेशियम पॉयजन' है आई.जी. साहब, उसके असर से जिस्म पर कहीं कोई प्रभाव नहीं पड़ता, हां, नाखूनों की जड़ों में हल्का कालापन-सा उभर आता है, मैं लाश के नाखूनों की जड़ में वही देख रही हूं।"

"तो क्या इसने जहर खाकर खुद आत्महत्या की है?"

"जी नहीं, इसे मारा गया है। जहर खिलाकर नहीं, बल्कि किसी अन्य माध्यम से इसके जिस्म में 'पॉटेशियम पॉयजन' पहुंचा कर।"

"किसी इंजेक्शन आदि द्वारा?"

विभा लाश कि गर्दन पर झुकी, कुछ देर तक बहुत ही ध्यान से जाने क्या देखती रही और फिर अगले ही पल वह एक झटके से सीधी

खड़ी हो गई, मैंने उसकी आंखों में चमक देखी। विशेष चमक! मैं अच्छी तरह उस चमक को पहचानता हूं, जानता हूं कि यह चमक विभा की आंखों में केवल तभी उभरती है, जब वह किसी रहस्यमय गुत्थी को सुलझा लेती है, मैं यह जानने के लिए बुरी तरह व्यग्र हो उठा कि आखिर विभा ने किस गुत्थी को सुलझा दिया है, आई.जी. साहब की तरफ घूमकर वह बोली–"जी नहीं, इसके जिस्म में जहर किसी इंजेक्शन द्वारा नहीं पहुंचाया गया है।"

"फिर?"

"आइए बाहर चलें, फिलहाल मैं चाहती हूं कि फोटोग्राफर और फिंगरप्रिंट्स विभाग के लोग अपनी कार्यवाही निपटा लें, उसके बाद हम एक बार फिर लाश का निरीक्षण करेंगे।"

जाने वह कौन-सी ताकत थी, जिसके वशीभूत विभा के सामने आई.जी. तक दबे-दबे से नजर आते थे, कम-से-कम मैं तो उसे विभा के व्यक्तित्व की ताकत ही कह सकता हूं। वह बेहद सुंदर है, इतनी ज्यादा कि कोई भी व्यक्ति उसके मुखड़े की तरफ देखकर अपनी आंखों के लिए नई ज्योति अर्पित कर सकता है।

विभा के मुखड़े पर कुछ ऐसा तेज, ऐसी गंभीरता और गरिमा है कि बहुत देर तक कोई व्यक्ति उसकी तरफ देख भी नहीं सकता और यदि वह आपकी आंखों में डाल दे तो निश्चय ही आप चकाचौंध हो जाएंगे। उसकी आंखों में ऐसा आकर्षण, ऐसी दिव्य ज्योति-सी चमकती है कि आप पलकें झुकाने पर विवश हो जाएंगे।

कदाचित आई.जी. साहब उसके इसी व्यक्तित्व से प्रभावित फ्लैट से बाहर निकल पड़े।

उनके इशारे पर फोटोग्राफर और फिंगरप्रिंट्स विभाग के लोग अंदर चले गए, एस.एस.पी. ने रिपोर्ट दी कि वह जगमोहन की पत्नी से बात करके महेन्द्र सोनी के बयान की पुष्टि कर चुका है।

हम चारों भीड़ से अलग गैलरी में एक तरफ खड़े थे, आई.जी. साहब ने पूछा–"आप अपनी जांच बीच ही में क्यों छोड़ आईं,

फोटोग्राफर और फिंगरप्रिंट्स विभाग वाले तो बाद में भी काम कर सकते थे।"

"आगे की जांच के लिए मुझे लाश की स्थिति बदलने की जरूरत थी, जबकि फोटो आदि उसी अवस्था में लिए जाने जरूरी थे, जिसमें लाश मिली थी।"

"हम समझे नहीं।"

"मुझे उस हथियार की तलाश करनी है, जिसकी मदद से हत्या की गई है।"

एकाएक ही विभा ने मुझसे कहा– "वेद, अपनी जेब से निकाल कर हेयर पिन देना।"

कुछ भी न समझते हुए मैंने हेयर पिन निकालकर उसे दे दिया, पिन आई.जी. को दिखाती हुई ने कहा–"ये वो हथियार है जिससे हत्या की गई।"

"यह तो हेयर पिन है।"

"अपने ठीक पहचाना, ये मेरा हेयर पिन है। इसके साथ का पिन जोगा के साथ जाते समय संयोग से उन्होंने अपनी जेब में डाल लिया था, मैंने उसी पिन को उनकी लाश की जेबों में तलाश करने की कोशिश की थी, मगर आप भी जानते हैं कि पिन मुझे मिल नहीं सका था।"

"विभा ने पिन से संबंधित सारा किस्सा उन्हें बता दिया।

धैर्यपूर्वक और ध्यान से सुनने के बाद आई.जी. साहब ने पूछा– "लेकिन आपने यह कैसे जान लिया कि हत्या पिन की मदद से की गई है?"

"लाश की गर्दन पर दाईं तरफ ऐसे ही पिन की नोकों के दो छोटे-छोटे जख्म हैं, पिन के दोनों सिरों को पॉटेशिसम पॉयजन में बुझाकर मक्तूल की गर्दन पर वार किया गया है।"

"ओह!" आई.जी. की आंखों में विभा के लिए प्रशंसा के भाव उभर आए–"मगर फिर भी आप यह कैसे कह सकती हैं कि हत्यारा

हथियार यानी पिन को मक्तूल के आस-पास ही कहीं छोड़ गया होगा, पिन काफी कीमती है। लालच में फंसा हत्यारा उसे अपने पास भी तो रख सकता है।"

"उसी लालच ने जोगा की जान ली है।"

"क्या मतलब?"

"हम सबकी धारणा यह थी कि उनका कत्ल जोगा ने किया है, परंतु जोगा की लाश इस बात का ठोस प्रमाण है कि जोगा मुख्य हत्यारा नहीं, बल्कि मुख्य हत्यारे की कठपुतली मात्र था, इसने मुख्य हत्यारे की गैर जानकारी में लालच में फंसकर पिन अपने कब्जे में ले ली। हत्यारे की इस पर कड़ी नजर रही होगी, अतः वह जान गया कि इसने पिन ली है। मुख्य हत्यारे को इतनी समझ है कि ये कच्चा लालच पुलिस को उस तक पहुंचा सकता है, इस स्थिति में हत्यारे की दृष्टि में जोगा ने पिन अपने पास रखकर भारी गलती की थी, हत्यारे ने उसी पिन से इसकी हत्या करके इसकी गलती की सजा दी है और जिस गलती के लिए उसने यह हत्या की है, वही गलती खुद नहीं कर सकता। इसलिए मैं कह रही हूं कि पिन को हत्यारा मक्तूल के आस-पास ही कहीं छोड़ गया होगा।"

आई.जी. साहब के दिमाग की सारी नसें जैसे खुलती चली गईं।

निश्चय ही वे विभा से बेहद प्रभावित नजर आ रहे थे और उनके अगले सवाल ने उनकी मनः स्थिति को उजागर ही जो कर दिया, वे बोले–"अगर आप बुरा न मानों तो एक बात पूछें?"

"जरूर पूछिए।"

"किसी भी घटना का इतना जल्दी और इतना अच्छा विश्लेषण तो ट्रेंड डिटेक्टिव भी नहीं कर पाते, फिर आप कैसे कर लेती हैं, इतनी जल्दी बिखरी हुई सारी कड़ियों को जोड़कर कहानी तैयार कर लेना।"

उनकी बात बीच में ही काटकर विभा ने प्रश्न किया–"क्या आपने कभी किसी मुजरिम से संबंधित फाइल का अध्ययन किया है?"

"ऑफकोर्स, अनेक बार।"

"आपने उनमें क्या समानता पाई?"

"सॉरी, हम सवाल का तात्पर्य नहीं समझे।"

विभा के गुलाबी होंठों पर हल्की-सी मुस्कान उभरी, बोली–

"इसका मतलब ये है कि आपने सिर्फ सरसरी तौर पर वे फाइलें देखी हैं, ध्यान से अध्ययन करके उस पर सोचा नहीं है। अगर आपने ऐसा किया होता तो मेरे सवाल का तात्पर्य आप खुद-ब-खुद समझ जाते।"

"मैंने आपसे पूछा था कि . . ."

"आपके उसी सवाल का जवाब देने जा रही हूं, लेकिन उससे पहले आप जरा इस प्रश्न जवाब दें कि किसी भी व्यक्ति की हत्या क्यों होती है?"

"कमाल कर रही हैं आप? हत्या के अनेक कारण हो सकते हैं।"

"अनेक कितने?"

"ये तो इस बात पर निर्भर करता है कि हत्या किसकी हुई है, प्रत्येक हत्या का कारण अलग हो सकता है।"

"मैं ऐसा नहीं सोचती, आपने कहा कि हत्या के अनेक कारण हो सकते हैं, सवाल ये है कि अनेक कितने, क्या आपने कभी हत्या के कारणों को गिनने की कोशिश की है?"

"ऐसी कोशिश तो हमने कभी नहीं की।"

"आज कीजिए। आप हत्या के अलग-अलग कारण बताइए, मैं गिनती रहूंगी।"

पहले तो आई.जी. साहब ने विभा को अजीब-सी नजरों से देखा, फिर वे कारण बताने लगे। जायदाद, लड़की, जमीन, किसी हत्यारे का जुनून, खानदानी दुश्मनी जैसे बीस कारण आई.जी. साहब एक ही सांस में बता गए। उसके बाद सोच-सोचकर बताने लगे, आई.जी. द्वारा हर नया कारण बताया जाने पर विभा बड़ी ही गहरी मुस्कान के साथ उसे नंबर दे देती, इस प्रकार रोते-पीटते आई.जी. साहब तीस कारण बताने में कामयाब हो गए, किंतु काफी देर तक सोचते रहने के बावजूद इकत्तीसवां कारण न बता सके और जब उन्होंने मौन फुल स्टॉप लगा

दिया तो विभा बोली– "आप हत्या के केवल तीस ही कारण बता सके हैं और तीस कारण बताने वाले आप पहले व्यक्ति हैं, अक्सर लोग दस-पन्द्रह कारणों पर ही अटक जाते हैं, जबकि गिनने से पहले वे ही कह रहे होते हैं कि हत्या के अनेक कारण हो सकते हैं। अगर बहुत ज्यादा जोर लगाकर पूरे दिमाग से सोचा जाए तो हत्या के ज्यादा से ज्यादा सौ कारण प्रकाश में आएंगे, बल्कि मैं तो ये कहूंगी कि हत्या के सौ से ज्यादा कारण हो ही नहीं सकते, मैंने हत्या के केसों की कम-से-कम पांच सौ फाइलों का अध्ययन किया है और उनमें से ज्यादातर केसों में समानता थी, माना कि हम हत्या के सौ कारण कंठस्थ कर लेते हैं, उसके बाद किसी भी लाश को देखते ही उसे उन सौ कारणों की तराजू पर रखते हैं, लाश की स्थिति, मृतक में स्थान और उसका करेक्टर आदि हमें एक पल में बता देगा कि इस हत्या का कारण उन सौ कारणों में से कौन-सा है। बस, हम उसी फाइल को दिमाग में लाते हैं, जिसमें हमने इसी कारण से हुई हत्या या हत्याओं का विवरण पढ़ा था। उसी फाइल में जब हम उस केस से संबंधित हत्यारे का नाम, उसकी मानसिकता, व्यक्तित्व और हत्या करने के तरीके को याद करते हैं तो सामने पड़ी लाश के हत्यारे की एक धुंधली-सी आकृति निश्चय ही उभर आती है, वर्तमान लाश के आस-पास की स्थिति उस आकृति को साफ करने में मदद करती है, थोड़ी-सी तफ्तीश और मृतक के आस-पास के लोगों के बयान हमें हत्यारे के बहुत निकट ले जाकर खड़ा कर देते हैं।"

"कमाल है, बड़ी अजीब थ्यौरी है आपकी?"

"क्यों, पसंद नहीं आई क्या?"

"आप पसंद की बात कर रही हैं, हम तो ऐसा महसूस कर रहे हैं कि अगर हर डिटेक्टिव इस थ्यौरी पर चलने लगे तो हत्या के केस का कोई भी मुजरिम कानून की पकड़ से बचा न रहे।"

"थैंक्यू।"

"क्या वर्तमान केस से मिलती-जुलती घटनाएं भी आपने किसी फाइल में पढ़ी हैं?"

"क्यों नहीं, आप राजधानी सुप्रीम कोर्ट की फाइल नंबर एक हजार चार, अपराध संख्या तीन सौ दो, 'अपॉन' बारह सौ पिच्चास्सी वाले केस की फाइल पढ़ सकते हैं।"

"बड़ी गजब की मैमोरी है आपकी, वैसे उस फाइल में क्या था?"

"बलदेव नामक हत्यारे ने बदले की भावना से कत्ल किए थे।"

"क्या आप केस के पीछे भी बदले की भावना ही महसूस करती हैं।"

"हां।"

"किस बात का बदला यानि . . ."

"अभी यह नहीं कहा जा सकता है, हां। उस फाइल में बलदेव अपनी प्रेमिका की हत्या का बदला ले रहा था, कुछ लोगों ने मिलकर कुछ वर्ष पहले न केवल उसकी प्रेमिका की हत्या ही की थी, बल्कि उसकी अस्मत भी लूटी थी, बदले के रूप में बलवीर उन्हीं हत्यारों की हत्या कर रहा था।"

"क्या आप इन हत्याओं के पीछे भी कोई ऐसा ही कारण महसूस करती हैं?"

विभा ने इस प्रश्न का कोई जवाब नहीं दिया, बल्कि बोली–"आइए, फोटोग्राफ और फिंगर-प्रिंट्स विभाग वाले अपने काम निपटा चुके हैं।"

हम सब पुनः कमरे में आ गए।

पलंग के समीप खड़ी विभा कुछ देर तक लाश को देखती रही, फिर उसने लाश को करवट दे दी। लाश के नीचे विभा का दूसरा हेयर पिन पड़ा था, जिसे देखकर हम तीनों के मुंह से चकित रह जाने वाली सिसकारी निकल पड़ी, विभा के होंठों पर सफलता की मुस्कान नाच रही थी, बोली–"फोटोग्राफर और फिंगरप्रिंट्स विभाग के लोगों से कहिएगा कि इस पिन पर अपना-अपना काम करके वे इसे जांच के लिए लैबोरेट्री भेज दें। मेरे ख्याल से इसके दोनों सिरों पर पॉटेशियम पॉयजन ही पाया जाएगा।"

विभा ने यह कोशिश कतई नहीं की कि उसके शब्दों का आई.जी.

पर क्या प्रभाव हुआ है, बल्कि वह लाश की तलाशी लेने में जुट गई, तलाशी में अन्य चीजों के साथ एक कागज़ भी निकला, वैसा ही जैसा अनूप की मेज पर से मिला था। कागज़ पर वैसी ही आकृति बनी हुई थी, आकृति को देखती हुई विभा का चेहरा कठोर हो गया, बोली– "हत्यारे ने बचाव के लिए इसे भी साढ़े तीन घंटे का समय दिया था।"

"ये पहेली और साढ़े तीन घंटे का क्या चक्कर है।?"

"लगता है कि पहली हत्यारे के लिए खुद एक समस्या बनी हुई है, उसे उम्मीद है कि पहेली के हल हो जाने पर उसके दिमाग की कोई गुत्थी सुलझ जाएगी तथा साढ़े तीन घंटे से उसका कोई भावनात्मक रिश्ता लगता है, पहेली के हल के लिए वह इस समय को घटा या बढ़ा नहीं सकता।"

"एक यह बात समझ में नहीं आई कि हत्यारा आखिर हर बार अलग और दूसरों का फ्लैट क्यों इस्तेमाल कर रहा है, पहले जुर्म के लिए दीनदयाल का फ्लैट, दूसरे के लिए महेन्द्रपाल सोनी का।"

"इस फ्लैट को जुर्म के लिए इस्तेमाल नहीं किया गया है।"

"क्या मतलब है?"

"हत्या कहीं और की गई है, यहां तो हत्यारे ने लाश लाकर केवल पलंग पर लिटा दी।"

"आप यह कैसे कह सकती हैं?"

"जब हत्यारे ने पिन का वार इसकी गर्दन पर किया तब यह किसी प्रकार के बंधनों में जकड़ा हुआ नहीं था, अगर होता तो इसके हाथ या पैरों पर निशान होते, वे नहीं हैं जाहिर है कि यह स्वतंत्र था और स्वतंत्र व्यक्ति जब यह जान ले कि सामने वाला उसे जान से मारने पर आमादा है तो हर हालत में बचाव के लिए संघर्ष जरूर करता है, संघर्ष करने के चिन्ह इसके जिस्म पर हैं अर्थात् इसने संघर्ष किया था, किंतु कमरे में ऐसा कोई चिन्ह नहीं। स्पष्ट है कि वह संघर्ष यहां नहीं हुआ। कत्ल कहीं और हुआ लाश लाकर यहां डाल दी गई।"

"हत्यारा ऐसा क्यों कर रहा है?"

"हमें उलझाने और खुद को संदेह के दायरे से बहुत दूर रखने कोशिश में।"

"मगर मेरे ख्याल से वह बहुत बड़ी भूल कर बैठा है।"

आई.जी. साहब ने चौंकते हुए पूछा, "कैसी भूल?"

"अभी नहीं, वह मैं समय आने पर ही बता सकूंगी।" कहने के बाद विभा घूमी और बड़ी तेजी से बाहर निकल गई, आई.जी. साहब के चेहरे पर मौजूद अवाक् रह जाने वाले भावों को देखते हुए हम भी विभा के पीछे ही कमरे से बाहर निकल गए थे।

मंदिर के उस एक कमरे को विभा ने ऑफिस की-सी शक्ल दे दी थी, एक बड़ी-सी और चमकदार सनमाईका वाली मेज के पीछे इस वक्त वह रिवॉल्विंग चेयर पर बैठी थी, हम दोनों उसके दाईं तरफ एक छोटी मेज के पीछे गद्देदार कुर्सियों पर, हम पति-पत्नी महेन्द्र पाल सोनी के फ्लैट से निकलने के बाद अब तक चकित से, मूक रहकर विभा की चुस्ती-फुर्ती और कार्यविधि देख रहे थे।

इस वक्त भी एक युवक ससम्मान हाथ बांधे उसके सामने खड़ा था, विभा हुक्म देने वाले स्वर में उससे कह रही थी –"तुम इसी समय दीनदयाल के फ्लैट पर चले जाओ श्रीकान्त, तुम्हें उससे मिलना नहीं है बल्कि गुप्त रूप से केवल उसके फ्लैट पर नजर रखनी है।"

"जो आज्ञा बहूरानी।" श्रीकान्त ने कहा।

"कल शाम तक वह कहीं भी जाए, कुछ भी करे, चाहे जिससे मिले, तुम्हें कुछ नहीं करना है। तुम सिर्फ साए की तरह उसके पीछे रहोगे और उन आदमियों के नामों की एक लिस्ट बनाओगे जिनसे वह मिले या जो उससे मिलें, याद रहे, तुम्हारा काम उससे मिलने वालों की केवल लिस्ट बनाना है।"

"मैं समझ गया बहूरानी।"

"साथ ही, किसी को यह पता न लगे कि हमने तुम्हें इस काम पर लगाया है।"

"जी!"

"तुम जा सकते हो, हॉल में वीणा बैठी होगी, उसे भेज दो।"

श्रीकान्त चला गया, मैं और मधु विभा के किसी भी आदेश का कोई अर्थ नहीं निकाल पा रहें थे। हां, मैं ये जरूर महसूस कर रहा था कि इस केस को हल करने के लिए विभा ने अपनी सक्रियता बढ़ा दी है। कुछ ही देर बाद कमरे में वीणा नामक युवती प्रविष्ट हुई, विभा ने उससे पहला सवाल किया, "वीणा, तुम्हें उन्होंने डिस्टलरी के उसी विभाग में नियुक्त कर रखा था न जहां रम बनती है?"

"जी हां।"

"क्या तुम जानती हो कि पिछले तीन साल से रेवतीशरण रम चुरा रहा है?"

"जी हां बहूरानी।"

"क्या तुमने यह सूचना अपने अनूप बाबू को दी थी?"

"जी हां।"

"गुड, अब तुम्हें यहां से सीधे शिवाजी रोड जाना है . . ."

इस प्रकार विभा ने वीणा को भी ठीक वही आदेश दिया जो श्रीकान्त को दे चुकी थी, फर्क केवल यह था कि श्रीकान्त को दीनदयाल से मिलने वालों की लिस्ट बनानी थी और वीणा को महेन्द्र पाल सोनी से मिलने वालों की। वीणा को विदा करते वक्त उसने हॉल में बैठे अभिक को भेजने के लिए कहा।

'अभिक' गोरे रंग का एक स्वस्थ और आकर्षक युवक था। विभा ने उसे रेवतीशरण का पता देकर उस पर नजर रखने का काम सौंपा, उसने अभिक को यह भी बता दिया था कि पुलिस का एक जासूस भी रेवतीशरण पर नजर रखे हुए है। अभिक को विदा करने के बाद विभा ने अभी सांस ली ही थी कि मैंने अपने दिमाग में चकरा रहे सवाल को उस पर ठोक दिया–"ये श्रीकान्त, वीणा और अभिक कौन हैं विभा?"

"ये लोग 'उनके' (अनूप) बेहद विश्वसनीय कर्मचारी हैं। अपनी प्रत्येक फैक्ट्री के हर विभाग की भीतरी और वास्तविक रिपोर्ट लेने के लिए उन्होंने एक दल बनाया हुआ था, इस दल को वे 'खोजी दल'

कहते थे और किसी साधारण व्यक्ति को यह जानकारी बिल्कुल नहीं थी कि उनका कोई 'खोजी दल' भी है। ये तीनों उनके उसी 'खोजी दल' के सदस्य थे, ऐसे लोगों के जरिए वे अपने व्यापार पर वास्तविक नजर रखते थे।"

"ओह, काफी अच्छा तरीका है।"

"तुम समझ सकते हो कि ये लोग एक प्रकार से जासूसी का ही धंधा करते रहे हैं, विश्वसनीय भी हैं, इसीलिए मैंने इनसे यह काम लेने का निश्चय किया।"

"मगर तुम तो कह रही थीं कि दीनदयाल और महेन्द्र पाल सोनी बेकसूर हैं? यदि वे मुजरिम नहीं हैं तो श्रीकान्त और वीणा को उनके पीछे लगाने का मकसद?"

"मैंने आई.जी. से हत्यारे द्वारा की गई भूल का जिक्र किया था, मेरा संकेत इस बार हत्यारे द्वारा महेन्द्र पाल सोनी के फ्लैट में लाश को छोड़ जाने की तरफ था।"

"इसमें हत्यारे ने क्या भूल कर दी?"

"हत्यारा अपने परिचितों के फ्लैट ही इस्तेमाल कर सकता है, क्योंकि कोई भी व्यक्ति केवल उपने परिचितों की ही दिनचर्या जान सकता है, जब तक हत्यारे ने केवल दीनदयाल के फ्लैट का इस्तेमाल किया था तब तक हमें सिर्फ उसके परिचितों में से किसी ऐसे व्यक्ति को तलाश करना था, जो यह कर सके, लेकिन अब महेन्द्र सोनी का नाम भी जुड़ गया। सीधी-सी बात है कि हत्यारा कोई ऐसा व्यक्ति है जो इन दोनों ही के टच में है, श्रीकान्त और वीणा की लिस्ट में जो नाम कॉमन होगा वही संदिग्ध है।"

"गुड।" मेरे मुंह से अनायास ही निकल पड़ा।

एकाएक ही काफी देर से चुप बैठी मधु ने पूछा– "रात के आठ बजे के बाद से घटनाएं बहुत तेजी से घटी हैं विभा बहन, रेवतीशरण का यहां आना, उसका बयान। जोगा का मर्डर, उसके दुहरे व्यक्तित्व का रहस्य खुलना आदि ऐसी बातें हैं जिनमें से किसी का भी अर्थ समझ

में नहीं आता, क्या तुम इन सब बातों का कोई अर्थ निकाल सकी हो, रेवतीशरण के बयान में क्या दम है?"

"अभी कुछ नहीं कहा जा सकता" विभा का वाक्य पूरा हुआ ही था कि अचानक उसकी मेज पर रखे फोन की घंटी घनघना उठी, हाथ बढ़ाकर उसने रिसीवर उठा लिया।

हम केवल विभा की ही आवाज सुन सकते थे। दूसरी तरफ के व्यक्ति की नहीं, और उसने बड़े ही व्यग्रतापूर्ण अंदाज में बातें की थी अतः काफी देर तक ठीक से कुछ भी समझ में न आने की वजह से हम जबरदस्त आशंका के शिकार रहे। फोन पर हुई पूरी बात विभा ने हमें बाद में बताई थी, तब तक हम आशंका में ही रहे थे, किंतु पाठकों को उसी बेचैनी से बचाने के लिए वह वार्ता यहीं, सीधी लिख रहा हूं।

"हैलो!" कहते हुए विभा ने रिसीवर कान से लगाया। दूसरी तरफ से घबराई हुई-सी आवाज आई–"अ . . . आप कौन हैं, खैर, आप जो भी कोई हैं जरा जल्दी से फोन पर बहूरानी को बुला दीजिए, मुझे उनसे जरूरी काम है।"

"मैं विभा ही बोल रही हूं, कहिए। आप कौन हैं?"

"ओह, गॉड। आप ही बहूरानी हैं। द . . . देखिए, मैं सुधा पटेल बोल रही हूं।"

"स . . . सुधा?" विभा कुर्सी से एकदम खड़ी हो गई, हम भी उछल पड़े थे, मगर अगले ही पल विभा ने खुद को आश्चर्यजनक ढंग से नियंत्रित कर लिया, बोली–"कौन सुधा पटेल?"

मैं और मधु चौंके, सुधा पटेल को तो विभा जानती थी फिर भला फोन पर वह अनजान क्यों बन रही थी, हम समझ नहीं सके, जबकि उस समय दूसरी तरफ से कहा जा रहा था–"क्या आप मुझे नहीं जानती हैं, ओह हां, जानेंगी भी कैसे। हम पहले कभी नहीं मिले। मैं भी कितनी बेवकूफ हूं, हड़बड़ाहट में जाने क्या-क्या कहती चली जा रही हूं। खैर, देखिए बहूरानी, मैं मरने से पहले आपको कुछ बताना चाहती हूं।"

"मरने से पहले?"

"जी हां, क्या आप थोड़ी देर के लिए यहां आ सकती हैं बहूरानी?"

"ल . . . लेकिन आपको मर जाने का खतरा क्यों है?"

"व . . . वह . . . म . . . मेरे चारों तरफ। उफ्फ, बात लंबी है, मैं फोन पर समझा नहीं सकती। कृपया आप जल्दी-से-जल्दी यहां आ जाएं। मैं आपको अपने और अनूप के बारे में कुछ बताना चाहती हूं। अनूप के हत्यारों के बारे में भी थोड़ा बहुत जानती हूं, प्लीज, आ जाइए बहूरानी।"

"आप कहां से बोल रही हैं?"

दूसरी तरफ से पता बताने से साथ ही संबंध-विच्छेद कर दिया गया, विभा बहुत ही तेजी में नजर आई। रिसीवर पटककर वह दरवाज़े की तरफ झपटती-सी बोली–"मेरे साथ आओ वेद।"

पूरी बात समझे बिना मैं और मधु हड़बड़ाए से उसके पीछे लपक लिए, अगले दो मिनट बाद हमारी कार मंदिर से निकलकर सुनसान पड़ी एक सड़क पर दौड़ी चली जा रही थी, बहुत ही तेज-ड्राइविंग करती हुई विभा ने अचानक ही मेरी तरफ देखा, बोली–"मेरे मना करने पर भी तुमने मधु को तिजोरी से मिले पत्रों के बारे में बताया है वेद।"

मैंने नजरें झुका ली, मधु भी चुप थी।

"स . . . सॉरी विभा, मैं मधु से कुछ नहीं छिपा सकता।"

कार में कई पल के लिए सन्नाटा छा गया, फिर मधु बोली–"मुझे इनके इस गुण पर फख्र है, बात अच्छी हो या बुरी ये मुझसे कुछ नहीं छिपाते।"

"ये अच्छी बात है।" विभा बोली–"पति-पत्नी के बीच वाकई कोई पर्दा नहीं होना चाहिए। किसी भी किस्म के छुपाव से संदेह का जन्म होता है और संदेह रिश्तों को बिखेर डालता है। यह पर्दा अनूप ने मेरे साथ रखा, इसीलिए मैं आज अंधेरे में भटक रही हूं, अगर उन्होंने मुझे संतरे का रहस्य बता दिया होता तो आज शायद यह सब कुछ नहीं होता। खैर, बात तुमसे आगे नहीं जानी चाहिए मधु।"

"मैं इन्हीं की कसम खाकर वादा करती हूं।" मधु ने कहा–"लेकिन

आपको यह कैसे पता लग गया कि ये मुझे सुधा पटेल के बारे में बता चुके हैं?"

"जब मैं फोन पर सुधा पटेल के नाम पर अनजान बनी थी, तब तुम दोनों ने चौंककर एक-दूसरे की तरफ देखा था।"

"ओह!" मेरे मुंह से यही एक शब्द निकल सका, एक बार फिर मुझे मानना पड़ा था कि विभा की नजरों से छोटी-से-छोटी बात भी नहीं छुप सकती, मधु ने उससे पूछा–"क्या दूसरी तरफ से फोन पर सचमुच सुधा पटेल ही बात कर रही थी?"

"हां।" कहने के बाद विभा ने हमें वे सब बातें बताईं जो मैं ऊपर ही लिख आया हूं। सुनने के बाद मैंने विभा से पूछा था–"लेकिन तुमने सुधा पटेल के नाम पर अनभिज्ञता जाहिर क्यों की थी?"

"मैं किसी पर भी जाहिर क्यों करूं कि मैं सुधा पटेल के नाम से परिचित हूं?"

"विभा तुम वाकई बहुत . . ."

उसके लिए प्रशंसा के दो शब्द मैं अभी कहना ही चाहता था कि टायरों की तीव्र चरमराहट के साथ एक झटके से कार रूक गई। विभा बड़ी तेजी से बाहर निकली, हमने भी उसका अनुकरण किया।

कुछ ही देर में हम एक इमारत के ग्राऊंड-फ्लोर पर स्थित फ्लैट नंबर चवालीस के बंद दरवाज़े के सामने खड़े थे, दरवाज़े पर कोई वैल नहीं थी, इसलिए विभा ने दस्तक दी।

प्रत्युत्तर में अंदर से कोई ध्वनि न उभरी।

इस बार जब विभा ने ज्यादा जोर से दस्तक देनी चाही तो किवाड़ पीछे को खुले, दरवाज़ा भीतर से बंद नहीं था, बल्कि केवल भिड़ा हुआ था, विभा बड़बड़ाई–"शायद कोई दुर्घटना हो गई है।"

मेरा दिल धक से रह गया–"कैसी दुर्घटना?"

क्या इस फ्लैट में अब हमें सुधा पटेल की लाश देखने को मिलेगी?

विभा ने अपने गाउन की जेब से टॉर्च और रिवॉल्वर निकाल ली

थी। बाएं हाथ में दबी टॉर्च को ऑन करने के साथ ही उसने दरवाज़े पर धीरे से ठोकर मारी।

दरवाज़ा खुल गया।

पहले कमरे में अंधेरा था, टॉर्च का प्रकाश वहां रखे सोफों आदि पर नृत्य करता रहा। वहीं से हमें दूसरे कमरे का दरवाज़ा भी नजर आ रहा था। दरवाज़ा बंद था, किंतु उसकी झिर्रियों में से दूधिया प्रकाश झांक रहा था, जो इस बात का सबूत था कि उस कमरे की ट्यूब ऑन है, फिर आगे विभा और उसके पीछे हम दोनों फ्लैट में दाखिल हो गए। फ्लैट केवल दो ही कमरों का था और हम पहला कमरा पार करके दूसरे दरवाज़े की तरफ बढ़े।

मैं नहीं जानता था कि उस वक्त मधु और विभा की क्या हालत थी। अपनी जानता हूं, और सच्चाई ये है कि मेरा दिल बुरी तरह धक्-धक् कर रहा था। शायद यह सोचकर कि उस बंद कमरे में क्या है?

मेरे धड़कते हुए दिल की चिंता किए बिना विभा ने टॉर्च मुझे पकड़ा दी, विभा बेहद सतर्क थी, मैं भी सतर्क हो गया और साथ ही मधु को भी चौकस रहने का इशारा कर दिया था, शायद इसलिए कि कहीं दरवाज़ा खुलते ही कोई हम ही पर आक्रमण न कर दे।

विभा ने आहिस्ता से दरवाज़ा को धकेला।

दरवाज़ा खुला, धड़कनें बेकाबू हो गईं, मगर सिर्फ एक क्षण के लिए, क्योंकि अगले ही क्षण हम चकित रह गए थे, कमरे की स्थिति हमारे सामने थी। मगर वह सारा कमरा पूरा बूचड़खाना बना हुआ था, जिसे शायद बेडरूम के रूप में इस्तेमाल किया जाता था, मैं वहां पड़े डबल-बैड की वजह से ही उसे बेडरूम कह रहा हूं।

हमने चारों तरफ देखा।

हर चीज अस्त-व्यस्त थी।

सनील के खोल वाला लिहाफ फर्श पर पड़ा था, तिपाया स्टूल बिल्कुल औंधा, फोन का रिसीवर कहीं और, क्रेडिल कहीं। ड्रेसिंग टेबल मुंह के बल पड़ी थी, सारे कमरे में कांच बिखरा हुआ था, साथ

ही श्रृंगार में इस्तेमाल होने वाली वस्तुएं, जो शायद घटना से पहले ड्रेसिंग टेबल पर रखी थीं।

कमरे की स्थिति को देखकर कोई मूर्ख भी बता सकता था कि वहां दो या इससे अधिक व्यक्तियों के बीच संघर्ष हुआ है, हमें वहीं ठहरने का आदेश देकर विभा आगे बढ़ गई। कुछ देर तक वह बड़े ध्यान से फर्श को घूरती हुई सारे कमरे में चहलकदमी करती रही।

पलंग के पीछे से उसने कोई वस्तु उठा ली।

हम नहीं देख सके कि वह क्या था?

फिर वह बेड पर बिछी चादर को ध्यान से देखती रही, चादर भी अस्त-व्यस्त थी, फिर वह चादर के एक कोने पर आकर्षित हो गई, हमने देखा कि वह चादर के कोने पर कढ़े गुलाब के फूलों को देख रही थी।

मुझे याद आया कि सुधा पटेल को गुलाब का फूल बहुत प्रिय था।

चादर पर 'सुर्ख रेशम' से किसी ने अपने हाथ से 'गुलाब' काढ़ा था। विभा वहां से हटी, फर्श पर डनलप का एक तकिया पड़ा था, तकिए को उठाकर उसने सूंघा, कई बार!

सूंघने के बाद तकिया उसने बैड पर डाल दिया।

हम पति-पत्नी चकित-से उसके क्रिया-कलापों को देख रहे थे, एकाएक ही वह कमरे के एक कोने में खड़ी सेफ की तरफ आकर्षित हो गई, सेफ लॉक्ड थी जिसे विभा ने अपने बालों से हेयर पिन निकाल कर बड़े आराम से खोल लिया, काफी देर तक उसके अंदर मौजूद कपड़ों को देखती रही।

फिर घूमी।

लाईट ऑन करके बाहर वाला कमरा भी चैक किया, विशेष रूप से भीतरी कमरे के दरवाज़े से फ्लैट के मुख्य द्वार तक जाने के मार्ग को चैक करती रही थी वह, और वहीं से उसे एक टूटी हुई नीले रंग की चूड़ी का टुकड़ा मिला वह टुकड़ा उठाकर भी उसने मुट्ठी में दबा लिया।

पन्द्रह मिनट तक वह पूरी तरह खामोश अपने काम में जुटी रही

और उसके बाद हमारे नजदीक आकर बोली–"चलो, अब यहां कुछ नहीं।"

"त . . . तुम किस नतीजे पर पहुंची विभा?" मैंने पूछा।

"गाड़ी में बात करेंगे।।" कहने के साथ ही वह आगे बढ़ गई, जब हम फ्लैट से निकले तो फ्लैट उसी स्थिति में था, जिसमें वह हमें मिला था, बाहरी कमरे की लाईट ऑफ, दोनों दरवाज़े ढुके हुए।

गैलरी बिल्कुल सुनसान पड़ी थी और जिस खामोशी के साथ हम वहां पहुंचे थे, उसी खामोशी के साथ गाड़ी में बैठ भी गए, विभा ने गाड़ी स्टार्ट करके आगे बढ़ा दी और हममें से किसी को भी सवाल करने का मौका न देती हुई खुद ही बोली।" इस फ्लैट में रहने वाली महिला का नाम रजनी चतुर्वेदी होना चाहिए।"

"क . . . क्या?" मैं उछल पड़ा–"हम तो सोच रहे थे कि यह फ्लैट सुधा . . ."

"तुम ठीक समझ रहे हो, वह सुधा पटेल ही है।"

"क . . . क्या कह रही हो तुम, कभी रजनी, कभी सुधा?"

"सीधी-सी बात है, सुधा पटेल यहां अपना नाम बदलकर यानि रजनी चतुर्वेदी बन कर रह रही थी।"

"नाम बदलने की उसे क्या जरूरत थी?"

"यह तो वही जाने, लेकिन सेफ से 'गुडलक ड्राईक्लीनर्स' की रसीद मिली है, वहां एक शॉल ड्राईक्लीन के लिए दिया गया है, ग्राहक का नाम रजनी चतुर्वेदी है।"

"यह भी तुमने खूब कही विभा, संभव है कि शॉल किसी अन्य ने दिया हो?"

"रसीद पर 'कस्टमर' के विभा तो साईन होते हैं, वहां रजनी चतुर्वेदी लिखा है, परंतु उसी हाथ ने जिसने कभी अनूप के लिए पत्र लिखे थे।"

"ओह!"

"इसके अलावा फ्लैट में रहने वाली को गुलाब का फूल इस हद तक पसंद है कि बेड शीट से लेकर सेफ में मौजूद ज्यादातर कपड़ों पर

गुलाब काढ़ा गया है, सेफ में या तो साड़ियां थी या किसी चार साल के बच्चे के कपड़े, किसी वयस्क पुरूष का एक भी कपड़ा नहीं था।"

"मतलब ये कि फ्लैट में उसके साथ केवल चार साल का बच्चा ही रहता था।"

"बच्चा नहीं, लड़का। वे कपड़े लड़के ही के हैं और यह वही बच्चा होगा, जिसका जिक्र अनूप की सेफ से मिले पत्रों में था, फ्लैट में सुधा पटेल बिना किसी पुरूष के सहारे के रहती है।"

मुझे यह सोचकर बड़ा अजीब-सा लगा कि वह लड़का अनूप का होगा।

"तकिये को सूंघकर मैंने जाना कि सुधा पटेल 'एमिक्स' नामक विदेशी तेल का इस्तेमाल करती है, उसके लिए इस्तेमाल होने वाला सामान भी काफी कीमती था, साड़ियां और बच्चे के कपड़े भी, यानी फ्लैट में जो भी सामान था वह सब कीमती था और जांच के बाद मैं यह भी दावे से कह सकती हूं कि सुधा पटेल कहीं सर्विस नहीं करती थी।"

"फिर उस पर खर्च करने के लिए इतना धन कहां से आता था?"

"यह भी उन कई सवालों में से एक है, जिनका हमें जवाब तलाश करना है।"

"कई सवाल?"

"अचानक ही सुधा पटेल ने मुझे फोन किया। वह बेहद घबराई हुई थी। उसे अपनी जान का खतरा था और मरने से पहले मुझे कुछ बताना चाहती थी, सवाल ये है कि वह क्या बताना चाहती थी। अपनी जान का खतरा उसे क्यों और किन लोगों से था। अपनी तरफ से हम यहीं कम-से-कम समय में पहुंच गए फिर भी दुर्घटना हो ही गई, कमरे की हालत देखकर कोई भी कह सकता है कि वहां संघर्ष हुआ है और वे जो भी लोग थे, सुधा पटेल का अपहरण करने में कामयाब हो गए।"

"अपहरण उन्होंने किस उद्देश्य से किया होगा?"

"अभी इस बारे में कुछ नहीं कहा जा सकता है।"

मैंने संभावना व्यक्त की, "कहीं सुधा पटेल की हत्या कर देने के उद्देश्य से तो नहीं।"

"नहीं, फिलहाल वे हत्या करने की स्थिति में नहीं हैं।"

"क्या मतलब?"

"यदि उन्हें हत्या करनी होती तो फ्लैट में हमें सुधा पटेल की लाश ही मिलती।"

"फिर भला वे सुधा पटेल से क्या चाहते होंगे?"

"शायद उसके बेटे का पता।"

"बेटे का पता?"

"हां, सेफ में चार साल के लड़के के कपड़े थे तो जरूर, लेकिन बहुत कम, चार साल का बच्चा पढ़ने लगता है, जबकि सारे फ्लैट में कहीं भी कोई किताब-कॉपी नहीं थी, इसका मतलब ये कि लड़का सुधा के साथ फ्लैट में नहीं, बल्कि किसी हॉस्टल में रहता है और हत्यारे सुधा पटेल से उसी का पता चाहते हैं।"

"तुम प्वाईंट में से प्वाईंट निकालती हुई कितनी दूर तक पहुंच जाती हो?"

"प्राप्त सुबूतों के आधार पर मैंने सिर्फ अनुमान लगाया है जो कि गलत भी हो सकता है, सुधा पटेल के साथ यह दुर्घटना शायद इसलिए घटी है, क्योंकि हत्यारे के बारे में वह कुछ-न-कुछ जानती है और मुझे बताना चाहती थी, इस परिवेश में सुधा की जान खतरे में है वेद। नकाब में रहने के लिए हत्यारा किसी ऐसे व्यक्ति को जीवित नहीं रहने देता, जो उसे बेनकाब कर सके।"

"म . . . मगर इसमें हम कर ही क्या सकते हैं?"

विभा चुप रह गई, शायद वह यही सोच रही थी कि सुधा को बचाने के लिए क्या करे। अचानक ही मधु ने पूछा–"तुम्हें पलंग के पीछे कुछ मिला था विभा बहन, जिसे हम नहीं देख सके।"

"वह एक बुन्दा है, शायद सुधा पटेल का, जो संघर्ष के दौरान वहां गिर गया होगा। परंतु सबसे ज्यादा आश्चर्य की बात तो ये है कि फ्लैट

में कहीं भी सुधा पटेल या उसके लड़के का फोटो भी नहीं मिला।"

"हम दोनों चुप रहे, बोलने के लिए जैसे कुछ था नहीं। विभा भी खामोशी के साथ कार ड्राईव करती रही, कुछ ही देर बाद हम 'मंदिर' पहुंच गए। वहां पहुंचते ही उसने इंस्पेक्टर त्रिवेदी को फोन किया, उसे सुधा पटेल के फ्लैट का पता बताया और कहा कि वहां रजनी चतुर्वेदी नाम की एक महिला रहती थी, जिसे कुछ देर पहले किन्हीं अज्ञात लोगों ने किडनैप कर लिया है, विभा ने उससे रजनी चतुर्वेदी के बारे में ज्यादा-से-ज्यादा सूचनाएं जुटाने के लिए कहा। त्रिवेदी पूछता ही रह गया कि रजनी के बारे में विभा को इतना सब कुछ किस तरह मालूम है, जबकी विभा ने बिना बताए संबंध विच्छेद कर दिया।

उसके बाद विभा ने एक और नंबर डायल किया, कुछ देर तक दूसरी तरफ घंटी बजती रही और उधर से रिसीवर उठाए जाने पर विभा बोली–"मैं विभा बोल रही हूं आई.जी. साहब।"

"ओह बहूरानी।"

"इतनी रात गए तकलीफ देने के लिए माफी चाहती हूं।"

"तकलीफ जैसी कोई बात नहीं है बहूरानी, कहो हम क्या सेवा कर सकते हैं?"

"इकबाल गजनवी से संबंधित फाइल लेने आप स्वयं ही महानगर जा रहे हैं न?"

"हां, कल सुबह ही।"

"अगर कष्ट न हो तो मंदिर की तरफ होते निकल जाइएगा, दरअसल मैं भी इकबाल गजनवी के बारे में कुछ ज्यादा जानकारियां जुटाने के मकसद से आपके साथ महानगर जाना चाहती हूं।"

"इसमें कष्ट जैसी कोई बात नहीं है।"

"थैंक्स।" कहकर विभा ने रिसीवर रख दिया।

सुबह के सात बज रहे थे और नित-कर्मों से फारिग होने के बाद मैं बहुत तेजी से कपड़े पहनने में जुटा हुआ था, मधु मेरी मदद कर रही थी, रात हमें आराम करने के लिए कमरे में भेजते समय विभा ने कहा था

कि सुबह साढ़े सात बजे वह आई.जी. के साथ महानगर जाएगी। मैंने भी उसके साथ चलने की इच्छा जाहिर की थी, शायद इसलिए क्योंकि मैं इस सारे केस को बहुत नजदीक से देखना चाहता था।

विभा ने इजाज़त दे दी, साथ ही कहा कि ठीक सात बजे तैयार हो जाऊं।

जूतों के फीते बांधकर मैं अभी सीधा खड़ा हुआ ही था कि दरवाज़े पर दस्तक हुई, दरवाज़ा खोलने पर मैंने वहां विभा को खड़े पाया, बेदाग सफेद साड़ी और ब्लाऊज में, वैसा ही उसकी अपनी त्वचा का रंग भी था।

गोल मुखड़ा, गुलाबी होंठ और मृगनयनी, बेहद चमकदार आंखें। विभा बेहद सुंदर लग रही थी, परंतु क्या मैंने उसके ऐसे रूप की कल्पना की थी?

क्या उसके लिए मैंने ऐसा सोचा था?

अंदर से हूक-सी उठी, रूलाई जैसे फूट पड़ना चाहती थी।

उफ्फ, भगवान! तू सचमुच पत्थर का है। कठोर, किसी के दर्द को समझ नहीं सकता। मेरी विभा को देने के लिए क्या तेरे पास यही एक उपहार था।

सफेद लिबास?

मेरी भावनाओं को वही समझ सकता है, जिसके साथ ऐसी ट्रेजडी हुई हो, जिसे किसी ने टूट-टूटकर चाहा हो, अटूट प्यार किया हो, उसी का यह रूप। नहीं, भगवान किसी दुश्मन को भी न दिखाए।

उस एक क्षण के लिए मैं भावनाओं के झंझावात् में भटक गया था, विभा के पुकारने पर चौंका। उसने पूछा था कि क्या मैं तैयार हूं। मैं जल्दी से संभलकर बोला–"हां, क्या आई.जी. साहब आ गए हैं?"

"अभी नहीं।"कहती हुई वह अंदर आ गई।

मैं घूमा, मधु तो पहले ही विभा की तरफ देख रही थी।

"मैं रायतादान के बारे में बाबूजी से बात कर चुकी हूं।"

मैने उत्सुक होकर पूछा–"क्या कहा उन्होंने?"

"कहते हैं कि रायतादान नंबरों वाली सेफ में ही होना चाहिए।"

"म . . . मगर उसमें तो नहीं था, कहां चला गया?"

"इस प्रश्न ने सारे मामले को कुछ और ज्यादा उलझा दिया है।" विभा बोली–"मैंने उन्हें यह नहीं बताया कि सेफ में रायतादान नहीं है, केवल उसके बारे में बातें ही कीं। मकसद केवल यह जानना था कि ऐसे किसी रायतादान का अस्तित्व है?"

मैं और मधु चकित-से खड़े रह गए, हर घटना बड़ी रहस्यमय-सी महसूस दे रही थी।

कमरे में चहलकदमी-सी करती हुई विभा ने कहा–"उधर इंस्पेक्टर त्रिवेदी ने अपनी रिपोर्ट दे दी है। पड़ोसियों से बातचीत करने के बाद उसने पता लगाया है कि रजनी चतुर्वेदी करीब अट्ठाईस वर्षीय, दुबली-पतली गोरी और आकर्षक औरत है, उसकी आय का साधन किसी को पता नहीं है। उसका एक लड़का भी है, जिसका नाम सचिन है और उसे फ्लैट पर केवल सर्दियों से देखा गया है। वह पड़ोसियों से सचिन का जिक्र करके कहा करती थी कि वह किसी कैम्ब्रिज में पढ़ता और वहीं रहता है। वह सुहागिनों वाला पूरा मेकअप किया करती थी और पूछने पर उसने अपने पति के बारे में किसी पड़ोसिन से कहा था कि वे मिलिट्री में कर्नल हैं। उसके पास अक्सर चार-पांच आदमी आया करते थे जिनमें से एक का हुलिया जोगा या इकबाल गजनवी से मिलता है।"

"ओह, बाकी लोगों का हुलिया?"

"वे हुलिए कम-से-कम अभी तक तो अपरिचित लोगों के ही हैं।"

"सुधा पटेल बड़े रहस्यमय ढंग से वहां रह रही है।"

"पड़ोसियों का कहना है कि एक हफ्ते से वह कुछ बेचैन और विचलित-सी महसूस दे रही थी, अपनी उस अवस्था के बारे में उसने किसी के पूछने पर कुछ नहीं बताया।"

हम सुधा पटेल के बारे में सोचते रह गए।

एकाएक ही विभा पुनः बोली–"तुम यह पर्ची लेकर 'गुडलक ड्राईक्लीनर्स' के यहां चली जाना मधु बहन, उससे कहना है कि तुम्हें

मैंने भेजा है, रजनी चतुर्वेदी के बारे में कुछ जानकारी प्राप्त करने की कोशिश करना, अगर वह कुछ विशेष न बता सके तो कह आना कि अगर कोई व्यक्ति इस पर्ची से संबंधित शॉल को लेने आए तो वह उसे रोककर तुरंत हमें सूचित करे।"

मधु ने पर्ची ली, मैं बोला–"पर्ची के बिना भला वहां शॉल लेने कौन पहुंचेगा?"

"सुधा स्वयं पहुंच सकती है।"

"स . . . सुधा, म . . . मगर उसका तो अपहरण कर लिया गया है?"

"मुझे शक हो रहा है वेद, लगता है कि उसका अपहरण नहीं किया गया, बल्कि . . ."

"बल्कि?"

"यह सारा ड्रामा खुद उसी ने फैलाया है।"

"क . . . क्या?" मुझे जैसे बिच्छू ने डंक मारा।

"रात कुछ विशेष चीजों पर गौर करने से मैं चूक गई थी, अच्छा सोचकर जरा एक बात का जवाब दो।" विभा ने पूछा–"लिहाफ फर्श पर पड़ा था, बेडशीट में सलवटें थीं। इसका क्या मतलब?"

"स्पष्ट है, दुर्घटना से पहले सुधा पटेल लिहाफ ओढ़े बेड पर लेटी थी।"

"क्या तुम्हारे ख्याल से उसने उस वक्त चप्पल आदि कुछ पहन रखी होगी?"

"सवाल ही नहीं उठता, बिस्तर में भला कोई चप्पल पहनकर क्यों घुसेगा?"

"यानी वह नंगे पैर थी, लिहाफ ओढ़े बैड पर पड़ी थी। बैड ही पर पड़े-पड़े उसने मुझे फोन किया, उसके बाद मुश्किल से दो मिनट बाद किडनैप करने वाले या वाला वहां पहुंचा, वह बिस्तर में ही थी। उसने संघर्ष किया, दूसरी चीजों के अलावा ड्रेसिंग टेबल भी गिरी। सारे फर्श पर शीशा बिखर गया। फर्श पर खून का कहीं हल्का सा धब्बा

भी नहीं था वेद। क्या फर्श पर बिखरा कांच उसे नहीं चुभा, क्या यह स्वाभाविक है?"

"वह कहती गई," जितनी सम्पन्न सुधा थी उतनी सम्पन्न औरत के यहां से उसका और उसके लड़के का फोटो न मिलना भी एकदम अस्वाभाविक है, जरा सोचो, जब वह बिस्तर में थी तो निश्चय ही फ्लैट का दरवाज़ा अंदर से बंद करके लेटी होगी, सारी खिड़कियां अंदर से बंद थीं। कोई भी दरवाज़ा कम-से-कम टूटा हुआ नहीं था, फिर हमलावर फ्लैट के अंदर दाखिल कैसे हो गए?"

"संभव है कि उन्होंने दस्तक दी हो, सुधा ने तुम्हें बुलाया तो था ही, यह समझकर कि तुम ही आई हो सुधा ने बिस्तर से निकलकर फ्लैट का दरवाज़ा खोला हो।"

"तब अपहरणकर्ता और सुधा में संघर्ष बाहरी कमरे में होना चाहिए था।"

"कमाल है, तुम खुद ही अपनी रात की थ्यौरी को काट रही हो और अब लग रहा है कि वह गलत ही थी, तुम अब सही सोच रही हो।"

"वह भी सबूत के आधार पर सोचा गया एक अनुमान और यह भी, जब हम आधार रूपी सुबूतों को ही गलत नजर से देखें तो सोचा हुआ अनुमान भी गलत होगा, संभव है कि जो मैं अब सोच रही हूं वह भी गलत ही हो, मगर सारी वारदात में कुछ अस्वाभाविक जरूर है।"

"सबसे बड़ा सवाल तो ये ही है कि भला सुधा पटेल खुद ही अपने अपहरण का नाटक क्यों करेगी, उसने तुम्हें खुद ही तो फोन करके वहां बुलाया था।"

"संभव है कि वहीं सब कुछ दिखाने के लिए बुलाया हो।"

"क्यों?"

"यह तो वही जाने, लेकिन फिलहाल मुझे लग रहा है सारा ड्रामा सुधा पटेल ने खुद रचा था। उपरोक्त चंद स्वाभाविक बातों की वजह से मैं ऐसा सोचने के लिए विवश हूं। हां, फिलहाल तुम्हारे क्यों का जवाब मेरे पास नहीं है।"

मैं समझ गया कि इस मामले में खुद विभा भी डबल माईंड हो रही है।

अभी हममें कोई किसी एक निश्चय पर नहीं पहुंचा सका था कि आई.जी. साहब के आने की सूचना मिली। मैं और विभा उनके साथ गाड़ी में महानगर के लिए रवाना हो गए।

हैडक्वार्टर से इकबाल गजनवी की फाइल निकाली गई।

फाइल के सबसे पहले पृष्ठ पर 'जोगा' का एक बड़ा-सा फोटो लगा था, जिसके नीचे लिखा था–'इकबाल गजनवी' वल्द आफताब गजनवी, पता–मुंगैया रोड, शेरू की चाल, कमरा नंबर पैंतीस।

विभा ने पृष्ठ पलटा। फिर वह हर दो मिनट बाद पृष्ठ पलटती रही। कदाचित वह प्रत्येक पृष्ठ को पढ़ने के बाद ही पलटती थी, फाइल बहुत ज्यादा मोटी नहीं थी इसलिए विभा ने करीब पन्द्रह मिनट में ही पूर्ण पढ़ ली। बंद करती हुई बोली–"फाइल में उसके बारे में कुछ विशेष नहीं है, सिर्फ इतना ही लिखा है कि वह थर्ड क्लास गुंडा है, किसी बड़े दांव की ताक में रहता है। छुरा मारने या चोरी-चकारी के जुर्म में कई बार छोटी-मोटी सजा भी काट चुका है, उसके उन्हीं कारनामों का विवरण भी है।"

"पुलिस को उसके बारे में इतनी ही जानकारियां मिली होंगी।" आई.जी. बोले।

"मेरे अनुभव के मुताबिक वह कत्ल जैसा बड़ा जुर्म भी कर चुका था। खैर, इस फाइल में सबसे बड़ी कमजोरी ये है आई.जी. साहब, कि इसमें इकबाल गजनवी के पिछले चार साल का लेखा-जोखा है, इससे पहले का नहीं।"

"पुलिस को मिला ही नहीं होगा।"

"इसका मतलब ये कि इकबाल निश्चय ही चार साल पहले 'जोगा' था और 'उनसे' इसका परिचय कम-से-कम चार साल पहला जरूर था, वे नहीं जानते थे कि आजकल उसका नाम इकबाल है।"

"ऐसा ही लगता है।"

"क्या वह अब भी इस फाइल पर लिखे पते पर ही रहता है?"

"हम अभी मालूम कर देते हैं।" आई.जी. साहब ने फोन की तरफ हाथ बढ़ाया–"ये सारी जानकारियां संबंधित थाना इंचार्ज को होंगी?"

"ठहरिए, क्या संबंधित थाने में जाना ही हमारे लिए ज्यादा उचित नहीं होगा?"

"जैसी तुम्हारी इच्छा।"

उसके बाद हम संबंधित थाने में पहुंचे, थाना इंचार्ज का नाम देवेन्द्र भट्ट था। वह करीब चालीस वर्ष की आयु का एक स्वस्थ व्यक्ति था, इकबाल गजनवी के बारे में भट्ट ने बताया कि आजकल वह बंदरगाह के कुलियों से नाजायज हफ्ता वसूलने वालों का सरदार बना हुआ है। उसने यह भी बताया कि इकबाल करीब एक हफ्ते से इलाके में नजर नहीं आ रहा है, भट्ट यह नहीं बता सका कि वह कहां गया है?

हां, उसे गजनवी का पता जरूर मालूम था।

विभा ने उसके कमरे का निरीक्षण करने की इच्छा जाहिर की, हम सब 'शेरू की चाल' की तरफ रवाना हो गए। रास्ते में विभा ने भट्ट से कहा कि जितनी देर में वह गजनवी के कमरे का निरीक्षण करे तब तक हफ्ता वसूलने वाले मवालियों के ग्रुप के एकाध गुंडे और चाल के मालिक शेरू को पकड़कर गजनवी के कमरे पर ही ले आए।

भट्ट ने बताया कि ग्रुप के ज्यादातर गुंडे शेरू की चाल में ही रहते हैं।

चाल में पुलिस की जीप घुसते ही वहां सरगर्मी-सी फैल गई।

कांस्टेबलों के साथ भट्ट इकबाल के चेले-चपाटों को पकड़ने निकल पड़ा और हम कमरा नंबर पैंतीस की तरफ बढ़ गए।

कमरे के बाहर ताला लटका हुआ था।

आई.जी. की इजाजत लेने के बाद विभा ने उसे हेयर पिन से खोल लिया, कमरा वैसा ही था जैसा एक छड़े थर्ड क्लास गुंडे का हो सकता है, विभा सामान को उलट-पलट करके निरीक्षण में जुट गई।

पलंग पर मैला बिस्तर पड़ा था, किंतु बेडशीट और तकिए के गिलाफ के किनारे पर कढ़े 'गुलाब के फूल' ने विभा के साथ-ही-साथ

मेरा ध्यान भी खींचा। उसने मेरी तरफ देखा था और उस वक्त उसकी आंखों में बड़ी ही विशेष चमक थी, मैं सोचता ही रह गया कि सुधा पटेल का जोगा से क्या संबंध हो सकता है?

विभा ने कमरे में पड़ी एक मेज की दराज खोली।

उसमें मेकअप का सामान था, वैसी ही लिपिस्टक जैसी शीशी मैंने सुधा पटेल के कमरे में लुढ़की देखी थी, वही विदेशी तेल 'ऐमिक्स' की शीशी। अब इसमें कोई शक नहीं रह गया था कि सुधा पटेल और जोगा का कोई-न-कोई संबंध जरूर था, वह यहां आती रहती थी। संबंध भी इतना घनिष्ठ कि उसके मेकअप तक का सामान यहां था, कमरे से यही एक काम की बात हाथ लग सकी, बाकी कुछ नहीं। विभा को शायद उसकी चार साल पहले की जिंदगी की तलाश थी, जिस पर यह कमरा कोई प्रभाव नहीं डाल सका।

विभा के निवृत्त होने तक 'भट्ट' तीन ऐसे व्यक्तियों को पकड़ लाया था जो शक्ल-सूरत से ही गुंडे लगते थे, उनमें से दो मवालियों के ग्रुप के थे और तीसरा चाल का मालिक यानी–शेरू।

विभा ने उनसे सवाल करने शुरू किए।

उनमें से यह तो कोई भी नहीं बता सका कि यहां से पहले इकबाल कहां रहता और क्या करता था, किंतु जब विभा ने कहा कि वह मर चुका है तो 'कालू' नामक गुंडा जिसे इकबाल के ज्यादा नजदीक समझा जाता था, आवेश में बोला–"ओह, उसे जरूर बिरजू ने मारा होगा, इस दुनिया में वही इकबाल का सबसे बड़ा दुश्मन था।"

अपनी कर्मठता दिखाने के लिए बड़ी फुर्ती से झपटकर भट्ट ने कालू का गिरेबान पकड़ लिया और गुर्राया–"कौन बिरजू। जल्दी बता, बिरजू कौन है?"

कालू सकपका-सा गया।

विभा ने भट्ट से उसे छोड़ देने के लिए कहा, बोली–"देखो कालू फिक्र मत करो, डरने जैसी कोई बात नहीं है, ये हत्या का मामला है। हम तुम्हारे दोस्त के हत्यारे की तलाश में घूम रहे हैं, उसे गिरफ्तार

करके ही दम लेंगे। अगर तुम सच बोलकर हमारी मदद करोगे तो तुम पर कोई खतरा आने वाला नहीं है।"

कालू चुप रहा।

"सच-सच बताओ। बिरजू कौन है?"

"मैं . . . मैंने उसे देखा नहीं है। मगर . . ."

"हां-हां, बोलो। डरो नहीं, तुम अपने दोस्त के हत्यारे को पकड़वाने में मदद कर रहे हो।"

"इकबाल के पास अक्सर एक औरत आती थी।"

विभा ने उसे सुधा पटेल का हुलिया बताने के बाद पूछा–"क्या वह इसी हुलिए की औरत थी?"

कालू ने चकित दृष्टि से विभा की तरफ देखकर स्वीकारा, बोला–"मैंने कई बार इकबाल से उस औरत के बारे में पूछा, क्योंकि पहनावे और बनाव-श्रृंगार से वह किसी अच्छे घर से ताल्लुक रखने वाली महसूस देती थी और इकबाल से उसका संबंध मेरी समझ में बिल्कुल नहीं आता था, उसके बारे में चर्चा छिड़ने पर अक्सर इकबाल बात को टाल जाता, किंतु एक बार नशे में उसने उसका नाम बता दिया।"

"क्या उसने औरत का नाम रजनी चतुर्वेदी बताया था?"

"नहीं, इकबाल ने कहा था कि उसका नाम सुधा है।"

"ओह!" विभा की आंखों में उभरने वाली चमक बहुत गहरी हो गई, बोली–"खैर, आगे कहो। सुधा के बारे में इकबाल ने क्या बताया?"

"उस दिन के बाद वह सुधा के संबंध में मुझसे काफी खुल गया था, अक्सर हमारे बीच उसकी चर्चा छिड़ जाती। कालू कहता चला गया–उसने बताया कि सुधा उससे और वह सुधा से बहुत प्यार करता है, वह जिन्दल पुरम् में रहती है, समाज की नजरों में भले ही उनकी शादी न हुई हो, किंतु एक तरह से वे पति-पत्नी हैं औ . . ."

"और . . .?"

"इकबाल ने कहा था कि उन दोनों का एक बच्चा भी है।"

मैं उछल पड़ा, विभा ने भी बुरी तरह चौंकते हुए पूछा–"क्या, इकबाल ने ऐसा कहा था?"

"हां, अपने बच्चे का नाम उसने सचिन बताया था।"

मेरा दिलो-दिमाग जैसे काबू में नहीं रहा था, निश्चय ही इस वक्त विभा भी बुरी तरह चकराई हुई थी, फिर भी उसने खुद को काफी हद तक सामान्य दर्शाते हुए पूछा–"क्या तुमने कभी इकबाल से यह नहीं पूछा था कि जब उनके संबंध इस हद तक हैं तो शादी करके साथ क्यों नहीं रहते?"

"पूछा था।"

"इकबाल ने क्या जवाब दिया?"

"कहने लगा कि ऐसा करने में उनकी कुछ मजबूरियां हैं, सबसे बड़ी मजबूरी है, बिरजू। मैंने पूछा कि यह बिरजू कौन है तो बोला कि बिरजू मेरे और सुधा के बीच में विलेन है, वह भी सुधा से प्यार करता है जबकि सुधा उससे नहीं करती, बिरजू को इकबाल और सुधा का संग एक आंख नहीं सुहाता था, इकबाल का कहना तो ये था कि अगर बिरजू को उसके संबंधों की जानकारी हो जाए तो वह दोनों का ही खून तक कर सकता है।"

"अजीब बात है, इकबाल बिरजू को देख लेंगे, लेकिन . . ."

"लेकिन?"

"कहने लगा कि इसके लिए सुधा तैयार नहीं होगी। मैंने चकित होकर वजह पूछी तो कहने लगा कि सुधा कहती है कि यदि हमने ऐसा किया तो बिरजू हमारे सचिन को मार डालेगा।"

"तुम्हें ये शक कैसे हुआ कि इकबाल को बिरजू ने ही मारा होगा?"

"पिछले हफ्ते उसने मुझे बताया था कि जिन्दल पुरम् ही बुलाया था, वह उसी दिन चला गया। उसके बताए मुताबिक बिरजू भी जिन्दल पुरम् में ही रहता है, तब से इकबाल लौटा नहीं। आज आप ही उसके मरने की खबर लेकर आए हैं, बिरजू ने उसे जरूर सुधा के साथ देख लिया होगा। उसने कहा ही था कि बिरजू कत्ल तक कर सकता है।"

विभा ने बड़ा ही अजीब-सा सवाल पूछा–"क्या इकबाल बिरजू का कत्ल नहीं कर सकता था?"

जवाब देने के स्थान पर कालू ने बड़ी ही सहमी-सी दृष्टि से भट्ट और आई.जी. साहब की तरफ देखा, विभा उसकी मानसिक स्थिति को पढ़ती हुई बोली–"तुम बिल्कुल मत डरो कालू, तुम्हें कुछ नहीं होगा।"

"एक दिन मैंने उसे सलाह दी थी, इस काम में उसकी पूरी मदद करने की पेशकश भी की थी, मगर वह इंकार करता रहा, तब मैं तैश में आकर बोला कि उसके बस का ही कुछ नहीं है। जवाब में वह भी जोश में आ गया, गुर्राया, 'मेरे जमीर को मत ललकार कालू। तू नहीं जानता, मैं सब कुछ कर चुका हूं। डकैती भी, खून भी। एक भरे-पूरे परिवार को मौत के घाट उतार दिया था मैंने, लेकिन बिरजू का खून . . . नहीं। मैं नहीं कर सकता, मजबूर हूं। सुधा मुझे इसकी इजाजत नहीं देती, कहती है कि अगर मैंने, ऐसी बेवकूफी की तो वह मुझसे कभी नहीं मिलेगी।'"

"कैसी डकैती की थी इकबाल ने, किस परिवार को मारा था?"

लगभग चीखकर विभा ने पूछा।

"यह बात वह केवल जोश में कह गया था, कहने के तुरंत बाद ही होश में आ गया और उसके बाद मेरे लाख पूछने पर भी उसने इस बारे में एक लफ्ज नहीं बताया, वह यही कहता रहा कि उसने कभी ऐसा कुछ नहीं किया है, वह सब कुछ तो वह जोश में केवल अपनी डींग मारने के लिए कह गया था।"

"क्या तुमने कभी सचिन को देखा था?"

"नहीं, सुधा उसे लेकर यहां कभी नहीं आई।"

"बिरजू को?"

"इकबाल के मुंह से सिर्फ उसका नाम ही सुना था, देखा कभी नहीं।"

कुछ देर तक विभा उससे और इसी विषय पर बातें करती रही, लेकिन वह करीब-करीब उपरोक्त बातों का 'रिपीटेशन' ही था, उपरोक्त

के अलावा ऐसी कोई नई बात पता नहीं लग सकी, जो उल्लेखनीय हो, किंतु मैंने जो कुछ सुना था उसी को सुनकर खोपड़ी घूम रही थी। हर अगले कदम पर केस कुछ और उलझ ही जाता था।

आई.जी. साहब महानगर में ही रूक गए थे, इसलिए गाड़ी में मुझे और विभा को अकेले ही लौटना पड़ा, गाड़ी इस बार भी विभा ही ड्राईव कर रही थी, मेरे दिमाग में बहुत-से सवाल उमड़-घुमड़ कर रहे थे और मैं उन्हीं में उलझा हुआ था कि एकाएक विभा ने पूछा–"कालू के बयान के बाद तुम किस नतीजे पर पहुंचे वेद?"

"मेरा तो दिमाग घूम रहा है, रहस्य खुलने की बजाय बढ़ते ही जा रहे हैं।"

"तुम्हारे ख्याल से क्या रहस्य बढ़ गया है?"

"सबसे ज्यादा रहस्यमय तो सुधा पटेल का चरित्र ही हो गया है, समझ में नहीं आता कि वह क्या है, जब सेफ में से उसके पत्र मिले थे तो मुझे उससे सहानुभूति हुई थी, कुर्बानी कर देने वाली एक आदर्श प्रेमिका लगी थी वह मुझे। उसके बाद फोन करके फ्लैट पर बुलाया जाना, वहां की हालत, तुम्हारे इस अनुमान ने मुझे उलझा दिया कि अपहरण का ड्रामा खुद उसका रचाया हुआ था और अब, जोगा या इकबाल के कमरे में मिले सुबूतों तथा कालू के बयान ने तो उसके चरित्र को बिल्कुल बदल दिया है, पत्रों के जरिए वह अनूप से कहती है कि उसका बच्चा है, जोगा को विलेन बताकर उससे सतर्क रहने की हिदायत देती है। यहां, सचिन को जोगा का बच्चा कहकर किसी बिरजू को विलेन बताती है, भगवान ही जाने आगे क्या-क्या तमाशे देखने को मिलेंगे।"

"इसके अलावा जोगा और सुधा में एक समानता भी है। यह कि, वे दोनों अपना-अपना नाम बदलकर रह रहे थे।"

"इससे क्या नतीजा निकलता है?"

"किसी वजह से वे दोनों अपना भूतपूर्व परिचय वर्तमान से छुपाना चाहते थे।"

"क्यों?"

"शायद किसी डकैती और भरे-पूरे परिवार की हत्या के मुजरिम होने के कारण।"

मैं चौंकता हुआ बोला–"क्या मतलब?"

"क्या तुम कालू के बयान का वह हिस्सा भूल गए?"

"न . . . नहीं, भूला तो नहीं हूं, लेकिन क्या तुम यह कहना चाहती हो कि उन अपराधों में सुधा पटेल भी जोगा के साथ थी?"

"फिलहाल ऐसा ही लगता है, उस परिवार का कोई बचा हुआ सदस्य इनसे बदला ले रहा है।"

"इसका मतलब तो ये हुआ कि अनूप बाबू भी उस अपराध में शामिल थे?"

विभा ने कुछ कहने के स्थान पर बड़ी ही गहरी दृष्टि से मेरी तरफ देखा, जबकि मैं थोड़ा उत्तेजित-सा होकर दृढ़ स्वर में बोला–"बेवकूफी से भरी इस कहानी पर तुम यकीन कर सकती हो विभा, मैं नहीं, एक करोड़पति, अरबपति आदमी भला डकैती क्यों करेगा, अनूप को मैंने भी देखा है। किसी भरे-पूरे परिवार को तो दूर उसके बस का अपनी नाक पर बैठी मक्खी तक को मारना नहीं था। क्या तुम बता सकती हो कि वैसी हैसियत का कोई व्यक्ति जोगा और सुधा पटेल जैसे स्तर के लोगों के साथ डकैती किसलिए करेगा?"

"गुड!" विभा की मुस्कान में जान थी–"तुम काफी पैने सवाल उठाने लगे हो।"

"बात को टालो मत विभा, जवाब दो।"

"मैं टाल नहीं रही हूं, बल्कि स्वीकार कर रही हूं कि तुम्हारे सवालों का मेरे पास कोई जवाब नहीं है, फिर भी यह तो तुम्हें मानना ही होगा कि तुम्हारे हैसियतदार अनूप बाबू का जोगा और सुधा पटेल जैसे स्तरहीन लोगों से कोई न कोई संबंध तो था ही?"

"मेरे ख्याल से इन संबंधों को लेकर तुम अनावश्यक रूप से बहुत आगे तक सोच गई हो, अनूप बाबू का संबंध केवल सुधा पटेल से था।

मोहब्बत वाला संबंध। यह माना जा सकता है, क्योंकि जब मोहब्बत होती है तो हैसियत की सारी दीवारें टूट जाती हैं। सुधा से संबंध होने की वजह से अनूप बाबू का संबंध जोगा से भी जुड़ गया, इस कहानी को मैं यूं भी कह सकता हूं कि जोगा की रखैल सुधा ने अनूप बाबू को अपने प्रेमजाल में फंसाया। जोगा और सुधा की संयुक्त चाल थी वह। अपने पाप को उन्होंने अनूप बाबू के सर थोप दिया, किसी स्पॉट पर जाकर अनूप बाबू को इस साजिश का पता लग गया, मगर तब अनूप बाबू और सुधा के बैडरूम फोटो उतारे जा चुके थे, संतरा छीलने की धमकी उन्हें उजागर कर देना ही था।"

"गुड, तुम मुझे एक नई और जमने वाली थ्यौरी दे रहे हो। अब जल्दी से यह भी बता दो कि जोगा ने सोने का अंडा देने वाली मुर्गी अर्थात तुम्हारे अनूप बाबू को कत्ल क्यों कर दिया?"

मैं उत्साहित होकर बोला–"कत्ल जोगा ने अपनी इच्छा से नहीं किया।"

"फिर?"

"कालू के बयान से जाहिर है कि किसी बिरजू नामक व्यक्ति से जोगा और सुधा पटेल बहुत डरते थे, बिरजू के हाथ कहीं से वह पहेली लग गई, पहेली और साढ़े तीन घंटे से निश्चय ही बिरजू का कोई भावनात्मक संबंध था, वह पहेली को हर हालत में हल करना चाहता था, कोशिश के बावजूद भी उससे हल नहीं हुई, वह समझता होगा कि पहेली को जोगा हल कर सकता है, उसने सचिन को अपनी गिरफ्त में लिया। महानगर से जोगा को जिन्दल पुरम् बुलाने के लिए सुधा पटेल को विवश किया। जोगा के सामने उसने पहेली रख दी और कहा कि यदि उसने इसे साढ़े तीन घंटे में हल नहीं कर दिया तो वह सचिन को मार डालेगा। जोगा हल नहीं कर सका और जब बिरजू सचिन को मारने पर आमादा हो गया तो जोगा और सुधा उसके कदमों में लिपटकर गिड़गिड़ा उठे, जोगा ने कहा कि वह पहेली को किसी अन्य से हल करा देगा। बिरजू ने उसे इस शर्त के साथ समय दे दिया

कि पहेली को जो भी हल करे साढ़े तीन घंटे में ही करे। बौखलाए हुए जोगा को मुसीबत की उस घड़ी में अनूप बाबू की याद आई, क्योंकि उनकी नस उसके हाथ में थी।"

"तुम काफी सफाई से सोचते जा रहे हो वेद।" विभा ने पुनः प्रशंसा की।

मैं खुद नहीं जानता था कि वह कौन है, जो मेरे दिमाग के अंदर बैठा बिखरी हुई सारी कड़ियों को मिलाता जा रहा है, अजीब से जुनून में मैं कहता ही चला गया–"इस तरह जोगा ने अपनी बला अनूप बाबू पर टाल दी, किंतु वे भी सफल न हो सके, भेद खुलने के डर तथा बाबूजी को बचाने के लिए उन्होंने अपनी बलि दे दी। उधर जोगा पुनः उसी संकट में फंस गया, इस बीच वह हेयर पिन के लालच में फंसने की भूल भी कर बैठा था, सो बिरजू ने उसी पिन से उसे मार डाला। इन सब घटनाओं ने सुधा पटेल को तोड़ दिया, घबराकर उसने तुम्हें सब कुछ बताने के लिए फोन कर दिया। बिरजू की नजर उस पर रही होगी अतः वह हमसे पहले ही फ्लैट पर पहुंचा, सचिन तब तक उसके कब्जे ही में होगा। सचिन को छोड़ देने के लिए कहकर बिरजू ने सुधा से अपहरण का ड्रामा करवा लिया और अपने साथ ले गया।"

"इस सारे किस्से में रेवतीशरण कहां फिट होता है?"

"केस में उसका पार्ट ही कहां है, उसने सिर्फ यही तो कहा कि अनूप बाबू उसके पास आए?"

"क्यों?"

"उसे वहम हुआ होगा। उसके बयान को वहम नहीं माना जा सकता वेद।"

"त . . . तो क्या तुम यह सोच रही हो कि अनूप बाबू वाकई जिंदा हो सकते हैं?"

"नहीं।"

"फिर?"

"क्या ये नहीं हो सकता कि चार साल पहले रेवतीशरण ही बिरजू रहा हो?"

"हैं!" मैं उछल पड़ा।" यह भला कैसे हो सकता है?"

"जब सुधा और जोगा के दो नाम हैं तो बिरजू के क्यों नहीं हो सकते, माना कि वह बिरजू है। केवल हमें उलझाने और चकमा देकर अपने से दूर रखने के लिए ही गढ़ा-गढ़ाया किस्सा हमें सुना गया।"

"हां, ये हो सकता है।" मुझे बात जमी।

"इसका मतलब तो ये हुआ कि हमने सारा केस हल कर लिया है, कोई भी सवाल बाकी नहीं रहा।"

यही महसूस करके मैं अत्यधिक उत्साहित हो गया था बोला– "जिन्दल पुरम् पहुंचते ही हमें रेवतीशरण को गिरफ्तार कर लेना चाहिए, अभी तक सुधा पटेल और सचिन भी उसी के कब्जे में होंगे।"

"इतनी जल्दी नहीं वेद अभी हमने सिर्फ सारी गुत्थियां सुलझाई हैं। कोई सुबूत नहीं है जबकि हत्यारे को हत्यारा साबित करने के लिए सुबूतों की जरूरत होती है, वैसे भी जरूरी नहीं है कि रेवतीशरण ही बिरजू हो, ऐसा प्रमाण जुटाने के लिए हमें रेवतीशरण के चारों तरफ कोई मजबूत जाल बिछाना होगा।"

"कैसा जाल?"

"सोचना पड़ेगा।" कहने के साथ ही विभा के चेहरे पर सोचने के भाव उभर आए।

मैं हैरान था कि इतना सब कुछ सोच गया, बातों ही बातों में पूरा केस ही जो हल कर दिया था मैंने। अपनी कहानी में मुझे कहीं भी कोई लोच नजर नहीं आ रहा था।

कहना चाहिए कि मैं खुश था। सफलता के नशे में चूर।

उसी नशे में मैं इस कदर डूब गया कि 'जिन्दल पुरम्' तथा फिर 'मंदिर' तक आना भी न देख सका। चौंका तब, जबकि गाड़ी एक झटके से रूकी, मेरे मुंह से निकल पड़ा–"अरे, हम जिन्दल पुरम् में आ गए?"

"जिन्दल पुरम् ही नहीं जनाब 'मंदिर' में भी आ गए हैं।"

विभा ने कहा।

मैं झेंप गया।

उस ऑफिस जैसे कमरे में पहुंचकर हम बैठे ही थे कि मधु आ गई, उसे देखते ही विभा ने पूछा–"गुडलक, ड्राईक्लीन वाले ने क्या कहा?"

"कुछ विशेष नहीं, ग्राहक के बारे में उसे कुछ याद नहीं है। हां, यदि कभी कोई उस शॉल को लेने आएगा तो वह फोन पर सूचित कर देगा।"

"कोई और खास बात?"

"तुम्हारे लिए कोई आदमी सनील का एक चौकोर डिब्बा दे गया है।"

"सनील का डिब्बा?" विभा चौंकी, मैं सोचने लगा कि अब ये क्या नई मुसीबत आ गई?

इस बार हम कुछ कहने के स्थान पर कमरे में पड़ी छोटी मेज की तरफ बढ़ गए, मेरा दिल पुनः बेकाबू होकर धड़क रहा था और मैं सोचने लगा कि डिब्बे के रूप में पता नहीं अब क्या नई मुसीबत सामने आने वाली है, पता नहीं मुझे ऐसा अहसास क्यों हो रहा था कि डिब्बे में निश्चय ही कोई मुसीबत है।

मधु ने दराज से डिब्बा निकाला और उसे लेकर विभा की तरफ बढ़ गई, मेरी दृष्टि डिब्बे पर ही चिपककर रह गई थी। डिब्बा तीन इंच लंबा, दो इंच चौड़ा और ढाई इंच के करीब ऊंचा था, चौकोर।

देखने में बहुत सुंदर लग रहा था, नीले रंग का चमकदार सनील चढ़ा हुआ था उस पर। सभी किनारों पर गोटा लगा था, मधु ने उसे विभा के सामने वाली मेज पर रख दिया। कुछ देर तक विभा उसे ध्यान से देखती रही, फिर बड़ी आहिस्ता से उसने डिब्बा उठाया हाथ में लेकर तोला। अंदाज ऐसा था कि जैसे वजन से विभा अंदाजा लगा लेना चाहती हो कि उसमें क्या है। मुझे उसमें मौजूद वस्तु को देखने की उत्सुकता थी और एक प्रकार से मन-ही-मन मैं झुंझला रहा था, सोच रहा था कि विभा उसे खोलती क्यों नहीं है?

विभा ने मधु से पूछा–"इसे कौन दे गया?"

"मैं नहीं जानती, मेरे पास मुख्य द्वार पर खड़ा दरबान आया था। उसने बताया कि एक व्यक्ति साइकिल पर आया, उसने डिब्बा हाथ में ले रखा था, सबसे पहले दरबान से पूछा कि मंदिर में आप हैं या नहीं, दरबान के इंकार करने पर डिब्बा देता हुआ बोला, यह डिब्बा बहूरानी के लौटने पर उन्हें देना, साथ ही वह हिदायत भी दे गया था कि इसे बहूरानी के अलावा कोई न खोले, इसमें उन्हीं के काम की चीज है।"

"फिर?"

"मैं उस वक्त अपने कमरे में थी जब सब कुछ बताते हुए दरबान ने डिब्बा मुझे दिया।"

"तुमने दरबान से उस व्यक्ति का हुलिया आदि तो पूछा नहीं होगा?"

"तुम्हारे साथ रहकर ऐसे प्राथमिक सवाल पूछने की अक्ल आ गई है विभा बहन।"

"इसका मतलब तुमने पूछा था। गुड, क्या बताया उसने?"

"जैसे ही कुछ बताते हुए दरबान ने डिब्बा मुझे दिया, मुझे लगा कि निश्चय ही इस डिब्बे का वर्तमान केस से कोई-न-कोई संबंध है, दरबान की अधूरी बात सुनते ही मैं डिब्बा हाथ में लिए बाहर की तरफ दौड़ी, लॉन पार करके मुख्य द्वार पर पहुंची, किंतु सड़क पर कहीं भी मुझे दूर-दूर तक कोई साईकिल वाला नजर नहीं आया, निराश होकर लौट ही रही थी कि लॉन में दरबान मिल गया मैंने उससे हुलिया पूछा तो कहने लगा कि साईकिल सवार ने मैला सा धोती-कुर्ता और एक जाकेट पहन रखी थी, सिर पर पगड़ी बांधे था। चेहरे पर घनी मूंछ दाढ़ी थी, रौबीले चेहरे वाले व्यक्ति की आंखें बड़ी-बड़ी और लाल थीं।"

"इसका मतलब वह जो भी कोई था, विशेष प्रकार का मेकअप करके आया था।"

"इससे क्या फर्क पड़ता है?" मैं बोला।

विभा ने मेरी तरफ देखा, कुछ इस तरह जैसे मेरी बुद्धि पर तरस खा रही हो, बोली–"अब मैं दावे के साथ घोषणा कर सकती हूं कि हम

कहीं-न-कहीं कम-से-कम एक बार हत्यारे से मिल चुके हैं।"

"क्या मतलब?" चौंकती हुई मधु ने पूछा।

"उसका यहां भेष बदलकर आना ही इस बात का सुबूत है, जिससे हम मिले ही नहीं। जिसे हम जानते ही नहीं, उसे भला यहां भेष बदलकर आने की क्या जरूरत थी। सीधी-सी बात है कि हुलिए के आधार पर उसे अपने पहचान लिए जाने का खतरा था, इसलिए उसने भेष बदलने की आवश्यकता समझी।"

"रेवतीशरण से भी यों हम मिल चुके हैं।"

"अगर यह सब उसी ने किया होता तो अभिक से रिपोर्ट मिल जाएगी, खैर।" कहने के बाद वह पुनः मधु से मुखातिब हुई, बोली–"तुमने इस डिब्बे को अभी तक खोलकर तो नहीं देखा?"

"नहीं।"

एक बार फिर विभा की दृष्टि डिब्बे पर चिपक गई, इस बार धैर्य का बांध तोड़कर मैं कह ही उठा–"डिब्बे को खोलो तो सही, देखना तो चाहिए कि इसमें क्या है?"

विभा ने डिब्बा खोल लिया, उसमें झांका और उस वक्त मैंने विभा के चेहरे पर बुरी तरह चौंकने के भाव देखे। डिब्बे के अंदर रखी किसी वस्तु को देखकर ही चौंकी थी वह, मैं या मधु उस वस्तु को नहीं देख पाए थे। चौंकने के बाद विभा के चेहरे पर घृणा-सी फैलती चली गई और उसी घृणा को देखकर, कारण न जानने की वजह से हम बुरी तरह बेचैन हो उठे, दिल नियंत्रण से बिल्कुल बाहर होकर धड़क रहे थे।

"क . . . क्या है उसमें?" मैंने जल्दी से पूछा।

"एक जीभ।"

"ज . . . जीभ?" हम दोनों उछल पड़े–"ज . . . जीभ से क्या मतलब?"

विभा मेरी तरफ देखती हुई बोली–"जीभ का मतलब जीभ होती है, लो, अपनी आंखों से देख लो।"

बौखलाई-सी अवस्था में मैंने विभा के हाथ से डिब्बा ले लिया। हम

दोनों ने एक साथ ही डिब्बे के अंदर झांककर देखा था और बरबस ही मुंह से चीख निकल गई। वह जीभ ही थी, सचमुच की प्राकृतिक जीभ! किसी अभागे की जीभ काटकर डिब्बे में रख दी गई थी।

जीभ करीब डेढ़ इंच लंबी थी, बॉक्स के अंदर रखी रूई के ऊपर उसे बड़े सलीके से रखा गया था, जीभ के कटे हुए पिछले हिस्से से खून बहा था, जो रूई में जज्ब हो चुका था।

जीभ सुकड़कर चुड़चुड़ा-सी गई थी।

हमारी आंखें हैरत सें फटी रह गई, जीभ के समीप ही कागज़ की एक 'स्लिप' पड़ी थी और उस पर बड़े-बड़े अक्षरों का उपयोग करके बहुत ही गंदी राईटिंग में लिखा था–'अब वह बोल नहीं सकेगी।'

"ओह!" मैं बरबस ही कह उठा–"यह जीभ तो सुधा पटेल की लगती है।"

"कम-से-कम स्लिप पर लिखे वाक्य को पढ़ने से तो ऐसा ही मालूम पड़ता है।"

"मैंने चौंकते हुए पूछा–"क्या तुम इस जीभ को सुधा पटेल की नहीं मानतीं?"

"मैंने ऐसा कब कहा?"

"फिर तुम्हारे वाक्य का अर्थ?"

"सिर्फ यह कि 'स्लिप' पर लिखे वाक्य को हम पूर्ण विश्वसनीय नहीं मान सकते, पता नहीं उसे किसने किस मकसद से लिखा है और उसके अलावा इस बात का कोई दूसरा सबूत नहीं है कि यह जीभ सुधा पटेल ही की है, संभव है कि वैसा ही नाटक किया गया हो, जैसा हमें सुधा पटेल के फ्लैट पर देखने को मिला था और यह भी संभव है कि जीभ सुधा पटेल ही की हो।"

"पता नहीं तुम क्या कहना चाहती हो, किसी एक विचार पर दृढ़ता से नहीं टिक पा रही हो।"

"मेरा मतलब केवल ये है कि इस वाक्य के आधार पर हमें कोई धारणा नहीं बना लेनी चाहिए, हां इस वाक्य से एक बार फिर यह जरूर

जाहिर हो जाता है कि हम हत्यारे को जानते हैं।"

"वह कैसे?"

"वास्तविक राईटिंग को छुपाने की कोशिश की गई है, मेरे ख्याल से वाक्य बाएं हाथ से लिखा गया है।"

"तुम व्यर्थ ही मामले को उलझा रही हो विभा, सारा केस बिल्कुल स्पष्ट है। हत्यारा बिरजू ही है यानी रेवतीशरण, उसने अपना रहस्य खोलने वाली एकमात्र गवाह यानि सुधा पटेल की वाक्-शक्ति छीन ली है, हमें देर नहीं करनी चाहिए, अगर जल्दी ही उसे गिरफ्तार न कर लिया गया तो वह सुधा को खत्म ही कर देगा।"

"तुम शायद, ठीक ही कहते हो, लेकिन उस पर हाथ डालने से पहले हमें अभिक की रिपोर्ट तो लेनी होगी।"

विभा का वाक्य अभी पूरा हुआ ही था कि फोन की घंटी घनघना उठी, विभा ने रिसीवर उठाकर 'हैलो' के साथ अपना परिचय दिया तो दूसरी तरफ से आवाज उभरी-"मैं इंस्पेक्टर त्रिवेदी बोल रहा हूं बहूरानी।"

"कहिए।"

"क्या आप इसी समय केवल दो मिनट के लिए थाने आ सकती हैं?"

"क्यों?"

"मेरे पास एक बॉक्स है, उसके ऊपर लिखा है कि केवल बहूरानी ही खोलें। इसीलिए आपको फोन किया है, आपके नाम की वजह से मैंने अभी तक इसे खोलकर नहीं देखा है।"

"मैं आ रही हूं।" कहकर विभा ने रिसीवर क्रेडिल पर रख दिया और उठ खड़ी हुई। कुछ ही देर बाद गाड़ी हम तीनों को लिए थाने की तरफ दौड़ी चली जा रही थी, विभा ने इंस्पेक्टर त्रिवेदी से हुई वार्ता हमें रास्ते ही में बताई, सुनकर हम एक बार पुनः दंग रह गए। मधु रेवतीशरण और बिरजू के मसले को लेकर अभी उलझी हुई थी, मैंने उसे महानगर में हुई कार्यवाही तथा अपने और विभा के रास्ते में हुए डिस्कसन के बारे में बताया। अब वह भी इस बात पर सहमत थी कि

हत्यारा रेवतीशरण ही है।

हम थाने में पहुंचे।

इंस्पेक्टर त्रिवेदी ने बताया कि जिस वक्त यह बॉक्स थाने में आया उस वक्त वह थाने में नहीं था, कोई साइकिल सवार बॉक्स को थाने के द्वार पर खड़े सिपाही को देकर चला गया था, उसने बॉक्स त्रिवेदी की मेज पर रख दिया। सिपाही का बयान लेने और बॉक्स पर लिखा वाक्य पढ़ने के बाद त्रिवेदी ने फोन कर दिया।

सिपाही ने भी साइकिल सवार का हुलिया लगभग वही बताया था।

सारी बातें कहने के बाद त्रिवेदी ने बॉक्स दराज से निकाल कर मेज पर रख दिया, बॉक्स ठीक वैसा ही था जैसे में हमें जीभ मिली थी, फर्क यह था कि उस बॉक्स पर नीले रंग की सनील चढ़ी हुई थी, जबकि इस बॉक्स पर चढ़े सनील का रंग 'सुर्ख' था। यह सोचकर मेरे मस्तक पर पसीना उभर आया कि उसमें तो जीभ थी, इसमें क्या?

बॉक्स पर उसी राईटिंग में लिखी एक चिट चिपक रही थी, लिखा था–'केवल बहूरानी के लिए।'

विभा ने बॉक्स खोला।

इस बार मेरे और मधु के साथ इंस्पेक्टर त्रिवेदी की भी चीख निकल गई, जबकि विभा के जबड़े भिंच गए थे, चेहरा बुरी तरह सख्त और खुरदुरा होता चला गया, आंखों में वहशियत के भाव उभर आए थे।

बॉक्स के अंदर का दृश्य ही ऐसा था।

बॉक्स के पूरे फर्श पर रूई की एक मोटी तह बिछी हुई थी और किसी इंसानी हाथ की दसों उंगलियों को उस पर बड़े सलीके से सजाकर रखा गया था, रूई में जगह-जगह जज्ब हुए खुन के धब्बे थे। धब्बे थोड़े काले पड़ गए थे। उंगलियां पतली-पतली और बेहद कोमल थीं।

बॉक्स के अन्दर के दृश्य को देखकर मुझे तो 'उबकाई' सी आने को हुई, उंगलियों के बीच वैसी ही एक 'स्लिप' रखी थी, उस पर वैसी ही राईटिंग में लिखा था–'अब वह लिख भी नहीं सकती।'

"ये किसी की उंगलियां हैं?" त्रिवेदी बड़बड़ाया। "हत्यारा बहुत ही क्रूर है।"

जवाब में विभा कुछ बोली नहीं, उसने बॉक्स में से एक उंगली उठाई। उंगली के सिरे को सूंघा उसने। मुझे पुनः उबकाई-सी आई, परंतु अगले ही पल उंगली को वापस बॉक्स में रखती हुई वह बोली–"ये उंगलियां सुधा पटेल ही की हैं।"

"क . . . क्या मतलब?" त्रिवेदी उछल पड़ा।

मैं बोला–"मैं तो बहुत पहले से यही कह रहा हूं।"

"तुम केवल लिखे हुए वाक्य के आधार पर कह रहे थे, जबकि मैं सुबूत के आधार पर कह रही हूं। उंगली के सिरे पर 'एमिक्स' तेल की खुशबू बरकरार है।"

"अगर उंगली में खुशबू न होती तो क्या तुम इन्हें सुधा पटेल की नहीं मानती?"

"सिर्फ शक कर सकती थी, विश्वास नहीं।"

"ये तो कोई बात नहीं विभा, क्या जरूरी है कि जो तेल मैं प्रयोग करता हूं, उसकी खुशबू मेरी उंगलियों में भी हो?"

"लगभग जरूरी ही है, वेद, सारे दिन में कम-से-कम एक बार व्यक्ति का हाथ अपने सिर पर चला जाना बहुत स्वाभाविक है और 'एमिक्स' इतनी तीव्र तथा मन को भाने वाली खुशबू का तेल है कि उंगलियां उसकी खुशबू पकड़ ही लेंगी, हां, कम खुशबू वाले तेल में उंगलियां प्रभावित होना जरूरी नहीं है।"

मैं चुप रह गया।

बहुत देर से असमंजस में फंसे त्रिवेदी ने पूछा–"आप लोग किस सुधा पटेल की बातें कर रहे हैं।"

"क्या मतलब?" मैं घूम गया।

"दरअसल रजनी चतुर्वेदी का ही असली नाम सुधा पटेल है।"

गहन आश्चर्य के कारण इंस्पेक्टर त्रिवेदी का मुंह भाड़-सा खुला रह गया।

विभा संक्षेप में उसे सब कुछ बताती चली गई, सुनने के बाद त्रिवेदी

के चेहरे पर सारे जहां की हैरत उभर आई, बोला–"आप तो सचमुच जादूगरनी लगती हैं बहूरानी, इतना सब कुछ आप कैसे जान लेती हैं?"

"हर वस्तु को ध्यान से देखकर और प्रत्येक घटना पर बारीकी से सोचकर।"

"क्या मतलब?"

"ठीक इस तरह।" कहने के साथ ही विभा ने बॉक्स के अंदर रखी चिट निकालकर उलट दी, त्रिवेदी के साथ ही हम दोनों भी चौंक पड़े, चिट की पीठ यानी कागज़ के दूसरी तरफ भी कुछ लिखा था, विभा कहती ही चली गई–"चिट को हम सबने देखा, परंतु यह बात मेरी ही नजरों में आ सकी कि इसके पीछे पर भी कुछ लिखा है, फर्क यह रहा कि आप लोगों से मैंने कुछ ज्यादा ध्यान से इसे देखा था।"

इंस्पेक्टर चकित भाव से विभा की तरफ देखता रह गया।

विभा बोली–"प्लीज इंस्पेक्टर, इसे पढ़कर सुनाओ।"

त्रिवेदी ने चिट की पीठ पर लिखा मजमून पढ़ा–"बहूरानी, यदि अपनी खैरियत चाहती हो तो इस केस के पीछे भाग-दौड़ करनी बंद कर दो। यदि कहना नहीं माना तो तुम्हारा भी वही हश्र होगा जो अनूप और जोगा का हुआ। ऐसा होने पर मुझे भी अफसोस होगा, क्योंकि तुम्हारे साथ ही गर्भ में पल रहा जिन्दल पुरम् का अकेला और अंतिम वारिस भी खत्म हो जाएगा।"

"व . . . विभा।" अपने स्वर में मैंने कंपन महसूस किया।

वह आत्मविश्वास से भरी उस मुस्कान के साथ बोली– "मुजरिम जितना ज्यादा बौखलाता है उतना ही ज्यादा खुलता है और जितना ज्यादा खुलता है जासूस को उतने ही ज्यादा प्वाईंट दे जाता है।"

"आप क्या कह रही हैं बहूरानी?"

"इस छोटे से मजमून को लिखने की भूल करके वह मुझे कई प्वाईंट दे गया, सबसे पहला तो यह कि वह मेरी तफ्तीश से घबरा गया है, मेरी तरफ से अपने लिए खतरा महसूस कर रहा है। उसे लग रहा है कि यदि मैं तफ्तीश करती रही तो वह शीघ्र ही पकड़ा जाएगा। दूसरा

ये कि मुजरिम उन चन्द लोगों में से कोई एक है, जो यह जानते हैं कि अनूप के साथ ही जिन्दल पुरम् के वंश का अंत नहीं हो गया है, वारिस मेरे गर्भ में है। तीसरा प्वाईंट यह कि अभी तक हुई दोनों हत्याओं का हत्यारा एक ही है और चौथा यह कि उसे जिन्दल वंश से कोई दुश्मनी नहीं है, जिन्दल वंश यदि आगे न बढ़ा तो उसे दुःख होगा अतः अनूप की हत्या की वजह व्यक्तिगत है, किसी खानदानी दुश्मनी के कारण उनका मर्डर नहीं हुआ है।"

"त . . . तुम इस मजमून में से भी प्वाईंट ही निकालने में व्यस्त हो विभा?" मैं बोला।

विभा ने कहा–"जब हत्यारे तक पहुंचना ही ठहरा तो प्वाईंट क्यों न निकालें?"

"शायद तुम मजमून के प्वाईंटों में ही उलझी रही हो विभा, उसमें छिपी धमकी के बारे में तुम्हारा क्या कुछ कहना है?"

"वह धमकी नहीं, हत्यारे की बौखलाहट है।"

"बौखलाहट में वह . . . ."

"जानती हूं।" विभा मेरे वाक्य बीच में ही काटकर बोली–"जब कोई हत्यारा किसी को धमकी भरा पत्र लिखे तो पुलिस और इन्वेस्टिगेटर को समझ लेना चाहिए कि हत्यारा बौखला रहा है और जब हत्यारा बौखलाने लगे तो समझ लो कि उसकी उम्र खत्म हो चुकी है, यह भी जानती हूं वेद, कि बौखलाया हुआ हत्यारा दो-चार हत्याएं और कर सकता है, यही सोचकर तुम चिंतित हो उठे हो, परंतु यकीन रखो जिस दिन वह मुझ पर हाथ डालेगा, वह उसका आखिरी दिन होगा।"

"अ . . . अगर तुम्हें कुछ हो गया विभा तो . . .?"

"फिक्र मत करो दोस्त, तुम्हारी विभा गाजर-मूली नहीं है।"

बड़े ही गंभीर स्वर में कहा विभा ने–"बच्चे की फिक्र मां से ज्यादा किसी को नहीं हो सकती।"

मैं अवाक्-सा उसे देखता रह गया, उसे, जो बहुत ही कम शब्दों में सब कुछ कह जाती है, उसे, उसकी हर अदा, हर बात पर मुझे प्यार

आता है। उसके उपरोक्त वाक्य के बाद चाहकर भी मैं कुछ नहीं कह सका था। मैं अपने विचारों में गुम हो गया और वह त्रिवेदी से इसी केस के संबंध में जाने क्या-क्या डिस्कस करती रही, मैं तो तब चौंका जब उसने चलने के लिए कहा।

हम कार में आ बैठे।

ड्राइंविग सीट पर बैठकर विभा ने कार आगे बढ़ा दी, एकाएक ही विभा ने मुझसे पूछा–"हत्यारा सुधा पटेल का कत्ल क्यों नहीं कर रहा है वेद?"

अचानक ही हुए इस अटपटे सवाल ने मुझे चकरा दिया, बोला–"क्या मतलब?"

"मैंने अपना सवाल हिन्दी में ही किया है।"

"किया तो है, लेकिन बड़ा अटपटा-सा सवाल है, मैं भला इस बारे में क्या कह सकता हूं। उसकी मर्जी, नहीं करता कत्ल।"

"फिर इन सनील के बॉक्सों में उसकी जीभ और उंगलियां भेजने का मकसद?"

मैं उकताकर बोला–"कम-से-कम मेरी समझ में तो कुछ आ नहीं रहा है।"

"मामला थोड़ा अजीब-सा जरूर है।" विभा जैसे अपने ही दिमाग पर सोचने के लिए जोर डालती हुई बोली–"सुधा पटेल की जीभ और उंगलियां उसने इसलिए काट डालीं, क्योंकि वह बयान देकर हत्यारे को बेनकाब कर सकती थीं, किंतु सवाल ये उठता है कि उसने इतना लंबा रास्ता क्यों चुना। सीधा सुधा पटेल की हत्या क्यों नहीं कर दी?"

"संभव है कि वह हमें डराना-धमकाना और आतंकित करना चाहता हो?" मधु ने संभावना व्यक्त की।

"गुड, यही वजह है।" विभा एकदम स्वीकार करती हुई बोली–"इस किस्म के ऊल-जलूल करके वह हमें बताना चाहता है कि वह हत्यारा ही नहीं, बल्कि वहशी, क्रूर और बेरहम भी है।"

"तुम तो बेकार ही भटक रही हो विभा, मैं कह चुका हूं कि जो भी

कुछ है, रेवतीशरण है। उसकी गिरफ्तारी होते ही इस सारे बखेड़े का अंत हो जाएगा, ये हरकतें भी वही कर रहा है।"

विभा कुछ बोली नहीं, हां, सोचने के से भाव उसके मुखड़े पर जरूर थे।

'मंदिर' के उस कमरे में जिसे ऑफिस जैसा रूप दे दिया गया था, विभा के सामने खड़ा अभिक अपनी रिपोर्ट दे रहा था और जो रिपोर्ट वह दे रहा था, कम-से-कम मेरे लिए वह बहुत ही निराशाजनक थी, क्योंकि उसकी सारी रिपोर्ट से केवल यही एकमात्र तात्पर्य निकलता था कि जब उसने रेवतीशरण की निगरानी शुरू की है तब से वह एक क्षण के लिए भी अपने घर से बाहर नहीं निकला, न केवल घर से बल्कि अभिक की रिपोर्ट का सारांश तो यह था कि रेवतीशरण अपनी बैठक में बंद होकर रह गया है, अभिक ने यह भी कहा था कि एक अन्य व्यक्ति को भी उसने रेवतीशरण की निगरानी में महसूस किया है, अभिक ने उसका हुलिया बताया।

"वह पुलिस का आदमी रहा होगा।" विभा ने कहा–"एक मिनट ठहरो, मैं अभी मालूम करती हूं।"

कहने के साथ ही उसने रिसीवर उठाया और पुलिस-कंट्रोल रूम में संबंध स्थापित करके अपना परिचय देने के बाद बोली–"पुलिस का एक आदमी रेवतीशरण की निगरानी कर रहा है?"

"जी हां, बहूरानी।" सम्मानित स्वर।

"क्या आप उसका हुलिया बता सकेंगे?"

"जी हां, उसका नाम विनोद चड्ढ़ा है, कद पांच फुट, रंग गेहुंआ, नाक छोटी, मस्तक चौड़ा, आंखों पर मोटे लैंसों का चश्मा लगाता है, वह क्रीम कलर का सूट पहने हुए है।"

"गुड, क्या उसने कोई रिपोर्ट दी?"

"जी हां, विनोद चड्ढा का कहना है कि रेवतीशरण एक क्षण के लिए भी तब से अब तक अपनी बैठक से बाहर नहीं निकला है, मगर उसने ऐसा महसूस किया है कि एक अन्य व्यक्ति भी रेवतीशरण की

निगरानी कर रहा है।"

"उसका हुलिया?"

जवाब में जो हुलिया बताया गया वह अभिक का ही था।

सुनकर विभा बोली–"उसके बारे में चिंतित होने की जरूरत नहीं है, वह हमारा ही आदमी था।"

"आपका आदमी?" चौंका हुआ स्वर।

"हां, अधिक व्यस्तता की वजह से भूल हम ही से हो गई थी, रेवतीशरण की निगरानी के लिए हमने पुलिस की मदद भी ले ली और अपना भी एक आदमी लगा दिया, किसी से भी एक-दूसरे का जिक्र करने का मौका न लगा, अतः जो वहम हमारे आदमी को देखकर विनोद को हुआ वही विनोद को देखकर हमारे आदमी को।"

"ओह, कोई बात नहीं। हम विनोद को सूचना दे देंगे।"

"थैंक्यू" कहती हुई विभा ने संबंध विच्छेद कर दिया। हम समझ गए थे कि अभिक ने जिसे रेवतीशरण की निगरानी करते पाया था वह विनोद चड्ढा था, रिसीवर रखने के बाद वह अभिक से बोली–"क्या तुम पूर्ण विश्वास के साथ कह सकते हो कि अभिक, कि रेवतीशरण एक मिनट के लिए भी कहीं नहीं गया?"

"एक सैकिंड के लिए भी नहीं बहूरानी।"

"तुम झूठ बोलते हो।" निराश होने के कारण शायद मुझे ताव आ गया था।

अभिक चौंकता हुआ बोला–"क . . . क्या मतलब साहब?"

"म . . . मेरा मतलब है तुम चूक गए होंगे, वह बाहर जरूर निकला होगा।" मैं बात को सम्भालता हुआ बोला–"ऐसा भी तो हो सकता है कि बैठक का दरवाज़ा अंदर से बंद ही रहा हो और वह खिड़की आदि से तुम्हारी आंखों में धूल झोंक कर निकल गया हो।"

"ऐसा नहीं है साहब।"

अभिक ने दृढ़तापूर्वक जवाब देना शुरू किया, लेकिन विभा ने बीच में हाथ उठाकर उसे चुप रहने का संकेत किया, विभा का हाथ

देखकर अभिक ने अपना वाक्य बीच में ही छोड़ दिया। विभा ने उसे चले जाने के लिए कहा और वह चला भी गया, किंतु जाते वक्त उसने एक अंतिम दृष्टि मुझ पर इस तरह डाली थी जैसे मैं उसे जंचा न होऊं।

विभा ने कहा–"रेवतीशरण की बैठक में मैं तुम्हारे ही साथ हो आई हूं वेद, भले ही तुमने ध्यान न दिया हो किंतु मैंने देखा था, उस बैठक में ऐसी कोई खिड़की नहीं है, जिसके रास्ते से आदमी बाहर निकल सके।"

मैं चुप रहा।

"अभिक को विनोद के और विनोद को अभिक के बारे में न बताना मेरी भूल नहीं थी, बल्कि दोनों की मुस्तैदी को परखने की एक तरकीब थी, इन दोनों ने एक-दूसरे को ताड़ा। इसका मतलब है कि दोनों ही अपनी-अपनी ड्यूटी पर पूरी तरह मुस्तैद थे और दोनों की रिपोर्ट भी एक ही है, दो ऐसे मुस्तैद जासूसों की आंखों में धूल झोंककर रेवतीशरण नहीं निकल सकता, अतः हमें मानना ही पड़ेगा कि वह कहीं नहीं गया।"

"म . . . मगर।"

"सीधी-सी बात है कि रेवतीशरण कम-से-कम हत्यारा नहीं है, हत्यारा वह है जो खुद को और अपनी राईटिंग को छुपाने की कोशिश करता है, यानी सनील के बॉक्स पहुंचाने वाला साईकिल सवार।"

"यानी वह चार साल पहले वाला बिरजू भी नहीं है।"

"फिलहाल तो ऐसा नहीं लगता।"

"तो फिर आखिर इस सारे मामले में रेवतीशरण फिक्स कहां होता है, उसने यहां खुद आकर जो एक बिल्कुल असंभव-सी कहानी हमें सुनाई थी, उसके बारे में तुम क्या सोचती हो?"

कमरे में काफी देर के लिए खामोशी छा गई, फिर इस खामोशी को विभा ने ही तोड़ा–"मेरे ख्याल से हमें इस विषय पर बातें करने के लिए एक बार रेवतीशरण से मिलना जरूर चाहिए।"

दिल से मैं यही चाहता था, इसलिए तुरंत ही खड़ा होता हुआ बोला–"यहीं ठीक रहेगा।"

रेवतीशरण बहुत बुरी तरह डरा हुआ था और बहूरानी के जाते ही उसने खुद को बैठक में एक प्रकार से बंद कर लिया था, पत्नी सहित उसने घर के सभी सदस्यों को चेतावनी-सी दे दी थी कि बैठक में वह जरूरी काम कर रहा है और अनावश्यक रूप से उसे डिस्टर्ब न किया जाए। सारी रात जागते बीत गई थी। हल्की-सी आहट पर भी वह बुरी तरह चौंक पड़ता। किसी तरह रात बीत गई। सुबह हुई, साथ ही बैठक के दरवाज़े पर दस्तक।

वह पसीने-पसीने हो गया।

दरवाज़ा पक्की तरह यह यकीन कर लेने के बाद ही खोला कि बाहर उसकी पत्नी है, पत्नी ने नित-कर्मों से फारिग होने के लिए कहा, उसने इंकार कर दिया। लघुशंका तक की हरारत नहीं थी, होती भी कैसे?

दिमाग पर भय का भूत जो सवार था।

रेवतीशरण के व्यवहार तथा अवस्था पर पत्नी भी चकराकर रह गई। तरह-तरह के सवाल किए परंतु उसने एक का भी तो ठीक जवाब नहीं दिया, हां, बीच-बीच में पत्नी से वह बैठक ही में चाय जरूर मंगाता रहा।

दिन भी गुजरने लगा। ढलने को आया।

वह बैठक में बंद ही रहा, कुछ ही देर पहले पत्नी आई थी। उसने एक और चाय लाने का हुक्म दे दिया और सोफे पर लेटा वह इस वक्त पत्नी के लौटने की इंतजार कर रहा था।

दरवाज़े पर दस्तक हुई।

रेवतीशरण ने दरवाज़ा खोल दिया।

मगर सामने खड़े व्यक्ति पर नजर पड़ते ही उसके कंठ से चीख-सी निकलने को हुई, चीख के वातावरण को झंझोड़ डालने से पहले आगंतुक ने झपट कर उसका मुंह भींच लिया। रेवतीशरण कसमसाकर

रह गया, जबकि आगंतुक ने दूसरे हाथ से दरवाज़ा बंद करके सांकल भी चढ़ा दी।

फिर आगंतुक ने अपने ओवरकोट की जेब से रिवॉल्वर निकाल कर उसकी पसलियों पर रखा और गुर्राया–"अगर जरा भी चूं-चपड़ की रेवतीशरण, तो वक्त से पहले ही गोली पसलियों में उतार दूंगा।"

रेवतीशरण कांपकर रह गया, सिट्टी-पिट्टी गुम।

आगंतुक ने हाथ उसके मुंह से हटाया, रिवॉल्वर से कवर किए उससे जरा दूर हटा, रिवॉल्वर की नाल से ही उसने अपने ललाट पर झुके कैप के कोने को ऊपर सरकाया, दूसरे हाथ से ओवरकोट के खड़े हुए कॉलर गिराए।

वह अनूप था।

रेवती शरण गिड़गिड़ा उठा–"म . . . मुझे बख्श दो अनूप बाबू। मैं सच कह कहता हूं।"

"खामोश।" अनूप गुर्राया–"इसका मतलब ये कि तू अपने साथियों के नाम नहीं बताएगा?"

"मेरा कोई साथी नहीं है अनूप बाबू।"

अनूप की सिर्फ आंखों में खूंखार-भाव उभरे, चेहरे पर अन्य कहीं कोई भाव नहीं था, रिवॉल्वर तान कर वह गुर्रा उठा–"मैंने तुझे सिर्फ आज तक का समय दिया था, केवल इसलिए कि तेरे बाकी साथियों तक पहुंचने के लिए मुझे ज्यादा मेहनत न करनी पड़े, लेकिन तू नहीं मानता तो न मान। तेरे जैसे बाकी हरामखोरों को भी मैं तलाश कर ही लूंगा। ले, मरने के लिए तैयार हो जा।" कहने के साथ ही तने हुए रिवॉल्वर के ट्रेगर पर अनूप की उंगली का दबाव बढ़ने लगा।

रेवतीशरण बुरी तरह रोने और गिड़गिड़ाने लगा।

"मैं तुझे एक मौका और देता हूं रेवती, आखिरी मौका, मैं तीन तक गिनूंगा और तब तक भी, अगर तूने कुछ नहीं बताया तो . . ."

अपना वाक्य खुद ही अधूरा छोड़कर अनूप ने कहा–"एक।"

रेवतीशरण की गिड़गिड़ाहट तेज हो गई।

अनूप का चेतावनी भरा स्वर–"दो।"

और तीन कहने के लिए अनूप ने अभी मुंह खोला ही था कि बाहर से किसी ने बैठक के बंद दरवाज़े की सांकल जोर से दबाई, बुरी तरह चौंककर अनूप ने उस तरफ देखा। ऐसा रेवतीशरण ने भी किया था। परंतु अनूप कुछ ज्यादा ही हक्का-बक्का नजर आ रहा था, उसके मुकाबले रेवतीशरण ने हालातों को जल्दी समझ लिया और हड़बड़ाहट में अनूप पर झपट पड़ा।

असावधान अनूप एकदम लड़खड़ा गया, वह सोफे की पुश्त से उलझकर गिरा, रिवॉल्वर हाथ से निकलकर फर्श पर कहीं गिर गया था और यही वह क्षण था जब रेवतीशरण ने 'बचाओ-बचाओ' चिल्लाते हुए हड़बड़ाहट में फर्श पर पड़े अनूप पर जम्प लगा दी।

इधर बैठक में ये दोनों गुत्थम-गुत्था हो गए और उधर, रेवतीशरण को बचाओ-बचाओ की पुकार के बाद बैठक के दरवाज़े को तोड़ डालने के लिए प्रहार होने लगे और एक साथ प्रयास करने वालों में मैं भी था, मेरे साथ थे विनोद चड्ढा, विभा और मधु।

हुआ दरअसल यह था कि हमारे वहां पहुंचते ही विनोद चड्ढा ने विभा को रिपोर्ट दी थी कि कुछ ही देर पहले एक रहस्यमय व्यक्ति रेवतीशरण से मिलने आया है, रहस्यमय इसलिए, क्योंकि उसके हैट के झुके हुए कोने तथा ओवरकोट के खड़े कॉलरों की वजह से विनोद उसका चेहरा नहीं देख सका था।

जो कुछ मैंने ऊपर लिखा वह हमें बाद में पता लगा था। सवाल ये है कि कैसे पता लगा?

जवाब थोड़ी देर में मिल जाएगा।

बहरहाल, विभा के निर्देश पर हम रेवतीशरण की पुकार सुनते ही दरवाज़े को तोड़ डालने की कोशिश करने लगे थे, अंदर से लगातार रेवतीशरण मदद के लिए चिल्ला रहा था। उसका स्वर ऐसा था जैसे कि चिल्लाने में भी उसे काफी कष्ट हो रहा हो। कुछ ही देर में हम दरवाज़े को तोड़ डालने में कामयाब हो गए।

हमने देखा कि रेवतीशरण और अनूप गुथे हुए थे, दरवाज़ा टूटते ही रेवतीशरण का ध्यान हमारी तरफ गया और ठीक इसी अवसर का लाभ उठाते हुए अनूप ने फर्श पर पड़े अपने रिवॉल्वर पर जम्प लगा दी।

हममें से अभी कोई कुछ समझ भी नहीं पाया था कि अनूप रिवॉल्वर तानकर गुर्राया–"अगर कोई भी हिला तो मैं उसका काम तमाम कर दूंगा।"

हम सभी जड़वत् से खड़े रह गए।

कुछ क्षणों के लिए तो बड़ा ही गहरा-सा सन्नाटा छा गया था वहां, हम सभी हक्के-बक्के से सामने खड़े अनूप को देख रहे थे, उसकी आंखें बुरी तरह भभक रही थीं, अपने स्वर को बेहद खतरनाक बनाता हुआ वह गुर्राया–"एक तरफ हटकर रास्ता दो वर्ना मुझे तुम सबकी लाशों पर से गुजरकर यहां से जाना होगा।"

रेवतीशरण सहित हम चारों ने विभा की तरफ देखा, जबकि वह बहुत ही गौर से अनूप की आंखें देख रही थी, वह पुनः गुर्राया–"हट जाओ विभा, मैं तुम्हारी भी परवाह नहीं करूंगा।"

"मैं तुम्हारे फेसमास्क के चक्कर में आने वाली नहीं हूं।" विभा ने अजीब से लहजे में कहा।

अनूप हड़बड़ा-सा गया। "क . . . क्या मतलब विभा?"

"बेशक ये फेसमास्क काबिले तारीफ बना है, धोखा देने में सक्षम है, किंतु केवल रेवतीशरण जैसे साधारण लोगों को, हम जैसे लोग धोखे में नहीं फंसेंगे जो फेसमास्क के बारे में जानते हैं।"

"ब . . . बहूरानी।" आवाज कांप गई।

विभा का दृढ़ स्वर–"मैं तुम्हारा नाम लेकर भी पुकार सकती हूं सावरकर।"

"स . . . सावरकर?" मैं उछल पड़ा–"त . . . तुम्हारा मैनेजर विभा?"

उसे घूरती हुई विभा ने कहा–"हां।"

कथित अनूप के हाथ में दबे रिवॉल्वर की नाल स्वतः ही झुकती चली गई, विभा आगे बढ़ी, वह पत्थर की मूर्ति-सा खड़ा रहा, जबकि विभा ने उसके चेहरे से फेसमास्क नोच लिया। शर्मिंदा से सावरकर को देखकर हम चारों भौंचक्के से खड़े रह गए थे, उसके चेहरे पर पसीने की नन्हीं बूंदें स्पष्ट चमक रही थीं।

विभा ने बड़े ही सामान्य स्वर में पूछा–"ये सब क्या नाटक है सावरकर अंकल।"

"ब . . . बहूरानी।।" वह सिर्फ इतना ही कह सका।

"बोलिए?"

"मैं . . . मैं रेवतीशरण को मारने वाला नहीं था।"

"जानती हूं, आप रेवतीशरण को केवल धमका रहे थे और उसका सबूत है अभी तक आपके हाथ में झूल रहा रिवॉल्वर, यह बिल्कुल खाली है। चैम्बर में एक भी गोली नहीं है।"

सावरकर ने रिवॉल्वर की तरफ देखा, फिर प्रशंसा भरी नजरों से विभा की तरफ, विनोद की आंखों में मैं भी विभा के लिए हैरत और प्रशंसा के भाव देख रहा था, उसने पूछा–"मगर सवाल ये उठता है सावरकर अंकल कि आप ऐसा क्यों कर रहे थे?"

"अनूप बाबू के हत्यारे तक पहुंचने के लिए।"

"किस तरह?"

"यह सोचकर कि मेरी हरकतों से निश्चय ही जिन्दल पुरम् में यह अफवाह फैलेगी कि अनूप बाबू जिंदा हैं, कई लोग अनूप बाबू के जिंदा होने और अपनी आंखों से देखने का दावा करेंगे और यह अफवाह जब हत्यारे के कानों तक पहुंचेगी तो वह निश्चय ही चौंकेगा, भ्रमित भी हो सकता है। सोच सकता है कि कहीं अनूप बाबू ने उसे किसी अन्य की लाश को अपनी लाश दिखाकर धोखा न दे दिया हो, इस तरह की अनेक शंकाओं से परेशान होकर सच्चाई का पता लगाने के लिए वह मुझ तक पहुंचने की कोशिश जरूर करता और ऐसी अवस्था में मैं उस बेरहम हत्यारे तक पहुंच जाता, यही मेरा मकसद था, परंतु उससे पहले

आप मुझ तक पहुंच गईं और मेरा सारा षड्यंत्र बिखर गया।"

"लेकिन इस खतरनाक षड्यंत्र में तो आपकी जान को पूरा खतरा था सावरकर अंकल। हत्यारा बिना सामने आए कहीं दूर से भी आपको गोली का निशाना बना सकता था।"

"ये जान अनूप बाबू से कीमती तो नहीं है बहूरानी।" सावरकर के स्वर में दर्द था।

सावरकर का बयान सुनकर हम चारों चकित-से रह गए। मैं कभी ख्वाब में भी नहीं सोच सकता था कि अनूप के जीवित होने का रहस्य खुलने के बाद भी हम केस के उसी स्पॉट पर खड़े होंगे, विभा कह रही थी–"मैं आपकी भावनाओं की कद्र करती हूं सावरकर अंकल, जानती हूं कि आप सच बोल रहे हैं। अपने मालिक के हत्यारे को बेनकाब करने के लिए यह अत्यंत जोखिम भरा कदम उठाया परंतु . . ."

"परंतु क्या बहूरानी?"

"मैं इसे समझदारी या दिमाग से सोचा हुआ कदम न कहकर अत्यधिक जोश और उत्साह में उठाया गया कदम ही कहूंगी, क्योंकि चालाक हत्यारा इस जाल में नहीं फंस सकता था।"

"वह क्यों बहूरानी?"

"हत्यारा जानता है कि अनूप बाबू उसे (हत्यारे को) अच्छी तरह जानते थे अतः अगर वे जीवित होते तो वह सब कुछ न करके जो तुमने किया, सीधा आक्रमण उसी पर करते। अनूप के रूप में तुम्हारे रेवतीशरण जैसों के पास आने जैसी हरकतों से ही वह समझ गया होगा कि तुम अनूप नहीं हो, यानी कोई अन्य हो और इतना समझने के बाद वह अनूप बनने का मकसद भी समझ गया होगा, तुम्हारे चूहे को यदि मालूम हो जाए कि रोटी का टुकड़ा चूहेदान में लटका है तो भले ही वह भूखा मर जाए, टुकड़े के पास नहीं फटकेगा।"

सावरकर हैरतअंगेज निगाहों से विभा की तरफ देखता रह गया।

लौटते वक्त सावरकर भी हमारे साथ ही था, सारी बातें स्पष्ट होने के बाद रेवतीशरण के चेहरे पर जीवन के चिन्ह उभरे थे, विनोद चड्ढा

को विभा ने ड्यूटी से मुक्त कर दिया था। अब शायद उसने रेवतीशरण की निगरानी या सुरक्षा किए जाने की आवश्यकता नहीं समझी थी।

अचानक ही मेरी सारी थ्यौरी, अनुमानों का वह महल जिसे मैं बहुत ही पुख्ता समझ रहा था, सूखे रेत के घरौंदे की तरह टूटकर बिखर गया था और यह लिखने में मुझे कोई हिचक नहीं है कि इसी वजह से मैं निराश-सा हो गया था, अनुप के चेहरे का फेसमास्क मेरे हाथ में था और लगातार उसे उलट-पुलट कर देख रहा था, उससे संबंधित बहुत से प्रश्न मेरे दिमाग में चकरा रहे थे।

एकाएक ही मेरी मनःस्थिति भांपकर विभा ने पूछा–"क्या सोच रहे हो वेद?"

"मैं इस फेसमास्क को देखकर हैरत में हूं।"

"तुम, और इस मास्क को देखकर हैरत में?" विभा ने आश्चर्य-सा व्यक्त किया–"तुम तो लगभग अपने हर उपन्यास में फेसमास्कों का जिक्र करते रहते हो, कभी विकास, विजय बन जाता है, कभी विजय विकास। ऐसे ही फेसमास्कों का जिक्र करके तुम कभी अलफांसे को कुछ और बना देते हो, कभी किसी अन्य को अलफांसे। फिर भला तुम्हें इस फेसमास्क ने किस किस्म की हैरत में डाल दिया?"

"ओफ्फो, तुम उपन्यास की बातें मत किया करो विभा, कितनी बार कहा है कि वह सब कुछ वास्तविक नहीं, बल्कि सिर्फ कल्पना होती है। केवल मनोरंजन के लिए लिखा गया ख्याली कथानक। लिखते समय मैं खुद भी जानता हूं कि वास्तव में मैं कई चीजें ऐसी लिख रहा हूं, जो बिल्कुल असंभव हैं, उन्हीं में से एक फेसमास्कों का जिक्र भी है। मैं उसे आज तक अपनी कल्पना ही समझता रहा था, किन्तु ये फेसमास्क। हू-ब-हू अनूप का मास्क है, इसे देखकर लगता है कि मैं गलत नहीं लिखता रहा हूं।"

"तुम गलत भी लिखते रहे हो और ठीक भी।"

"ये तुम्हारी बहुत गंदी आदत है विभा, फिर वही बात दुहरी बात!"

हल्की-सी मुस्कान के साथ विभा ने कहा–"मैं कोई दुहरी बात नहीं

कर रही हूं वेद, दरअसल ये फेसमास्क इस सच्चाई का जीता-जागता प्रमाण है कि हमारे देश में अभी भी ऐसे अनेक कलाकार पड़े हैं, जो कि किसी भी व्यक्ति के चेहरे का फेसमास्क बना सकते हैं, जब तक देश में ऐसे कलाकार हैं तब तक किसी भी कथानक में मास्क के जिक्र को गलत नहीं कहा जा सकता। हां, गलत तब होता है जब तुम जैसे लेखक ऐसे प्वाईंट को बढ़ा-चढ़ाकर दिखाते हो, अतिशयोक्ति कर देते हो। मास्क होते तो हैं, परंतु उनसे साधारण लोग ही धोखा खा सकते हैं, बुद्धिमान नहीं, और तुम मास्क से अपने विजय, विकास तथा अलफांसे जैसे करेक्टरों को धोखे में फंसा देते हो।"

"जब मास्क होते हैं तो बुद्धिमान भी धोखा क्यों नहीं खा सकते?"

"जिस व्यक्ति ने मास्क पहना होता है उसकी केवल आंखें ही आंखें चमक रही होती हैं, अतः किसी भी घटना या दुर्घटना का प्रभाव हमें उसकी आंखों में तो दीखता है, बाकी चेहरे पर नहीं। बस, हमें समझ जाना चाहिए कि बाकी चेहरा नकली है, यदि असली होता तो भाव सम्पूर्ण चेहरे पर उभरते।

गर्मी लगने या किसी उत्तेजक घटना पर किसी के भी वास्तविक चेहरे पर पसीना उभर जाएगा, मास्क पर नहीं उभर सकता। वह सपाट रहेगा, ज्यों-का-त्यों। क्या यह साधारण-सी बात हमें नहीं बता देगी कि सामने खड़े व्यक्ति के चेहरे पर मास्क है?"

"ओह!" मेरे मुंह से निकला–"मास्क लगाए व्यक्ति को पहचानना कितना आसान है?"

"जब बैठक का दरवाज़ा टूटने पर मैंने अनूप को देखा तो पाया कि रेवतीशरण से संघर्ष करने के बावजूद भी चेहरे पर पसीने की एक बूंद तक नहीं थी, मैं समझ गई कि चेहरा वास्तविक नहीं, बल्कि मास्क है। उसके बाद आंखों और जिस्म की बनावट ने मुझे बता दिया कि वे सावरकर अंकल हैं।"

"आपके पास बुद्धि, पैनी दृष्टि और ज्ञान का भंडार है बहूरानी।"

अनायास ही सावरकर कह उठा–"मैं कभी सोच भी नहीं सकता था कि इतनी सरलता से पहचान लिया जाऊंगा।"

इसके बाद कार में खामोशी छा गई। कुछ देर बाद जब हम 'मंदिर' पहुंचे तो वहां श्रीकान्त और वीणा हमारी प्रतीक्षा कर रहे थे। सावरकर को विदा कर दिया गया। ऑफिस जैसे कमरे में श्रीकान्त और वीणा की रिपोर्ट ली गई, उन दोनों ने ही अपने-अपने शिकार से मिलने वालों की लिस्ट बना रखी थी।

वीणा और श्रीकान्त की रिपोर्ट तथा लिस्टों से जहां यह रहस्योद्घाटन होता था कि महेन्द्र पाल सोनी और दीनदयाल अच्छे दोस्त हैं, वहीं इन दोनों से मिलने वालों में एक व्यक्ति का नाम कॉमन था।

दोनों ही लिस्टों में इंस्पेक्टर त्रिवेदी का नाम था।

वह नाम था– इंस्पेक्टर आर.एन. त्रिवेदी।

इस नाम को पढ़ते ही हमारे साथ विभा भी चौंक पड़ी। वीणा ने महेन्द्र पाल सोनी से मिलने वालों की तथा श्रीकान्त ने दीनदयाल से मिलने वालों की लिस्ट बना रखी थी।

दोनों ही लिस्टों के सामने त्रिवेदी का चेहरा घूम गया।

काफी देर तक विभा भी खामोश रहकर जाने क्या सोचती रही, मेरे ख्याल से उस वक्त वह भी त्रिवेदी के बारे में ही सोच रही थी, दोनों लिस्टों में नाम होने की वजह से इंस्पेक्टर अचानक ही संदिग्ध नजर आने लगा था। जाने क्या सोचकर विभा ने वीणा को बाहर जाकर हॉल में बैठने की आज्ञा दी।

वीणा के जाने के बाद विभा ने श्रीकान्त से पूछा–"इंस्पेक्टर त्रिवेदी दीनदयाल से कब मिला था?"

"कल रात।"

"इन्जवॉय होटल के बार रूम में।" श्रीकान्त ने बताया–"साढ़े आठ के करीब दीनदयाल अपना 'स्टोर' बंद करके फ्लैट पर पहुंचा, जल्दी में नजर आ रहा था। जैसे किसी को मिलने का समय दिया हो। नौ बजे करीब वह तरोताजा होकर कपड़े बदलकर फ्लैट से बाहर निकला और

इन्जवॉय होटल के बाररूम में पहुंचा, वहां त्रिवेदी बैठा पहले से ही उसकी प्रतीक्षा कर रहा था।"

"त्रिवेदी उस वक्त यूनिफार्म में था या?"

"जी, सिविल में।"

"खैर, उसके बाद क्या हुआ। यानि वे किस ढंग से मिले?"

"मिलने का अंदाजा ऐसा था जैसे अच्छे दोस्त काफी दिन बाद मिले हों।" श्रीकान्त ने बताया–"हाथ मिलाते ही त्रिवेदी ने दीनदयाल से देर से आने की शिकायत की, दीनदयाल ने औपचारिक क्षमा मांगी। उसके बाद वे बैठकर व्हिस्की पीने लगे, मुझे भी उनके समीप वाली ही एक सीट पर बैठकर बीयर पीनी पड़ी।"

"क्या तुमने उनके बीच होने वाली बातें सुनी?"

"नहीं, मैंने काफी कोशिश की थी, परंतु सफल न हो सका क्योंकि उन्होंने जो भी बातें की थी, बहुत ही धीमे स्वर में, उनमें से किसी की भी आवाज उनके बीच पड़ी मेज को पार नहीं कर रही थी।"

"वे कितनी देर तक साथ रहे?"

"करीब एक घंटे तक, सवा दस बजे के करीब वे विदा हो गए।"

"ठीक है, तुम जा सकते हो।"

श्रीकान्त श्रद्धापूर्वक अभिवादन करके चला गया, कुछ ही देर बाद वीणा कमरे में प्रविष्ट हुई, विभा के पहले सवाल के जवाब में वह बोली–"आज सुबह, उस वक्त करीब आठ बजे थे जब इंस्पेक्टर त्रिवेदी महेन्द्र सोनी से मिलने उसके फ्लैट पर आया, उस वक्त त्रिवेदी ने सादे कपड़े पहन रखे थे। वे अच्छे दोस्तों की तरह मिले थे।"

"क्या तुमने उनकी बातें सुनीं?"

"जी हां, बंद खिड़की से कान लगाकर।"

"गुड, उन्होंने क्या बातें की?"

"मिलते ही त्रिवेदी ने कहा कि उसे अफसोस और आश्चर्य है, सोनी ने पूछा कि किस बात पर। जवाब में त्रिवेदी ने कहा–उसे पता लगा है कि कल रात पुलिस को इस फ्लैट से एक लाश मिली है।"

"ओह, हां, मैं तो घबरा ही गया था त्रिवेदी।" महेन्द्र पाल सोनी बोला–"पता नहीं कम्बख्त हत्यारे को लाश रखने के लिए मेरा ही फ्लैट क्यों मिला, मुझसे ही उसे क्या दुश्मनी थी।"

"किसी न किसी का फ्लैट तो उसे चुनना था।"

"जिन्दल पुरम् में हजारों फ्लैट हैं, क्या उसे मेरा ही फ्लैट मिला था?"

हंसते हुए त्रिवेदी ने कहा–"दूसरों का फ्लैट इस्तेमाल करने के लिए उसे समय और सहूलियत चाहिए, वह और सहूलियत उसे तुम्हारे फ्लैट से मिल गई। वह जानता होगा कि आज तुम दोस्तों के साथ पीने में व्यस्त हो।"

"हां, मगर बात कुछ समझ में नहीं आई त्रिवेदी। हत्यारे ने पहले दीनदयाल का फ्लैट इस्तेमाल किया और फिर मेरा, इस मामले में मुझे दीनदयाल से मिलना पड़ेगा।"

"क्या तुम उसे जानते हो?"

"तुम उसे मेरा दोस्त भी कह सकते हो।"

"वह भला तुम्हारा दोस्त कब से और कैसे बन गया?"

"तुम तो जानते ही हो यार कि मैं 'डाईबिटीज' का पुराना मरीज हूं। नियमपूर्वक दवाएं चल रही हैं। उसका स्टोर फैक्ट्री के रास्ते में पड़ता है। सो, उससे दवाएं ले लिया करता हूं। कुछ दिन तक हमारा संबंध सिर्फ ग्राहक और दुकानदार वाला ही रहा, लेकिन फिर दोस्त बन गए। कभी-कभी उसकी दुकान में बैठ जाया करता हूं।"

"ओह, वैसे मैं तुम्हें एक राय दूं सोनी?"

"बोलो।"

"तुम दीनदयाल के स्टोर से दवाएं न लिया करो।"

"क्यों?"

"बस, नहीं पूछो तो ज्यादा अच्छा है।"

"लेकिन क्यों भाई, आखिर पता तो लगे?"

त्रिवेदी ने कहा–"वह आदमी मुझे कुछ जंचा नहीं।"

"क्या तुम भी उसे जानते हो?"

"पहले नहीं जानता था, उस रात जाना जिस रात हवालात में उसे बंद रखा।"

"तुम्हें वह जंचा क्यों नहीं?"

"हालांकि पुलिस को उसके खिलाफ कोई सुबूत नहीं मिला है और इसीलिए सुबह होते ही उसे छोड़ दिया गया, परंतु जाने क्यों मुझे बार-बार लग रहा था कि मुजरिम वही है और तुम्हारे यह कहने से कि वह तुम्हारा दोस्त है, उस पर मेरा शक और बढ़ गया है।"

"वह क्यों?"

"जरा सोचो, ऐसे काम के लिए किसी का फ्लैट कौन इस्तेमाल कर सकता है, कोई परिचित ही न?"

"रात भर सोचने के बाद इसी निष्कर्ष पर तो मैं भी पहुंचा था।"

सोनी ने कहा–"किसी दूसरे का फ्लैट इस्तेमाल करने वाला फ्लैट के मालिक की दिनचर्या जरूर जानता होगा और किसी की दिनचर्या उसका दोस्त या परिचित ही जान सकता है, पहले हत्यारे ने दीनदयाल का फ्लैट इस्तेमाल किया, फिर मेरा। इससे यही नतीजा निकलता है कि हत्यारा कोई ऐसा व्यक्ति है, जो हम दोनों से ही बराबर परिचित है। उससे उसके परिचितों के बारे में पूछने के लिए ही मैं आज उससे मिलने की सोच रहा था। शायद कोई ऐसा व्यक्ति निकल आए जो उसका भी परिचित हो और मेरा भी।"

"हालांकि मैं पुलिसवाला हूं इसलिए मुझे रहस्य की कोई भी बात किसी से कहनी नहीं चाहिए, लेकिन जब बात आ ही गई है और तुम मेरे क्लासफैलो रहे हो तो बताने में हर्ज भी नहीं समझता।"

"ओफ्फो, वादा करता हूं, यार, अब बताओ भी।"

"दरअसल मुझे दीनदयाल पर शक है, लग रहा है कि इस केस का हत्यारा वही है।"

सोनी का हैरत में डूबा स्वर–"यह तुम क्या कह रहे हो?"

"मैं ठीक कह रहा हूं सोनी, दरअसल उसके बारे में तुम उतना

नहीं जानते जितना मैं जानता हूं। वह एक नंबर का हरामी मुजरिम है। मुमकिन है कि उसी ने तुम्हारे फ्लैट का इस्तेमाल किया हो।"

"फिर उसके फ्लैट का इस्तेमाल किसने किया?"

"खुद उसी ने।"

"क . . . क्या मतलब, मैं कुछ समझ नहीं पा रहा हूं त्रिवेदी?"

"तुम्हें बताने के लिए मुझे वारदात को संक्षेप में क्रम से बताना होगा।" त्रिवेदी बोला–"सुनो, संतरे वाला आदमी अनूप बाबू को विवश करके अपने साथ ले जाता है, उससे पहले ही वह गजेन्द्र बहादुर जिन्दल को अपनी गिरफ्त में ले चुका था और फिर सारा ड्रामा दीनदयाल के फ्लैट पर होता है। हत्यारा संतरे वाले आदमी को ही समझा रहा था, यह भ्रम तुम्हारे फ्लैट से उसकी लाश मिलने पर टूटा। तब से यह धारण बनी कि संतरे वाला आदमी केवल कठपुतली था, असल मुजरिम तो वह है, जिसने इस कठपुतली को मारकर तुम्हारे फ्लैट में डाल दिया।"

"यह तो जाहिर ही है।"

"कठपुतली का नाम इकबाल गजनवी था, वह महानगर का थर्ड क्लास गुंडा था, अतः दौलत के लालच में वह ये काम करने लिए आसानी से तैयार हो गया होगा।"

"और यह दौलत उसे दीनदयाल ने दी थी?"

"हो भी सकता है और नहीं भी, फिलहाल मेरा शक उसी पर है।"

"शक की वजह।"

"बस, फिलहाल तो इतना ही कह सकता हूं कि पुलिस वालों की नजर बहुत तेज होती है।"

"लेकिन यदि उसने ऐसा किया होता तो अपना ही फ्लैट इस्तेमाल करने का खतरा मोल क्यों लेता?"

"तुम अभी मुजरिमों की फितरत को नहीं जानते हो सोनी, मैं इन हरामजादों की नस-नस से वाकिफ हूं। कानून से बचने के लिए ऐसे-ऐसे हथकंडे इस्तेमाल करते हैं जिनके खुलने पर दंग रह जाना पड़ता

है। जरा सोचो, हत्यारे ने दीनदयाल के फ्लैट को छुपाए रखने की क्या कोशिश नहीं की थीं?"

"क्या मतलब?"

"इसमें शक नहीं कि मुजरिम कोई भी जुर्म अपने फ्लैट में करने से हिचकता है और कतराता है, किंतु जुर्म के लिए दिलेर से दिलेर अपराधी भी किसी अन्य फ्लैट का इस्तेमाल करने की बात सोच भी नहीं सकता, क्योंकि ऐसा करने में बहुत ज्यादा खतरा है, सुरक्षा अपने ही फ्लैट में रहती है और फिर वह अपराधी कभी दिलेर नहीं हो सकता जो जुर्म खुद न करके कठपुतली से कराता हो, दिलेर मुजरिम पर्दे के पीछे नहीं रहते। कोई भी मुजरिम किसी अन्य के फ्लैट को इस्तेमाल करने की अपेक्षा अपने ही फ्लैट को ज्यादा सुरक्षित समझेगा और उस स्थिति में तो निश्चिय ही, जबकि उसे यह भी विश्वास हो कि फ्लैट का पता कभी किसी को नहीं चलेगा। हत्यारे की तरफ से ऐसा कोई लीक प्वाईंट नहीं छोड़ा गया था, जिससे पुलिस या किसी इन्वेस्टिगेटर को फ्लैट का सुराग लग सकता। वह तो बहूरानी की ही होशियारी कही जाएगी कि वे फ्लैट तक पहुंच गईं। बस, उनके फ्लैट पर पहुंचते ही दीनदयाल घबरा गया, ऐसी आशा उसे कदापि न थी। सो, तुरंत एक कहानी गढ़कर उसने बहूरानी को सुना दी। ताले आदि पर कठपुतली के निशान तो मिलने ही थे। उस स्पॉट पर पुलिस और बहूरानी की धारणा यह बनी कि दीनदयाल के फ्लैट को किसी अन्य ने इस्तेमाल किया है। खुद को बचता देखकर दीनदयाल खुश हो उठा, साथ ही मन में यह शंका भी उठी कि कहीं इकबाल उसका भांडा न फोड़ दे, और इसी खतरे से बचने के लिए उसने इकबाल को खत्म कर दिया, लाश तुम्हारे फ्लैट में, पुलिस की यह धारणा पक्की कर देने के लिए डाल दी कि हत्यारे की आदत ही दूसरों का फ्लैट इस्तेमाल करने की है। दीनदयाल ने सोचा होगा कि यदि वह पुलिस की इस धारणा को पक्की कर दे तो संदेह के दायरे से कोसों दूर रहेगा।"

"मगर अनूप बाबू की हत्या उसने क्यों की होगी?"

"अगर वजह पता लग जाए तो मैं उसे गिरफ्तार ही न कर लूं।?" त्रिवेदी ने कहा–"लेकिन फिक्र मत करो, वह ज्यादा दिन तक छुपा नहीं रह सकेगा। मैं इस केस की गहराई तक पहुंच कर रहूंगा।"

"मुझे तुम्हारी बातें बहुत अजीब लग रही हैं त्रिवेदी।"

"जब तक कोई बात साबित न हो जाए तब तक साधारण लोगों को पुलिस के सोचने का अंदाज अजीब ही लगता है, लेकिन दरअसल हम अपने इन्हीं अंदाजों से मामले की तह में पहुंच जाया करते हैं।"

"कुछ भी कहो त्रिवेदी, मुझे नहीं लगता कि दीनदयाल हत्यारा होगा।"

"मैं भी किसी प्रकार का दावा पेश नहीं कर सकता। केवल एक अनुमान है और इस अनुमान को विश्वास में बदलने में तुम मेरी मदद कर सकते हो सोनी?"

"म . . . मैं, मैं भला क्या कर सकता हूं?"

"तुम उसके दोस्त हो, आज उससे मिलने के लिए अभी कह ही रहे थे। तुम उससे जरूर मिलना, किंतु वे बातें बिल्कुल मत करना जो तुम सोचे हुए थे। हां, तुम्हें बातें इसी केस के बारे में करनी हैं।

टोह लेने के अंदाज में, उससे तुम्हारी जो भी बातें हों, वे अक्षरशः मुझे बतानी होगी।"

"ठीक है।" सोनी ने त्रिवेदी से प्रभावित होकर कहा।

"इसके बाद वे करीब दस मिनट तक और इसी सिलसिले में बातें करते रहे।" अपनी रिपोर्ट पूरी करती हुई वीणा ने बताया–"उन बातों को विस्तार से कहने का कोई लाभ नहीं है, क्योंकि उनमें करीब-करीब उन्हीं बातों का रिपीटेशन था, जो बता चुकी हूं, हां, त्रिवेदी की सभी बातों का उल्लेखनीय सार ये है कि वह सोनी के दिमाग में हर कोण से दीनदयाल को ही हत्यारे के रूप में बैठाने की कोशिश कर रहा था और महेन्द्रपाल सोनी भी अंततः मुझे उससे प्रभावित ही नजर आया था।"

विभा ने पूछा–"क्या आज दिन में सोनी दीनदयाल से मिला था?"

"जी हां।"

"कहां और कब?"

"फैक्ट्री से लौटते वक्त, दीनदयाल के स्टोर पर ही।"

"वे कितनी देर साथ रहे?"

"करीब तीस मिनट।"

"क्या तुमने उनकी बातें सुनी थीं?"

"जी नहीं, मैं उनसे काफी दूर थी। कोई दवा लेने के बहाने यह सोचकर स्टोर पर गई थी कि शायद मेरे सामने वे बातों का क्रम जारी रखें और मुझे उनके 'टॉपिक' का पता लग जाए, परंतु उस वक्त उन्होंने क्रम तोड़ दिया था।"

"तुम जा सकती हो।" विभा ने कहा।

वीणा के जाने के बाद कमरे में पुनः हम तीनों ही शेष रह गए, काफी देर तक ब्लेड की धार जैसी पैनी खामोशी छाई रही। मैं कभी मधु की तरफ देख रहा था कभी विभा की तरफ। मधु के चेहरे पर मेरे ही जैसे भाव थे, जबकि विभा पूर्णतयाः विचार मग्न-सी आ रही थी, एकाएक मैंने पूछा–"क्या सोच रही हो विभा?"

"वीणा के बयान के बारे में! बड़ा ही महत्वपूर्ण बयान है।" विभा ने कहा–"सारा मामला बड़ा ही जटिल-सा बनता जा रहा है। हर अगले कदम पर उलझनें कुछ बढ़ ही जाती हैं और कोई-न-कोई ऐसा रहस्योद्‍घाटन होता है जिसकी वजह से हमें अपने सोचने का रास्ता बदलना पड़ता है, वैसे तुमने भी तो वीणा की पूरी रिपोर्ट सुनी है वेद, सुनने के बाद तुम किस ढंग से सोच रहे हो?"

"अगर इंस्पेक्टर त्रिवेदी हत्यारा साबित नहीं होता है तो संदिग्ध जरूर नजर आता है।"

"क्यों?"

"कई सवाल उठते हैं, पहले तो दोनों की लिस्टों में त्रिवेदी के नाम की मौजूदगी ही उसे संदिग्ध बनाती है, दूसरे वह अपने और दीनदयाल के संबंधों को गुप्त रखता है। दीनदयाल को यह नहीं मालूम है कि

त्रिवेदी के संबंध सोनी से हैं और सोनी को उसने दीनदयाल से अपने संबंध होने की बात स्पष्ट नहीं की। क्यों? महेन्द्रपाल सोनी के दिमाग में भी वही बात आती है, जो तुम्हारे दिमाग में आई थी, यानि हत्यारा कोई ऐसा व्यक्ति होना चाहिए, जो उससे और दीनदयाल से बराबर का परिचित हो। अपनी इस शंका को वह त्रिवेदी के सामने उगल देता है, सुनने के बाद त्रिवेदी उसे बड़ी अजीब-सी एक नई कहानी में उलझा देता है। झूठी किंतु दमदार दलीलों से वह अपनी कहानी को सोनी के दिमाग में बैठा देता है, मैं उस कहानी को त्रिवेदी की बौखलाहट ही कहूंगा।"

"किस रूप में?"

"उसे डर हुआ कि यदि सोनी ने दीनदयाल से वे बातें कीं, जो करने के लिए कह रहा है तो दोनों के परिचित के रूप में उसका नाम सामने आ सकता है। उसी खतरे से बचने के लिए उसने सोनी का दिमाग उधर से हटा दिया। उस बारे में कोई बात न करने की हिदायत दी। इस तरह उसने खुद को सुरक्षित करने की कोशिश की है विभा, त्रिवेदी अत्यंत ही रहस्यमय और चालाक नजर आ रहा है।"

"मुझे खुशी हुई वेद, कि तुम्हारे सोचने का ढंग काफी पैना होता जा रहा है।" विभा ने कहा–"खैर, तुम्हारी राय में अब आगे बढ़ने के लिए हमें क्या करना चाहिए?"

"मेरे ख्याल से तो हमें त्रिवेदी से बात करनी चाहिए।"

"अभी नहीं, उस पर हाथ डालने से पहले मैं कुछ और ठोस सुबूत जुटाना उचित समझती हूं।"

"किस तरह के सुबूत और कैसे?"

जवाब देने के स्थान पर विभा ने रिसीवर उठाकर नंबर डायल किए। संबंध स्थापित होने पर उसने अपना परिचय देने के बाद पूछा–"क्या इंस्पेक्टर त्रिवेदी थाने में हैं?"

"जी नहीं, वे घर जा चुके हैं।"

"हमें उनके घर का नंबर दीजिए।" कहने के साथ ही विभा ने

कलमदान से एक 'बॉल पैंसिल' उठा ली और अगले ही पल वह एक कागज़ पर दूसरी तरफ से बताया जाने वाला नंबर लिख रही थी।

संबंध-विच्छेद करने के बाद उसने वही नंबर डायल किया, दूसरी तरफ से रिसीवर उठने पर उसने अपना परिचय दिया, दूसरी तरफ से तुरंत ही चौंका हुआ स्वर–"ओह, बहूरानी। कहिए, मैं इंस्पेक्टर त्रिवेदी बोल रहा हूं।"

"हम तुम्हें कष्ट देना चाहते हैं इंस्पेक्टर।"

"आप कैसी बात कर रही हैं बहूरानी, हुक्म कीजिए।"

"हमारी इच्छा है कि तुम इसी समय से दीनदयाल की निगरानी शुरू कर दो।"

"जो आज्ञा बहूरानी, लेकिन मैं कुछ समझा नहीं। क्या आपको दीनदयाल पर कोई शक है?"

"हां।"

"क्या मैं जान सकता हूं बहूरानी कि आप उस पर क्यों और क्या शक कर रही हो?"

"फिलहाल तो इतना ही बता सकते हैं कि हमारे हाथ कुछ ऐसे सुबूत लगे हैं जो ये संकेत करते हैं कि इस केस का असल हत्यारा दीनदयाल ही है, हम समझते हैं कि उसका फ्लैट किसी अन्य ने नहीं, बल्कि खुद उसी ने इकबाल उर्फ जोगा से इस्तेमाल कराया था और अब उसने खुद को संदेह के दायरे से दूर रखने के लिए महेन्द्र पाल सोनी का फ्लैट इस्तेमाल किया है, उसकी मंशा हमें धोखा देने की लगती है।"

"व . . . वैरी गुड, मैं भी कुछ ऐसा ही सोच रहा था बहूरानी लेकिन . . ."

"लेकिन क्या?"

"क्या मैं उन सुबूतों के बारे में जान सकता हूं?"

"अभी नहीं, तुम्हारी रिपोर्ट के बाद ही मैं इस बारे में कोई स्पष्ट धारणा बना सकूंगी। तुम इसी वक्त उसकी निगरानी के लिए निकल जाओ विस्तारपूर्वक बातें बाद में होंगी।" कहने के बाद विभा ने संबंध

विच्छेद कर दिया। मैं और मधु हैरत में डूबे उसकी ओर देख रहे थे। उसके रिसीवर रखते ही मैं बोला–"मैं कुछ समझा नहीं विभा?"

"क्या नहीं समझे?"

"क्या तुम भी सचमुच दीनदयाल को ही मुजरिम मानती हो?"

"यह फोन केवल त्रिवेदी को उसके फ्लैट से हटाने और व्यस्त कर देने के लिए किया गया है।"

"इससे लाभ?"

"हमें त्रिवेदी के फ्लैट की तलाशी लेनी है।"

थोड़े से विचार-विमर्श के बाद अब हम त्रिवेदी के फ्लैट पर पहुंचने के लिए उठने ही वाले थे कि एक सेवक ने आकर सूचना दी कि कोई व्यक्ति विभा से मिलने आया है, विभा ने पूछा–"अपना क्या नाम बताया उन्होंने?"

"महेन्द्र पाल सोनी।"

नाम सुनकर जैसा झटका मुझे और मधु को लगा वैसा ही विभा को भी, एक नजर विभा ने मेरी तरफ देखा। अंदाजा ऐसा था जैसे पूछ रही हो कि इस वक्त महेन्द्र पाल सोनी यहां क्यों आया है, हम क्या जवाब देते। हमारी आंखों में खुद वही प्रश्न था, जिसका अर्थ समझकर विभा ने सेवक से उसे भेज देने के लिए कहा।

सेवक चला गया।

कुछ देर बाद महेन्द्र पाल सोनी कमरे के अंदर प्रविष्ट हुआ। उसे देखते ही हम बुरी तरह चौंक पड़े, दरअसल इस वक्त उसकी अवस्था ही ऐसी थी कि विभा के मुंह से अनायास ही निकल पड़ा–"अरे, ये क्या हुआ सोनी?"

"ब . . . बहूरानी!" वह एकदम रो पड़ा और अधीर-सा होकर विभा की मेज की तरफ बढ़ता बोला–"मुझे बचा लो बहूरानी, मैं आपकी कसम खाकर कहता हूं मैंने कुछ नहीं किया है। मैं बिल्कुल निर्दोष हूं। मेरे पास कोई हेयर पिन नहीं है। वह मुझे बिरजू कहता है। मैं बिरजू नहीं हूं बहूरानी, मेरा नाम महेन्द्र सोनी है। मैं आपके पैर पड़ता हूं। आप ही

मुझे बचा सकती हैं।" कहने के साथ वह रोता हुआ सचमुच मेज के इस तरफ से नीचे बैठकर विभा के पैरों में गिर पड़ा।

इतना सब कुछ वह ऐसी अवस्था में और इतनी जल्दी-जल्दी कह गया कि हममें से किसी को कुछ कहने का मौका ही नहीं दिया था, पहले तो उसकी अवस्था ही ऐसी थी, जिसे देखकर हम चौंक पड़े, दूसरे, जिस अंदाज में जो बातें उसने कहीं थीं, हमें उन्होंने चकराकर रख दिया, उसकी सारी बातें ही ऐसी थी, जिनमें से किसी का भी अर्थ कम-से-कम मेरी समझ में तो आया नहीं था। मैं अब भी उसे मेज के नीचे विभा के पैरों में पड़ा देख रहा था। उसके तन पर मौजूद कपड़े जगह-जगह से फटे हुए थे, उन्हीं स्थानों पर छोटे-छोटे जख्म भी थे। चेहरे पर कई जगह नील पड़े थे। दायां गाल और बाईं आंख के पास का हिस्सा फूल कर कुप्पा हो गया था।

अपने शब्दों को दोहराता हुआ वह बुरी तरह रोए चला जा रहा था।

विभा अपनी कुर्सी से उठी, मेज की दाईं तरफ से घूमकर उसके समीप आई, बोली–"उठो मिस्टर सोनी। और खुद को नियंत्रित करो। तब आराम से बताओ कि बात क्या है?"

सुबकता हुआ सोनी उठा।

विभा ने उसे एक कुर्सी पर बैठाया, थोड़ी देर बाद सामान्य हुआ तो विभा ने पूछा–"अब बताओ तुम्हारी ये हालत किसने बनाई, कौन कहता है कि तुमने कुछ किया है या तुम बिरजू हो?"

"उसने अपना नाम जिंगारू बताया था।"

विभा ने बुरा-सा मुंह बनाया, बोली–"यह नाम नकली है। अपराधी प्रवृत्ति के लोग किसी स्टंट फिल्म या जासूसी उपन्यास के रहस्यमय पात्र से प्रभावित होकर अपना वास्तविक परिचय छुपाने के लिए ऐसा नाम रख लेते हैं, खुद को अनावश्यक रूप से रहस्यमय और खतरनाक दर्शाने के लिए।"

"मैं उस वक्त अपने कमरे में पलंग पर लेटा कल की अद्भुत घटना के बारे में सोच रहा था कि किसी ने आहिस्ता से बंद दरवाज़े पर

दस्तक दी, पलंग से उठकर मैंने दरवाज़ा खोल दिया, परंतु आगंतुक को देखते ही चौंक पड़ा। वह मेरे लिए नितांत अपरिचित था बहूरानी, उसने मिलिट्री वाले कपड़े के जूते, खाकी रंग की गर्म पतलून, घुटनों तक की लंबाई वाला काई रंग का ओवर कोट पहन रखा था। उसके सिर पर काले रंग की चिड़िया के पंखों वाली टोपी थी, गले में मफलर और आंखों पर गहरे काले लैंसों का चश्मा पहने था वह।"

"उसकी लंबाई क्या रही होगी?"

"पांच फुट छह या सात इंच के करीब, वह बहुत स्वस्थ था बहूरानी, बेहद ताकतवर।"

"खैर, फिर क्या हुआ?"

"पहनावे ही से वह मुझे बहुत अजीब-सा लगा था, अतः मैंने पूछा–आप कौन हैं, किससे मिलना चाहते हो?"

जवाब में जिंगारू ने कहा–'क्या आप मेहमानों से दरवाज़े पर खड़े-खड़े ही बातें करते हैं?'

मैंने शिष्टाचार के नाते एक तरफ हटकर उसे अंदर आने को रास्ता दिया। कमरे के अंदर पहला कदम रखते ही वह मुझ पर किसी चीते की तरह झपट पड़ा। अनायास ही मेरा मुंह चीख पड़ने के लिए खुला, किंतु चीख की आवाज होंठों से बाहर नहीं निकल सकी, क्योंकि उसका मजबूत हाथ बहुत पहले ही मेरे मुंह पर 'कुकर का ढक्कन' बनकर चिपक चुका था, मैं घबराया और हड़बड़ाया-सा उसकी गिरफ्त में मचलकर रह गया। वह बहुत ही ताकतवर था, बहुत ही ज्यादा। उसके हाथ फौलाद के बने मालूम देते थे, अपनी भरपूर चेष्टा के बावजूद मैं उसके चंगुल से निकल नहीं पा रहा था। अचानक ही मुंह से किसी भेड़िए की-सी गुर्राहट निकली–"रूक जा, अगर हाथ-पैर चलाए तो हड्डी-पसली तोड़ कर जेब में रख दूंगा।"

आवाज इतनी ज्यादा सर्द, कड़क और खतरनाक थी कि मेरे सारे जिस्म में झुरझुरी-सी दौड़ गई, मानो किसी ने जिस्म के किसी हिस्से पर करंटयुक्त नंगे तार छुआ दिए हों। फिर खुद-ब-खूद मैंने उसकी गिरफ्त

से निकलने की कोशिश छोड़ दी, अगले ही पल मैंने अपनी पीठ पर रिवॉल्वर की नाल का ठंडा स्पर्श महसूस किया।

मेरा पोर-पोर कांप उठा।

"मैं तेरे मुंह से हाथ हटा रहा हूं, लेकिन याद रख, अगर तूने जोर से बोलने की कोशिश की तो ये रिवॉल्वर तुझसे कहीं ज्यादा जोर से चीखेगा और तेरी बोलने की शक्ति हमेशा के लिए छीन लेगा।"

मरता क्या न करता?

वही हुआ जो उसने चाहा, पहले उसने दरवाज़ा बंद करके अंदर से वोल्ट किया। मैं खड़ा कांप रहा था, रिवॉल्वर मेरे सीने पर रखकर गुर्राया–"नाम बदलने से इंसान नहीं बदल जाता।"

"क . . . क्या मतलब?" मैंने बड़ी मुश्किल से पूछा।

"तेरा नाम बिरजू है।"

"ब . . . बिरजू। न . . . नहीं तो!" मैं जल्दी से बोला–"मेरा नाम महेन्द्र पाल सोनी है। आप किसी से भी पूछ सकते हैं। मैं यहां सर्विस करने से पहले महानगर में रहता था।"

"तू सारी दुनिया को धोखा दे सकता है बिरजू, लेकिन जिंगारू को नहीं।"

"ज . . . जिंगारू कौन?"

"मेरा नाम है हरामजादे।"

"आपको गलतफहमी हुई है। मेरा नाम बिरजू नहीं है मैं तो इस नाम के किसी आदमी को जानता तक नहीं हूं।"

"अच्छा नाटक कर लेता है।" उसने कहा–"खैर, तेरे इस नाटक से मुझ पर कोई विशेष फर्क नहीं पड़ना है, मुझे तो केवल वह 'हेयर पिन' चाहिए।"

"हेयर पिन?" मैं उछल पड़ा–"कौन-सा हेयर पिन?"

"ज्यादा नाटक मत कर कुत्ते!" गुर्राने के साथ ही हाथ बढ़ाकर उसने मेरा गिरेबान पकड़ लिया–"तू अच्छी तरह जानता है कि मैं कौन से हेयर पिन की बात कर रहा हूं?"

"स . . . सच्चाई तो यह है कि जिंगारू भाई, कि तुमने मुझे किसी की गलतफहमी में पकड़ लिया है, तुम्हारी हर बात मेरी समझ से परे है।"

"मैं बहूरानी के हेयर पिन की बात कर रहा हूं, जिसके डुप्लीकेट पिन से तूने जोगा की हत्या की थी।"

"ड . . . डुप्लीकेट पिन, जोगा की हत्या?" मेरी खोपड़ी घूम गई, आंखों के सामने जोगा की लाश और आपका हेयर पिन नाच उठा– "मैंने जोगा की हत्या नहीं की है।"

"तेरी इस बकवास पर पुलिस या बहूरानी ही विश्वास कर सकती है।" वह बोला–"मैं नहीं, मैं तुझे आज से नहीं तब से जानता हूं जब तेरा नाम बिरजू था। तूने ही जोगा की हत्या की है, मेरे पास सुबूत भी है, चाहूं तो उन्हें पुलिस के सामने पेश करके तुझे फांसी के तख्ते पर पहुंचा दूं, लेकिन नहीं, मैं ऐसा नहीं करूंगा क्योंकि ऐसा करने से मुझे कोई फायदा नहीं होगा। मुझे सिर्फ हेयर पिन चाहिए, जानता हूं कि असली पिन अभी तक तेरे पास है, नकली पिन से जोगा की हत्या करके बेशक तूने सारी दुनिया को खूबसूरत धोखा दिया। पचास हजार का हेयर पिन भी कमाया और यह भी सिद्ध कर दिया कि लाश किसी और ने तेरे फ्लैट में रखी।"

"पता नहीं आप क्या-क्या कहते चले जा रहे हैं?"

"जानता हूं कि तू सब समझ रहा है, मेरे पास ज्यादा समय नहीं है, जल्दी से हेयर पिन निकालकर मेरे हवाले कर दे, वर्ना . . ."

"आप यकीन क्यों नहीं करते, मैं बिल्कुल निर्दोष हूं। मैं तो जानता भी नहीं कि लाश के पास से मिलने वाला हेयर पिन नकली था।"

"तो तू इस तरह नहीं मानेगा" कहने के साथ उसने जेब से टेप का टुकड़ा निकाला और मेरे कुछ समझने से पहले ही टेप मेरे मुंह पर चिपका दिया, फिर अजीब-सी, जुनूनी अवस्था में वह रिवॉल्वर जेब में रखकर मुझ पर पिल पड़ा। उसके वार बड़े ही सख्त थे। टेप के कारण मेरे मुंह से चीखें नहीं निकल रही थीं। वह मुझे इतनी फुर्ती से मार रहा

था कि उसका मुकाबला करना तो दूर, मुंह पर लगे टेप तक को छुड़ाने का मुझे मौका न रहा। उसके फौलादी घूंसों, टक्करों और ठोकरों ने मुझे बेहोश कर दिया।"

"ओह!" सोनी का विचित्र बयान सुनकर मेरे मुंह से बरबस ही निकल पड़ा।

"फिर क्या हुआ?" विभा ने पूछा।

"होश आया तो मैं अपने कमरे के फर्श पर पड़ा हुआ था।" सोनी ने बताया–"कलाई में बंधी रिस्टवॉच देखकर जाना कि मुझे एक घंटे बाद होश आया है। सारा कमरा बूचड़खाना-सा बना हुआ था, फ्लैट की अवस्था बता रही थी कि किसी ने पागलपन की स्थिति में तलाशी ली है। जिंगारू नदारद था।"

"क्या तुम दुबारा देखने पर उसे पहचान सकते हो सोनी?"

"शायद, लेकिन गारंटी से नहीं कह सकता, क्योंकि मैंने उसका सारा चेहरा नहीं देखा था।।"

विभा ने तत्काल कोई प्रश्न नहीं किया, शायद इसलिए कमरे में कुछ देर के लिए खामोशी छा गई।

महेन्द्रपाल सोनी के साथ मैं और मधु भी काफी बेचैनी के साथ उसके बोलने की प्रतीक्षा कर रहे थे।

उसके चेहरे पर कुछ सोचने के भाव थे और उन्हीं भावों को लिए वह बड़बड़ाई–"तो वह तुम्हें बिरजू कह रहा था। तुम्हें जोगा का हत्यारा समझता है और यह भी कि तुम्हारे पास पिन है।"

"यह उसका वहम है बहूरानी।" सोनी ने जल्दी-से कहा।

"मगर इसमें मैं तुम्हारी क्या मदद कर सकती हूं?"

"मुझे उससे आप ही बचा सकती हैं बहूरानी, मेरा दिल कहता है कि अभी उसका वहम दूर नहीं हुआ है। वह मेरे पास फिर आएगा, मुझे मारेगा। मुझे उससे बहुत डर लग रहा है बहूरानी।"

"ये मनगढ़ंत कहानी बनाकर तुम हमें सुनाने किसके कहने पर आए हो?"

"म . . . मनगढ़ंत कहानी?" सोनी चौंक पड़ा–"क्या आपको मेरी बातों पर यकीन नहीं है बहूरानी?"

विभा ने कड़ी दृष्टि से महेन्द्रपाल सोनी को देखा और फिर किसी खतरनाक नागिन के समान फुंफकारी–"हमने पूछा है कि तुम किसके कहने पर यहां आए हो, ये झूठी वारदात तुम्हें किसने गढ़ कर दी है?"

"अ . . . आप यकीन कीजिए बहूरानी, मैं बिल्कुल सच कह रहा हूं। उफ्, मेरी तो समझ में ही नहीं आ रहा है कि क्या करूं। पता नहीं जिंगारू कौन है, मेरे लिए उसके दिमाग में इतने वहम कहां से आ गए हैं और अब आप। आप भी मुझे झूठा समझ रही हैं। आखिर मेरी बात पर कोई भी यकीन क्यों नहीं करता है?"

विभा ध्यान से उसे देखती रही, जैसे चेहरा पढ़कर पता लगाने की कोशिश कर रही हो कि महेन्द्रपाल सोनी झूठ बोल रहा है या सच। एकाएक विभा ने पूछा–"क्या तुम यह सब इंस्पेक्टर त्रिवेदी के कहने से नहीं कर रहे हो?"

"त्र . . . त्रिवेदी, वह भला मुझसे ऐसा करने के लिए क्यों कहेगा?"

"उसने तुमसे दीनदयाल से बातें करने के लिए भी तो कहा था?"

"हां, कहा था, यह कहकर कि उसे दीनदयाल पर हत्यारा होने का शक है, उसने मुझसे मदद मांगी थीं और अनूप बाबू के हत्यारे को पकड़वाने में मैं कुछ मदद कर सकूं, इसे मैंने अपने लिए गौरव की बात समझा था।"

"त्रिवेदी से तुम्हारा क्या संबंध है?"

"महानगर डिग्री कॉलिज में आज से पांच साल पहले वह मेरा क्लासफैलो रहा था, फिर हम बिछड़ कर अपने-अपने रास्तों पर निकल गए। मेरी यहां सर्विस लगी तो एक दिन त्रिवेदी से मेरी भेंट हो गई, उसने बताया कि वह इंस्पेक्टर बन चुका है और आजकल जिन्दल पुरम् में ही है। उसके रूप में, जिन्दल पुरम् में मुझे भी कोई दोस्त कहने के लिए मिल गया।"

"क्या तुमने उसके कहने के बाद दीनदयाल से कुछ बातें की थीं?"

"जी हां।"

"क्या और किस नतीजे पर पहुंचे?"

"मैं इसी केस के बारे में टोह लेने के-से अंदाज में उससे बातें करता रहा, परंतु कोई खास नतीजा नहीं निकला, मुझे त्रिवेदी का शक बेबुनियाद ही लगता है। दीनदयाल ने एक बात भी ऐसी नहीं की जिससे अपराधी होने का संकेत मिलता हो।"

"क्या तुम यह रिपोर्ट त्रिवेदी को दे चुके हो?"

"जी हां।"

"कब और कैसे?"

"शाम, उसके फ्लैट पर फोन करके।"

हम बिल्कुल खामोश बैठे वे सब बातें सुन रहे थे, एकाएक ही विभा तेजी-से चलती हुई अपनी मेज के करीब पहुंची, रिसीवर उठाकर कोई नंबर डॉयल किया, संबंध स्थापित होने पर बोली–"अभिक, तुम इसी वक्त मंदिर आकर हमसे मिलो।"

बस, इतना कहकर उसने संबंध विच्छेद कर दिया। दूसरी तरफ से बोलने वाले का जवाब सुनने की उसने कोई कोशिश नहीं की थी। फुर्ती से महेन्द्रपाल सोनी की तरफ घुमकर बोली–"तुम हॉल में बैठो सोनी, चिंता करने की जरूरत नहीं है, कुछ ही देर बाद एक युवक आएगा। तुम्हारी सुरक्षा के लिए वह तुम्हारे साथ रहेगा।"

"क्या अब भी आप मुझको झूठा ही समझ रही हैं बहूरानी?"

"मैं जब तक किसी के बयान की पुष्टि न कर लूं तब तक न उसे झूठा समझती हूं न सच्चा, फिलहाल जो कार्यवाही मैं कर रही हूं वह तुम्हें सच मान कर ही कर रही हूं, मैं सही हूं या गलत इसका फैसला वक्त और तथ्य करेंगे।"

महेन्द्रपाल कमरे से बाहर चला गया।

"मैंने पूछा–"क्या तुम्हें सचमुच महेन्द्रपाल सोनी के बयान पर शक है विभा?"

"यकीन करने का फिलहाल कोई कारण नहीं है।"

"क्या उसकी हालत और सूजा हुआ चेहरा भी नहीं?"

"ऐसी कहानियां सुनने के लिए आने वाले इस क़िस्म की तैयारियां करके आते हैं।" कहने के साथ ही विभा ने घूमकर पुनः रिसीवर उठाया, नंबर डॉयल किए और बोली–"क्या मैं डॉक्टर सान्याल से बात कर सकती हूं?"

"जी, फरमाइए। मैं सान्याल ही बोल रहा हूं, आप . . ."

"मंदिर से विभा।"

"ओह, बहूरानी, क्या हुक्म है?"

"क्या आपने हेयर पिन पर लगे जहर का परीक्षण कर लिया है?"

"जी हां, पिन की दोनों नोकों पर 'पॉटेशियम पॉयजम' पाया गया है, यह बहुत खतरनाक किस्म का जहर है, मक्तूल की गर्दन में पिन चुभोकर उसके जिस्म में जहर पहुंचाया गया।"

"हम उस पिन को एक नजर देखना चाहते हैं, सान्याल।"

"जरूर, क्या मैं उसे लेकर अभी मंदिर में हाजिर हो जाऊं?"

"कुछ देर, के बाद मैं स्वयं ही वहां आपसे मिलने आ रही हूं।" कहने के साथ विभा ने रिसीवर रख दिया, उसके घूमते ही मैंने पूछा– "क्या तुम्हें पिन के नकली होने का संदेह हो रहा है विभा?"

"नहीं।"

"फिर?"

"सोनी के बयान ने एक नया प्रश्न खड़ा कर दिया है, हालांकि पिन को मैंने गौर से देखा था और उसी आधार पर कह सकती हूं कि पिन असली ही है। फिर भी क्योंकि उस वक्त् पिन के असली-नकली होने की तरफ ध्यान नहीं था, केवल उसके सिरों पर लगे जहर की तरफ ही ध्यान था इसलिए संभव है कि चूक हो गई हो, केवल पुष्टि करने के लिए ही मैं एक बार पिन को इस नजरिए से देखना चाहती हूं।"

विभा की बात खत्म होने तक कमरे में अभिक ने प्रवेश किया। विभा ने उसे आदेश दिया–"बाहर महेन्द्रपाल सोनी बैठा है अभिक, ये समझो कि उसकी जान खतरे में है, तुम उसके साथ चले जाओ, साथ

ही रहकर तुम्हें उसकी हिफाजत करनी है, तुम यहां से सीधे उसके फ्लैट पर जाओगे और ध्यान रहे, फ्लैट जैसी अवस्था में पड़ा हो, उसी में पड़ा रहने देना। न खुद किसी वस्तु को छेड़ना और न ही किसी अन्य को छेड़ने देना। कुछ देर बाद मैं खुद वहां पहुंचूंगी!"

शिवजी रोड पर स्थित 'मयूर' नामक इमारत की दूसरी मंजिल पर इंस्पेक्टर त्रिवेदी आर पैंसठ नंबर के फ्लैट में रहता था, जिस वक्त हम वहां, पहुंचे तब फ्लैट के बाहर ताला लटका हुआ था। दूर तक सीधी चली गई गैलरी में छत में थोड़े-थोड़े अंतराल से बल्ब लगे हुए थे जिनके कारण गैलरी में पीला प्रकाश बिखरा हुआ था और वह बिल्कुल सुनसान पड़ी थी।

एकाध फ्लैट में ही जाग और रोशनी का अहसास होता था, बाकी सभी फ्लैटों में लोग शायद लाईटें ऑफ करके सो चुके थे। विभा ने बालों से हेयर पिन निकाला और बड़ी सरलता से ताला खोल दिया। उसके पीछे हम दोनों भी फ्लैट के अंदर दाखिल हो गए।

विभा के निर्देश पर मैंने दरवाज़ा बंद करके अंदर से संकल चढ़ा दी।

विभा ने अपने गाउन की जेब से एक टॉर्च निकालकर ऑन कर ली थी, प्रकाश दायरा कमरे में नृत्य करने लगा, सोफा-सेट सेन्टर-टेबल और एक दीवान की मौजूदगी के कारण मैं उस कमरे को ड्राईंग रूम कह सकता हूं। फर्श पर एक खूबसूरत और कीमती कालीन बिछा हुआ था।

हम तीनों खामोश थे।

सन्नाटा इतना गहरा था कि एक-दूसरे की आवाज स्पष्ट सुन सकते थे। प्रकाश दायरा स्विच बोर्ड पर स्थित हुआ और फिर विभा ने आगे बढ़कर लाईट ऑन कर दी।

दो-तीन बार लपलपाने के बाद ट्यूब भक्क से रोशन हो गई।

सारे कमरे में दूधिया प्रकाश बिखर गया।

टॉर्च ऑफ करती हुई विभा ने सारे कमरे में नजर दौड़ाई और फिर बुदबुदाकर उसने जैसे स्वयं से ही कहा–"मेरा शक ठीक ही था।"

"कैसा शक?" मैं पूछे बिना न रह सका।

"मैं त्रिवेदी के हाथ में एक कीमती विदेशी घड़ी देखती रही हूं, जिसकी कीमत भारतीय मुद्रा के अनुसार तीन हजार के करीब होती है और सरकार एक इंस्पेक्टर को इतनी तनख्वाह नहीं देती कि वह तीन हजार की घड़ी इस्तेमाल कर सके, मेरे दिमाग में पहले ही दिन यह विचार उभरा था कि या तो त्रिवेदी ईमानदारी पूर्वक अपने पद का निर्वाह नहीं कर पा रहा है या उसकी आय का अन्य स्रोत है और फ्लैट में मौजूद कीमती सामान मेरे उसी संदेह की पुष्टि कर रहा है।"

मुझे एक बार फिर मानना पड़ा कि विभा की नजर बहुत तेज है।

ड्राइंगरूम से अटैच्ड दो कमरे थे, एक का दरवाज़ा सामने वाली दीवार में था, दूसरे का दाईं तरफ की दीवार में। दोनों दरवाज़े बंद और इस तरफ से बोल्ट थे।

विभा पहले सामने वाले दरवाज़े की तरफ बढ़ी।

हम उसके साथ ही थे, दरवाज़ा खोलकर भीतरी कमरे में पहुंचे, लाईट-ऑन करने पर हमने देखा, वह कमरा बैडरूम था। कुछ देर तक विभा चहलकदमी-सी करती हुई सारे कमरे का निरीक्षण करती रही, फिर वापस ड्राईंगरूम में आई और उसके साथ ही हम भी तीसरे कमरे की तरफ बढ़ गए।

दरवाज़ा खोलते ही हमें कमरे के अंदर से किसी के कराहने की आवाज आई।

तीनों चौंक पड़े।

आवाज ऐसी थी कि जैसे कोई व्यक्ति असीमित पीड़ा से गुजर रहा हो, ड्राईंगरूम के रॉड की रोशनी पर्याप्त रूप से उस कमरे में नहीं पहुंच रही थी इसलिए वहां अंधेरा था।

मेरे रोंगटे खड़े हो गए।

"कमरे में कौन है?" विभा की आवाज में बिजली की सी कड़क थी।

कमरे के अंदर से उभरने वाली कराह कुछ और तेज हो गई, इस

बीच विभा फुर्ती के साथ जेब में टॉर्च निकालकर ऑन कर चुकी थी। प्रकाश झागों का दायरा तेजी से दौड़कर एक कोने से जा टकराया और उसी कोने में कुर्सी पर एक इंसानी जिस्म बंधा बैठा था।

किसी ने उसे रस्सियों से जकड़ रखा था।

मेरा दिल धक्क-धक्क करने लगा। कुर्सी पर बंधा व्यक्ति आंखों को मिच-मिचाकर टॉर्च की तरफ देख रहा था, उसके मुंह में जीभ नहीं थी। हाथों से उंगलियां नदारद।

"सु . . . सुधा पटेल?" मेरे और मधु के कंठ से चीख-सी निकल गई।

उसके जीभ रहित मुंह से निकलने वाली कराह कुछ और तेज हो गई।

विभा ने जल्दी से स्विच बोर्ड तलाश करके स्विच ऑन कर दिया। होल्डर में फंसा एक कम वॉट का बल्ब खिल उठा, सारे कमरे में धुंधली-सी पीली रोशनी भर गई। विभा ने टॉर्च ऑफ करके जेब में रखी।

विभा दौड़कर उसके नजदीक पहुंची। विभा को देखकर सुधा पटेल की आंखों में जीवन ज्योति-सी नजर आने लगी। मैं और मधु भी दौड़कर उसके नजदीक पहंचे।

सुधा की अवस्था बहुत ही दयनीय थी।

चेहरा गन्दा हो गया था, हर तरफ वीरानी! एक-दूसरे से उलझे हुए बाल बुरी तरह बिखरे पड़े थे।

जीभ रहित हलक में खून-सा जमा हुआ था। कटी हुई उंगलियों की जड़ों में पट्टियां बंधी हुई थीं।

दोनों कलाइयां कुर्सी के हत्थों के साथ बंधी हुई थीं।

"त . . . तुम सुधा पटेल हो न?" विभा ने पूछा।

"गूं . . . गूं करती हुई सुधा पटेल ने अपना सिर स्वीकृति में हिलाया।

अत्यधिक उत्साह में विभा ने सवाल किया–"तुम यहां कैसे पहुंच गईं?"

मुंह खोलकर आंखों के इशारे से सुधा पटेल ने कुछ बताने की कोशिश तो भरपूर की थी, परंतु हम तीनों में से किसी की भी समझ में कुछ नहीं आ पाया।

विभा ने पूछा–"क्या तुम्हें यहां इंस्पेक्टर त्रिवेदी ने कैद कर रखा है?"

सुधा पटेल ने स्वीकृति में गर्दन हिलाई।

"कब से?" विभा ने सवाल कर तो दिया, परंतु अगले ही पल स्वयं उसकी समझ में आ गया कि सुधा पटेल इस सवाल का जवाब नहीं दे सकेगी, वह किसी भी सवाल का जवाब केवल गर्दन हिलाकर 'हां' या 'नहीं' में दे सकती है, अतः उससे केवल वे ही सवाल किए जा सकते थे जिनके जवाब 'हां' या 'ना' में हो सकें।

शायद यही सोचकर विभा ने पूछा–"क्या तुम्हारी जीभ और उंगलियां त्रिवेदी ने काटी हैं?"

उसने गदर्न हिलाकर जवाब दिया–"हां।"

"क्या तुम्हारे फ्लैट से तुम्हें त्रिवेदी ने ही किडनैप किया है?"

इंक़ार!

"फिर किसने, ओह, सॉरी! क्या तुमने अनूप को पत्र लिखे थे?"

स्वीकार!

"क्या सचिन अनूप का बेटा है?"

इंकार!

"इस वक्त सचिन कहां है, मेरा मतलब क्या वह हॉस्टल में है?"

इंकार!

"फिर किसके पास है, क्या त्रिवेदी ने उसे अपनी गिरफ्त में ले रखा है?"

इंकार!

"क्या अनूप और जोगा का कातिल इंस्पेक्टर त्रिवेदी ही है।"

स्वीकार!

"क्या तुम्हें उस पहेली की अर्थ पता है, जिसका हल इंस्पेक्टर ने

अनूप और जोगा से चाहा था?"

इंकार!

"संतरे का रहस्य जानती हो?"

स्वीकार।

"क्या है उसका रहस्य। उफ्फ! सॉरी सुधा, मैं बार-बार भूल जाती हूं कि तुम किस सवाल का जवाब दे सकती हो और किसका नहीं।" विभा का चेहरा आवश्यक सवालों का जवाब न मिल पाने के कारण तमतमा-सा गया था–"क्या संतरा छीलने का मतलब तुम्हारे और अनूप के फोटुओं तथा लैटर्स को उजागर कर देना था?"

इंकार!

अगला सवाल करने के लिए विभा ने पुनः मुंह खोला, परंतु फिर जाने क्या सोचकर बिना कुछ पूछे ही सुधा पटेल की कुर्सी के पास से हट गई। अब उसकी दृष्टि सारे कमरे में विचरण कर रही थी।

विभा कमरे के एक कोने में पड़े भारी से संदूक की तरफ बढ़ी। संदूक पर मोटा ताला लटका हुआ था, जिसे विभा ने हेयर पिन की मदद से खोल लिया।

संदूक में पुराने कपड़े भरे हुए थे।

विभा फुर्ती से उन कपड़ों को निकाल-निकालकर फर्श पर फेंकने लगी। अंदाज से ही जाहिर था कि उसे किसी वस्तु की तलाश है, काफी दिमाग लगाने के बावजूद भी मैं नहीं सोच सका कि वह क्या चाहती है, परंतु उस वक्त मैं और मधु उछल ही पड़े जब संदूक से 'रायतादान' निकला।

रायतादान को हाथ में लिए विभा उसे ध्यान से देख रही थी।

"क्या यह वही रायतादान है विभा?" मैंने पूछा।

"कह नहीं सकती, क्योंकि मैंने कभी इसे नहीं देखा था और वैसे भी इस पर कोई नामादि नहीं लिखा है। फिर भी अधिक संभावना यही है" कहने के बाद विभा सुधा पटेल के नजदीक पहुंची, बोली–"क्या तुम इस रायतादान के बारे में कुछ जानती हो?"

सुधा पटेल के 'स्वीकारात्मक' जवाब के बाद विभा ने पूछा–"क्या यह रायतादान हमारा है?"

सुधा ने पुनः 'हां' में गर्दन हिलाई, विभा ने पूछा–"क्या इसे मंदिर से त्रिवेदी ने चुराया था?"

स्वीकारा!

"अनूप के नाम तुमसे वे पत्र त्रिवेदी ने ही लिखवाए थे?"

स्वीकार!

"गुड।।" विभा की आंखें चमक उठीं–"अनूप ने तुम्हें कभी कोई पत्र नहीं लिखा था, तुम्हारा अनूप से कभी कोई वैसा संबंध नहीं रहा था जैसा तुम्हारे उन पत्रों से नजर आता था। अपने मनचाहे मजमून के वे पत्र तुमसे जबरदस्ती त्रिवेदी ने लिखवाए। मुझे धोखे में डालने के लिए पत्रों को हमारी तिजोरी में रखा। उसी वक्त ये रायतादान तिजोरी से निकाल लिया गया था, यही कहानी सच है न?"

सुधा ने गर्दन हिलाकर 'हां' कहा।

विभा सीधी खड़ी हो गई। इत्मिनान की बहुत ही लंबी और गहरी सांस ली थी उसने। शायद इसीलिए कि उसकी नजर में उसके पति के करेक्टर पर लगा धब्बा बिल्कुल झूठा साबित हुआ था। इस वक्त अपनी विभा के चेहरे पर मैं बड़ी जबरदस्त आभा देख रहा था, पहले से कई गुना ज्यादा उत्साहित-सी वह मेरी तरफ घूमकर बोली–"आओ वेद, ड्राईंगरूम में चलें। तुमसे कुछ विचार विमर्श करना है।"

कहने के बाद वह रूकी नहीं, तेजी के साथ उस कमरे से बाहर निकल गई। मैं और मधु लपकते हुए से उसके पीछे ड्राइंगरूम में पहुंच गए। विभा ने खुद ड्राइंगरूम और उसके कमरे के बीच का दरवाज़ा बंद किया जिसमें सुधा थी, विभा ने एक क्षण भी गंवाए बिना मुझसे सवाल किया–"अब तुम्हारा क्या ख्याल है वेद?"

"किस बारे में?"

"मेरा मतलब यहां की स्थिति और सुधा के सीमित बयान के बाद तुम किस नतीजे पर पहुंचे हो?"

"इसके अलावा और क्या नतीजा निकलता है कि मुजरिम इंस्पेक्टर त्रिवेदी है।"

"तुम्हारे ख्याल से हमारा अगला कदम क्या होना चाहिए?"

"मेरे ख्याल से तो एक क्षण भी गंवाए बिना इंस्पेक्टर त्रिवेदी को गिरफ्तार कर लेना चाहिए, वह हत्यारा है। स्पष्ट हो चुका है कि सब कुछ उसी ने किया है। ऐसा उसने क्यों किया, यह उसे उगलना ही होगा।"

विभा चुप रही, कदाचित बड़ी गहराई से वह कुछ सोच रही थी।

"क्या सोच रही हो?" मैंने अधीरतापूर्वक पूछा।

"मेरे ख्याल से यदि उसे फौरन गिरफ्तार करने के स्थान पर हम एक नाटक करें तो ज्यादा अच्छा रहेगा।"

"कैसा नाटक?"

"हमें यहां से इस तरह निकल जाना चाहिए जैसे कभी आए ही नहीं थे।" विभा ने कहा–"यानि हमें यहां से अपने आगमन का हर सूत्र मिटाकर चले जाना है, उसके बाद इंस्पेक्टर को यहां भेजना है।"

"उससे लाभ?"

"तुम्हारे सोचने में अवगुण ये हैं कि तुम हल्का-सा सूत्र मिलते ही एकदम से किसी निर्णय पर पहुंच जाते हो, जबकि मैं खूब सोच-समझकर, हालातों और सुबूतों को हर कसौटी पर खरा उतरकर ही निर्णय निकालना चाहती हूं।"

"तुम्हारी थ्यौरी क्या है?"

"माना कि हत्यारा त्रिवेदी नहीं, कोई अन्य है, वह त्रिवेदी को फंसाना चाहता है। फ्लैट से त्रिवेदी के जाने और हमारे आने के बीच काफी समय रहा है, उसी समय में वह सुधा पटेल और रायतादान को यहां पहुंचा गया। हत्यारे की कठपुतली बनी सुधा पटेल हत्यारा त्रिवेदी को कह रही है।"

"हत्यारे ने उसकी जीभ और उंगलियां काट डालीं, क्या सुधा पटेल अब भी कोई बयान उसके संकेत पर दे सकती है? नहीं, मैं नहीं मान

सकता, इतना सब कुछ खोने के बाद सुधा हत्यारे के इशारे पर झूठा बयान नहीं दे सकती।

"एक मां तो दे सकती है।"

मैं हक्का-बक्का रह गया, एकदम से कुछ कहते न बन पड़ा। गड़बड़ाकर बोला–"क्या मतलब?"

"याद रखने वाली बात है वेद, सुधा पटेल का एक बेटा भी है, सचिन, और यह पता नहीं चल पा रहा कि वह कहां है, माना कि वह हत्यारे की गिरफ्त में है। अपना सब कुछ लुटाने के बावजूद भी सुधा सचिन को बचाने के लिए यह सब कुछ कर ही सकती है।"

मैं लाजवाब-सा हो गया, फिर भी बोला–"इसका मतलब तुम इंस्पेक्टर त्रिवेदी को मुजरिम नहीं मानती, यह मानती हो कि असल मुजरिम खुद को बचाने के लिए उसे चारे के रूप में पेश कर रहा है?"

"क्यों नहीं हो सकता?"

"त्रिवेदी का दीनदयाल के संबंधों को छुपाना और उसके द्वारा सोनी से की गई बातों का तुम्हारे पास क्या जवाब है?"

"उसकी कोई दूसरी वजह भी हो सकती है, तुम फिर गलत सोच रहे हो। मैं न तो यही दावा पेश कर रही हूं कि त्रिवेदी हत्यारा है और न ही ये कि नहीं है। दोनों ही बातें हो सकती हैं और जो नाटक मैं करने के लिए कह रही हूं, उससे दूध का दूध, और पानी का पानी हो जाएगा।"

"वह कैसे?"

"अगर सुधा को बीच के समय में यहां किसी ने पहुंचाया है तो फ्लैट पर लौटने पर उसे यहां देखकर त्रिवेदी की खोपड़ी घूम जाएगी और फौरन ही फोन पर हमें अपने फ्लैट की स्थिति बताएगा। यदि वह फोन नहीं करता है तो स्पष्ट है कि सुधा को यहां उसी ने कैद कर रखा है और इसका मतलब है कि वह हत्यारा है।"

मुझे विभा का आईडिया जमा, बोला–"सुधा पटेल उसे हमारे आगमन के बारे में बता भी तो सकती है?"

"अगर त्रिवेदी मुजरिम है तो ये निश्चित है कि सचिन उसकी

गिरफ्तारी में नहीं है, यदि होता तो वह उसे कभी मुजरिम नहीं कह सकती थी और जब वह सच बोलने की स्थिति में है तो किसी भी हालत में त्रिवेदी को उसके हक की सूचना नहीं देगी" कहने के साथ ही विभा ने तिपाई पर रखे फोन से रिसीवर उठाया, नंबर डायल किए। संबंध स्थापित होने पर बोली–"तुम पन्द्रह मिनट के अंदर इस पते पर पहुंच जाओ श्रीकान्त।"

विभा ने पता बताने के बाद रिसीवर रख दिया।

अब वह पुनः दरवाज़ा खोलकर उस कमरे में पहुंची जिसमें सुधा कैद थी, हम उसके साथ ही थे।

सुधा पटेल की कुर्सी के पास जाकर वह बोली–"मुझे तुमसे हमदर्दी है सुधा बहन, जानती हूं कि इस वक्त तुम कितने कष्ट में हो। दिल तो चाहता है कि तुम्हें एक क्षण भी गंवाए बिना इसी समय इस कैद से मुक्त करके अपने साथ ले जाऊं परंतु . . .!"

उसके भावों को समझकर विभा ने कहा–"यह जानने के बाद भी कि मुजरिम त्रिवेदी है, दरअसल हमारे पास उसके खिलाफ कोई ठोस सुबूत नहीं है और वे ही ठोस सुबूत जुटाने के लिए अभी तुम्हें इसी अवस्था में रहकर कुर्सी के साथ जकड़ी रहने के कष्ट सहना होगा।"

सुधा पटेल के चेहरे पर अभी तक संतुष्टि के भाव नहीं थे।

"अभी तक हमें मालूम नहीं था कि तुम यहां कैद हो, परंतु अब मालूम हो गया है, अब इस फ्लैट पर पूरी नजर रखी जाएगी और उसके द्वारा तुम्हें कोई भी अतिरिक्त नुकसान नहीं पहुंचाने दिया जाए।

दरअसल किसी भी तरकीब से हम उसे यहां भेजेंगे, उसे बिल्कुल पता नहीं लगेगा कि उसकी अनुपस्थिति में हम यहां आए थे, वह तुम पर जुल्म करने के लिए आगे बढ़ेगा, न सिर्फ उसे नाकामयाब कर दिया जाएगा, बल्कि रंगे हाथों पकड़ भी लिया जाएगा, रंगे हाथों पकड़े जाना ही उसके खिलाफ हमारे पास ठोस सुबूत होगा।"

सुधा पटेल के चेहरे पर संतुष्टि के भाव उभरे, जो इस बात का सुबूत थे कि वह विभा की बात को समझ गई है, फिर विभा ने पूछा–"तुम तो

उसे हमारे आगमन के बारे में कुछ नहीं बताओगी।"

सुधा पटेल ने इंकार में सिर हिला दिया।

"वैरी गुड और थैंक्यू सुधा! विभा की आंखें चमकने लगीं।" हत्यारे के खिलाफ सुबूत जुटाने में, जो कष्ट सहने के लिए तुम तैयार हुई हो, मैं तुम्हारी उस कुर्बानी को हमेशा याद रखूंगी।" कहने के तुरंत बाद विभा बड़ी फुर्ती से मेरी तरफ घूमकर बोली–"हमें इस फ्लैट में ऐसा कोई भी चिन्ह बाकी नहीं छोड़ना है वेद, जिससे त्रिवेदी को हमारे यहां आगमन का हल्का-सा भी इल्म हो। इस काम में तुम मेरी मदद करो। हर वह चिन्ह मिटा डालो जो हमारे आगमन का प्रतीक हो।"

कहने के साथ ही वह उस संदूक की तरफ बढ़ गई, जिसमें से रायतादान मिला था। पहले तो कुछ भी न समझने की स्थिति में मैं हक्का-बक्का की खड़ा रह गया लेकिन शीघ्र ही विभा का अर्थ समझकर बैडरूम की लाईट-ऑफ करने के लिए वहां से निकल पड़ा।

तब तक विभा फर्श पर पड़ा संदूक का सामान संदूक में रखने लगी थी।

मुश्किल से दस मिनट में हम उस काम से फारिग हो गए। दो मिनट विभा ने एक बार फिर सारे फ्लैट को चैक करने में लगाए, संतुष्ट होने पर विभा मुझसे बोली–"आओ वेद, बाहर चलें।"

"य . . . .ये रायतादान?" मैंने टोका।

रायतादान उसके हाथ में था जिसे मैंने उसे संदूक में न रखने के लिए टोका था, बोली–"इसे मैं यहां नहीं छोड़ सकती, वैसे भी यह कोई खात बात नहीं है। आते ही त्रिवेदी संदूक खोलने वाला नहीं है।"

सुधा पटेल का हौंसला बढ़ाने के लिए विभा ने उसे दो-चार शब्द और कहे तथा उसके बाद हम फ्लैट से बाहर आ गए दरवाज़ा बंद करके हेयर पिन से विभा ने ताला पूर्ववत बंद किया ही था कि लगभग भागता हुआ-सा वहां श्रीकान्त पहुंच गया।

विभा ने श्रीकान्त को संक्षेप में सब कुछ समझाकर मुस्तैदी के साथ फ्लैट की निगरानी करने के लिए कहा, श्रीकान्त को वहीं नियुक्त करके

हम तेजी के साथ इमारत से बाहर निकलने के लिए बढ़ गए।

न केवल दीनदयाल के फ्लैट ही के बल्कि जिस इमारत में उसका फ्लैट था उस इमारत के इर्द-गिर्द का चप्पा-चप्पा हम तीनों ने छान मारा, किन्तु इंस्पेक्टर त्रिवेदी हमें कहीं भी न मिला और यह बहुत ही हैरतअंगेज बात थी, लगातार एक घंटे की मेहनत के बाद भी जब हमें त्रिवेदी कहीं नजर न आया तो हम कार के समीप इकट्ठे हो गए, मैं बोला–"कमाल हो गया, त्रिवेदी गधे के सींग की तरह गायब है।"

"यही तो उलझन है।" विभा सोचती हुई-सी बोली–"हम चुप रहे, जब उसी की समझ में कुछ नहीं आ रहा था तो हम क्या समझ सकते थे, उसके ठाट-बाट से यह तो जाहिर हो ही चुका है वेद कि वह अपने पद पर ईमानदार और कर्त्तव्यनिष्ठ नहीं है। दीनदयाल उसका दोस्त है ही, ओह! हां, ऐसा हो सकता है कि वह दीनदयाल के फ्लैट में बैठा उसके साथ ही पीने-पिलाने में व्यस्त हो, सोच लिया हो कि बाद में कोई भी अंट-शंट रिपोर्ट हमें दे देगा।"

"ऐसा ही लगता है।"

"आओ! कहने के साथ ही एक बार फिर इमारत की तरफ बढ़ गए, हम उसके साथ ही थे। दीनदयाल के फ्लैट के बंद दरवाज़े पर विभा ने स्वयं दस्तक दी, दस्तक कम-से-कम पांच बार देनी पड़ी तब कहीं जाकर कमरे के अंदर लाईट ऑन हुई और अलसाया-सा स्वर उभरा-कौन है?"

"दरवाज़ा खोलो दीनदयाल, ये हम हैं।"

"अरे, बहूरानी?" दीनदयाल का चौंका हुआ स्वर और साथ ही ऐसी आवाज जैसे वह दरवाज़े पर झपटा हो, अगले ही पल एक झटके से दरवाज़ा खुल गया, सामने अस्त-व्यस्त हक्का-बक्का और बुरी तरह हैरत में डूबा दीनदयाल खड़ा था, उसके मुंह से निकला–"ब . . . बहूरानी, आप इस वक्त यहां। मुझे हुक्म किया होता!"

उसके शब्दों पर कोई ध्यान न देती हुई विभा हवा के झोंके की तरह अंदर दाखिल हुई। दीनदयाल अवाक्-सा ही खड़ा रह गया जबकि

विभा केवल तीन मिनट में फ्लैट के तीनों कमरों का निरीक्षण करके वापस लौट आई थी।

"क . . . क्या बात है बहूरानी, आप क्या तलाश कर रही है?" हैरत के कारण दीनदयाल का बुरा हाल था।

उसे कड़ी दृष्टि से घूरती हुई विभा ने सवाल किया–"त्रिवेदी कहां है?"

"त . . . त्रिवेदी?" दीनदयाल एकदम घबरा गया, "कौन त्रिवेदी?"

विभा के जबड़े भिंच गए, चेहरा सख्त हो गया, आंखों में कठोरता उभर आई, दांत पीसती हुई-सी गुर्राई–"मैं इंस्पेक्टर एस.एन. त्रिवेदी की बात कर रही हूं।"

"इंस्पेक्टर त्रिवेदी! ल . . . लेकिन उसका यहां क्या काम बहूरानी?"

इस बार गुस्से में तमतमाती हुई विभा ने झपटकर दोनों हाथों से दीनदयाल का गिरेबान पकड़ लिया, बड़े ही खतरनाक स्वर में गुर्राई–"अगर तुमने एक क्षण भी और ये नाटक किया तो . . ."

"त . . . त्रिवेदी यहां नहीं आया।"

दीनदयाल का वाक्य पूरा होने से पहले ही 'तड़ाक' से विभा का भरपूर थप्पड़ दीनदयाल के गाल पर पड़ा और दीनदयाल के आगे के शब्द हल्की-सी चीख में बदल गए, उसके निचले होंठ से खून बहने लगा था, विभा चीख रही थी–"हमें झूठ से नफरत है दीनदयाल, सख्त नफरत!"

उस वक्त की, बेचारे दीनदयाल की स्थिति को तो क्या लिखूं! स्वयं मैं और मधु एक सर्द-सी झुरझुरी लेकर रह गए थे, विभा के उस नए अनोखे और भयानक रूप को देखकर, हम कांप गए।

वह किसी जहरीली नागिन की तरफ फुंफकारती-सी नजर आ रही थी जबकि दीनदयाल हाथ जोड़कर बोला, "म . .. मुझे माफ कर दो बहूरानी मगर ये झूठ नहीं है, त्रिवेदी यहां नहीं आया।"

"क्या तुम उसे जानते नहीं हो?"

"ज . . . जानता हूं।"

"फिर तुमने उसका और अपना परिचय क्यों हमसे छुपाया उसके नाम पर चौंकने का नाटक क्यों किया तुमने?"

"व . . . वह।"

"क्या कहना चाहते हो बोलो। वर्ना . . ."

"र . . . .रहने दीजिए बहूरानी।" दीनदयाल गिड़गिड़ाकर विनती-सी कर उठा–"म . . . मैं बरबाद हो जाऊंगा। रोजी-रोटी तक का सहारा नहीं रहेगा मुझे। म . . . मैं आपको यकीन दिलाता हूं। अनूप बाबू के मर्डर से हमारा कोई संबंध नहीं है। प्लीज, मत पूछिए बहूरानी। म . . . मैं कहीं का नहीं रहूंगा।"

"हमने पूछा है कि त्रिवेदी के नाम पर तुमने चौंकने का नाटक क्यों किया?" विभा ने एक-एक शब्द को चबाया।

एक बार नहीं, बल्कि दीनदयाल ने कई बार गिड़गिड़ाकर विभा से यह सवाल न करने की विनती की, परंतु विभा ने उसकी एक न सुनी और दीनदयाल को टूटना ही पड़ा, जब अंतिम बार विभा ने पूछा कि त्रिवेदी से उसका क्या संबंध है तो इस तरह बोला जैसे लुट गया हो– "उसी की बदौलत मुझे मैडिकल स्टोर चलाने का लाईसेंस मिला है।"

"क्या मतलब?"

"मैडिकल स्टोर चलाने के लिए लाईसेंस की जरूरत होती है और लाईसेंस केवल उसे मिलता है जिसे 'मैडिसन्स' की जानकारी हो, मुझे कोई जानकारी नहीं है। संबंधित व्यक्ति को दवाओं की पर्याप्त जानकारी है या नहीं, इस बात की रिपोर्ट संबंधित थाने से मांगी जाती है। त्रिवेदी के हस्ताक्षर से मुझे लाईसेंस मिल सकता था और जांच पर आते ही उसने जान लिया कि मुझे दवाओं की कोई जानकारी नहीं है, तब मुझसे पांच हजार लेकर उसने हस्ताक्षर कर दिए, उन्हीं हस्ताक्षरों से मुझे लाइसेंस मिल गया। मैं स्टोर ही से अपने परिवार का पेट भर रहा हूं बहूरानी, स्टोर न रहा तो कुछ भी न रहेगा, इसीलिए मैं उसके और अपने संबंधों को छुपाता रहा। हम दोनों ही को डर था, मुझे लाईसेंस रद्द हो जाने का और उसके रिश्वत के चक्का में फंस जाने का, अतः हम

महीने में एक दिन गुप्त रूप से इन्जवॉय होटल में मिलते थे।"

"क्यों?" विभा ने पूछा–"हमारा मतलब तुम्हें बोगस लाईसेंस दिलाने के लिए उसने कीमत ले ली, तुम्हें लाईसेंस मिल गया। उसके बाद तुम्हारे मिलने की क्या वजह रह गई?"

"मेरा लाईसेंस रद्द कराने की धमकी देकर वह मुझसे लगातार दो सौ रुपए महीना और महीने में एक दिन इन्जवॉय में शराब पीता रहा है, उसी दिन वह पैसे लेता था। लाईसेंस रद्द होने के डर से मैं उसकी मांगें मानने के लिए मजबूर था।"

"दो अनुभवी सेल्समैन रख रखे हैं बहूरानी।"

"अपना लाईसेंस दिखाओ।"

दीनदयाल ने सेफ के लॉकर से लाईसेंस निकालकर दिखाया, विभा लाईसेंस पर त्रिवेदी के हस्ताक्षर देखने के बाद संतुष्ट हुई बोली–"तो आज रात वह यहां, तुम्हारे पास नहीं आया?"

"बिल्कुल नहीं बहूरानी, मैं कसम खाकर कह सकता हूं।"

"बोगस लाइसेंस से स्टोर चलाकर तुम आज तक बहुत बड़ा अपराध करते रहे दीनदयाल, इस केस से निपटने के बाद हम तुम्हें इस जुर्म की सजा दिलाकर रहेंगे।" कहने के बाद विभा एक क्षण के लिए भी वहां नहीं रूकी। दीनदयाल गिड़गिड़ाता रह गया, जबकि हम भी उसके साथ ही बाहर निकल आए। विभा ने दीनदयाल के बोगस लाईसेंस को अपने गाउन की जेब में डाल लिया था। विभा के साथ ही हम कार में बैठ गए।

चेहरे पर गंभीरता लिए विभा कार को काफी तेज गति से ड्राईव कर रही थी।

"अब हम कहां चल रहे हैं विभा?" मैंने पूछा।

जाने क्या सोचती हुई विभा ने जवाब दिया–"इंस्पेक्टर त्रिवेदी के फ्लैट पर।"

"यानी वापस, मगर क्यों?"

"मेरा अनुमान ठीक ही निकला वेद, दीनदयाल के बयान और

उसकी पुष्टि करने वाले इस लाईसेंस ने सिद्ध कर दिया है कि त्रिवेदी एक बेईमान और रिश्वतखोर इंस्पेक्टर है, साथ ही यह प्रश्न भी हल हो गया है कि त्रिवेदी सारी दुनिया से अपने और दीनदयाल के संबंधों को क्यों छुपाता था। अब केवल त्रिवेदी को गिरफ्तार करना बाकी रहा है, मुमकिन है कि वह अपने फ्लैट की तरफ गया हो।"

मैं चुप रह गया।

शायद इसलिए, क्योंकि कहने के लिए मुझे कुछ सूझा ही नहीं था, मैं स्वयं भी वही सब कुछ सोच रहा था जो विभा ने कहा था। शीघ्र ही हम अपनी मंजिल पर पहुंच गए। कार इमारत के पोर्च में खड़ी की और तेजी से चलते हुए अंदर दाखिल हो गए। गैलरी का मोड़ घूमते ही हम तीनों चौंक पड़े!

"गैलरी के फर्श पर श्रीकान्त बेहोश पड़ा था।"

चौंककर हम उसके नजदीक पहुंचे, तभी मेरी नजर इंस्पेक्टर त्रिवेदी के फ्लैट के खुले दरवाज़े पर पड़ी और मैं अनायास ही चीख-सा पड़ा– "अरे, त्रिवेदी का फ्लैट तो खुला पड़ा है विभा।"

विभा ने चौंककर उस तरफ देखा और फिर अगले ही पल जेब से रिवॉल्वर निकालवर वह आंधी-तूफान की तरह खुले दरवाज़े की तरफ दौड़ पड़ी।

मैं समझ गया था कि यहां जरूर कोई दुर्घटना हो गई है, अतः मधु को श्रीकान्त के पास ही रूकने की आज्ञा देकर मैं विभा के पीछे लपका।

फ्लैट के अन्दर की सारी लाईटें ऑन पड़ी थीं, सारे दरवाज़े खुले पड़े थे और विभा के साथ-साथ मैं भी उस कमरे के दरवाज़े पर ही ठिठक गया, जिसमें सुधा पटेल होनी चाहिए थी।

वहां सिर्फ कुर्सी थी, फर्श पर वह रस्सी पड़ी थी जिससे हमने सुधा पटेल को बंधे देखा था। कोने में रखा संदूक भी खुला पड़ा था और उसके सारे कपड़े फर्श पर इधर-उधर बिखरे हुए थे।

"स . . . सुधा कहां गई।?" मेरे मुंह से एक अनावश्यक वाक्य

निकल पड़ा।

विभा कुछ नहीं बोली, बड़ी ही तीक्ष्ण दृष्टि से वह कमरे का निरीक्षण कर रही थी। मैं उसके चेहरे पर मौजूद भावों को देखता क्या सोच रही है?

कुछ ही देर बाद मेरी तरफ घूमकर बोली–"श्रीकान्त को उठाकर फ्लैट के अंदर ले आओ वेद।"

मैं गैलरी की तरफ बढ़ गया, विभा बैडरूम की तरफ। जब श्रीकान्त को कंधे पर डाले मधु के साथ बैडरूम में दाखिल हुआ तब विभा ने कहा–"इसे बैड पर लिटा दो।"

मैंने वैसा ही किया।

फ़िर विभा ने मुझे श्रीकान्त को होश में लाने का निर्देश दिया और खुद हेयर पिन से कमरे में मौजूद सेफ को खोलने का प्रयत्न करने लगी। मैं मधु को बाथरूम में से पानी लाने की आज्ञा देकर दिलचस्प निगाहों से विभा को देखने लगा, थोड़ी देर की कोशिश के बाद विभा अपने प्रयास में कामयाब हो गई।

मधु पानी ले आई।

मैं श्रीकान्त के चेहरे पर पानी के छींटें मारने का उपक्रम जरूर कर रहा था, किंतु यदि सच पूछा जाए तो मेरा सारा ध्यान विभा की तरफ था, किंतु वह सेफ की तलाशी ले रही थी और फिर मैंने उसके हाथ में सेफ से बरामद होने वाले कुछ आर्ट-पेपर देखे। दूर ही से भांप लिया कि उन 'आर्ट-पेपरों' पर किसी अच्छे आर्टिस्ट ने केवल पैंसिल का इस्तेमाल करके कुछ व्यक्तियों के चित्र बना रखे थे।

कुछ देर तक विभा पैंसिल से बने उन चित्रों को देखती रही। फिर वे सभी आर्ट पेपर उसने संभालकर अपने गाउन की जेब में रख लिए। मैंने उधर से दृष्टि हटाकर श्रीकान्त के चेहरे पर छपाके मारे।

दस मिनट बाद ही श्रीकान्त को होश आ गया।

तब तक विभा ही अपना काम निपटाकर हमारे करीब आ गई थी, होश में आते ही श्रीकान्त का हाथ अपने सिर के पिछले हिस्से पर

गया, वह दर्द से कराह-सा उठा था।

कराहते हुए श्रीकान्त ने आंखें खोल दीं और विभा पर नजर पड़ते ही वह उछल कर खड़ा हो गया, हक्का-बक्का-सा बोला–"ब . . . बहूरानी आप, वह कहां गया?"

"कौन?"

"इंस्पेक्टर त्रिवेदी।"

विभा ने पूछा–"क्या तुम्हें इंस्पेक्टर त्रिवेदी ने बेहोश किया था?"

"ज . . . जी हां, बहूरानी।"

"हम पूरी वारदात सुनना चाहते हैं।"

"आपको गए अभी पांच मिनट ही गुजरे थे कि किसी ने मेरे सिर पर किसी सख्त वस्तु का जोरदार वार किया, मेरी आंखों के सामने रंग-बिरंगें तारे नाच गए। फिर भी मैं हमलावर से मुकाबला करने के लिए तेजी से घूमा, तभी उसने दूसरी बार मेरे सिर पर वार किया। इस बार मेरी आंखों के सामने अंधेरा छाता चला गया, परंतु बेहोश होने से पहले मैंने देखा था कि वह त्रिवेदी था, अपनी पूरी वर्दी में। रिवॉल्वर उसके हाथ में था और शायद उसने मेरे सिर पर दो वार उसी रिवॉल्वर के दस्ते से किए थे।

"यह घटना हमारे यहां से जाने के केवल पांच मिनट बाद घटी?"

"जी हां, शायद आप इमारत के बाहर खड़ी अपनी कार तक ही पहुंची होंगी।" श्रीकान्त ने कहा–"आपके द्वारा सौंपा गया कार्य सफलता के साथ पूरा न कर पाने के कारण मैं बहुत शर्मिंदा हूं बहूरानी। मगर क्या करता, उसने आक्रमण ही अचानक और इतनी तेजी से किया कि मैं संभल तक न सका, मुकाबला करना तो दूर।"

"कोई बात नहीं श्रीकान्त, इस पेशे में हमेशा सफलता ही हाथ नहीं लगती है और वैसे भी तुम आंशिक रूप से सफल हुए हो।" विभा ने कहा–"अचानक और जिस तेजी से तुम पर आक्रमण हुए उससे जाहिर है कि आक्रमणकारी तुम्हारी आंखों से खुद को छुपाना चाहता था, फिर भी तुमने उसे पहचान ही लिया।"

"वह त्रिवेदी ही था बहूरानी।"

"तुम जा सकते हो।" विभा ने कहा।

श्रीकान्त चला गया, मैंने विभा से कहा–"इस बार तुम चोट खा गईं विभा, यदि मेरे मुताबिक करतीं और सुधा पटेल को इसी फ्लैट में छोड़कर न जातीं तो हत्या चश्मदीद गवाह को गायब न कर देता। एक सुधा पटेल ही उसके खिलाफ ठोस गवाही दे सकती थी और त्रिवेदी उसी को ले गया।"

"मैं इंसान से बढ़कर कुछ भी नहीं हूं वेद और चूकते इंसान ही हैं। दरअसल मेरी तरह जो लोग बहुत दूर तक तक ही सोचकर कोई स्कीम बनाते हैं वे अपने बहुत पास धोखा खा जाते हैं, लेकिन . . ."

"लेकिन क्या?

"अगर सच पूछो तो जो कुछ हुआ है, मुझे अभी तक उस पर आश्चर्य है।"

"क्या मतलब?"

"श्रीकान्त पर आक्रमण हमारे यहां से जाते ही हो गया, इसका मतलब ये है कि त्रिवेदी कम-से-कम उस वक्त गैलरी में कहीं छुपा हुआ था जब हम श्रीकान्त को यहां की निगरानी करने के लिए कह रहे थे, सबसे बड़ा सवाल ये है कि वह चोरों की तरह यहां क्यों छुपा हुआ था?"

"एकमात्र यही वजह हो सकती है।" विभा ने स्वीकार किया–इसीलिए वह हमारे आदेश देने पर दीनदयाल की निगरानी करने नहीं गया, फ्लैट बंद करके गैलरी में ही कहीं छुप गया। छुपे हुए स्थान से उसने हमें यहां आते देखा, उसने उस वक्त हम पर कोई आक्रमण नहीं किया। वजह ये हो सकती है कि हम पर आक्रमण करने का वह साहस ही न जुटा पाया हो, वैसे भी वह अकेला और हम तीन थे। किंतु यह सोचकर वह घबरा तो गया ही होगा कि हमने सुधा पटेल को देख लिया है। श्रीकान्त पर हमला करके सुधा को यहां से ले जाना ही उसकी बौखलाहट का परिचायक है इतना सब कुछ स्पष्ट हो जाने

के बाद भी मेरे दिमाग में एक सवाल है जिसका मुझे कोई जवाब नहीं मिल पा रहा है।"

"कैसा सवाल?" मैंने पूछा।

"ऐसा शक उसे क्यों हुआ कि हम उस पर संदेह कर रहे हैं। किस स्पॉट पर। ऐसी क्या भूल हो गई हमसे?" विभा के दिमाग में खटक रहे प्रश्न में जान थी किंतु इस प्रश्न का जवाब हममें से भी किसी के पास नहीं था इसलिए चुप ही रहे और कुछ देर के लिए हमारे बीच गहरी खामोशी छा गई।

"खैर!" विभा ही बोली–"फिलहाल हमारे चारों तरफ इतने सवाल बिखरे पड़े हैं कि किसी एक ही में उलझकर बरबाद करने के लिए समय नहीं है। जो बात समझ में नहीं आती उसे छोड़कर हमें आगे बढ़ जाना चाहिए। ऐसी स्थिति में तुम्हारे ख्याल से हमें सबसे पहला कदम क्या उठना चाहिए?"

"मेरे ख्याल से तो किसी भी तरह सबसे पहले त्रिवेदी को खोज निकालना चाहिए।"

"यही ठीक रहेगा।" कहने के साथ ही विभा ड्राईंग-रूम में रखे फोन के नजदीक पहुंची, नंबर डायल किए और उसके द्वारा की गई बातों से मैं समझ गया कि वह एस.एस.पी. से बातें कर रही है।

संबंध-विच्छेद करने के बाद मेरी तरफ घूमकर बोली। "कुछ ही देर बाद यहां पुलिस दल-बल और फोटोग्राफर के साथ एस.एस.पी. आने वाले हैं, उनके आने और उन्हें सब कुछ समझाने के बाद ही हम यहां से जा सकते हैं।"

मैं चुप रह गया।

"तुम्हें उस सेफ से कुछ आर्टपेपर मिले थे विभा बहन।" मधु ने कहा।

"हां।" एक सोफे पर बैठते हुई विभा ने जेब से आर्ट पेपर निकाल लिए।

"क्या हैं इनमें?"

पेपर्स को देखते हुई विभा ने कहा–"किसी बहुत ही अच्छे आर्टिस्ट

ने इस आर्ट पेपरों पर केवल पैंसिल से कुछ लोगों के चित्र बनाए हैं।"

"किन लोगों के?"

"देखो" कहती हुई विभा ने एक आर्ट पेपर मेरी तरफ बढ़ा दिया, चित्र पर नजर पड़ते ही मैं चकित स्वर में चीख-सा पड़ा–"अरे, यह तो अनूप बाबू का चित्र है।"

"इसे देखो" विभा ने मुझे दूसरा चित्र दिया।

चित्रों को देखने से ही लगता था कि जिसने भी वे बनाएं हैं, वह आर्ट का पुजारी है। दूसरे चित्र को देखते ही मैं एक बार फिर उछल पड़ा, इस बार मधु चीख पड़ी–"ये तो जोगा या इकबाल गजनवी है।"

"अब इसे देखो" कहने के बाद जब विभा ने तीसरा पेपर हमें दिया तो हमारे आश्चर्य का ठिकाना न रहा। यह चित्र सुधा पटेल का था, पैंसिल ने बने इस चित्रों की पहेली हमारी समझ में बिल्कुल नहीं आई।

मधु ने तो कह भी दिया–"ये सब क्या मामला है विभा बहन?"

"तुम्हारी समझ में कुछ आया वेद?" विभा ने मुझसे पूछा।

"समझ में नहीं आता, आखिर ये चित्र किस आर्टिस्ट ने किस मकसद से बनाएं हैं और चित्र त्रिवेदी की सेफ में क्यों रखे थे, क्या त्रिवेदी चित्रकार भी है?"

"ये चित्र त्रिवेदी ने नहीं बनाए हैं, बल्कि किसी अन्य ने बना कर उसे दिए हैं।"

"किसलिए?"

"त्रिवेदी से इन सबका मर्डर कराने के लिए।"

"क . . . क्या मतलब?"

"मतलब जानने से पहले ये दो चित्र और देखो" कहने के साथ ही विभा ने दो आर्ट पेपर मुझे पकड़ा दिए। मैं उन चित्रों को देखता रह गया, क्योंकि वे दोनों ही व्यक्ति मेरे लिए नितांत अपरिचित थे। काफी देर तक देखता रहने के बाद मैं बोला–"मैं अभी कुछ नहीं समझ सका।"

"अभी इन दो व्यक्तियों की हत्याएं होनी बाकी हैं।"

मैं भाड़-सा मुंह फाड़े हैरत से विभा का मुंह देखता रह गया, जबकि विभा बोली–"अब तुम कहोगे कि मैं ऐसा कैसे कह सकती हूं, जवाब मेरे पास है। ये कुल पांच चित्र हैं, पांच में से दो की हत्या हो चुकी है। तीसरी यानी सुधा हत्यारे के जुल्मों की शिकार है। दुश्मन का उद्देश्य शायद अंततः उसकी भी हत्या कर देना है और फिर नंबर आएगा बाकी बचे हुए इन दोनों का।"

"ये दोनों कौन हैं, क्या तुम इन्हें जानती हो?"

"अगर जानती होती तो मैं इस वक्त यहां इतने आराम से न बैठी होती।" विभा ने कहा–"बल्कि इनमें से किसी के पास जाकर उसका बयान लेती, इनमें से किसी का भी बयान हत्यारे के भेद को खोल सकता है।"

"तुम कैसे कह सकती हो कि चित्र त्रिवेदी ने नहीं बनाए, बल्कि किसी अन्य ने उसे दिए हैं?"

"अगर चित्र वह स्वयं बनाता तो अपनी सेफ में कभी न रखता, चित्र निश्चय ही उसे बनाकर दिए गए हैं और इन पांचों की हत्या का सौदा किया गया है।"

"मगर पहचान के लिए पैंसिल के बने चित्र क्यों दिए गए फोटो क्यों नहीं?"

"गुड, यह सवाल बहुत ही महत्वपूर्ण है वेद और इसके जवाब में फिलहाल इतना ही कह सकती हूं कि किसी व्यक्ति ने इन पांचों को केवल एक-एक बार देखा और ऐसे किसी भी समय पर उसके पास कैमरा नहीं रहा होगा, निश्चय ही वह व्यक्ति चित्रकार रहा होगा, जिसने बाद में अपनी स्मृति के आधार पर ये चित्र बना दिए।"

"ये चित्र इस केस में हमारी क्या मदद कर सकते हैं?"

"मैं भविष्यवक्ता नहीं हूं वेद, फिलहाल केवल इतना ही कहा जा सकता है कि इन चित्रों का इस केस से कोई न कोई संबंध जरूर है। हां, यदि इन दो में से हमें कोई मिल जाए तो . . ."

बात अधूरी ही रह गई।

गैलरी में भारी बूटों की आवाज़ गूंजी थी।

विभा फुर्ती से खड़ी हुई, मुझसे आर्ट पेपर लेकर जल्दी से जेब में रखती हुई बोली–"इन चित्रों के बारे में पुलिस के सामने हमें कोई जिक्र नहीं करना है।"

हममें से अभी कोई कुछ बोल भी नहीं सका था कि कमरे में हवा के झोंके की तरह एस.एस.पी. साहब दाखिल हुए। विभा ने उन्हें श्रीकान्त और वीणा द्वारा बताई गई, दीनदयाल और महेन्द्रपाल सोनी से मिलने वालों की लिस्टों से लेकर अब तक की सारी वारदात संक्षेप में सुना दी।

अपनी कहानी में उसने रायतादान और चित्रों का बिल्कुल जिक्र नहीं किया था।

सुनकर एस.एस.पी. साहब दंग रह गए, शायद यह सोचकर कि मुजरिम उन्हीं के विभाग का इंस्पेक्टर हैं। एस.एस.पी. साहब ने विभा को पूरा आश्वासन दिया कि वे जल्दी-से-जल्दी इंस्पेक्टर त्रिवेदी को खोज निकालेंगे। इसके बाद हमने एस.एस.पी. महोदय से विदा ली।

हम डॉक्टर सान्याल के सामने बैठे थे और विभा के साथ ही उस हेयर पिन को मैं और मधु भी बहुत ध्यान से देख रहे थे। विभा ने पिन अपने सामने मेज पर रखा, अपनी जेब से दूसरा पिन भी निकालकर उसी के बराबर में रख दिया। मेज पर रखे टेबललैम्प को घुमाकर विभा ने उसका फोकस पिनों पर स्थिर कर दिया।

अब विभा दोनों पिनों का तुलनात्मक अध्ययन कर रही थी।

मेरी और मधु की कोशिश भी दोनों पिनों में किसी अंतर को तलाश करने की थी। कम-से-कम हम दोनों में से तो किसी को उनमें कोई अंतर नजर नहीं आ रहा था।

डॉक्टर सान्याल चकित से हमारी तरफ देख रहे थे।

"बकवास" एकाएक विभा अपना पिन उठाकर जेब में रखती हुई बोली।

मैंने उत्सुक होकर पूछा–"क्या मतलब?"

"ये पिन असली है, जिसे कथित जिंगारू ने नकली कहा था।"

डॉक्टर सान्याल बोले–"क्या मैं पूछ सकता हूं बहूरानी कि आप क्या चैक कर रही थीं?"

विभा ने संक्षेप में उन्हें बता दिया, तब कहीं जाकर डॉक्टर सान्याल के चेहरे से असमंजस के भाव दूर हुए। जाने क्या सोचकर विभा ने पांच चित्रों में से दो अपरिचितों के चित्र डॉक्टर सान्याल को दिखाए और उनमें पूछा कि क्या वे इनमें से किसी को जानते हैं?

चित्र देखने के बाद सान्याल ने इंकार में गर्दन हिला दी।

विभा ने चित्र वापस जेब में रखे और फिर हम डॉक्टर सान्याल से विदा लेकर महेन्द्रपाल सोनी के फ्लैट पर पहुंचे। फ्लैट में सोनी के साथ अभिक भी मौजूद था। उन्होंने कमरे की किसी वस्तु को नहीं छेड़ा था।

विभा ने कमरे का निरीक्षण किया, परंतु उसे कोई उल्लेखनीय सूत्र नहीं मिला, तब वह सोनी से बोली–"हमने उस पिन को चैक किया है सोनी, जिससे जोगा या इकबाल की हत्या की गई थी।"

"क्या रहा?" उसने उत्सुकतापूर्वक पूछा।

"वह पिन असली था।"

सुनकर महेन्द्रपाल सोनी का चेहरा पहले तो पीला पड़ गया, फिर बोला–"इसका मतलब जिंगारू को हर मामले में वहम हुआ है, वह मुझे कोई बिरजू समझता है और उस पिन को नकली।"

इस बीच विभा उसे बड़ी की कड़ी दृष्टि से घूर रही थी, बोली–"अभी यह पता लगाना बाकी है कि उस कथित जिंगारू का कोई . . ." इतना कहने के बाद वह रूकी, एक क्षण मात्र के लिए चेहरे पर ऐसे भाव उभरे जैसे किसी आहट को सुनने की चेष्टा कर रही हो, मगर अगले ही पल अपना वाक्य पूरा करती हुई बोली–"अस्तित्व है भी या नहीं?"

"अ . . . आप मेरा यकीन क्यों नहीं करती बहूरानी, मैं कसम खाकर कह सकता हूं कि . . ." महेन्द्रपाल सोनी गिड़गिड़ाता हुआ सा कहता ही चला जा रहा था, जबकि मैं, मधु और अभिक हैरतअंगेज

नजरों से विभा को देख रहे थे। उस विभा को जो सोनी का एक भी लफ्ज नहीं सुन रही थी। उसका एक हाथ गाउन की जेब में था और दबे पांव वह कमरे की एक बंद खिड़की की तरफ बढ़ रही थी।

खिड़की के नजदीक पहुंचकर उसने जल्दी-से चटकनी गिराई, झटके से खिड़की खोली। जेब के अंदर वाला हाथ निकाला, उसमें रिवॉल्वर था और खिड़की खुलते ही हमें खिड़की के दूसरी तरफ छाया-सी नजर आई जो केवल एक क्षण के लिए झलक दिखाकर गायब हो गई थी।

विभा का रिवॉल्वर वाला हाथ खिड़की के दूसरी तरफ लगी जाली से टकराया।

"उफ् वह छत पर गया है वेद, कमॉन!" चीखने के साथ ही विभा हाथ में रिवॉल्वर लिए कमरे में दरवाज़े की तरफ दौड़ पड़ी। मैं और अभिक भी पागलों की तरह उसके पीछे भागे।

वह बेतहाशा भागती हुई गैलरी को पार करके सीढ़ियों की तरफ जा रही थी।

उसके पीछे भागते समय अचानक ही मुझे विभा के गर्भवती होने का ख्याब आया और फिर मैं यह सोचकर कांप उठा कि विभा बहुत तेजी-से दौड़कर जीना चढ़ने वाली है, इसी भयानक आशंका में फंसा मैं चीख पड़ा–"न . . . नहीं विभा, तुम जीना मत चढ़ना। प्लीज, रुक जाओ।"

परंतु, उसने मेरी एक न सुनी। आंधी-तूफान की तरह सीढ़ियां चढ़ती ही चली गई वह और उसके पीछे मैं और अभिक भी, छत पर पहुंचते ही हमने विभा को एक साए का पीछा करते देखा।

साए के पैरों में मिलिट्री वाले कपड़े के बूट, काई रंग को ओवर कोट, खाकी पतलून, गले में मफलर और सिर पर चिड़िया के पंखों वाली टोपी थी। विभा से कोई बीस कदम आगे वह दौड़ा चला जा रहा था, उसके पीछे दौड़ती हुई विभा ने जोर-से चीखकर चेतावनी दी–"रुक जाओ, वर्ना गोली मार दूंगी।"

साया रुका नहीं, वह छत पर भागता ही चला गया।

मैं चिल्लाकर विभा को रूक जाने के लिए कहता हुआ उसके पीछे था।

सबसे आगे दौड़ते हुए साए के सामने इस इमारत की छत का अंतिम किनारा आ गया, उस तरफ एक पतली-सी गली थी। गली के दूसरी तरफ इस इमारत से एक मंजिल कम इमारत की छत।

साया बेहिचक गली के पार वाली छत पर कूद पड़ा।

इस शंका ने मेरे पैरों में तूफानी गति भर दी कि कहीं विभा भी जोश में उसके पीछे गली के पार वाली छत पर न कूद पड़े और सच है कि अगर मैं एक मिनट के लिए भी चूक जाता तो विभा कूद ही चुकी थी, मैंने उसे जकड़ लिया, चीखा–"व..विभा, ये क्या बेवकूफी है, पागल हो गई हो क्या?"

"मुझे छोड़ दो वेद, मुझे छोड़ दो" चीखती हुई विभा कसमसा उठी।

"भगवान के लिए विभा, भगवान के लिए रुक जाओ।" मैंने उसे छोड़ा नहीं और तब तक गली के पार वाली छत पर कूदा हुआ जिंगारू, हां। मैं अब उसे जिंगारू ही लिखूंगा, गायब हो चुका था।

अभिक हमारे समीप ही खड़ा हांफ रहा था।

हांफ मैं और विभा भी रहे थे, मैंने विभा को छोड़ दिया, झुंझलाई-सी विभा कह उठी, "उफ्फ वेद, वह निकल गया।"

"निकल गया तो निकल जाने दो।" मैंने दृढ़तापूर्वक कहा।

"अगर वह पकड़ा जाता तो इस पहेलीनुमा केस की बहुत सी गुत्थियां सुलझ सकती थी।"

"कोई भी गुत्थी सुलझना, जिन्दल वंश से ज्यादा महत्व नहीं रखता।" कहने के बाद मैं वहां रूका नहीं, तेजी-से वापस सीढ़ियों की तरफ बढ़ा। विभा और अभिक अवाक् से कुछ देर तक वहीं खड़े रह गए, फिर वे भी मेरे ही पीछे हो लिए। अचानक ही मची इस अजीब-सी भगदड़ और हमारे चीखने के कारण इमारत में जाग हो गई थी।

विभा को वहां देखकर सभी चौंक पड़े। तरह-तरह के सवाल करने लगे। खुद विभा ने उन्हें बड़ी मुश्किल से समझा-बुझाकर अपने-अपने

कमरे में भेजा।

जब विभा ने महेन्द्रपाल सोनी को बताया कि वह व्यक्ति जिंगारू था तो भयवश सोनी के चेहरे पर हवाइयां उड़ने लगीं। अभिक ने पूछा–"हम सब यहीं थे बहूरानी, हममें से किसी को इल्म नहीं हुआ कि उस बंद खिड़की के पास कोई है, फिर आप . . ."

"बातों के दौरान अचानक ही मैंने बंद खिड़की के उस तरफ से हल्की-सी आहट सुनी, उसी आहट ने मेरा ध्यान आकर्षित किया। मैंने सोचा था कि झटके से खिड़की खोलते ही उसे कवर कर लूंगी, परंतु खिड़की पर लगी जाली ने मेरे इरादे पर पानी फेर दिया। मैं नहीं जानती थी कि खिड़की जाली से ढकी है। वह 'रेन वाटर पाईप' पर लटका हमारी बातें सुन रहा था, खिड़की के खुलते ही पाईप पर चढ़ता हुआ छत पर पहुंच गया।"

"क्या आपको जिंगारू के अस्तित्व पर अब भी यकीन नहीं आया बहूरानी?" सोनी ने पूछा।

"अस्तित्व पर यकीन न करने जैसी तो कोई वजह ही नहीं रह गई है।"

"भगवान का लाख-लाख शुक्र है, लेकिन इसका मतलब तो ये भी हुआ बहूरानी कि उसके दिमाग में बैठे वहम अभी तक बरकरार हैं और वह मेरी फिराक में है। मेरे आस-पास ही मंडरा रहा है, मुझे बचाइए बहूरानी। लगता है कि अगर इस बार उसे मौका मिल गया तो वह मुझे जान से मार डालेगा।"

"फिक्र मत करो, अभिक चौबीस घण्टे तुम्हारे साथ रहेगा।" सांत्वना देने के बाद विभा ने जेब से पुनः वे दोनों अपरिचित वाले चित्र निकाले और महेन्द्रपाल सोनी को दिखाती हुई बोली–"इन दोनों चित्रों को ध्यान से देखो सोनी और बताओ कि क्या तुम इन दोनों में से किसी को जानते हो?"

"अरे!" उनमें से एक को देखते ही सोनी कह उठा–"यह तो जगमोहन है!"

"कौन जगमोहन?" विभा ने अधीरतापूर्वक पूछा।

"म . . . मेरा दोस्त।"

"ओह, क्या तुम उसी जगमोहन की बात कर रहे हो जो शंकर-स्ट्रीट पर रहता है और जिसके यहां तुम उस शाम दोस्तों के साथ पी रहे थे जिस रात यहां जोगा या इकबाल गजनवी की लाश मिली?"

"हां बहूरानी, यह उसी जगमोहन का चित्र है।"

"गुड!" विभा की आंखें चमकने लगीं–"तुम इसी वक्त हमें लेकर जगमोहन के यहां चलोगे। हमें उससे मिलना है, लेकिन पहले जरा ध्यान से इस दूसरे चित्र को भी देखो। ये किसका है?"

"इसे मैं नहीं पहचानता।"

"कोई बात नहीं, आओ। हमें इसी समय जगमोहन के यहां चलना है।" कहने के साथ ही विभा ने आर्ट पेपर जेब में रख लिए। मैं, अभिक और मधु भी इस वक्त बहुत आशावान और उत्सुक नजर आ रहे थे।

शीघ्र ही हम सब उसके घर पहुंच गए।

एक सो पचास गज में बना जगमोहन का घर एक मंजिला, छोटा किंतु सुंदर था। कई बार कालबेल दबाने पर दरवाज़ा खुला। खोलने वाली आरती नामक जगमोहन की पत्नी थी। विभा को अपने दरवाज़े पर देखते ही वह चौंक पड़ी। बौखलाकर एकदम रास्ता छोड़ती हुई बोली–"ब . . . बहूरानी आप हमारे यहां? आइए।"

"हमें जगमोहन से मिलना है आरती बहन" अंदर दाखिल होती हुई विभा ने कहा। खुद को नियंत्रित करके आरती ने कहा–"वे तो घर पर नहीं हैं बहूरानी।"

हम सब निराशा में डूब गए, जबकि विभा ने पूछा–"कहां गए हैं?"

"आज सुबह की जिन्दल पुरम् से कहीं बाहर गए हैं, बता कर नहीं गए कि कहां जा रहे हैं?"

"आपने पूछा था?"

"जी हां, कहने लगे कि वे एक गुप्त और जरूरी काम से जा रहे हैं। दो-चार दिन में लौट आएंगे, लेकिन बात क्या है बहूरानी, आप उन्हें

क्यों पूछ रही हैं?"

"कोई विशेष बात नहीं है, दरअसल फैक्ट्री के अंदर जगमोहन के विभाग में चोरी हो गई है। चोर पकड़ा भी जा चुका है। जगमोहन को सिर्फ शिनाख्त करनी है।"

"ओह!" आरती के चेहरे पर छाए चिंता के ढेर से भाव संतुष्टि के भावों में बदल गए।

विभा ने जेब में बाकी बचे हुए एक अपरिचति का चित्र निकाला, आरती को दिखाती हुई बोली–"ये उस चोर का चित्र है, क्या तुमने इसे कभी कहीं देखा है आरती बहन?"

चित्र देखने के बाद आरती ने इंकार कर दिया।

"कोई बात नहीं" विभा ने कहा–"क्या इस घर में जगमोहन का कोई प्राईवेट कमरा है, हमारा मतलब किसी ऐसे कमरे से है, जहां जगमोहन अध्ययन आदि के लिए ज्यादातर अकेला रहता हो?"

"जी हां, उनकी छोटी-सी लायब्रेरी है।"

"क्या हम उसे देख सकते हैं?"

"आइए" कहकर आरती हमें बेडरूम में से गुजारकर लायब्रेरी में ले गई, बेडरूम में पड़े पलंग पर हमने करीब दो साल के बच्चे को गहरी निद्रा में सोए देखा, साईड ड्राज पर पति-पत्नी का एक फोटो रखा था। फोटो आर्ट-पेपर पर बने चित्र से नब्बे प्रतिशत मिलता था।

आरती ने जिस कमरे को लायब्रेरी कहा था वह काफी छोटा था, बीचों-बीच एक रीडिंग टेबल और एक कुर्सी पड़ी थी, मेज पर बहुत-सी किताबें बिखरी पड़ी थीं और एक तरफ टेबल लैम्प रखा था।

मेज पर एक गुलदस्ता भी रखा था जिसमें टहनी समेत एक गुलाब का फूल मुस्कुरा रहा था। विभा की दृष्टि गुलाब के उसी फूल पर अटककर रह गई, बोली–"ये गुलाब का फूल यहां क्यों लगा है?"

"जी, उन्हें गुलाब बहुत पसंद है बहूरानी।" आरती ने बताया–"मकान के पिछले भागों में उन्होंने एक छोटा-सा बगीचा बना रखा है, वहां तरह-तरह के गुलाब के पौधे लगे हैं। बगीचे की देखभाल वे खुद

ही किया करते हैं और उनकी तरफ से मुझे प्रति सुबह इस गुलदस्ते में ताजा गुलाब लगाने के निर्देश हैं!"

"ओह!" कहती हुई विभा ने अर्थपूर्ण दृष्टि से मेरी तरफ देखा, मैं भी वही सोच रहा था जो शायद विभा सोच रही थी, यह कि, क्या जगमोहन का भी सुधा पटेल से कोई संबंध है, परंतु इस बारे में यहां बातें करने का कोई माहौल नहीं था, विभा कमरे की दीवारों के सहारे खड़ी पारदर्शी शीशेदार सेफों को देखने लगी।

प्रत्येक सेफ में सलीके से किताबें रखी हुई थी।

विभा मेज की तरफ बढ़ी, दराजें खोल-खोलकर तलाशी लेने लगी। एक दराज में उसे चाबियों का गुच्छा मिला। फिर उसी गुच्छे की मदद से वह प्रत्येक सेफ को खोल-खोलकर देखने लगी।

बीच-बीच में से किताबें निकालकर उनके दो-चार पृष्ठ भी पढ़ लेती थी।

इस प्रकार लायब्रेरी की तलाशी लेने में उसे पूरे पैंतालीस मिनट लगे, पैंतालीस मिनट बाद आरती के नजदीक पहुंचकर उसने सवाल किया–"क्या आप किसी सुधा पटेल नाम की लड़की को जानती हैं।"

"जी नहीं।"

"याद कीजिए।" कभी यह नाम आपने जगमोहन के मुंह से सुना हो?"

जब आरती ने इससे भी इंकार कर दिया तो विभा ने कहा–"हमारे ख्याल से तुम्हारी शादी हुए तीन या चार साल के करीब हुए हैं, क्या हमारा अनुमान गलत है?"

"आप ठीक सोच रही हैं बहूरानी, सवा तीन साल हुए हैं।"

"क्या आप बता सकती हैं कि उससे पहले जगमोहन कहां रहते थे और क्या करते थे?"

"जी हां, वे अपने पिता के साथ मैनपुरी में रहते थे और पढ़ते थे। अपने माता-पिता की ये अकेली ही संतान हैं, मांजी इनके बचपन में ही स्वर्ग सिधार चुकी थीं और पिता भी इनके जवान होने तक।"

"यानि यह सब कुछ जगमोहन ने तुम्हें बताया है?"

"जी हां।"

"ठीक है, खैर। जगमोहन के आते ही उसे हमारे पास भेजना।" कहने के बाद हमने आरती से विदा ली। अभिक को विभा ने महेन्द्रपाल सोनी के साथ उसके फ्लैट पर भेज दिया और हम तीनों शंकर-स्ट्रीट से मंदिर की तरफ रवाना हुए, रास्ते में मैंने कहा–"जगमोहन के न मिलने ने सारी उम्मीदों पर पानी फिर गया।"

"हां, अगर वह मिल जाता तो इस केस की बहुत-सी गुत्थियां यहीं सुलझ जातीं।"

"मगर तुम आरती से, जगमोहन के अतीत से संबंधित सवाल क्यों कर रही थीं?"

"यह जानने के लिए कि जगमोहन ने आरती को अपने अतीत के बारे में सब कुछ सच-सच बता रखा है या झूठ बोल रखा है और मैं इस नतीजे पर पहुंची कि आरती को अपने पति के वास्तविक अतीत का एक जर्रा भी नहीं पता है।"

"क्या मतलब?"

"सुधा पटेल के संबंध आरती के पति से भी थे।"

"ऐसा तो तुम शायद उस गुलाब के फूल की वजह से कह रही हो, लेकिन ये बार-बार तुम उसे आरती का पति क्यों कह रही हो, सीधे उसका नाम ही क्यों नहीं लेती?"

"उसका नाम जगमोहन नहीं है।"

"फिर?"

"बिरजू है।"

"ब . . . बिरजू।" मैं उछल पड़ा–"क . . . क्या, वही बिरजू, जिसका जिक्र कालू ने किया था। क्या जगमोहन ही बिरजू है, मगर यह बात तुम्हें कब और कैसे पता लगी?"

"एक किताब के बीच में बहुत से पत्र रखे थे, मैंने उनमें से कई पत्र पढ़े। वे पत्र सुधा पटेल ने बिरजू को लिखे थे, मजमून लगभग वही था।

जैसा अनूप और जोगा को लिखे गए पत्रों में था, पत्रों के माध्यम से सुधा पटेल ने सचिन को बिरजू का लड़का बताया है, और इन पत्रों के मुताबिक सुधा और बिरजू के बीच विलेन का काम कोई 'टिंगू' नामक व्यक्ति कर रहा था।"

"टिंगू।"

"घटनाओं के आधार पर मेरे द्वारा लगाए गए अनुमान के अनुसार इस व्यक्ति का नाम टिंगू होना चाहिए।"

कहने के साथ ही विभा ने एक मात्र अपरिचित का चित्र मुझे पकड़ा दिया, विभा की बातों ने मुझे हैरत में डाल दिया था। कुछ देर तक तो किंकर्त्तव्यविमूढ़-सा उस चित्र को देखता रहा, फिर बोला, "मेरी समझ में तो कुछ नहीं आ रहा है विभा, आखिर तुम क्या, किस आधार पर कह रही हो। सुधा पटेल ने तो दिमाग ही घुमाकर रख दिया है।"

"ये पांच चित्र और इनमें से चार के करेक्टर मुझे अपनी पुरानी थ्यौरी पर लौटने के लिए विवश कर रहे हैं।"

"कौन-सी थ्यौरी?"

"इन पांचों में से अभी तक हम चार को जानते हैं और इन चार में से तीन अपना नाम बदल कर रह रहे होते हैं, जोगा, सुधा पटेल और जगमोहन। जरा सोचो वेद, कोई व्यक्ति अपना नाम कब बदलता है। तभी न, जब वह अपना अतीत वर्तमान से छुपाए रखना चाहता हो और कोई व्यक्ति अतीत को छुपाता कब है, तभी न, जब उसने अपने अतीत में कोई घिनौना कृत्य या जुर्म किया हो। अनूप अपना नाम नहीं छुपाता, वह इतनी बड़ी हस्ती है कि चाहकर भी नाम नहीं छुपा सकता, लेकिन अपना अतीत छुपाने की कोशिश वे भी करते हैं। अर्थात् चारों ही अपना छुपाते हैं, इससे जाहिर है कि पांचवां यानी टिंगू भी अपना अतीत जरूर छुपाता होगा।"

"यानी वह भी किसी अन्य नाम से कहीं रह रहा होगा?"

"लगता तो यही है कि पांचों के चित्र एक ही स्थान पर मिलने का मतलब है कि वह घिनौना कृत्य या जुर्म इन पांचों ने मिलकर एक साथ

किया है, जिसे ये छुपाना चाहते हैं। चित्रों का त्रिवेदी के यहां से मिलना जाहिर करता है कि वह घिनौना कृत्य या जुर्म त्रिवेदी से कोई-न-कोई संबंध जरूर रखता है। जिस वक्त कृत्य या जुर्म किया जा रहा था उस वक्त घटनास्थल पर त्रिवेदी नहीं था, किसी आर्टिस्ट ने कृत्य या जुर्म होते देखा। उसने मुजरिमों के चित्र बनाकर त्रिवेदी को दे दिए और जब त्रिवेदी इन सबसे इनके द्वारा किए गए उसी कृत्य या जुर्म का बदला ले रहा है।"

"लेकिन ये सुधा पटेल का क्या चक्कर है, यह अनूप, जोगा और बिरजू को एक ही मजमून के प्रेमपत्र क्यों लिखती है। हरेक से सचिन को उसका बेटा क्यों कहती है। विलेन के रूप में एक-दूसरे के नाम प्रयोग करती है।"

"मेरे ख्याल से उसने ऐसे ही पत्र टिंगू को भी लिखे होंगे।"

"लेकिन क्यों?"

"इस सवाल का जवाब तलाशना उतना आसान नहीं है वेद जितना तुम समझ रहे हो।" विभा ने कहा–"इस केस की गुत्थियों को खोलने वाले अब केवल पांच ही व्यक्ति बाकी बचे हैं–त्रिवेदी, सुधा पटेल, जग मोहन, टिंगू और वह आर्टिस्ट जिसने ये चित्र बनाए हैं, फिलहाल ये सभी हमसे दूर हैं।"

"इस सारे मामले में जिंगारू कहां फिक्स होता है?"

"फिलहाल तो मुझे शक है वह टिंगू है।"

"ज . . . जिंगारू, टिंगू।"

"मुमकिन है कि अपने अतीत के साथियों की हत्याओं के सिलसिले ने उसे बौखला दिया हो और जिंगारू के रूप में वह हत्यारे का पता लगाने की कोशिश कर रहा हो।"

"म . . . मगर महेन्द्रपाल सोनी से तो वह सिर्फ पिन की बात करता है।"

"मेरे ख्याल से इस केस में दिलचस्पी लेने का उसका कुछ और ही उद्देश्य है, पिन का जिक्र तो वह केवल खुद को और अपने असली

मकसद को छुपाने के लिए करता है। खैर, कल मैं त्रिवेदी के अतीत का पता लगाने की कोशिश करूंगी, शायद उसका अतीत इस केस पर कुछ रोशनी डाल सके।"

"अब शायद हमें इस केस के बारे में इतनी बारीकी से कुछ भी सोचने की जरूरत नहीं है।" मैं बोला–"हत्यारा इंस्पेक्टर त्रिवेदी ही है और गिरफ्तार होने के बाद उसे सब कुछ उगलना ही होगा।"

"बशर्ते कि वह गिरफ्तार हो।"

मैं चुप रह गया, शायद इसीलिए कि विभा की इस वक्त की थ्यौरी से मैं सहमत था, सहमत होने के बावजूद भी मैं यह नहीं सोच पा रहा था कि जोगा, सुधा, जगमोहन और टिंगू जैसे स्तरहीन लोगों से अनूप का क्या संबंध रहा होगा। अनूप जैसी हस्ती के व्यक्ति ने कोई जुर्म क्यों किया होगा?

मेरी सोचों को एक हल्के-से झटके ने तोड़ा।

दिमाग को भी झटका-सा लगा और मैंने देखा कि कार मंदिर के पोर्च में खड़ी है। हम बाहर निकले, विभा भी कार में रखा रायतादान निकालकर बाहर निकल आई। हॉल में पहुंचने तक रायतादान हाथ में होने की वजह से विभा ने उस ऑफिस बनाए गए कमरे की चाबी मुझे दे दी।

मैं समझ गया कि हाथ घिरा होने की वजह से विभा का संकेत है कि ऑफिस का ताला मैं खोलूं। और नजदीक पहुंचकर मैं अभी ताले पर झुका ही था कि विभा लगभग चीख पड़ी–"ठहरो वेद।"

मैं ठिठका, चौंककर उसकी तरफ देखने लगा।

मधु भी अवाक्-सी विभा की तरफ देख रही थी, जबकि विभा की दृष्टि ताले के ठीक नीचे बंद दरवाज़े के पास ही फर्श पर पड़ी कागज़ की बिंदी पर स्थिर थी। यह कागज़ की बिंदी वैसी ही और उतनी ही बड़ी थी जैसी पंच-मशीन से कागज़ में छेद करने पर बन जाती है।

उसे देखती हुई विभा की आंखें चमक उठीं, बड़बड़ाई, "इसका

मतलब हत्यारा यहां तक भी पहुंच गया।"

"क . . . क्या मतलब?" बरबस ही लगभग एक साथ हम दोनों के मुंह से निकल गया।

"चाबी दो।" कहती हुई विभा ने रायतादान मुझे पकड़ा दिया, मैं किंकर्तव्यविमूढ़ सा खड़ा रह गया, कुछ भी तो समझ में नहीं आ रहा था मेरी। वैसी ही अवस्था मधु की भी थी, जबकि विभा ने रायतादान मुझे पकड़ाकर चाबी स्वयं ले ली।

सबसे पहले उसने ताले को अच्छी तरह चैक किया।

हमारे दिल धड़क रहे थे, यह तो समझ में आ रहा था कि कोई-न-कोई बात है, किंतु दिमाग जाम-सा होकर रह गया, दिल बुरी तरह धक्-धक् कर रहे थे। आखिर मैंने पूछ ही लिया–"बात क्या है विभा?"

"देखते रहो।" विभा ने बहुत सावधानी से ताला खोल कर एक तरफ रख दिया।

फिर पूरी सावधानी के साथ सरकाकर उसने कुंडा खोला, हमसे बोली–"दरवाज़े से दूर हट जाओ।"

सस्पैंस में फंसे हम दूर हट गए।

विभा सीधी खड़ी हो गई और फिर बहुत ही तेजी से उसने दरवाज़े पर ठोकर मारी। भड़ाक् की एक जोरदार आवाज के साथ दरवाज़ा खुल गया और उसके खुलते ही मधु के कंठ से चीख निकल गई।

विभा फुर्ती से उछलकर पीछे हटी।

दरवाज़ा खुलते ही एक साथ ढेर सारे बिच्छू चौखट के ऊपरी भाग से 'टप-टप' करते हुए फर्श पर गिरे थे, और इस वक्त वे फर्श पर गिजबिजाते हुए, इधर-उधर भाग रहे थे, मधु उन्हें ही देखकर चीखी थी और उन खतरनाक तथा जहरीले काले बिच्छुओं को देखकर मैं पसीने-पसीने हो गया।

"इन्हें कुचलो वेद।" कहती हुई विभा ने अपने नजदीक पहुंच एक बिच्छु को सैंडिल से कुचल दिया। आगे बढ़कर मैंने शीघ्रता से एक बिच्छू को कुचला। दरवाज़ा खुलने की जोरदार आवाज के कारण

बहुत से सेवक वहां पहुंच गए थे, वे भी आगे बढ़-बढ़कर बिच्छुओं को कुचलने लगे।

पांच मिनट बाद ही फर्श पर पन्द्रह के करीब बिच्छू कुचले पड़े थे।

उन्हें देखकर सभी हैरत में थे और जानना चाहते थे कि बिच्छू वहां कहां से आए, जबकि विभा ने सेवकों से ऊंची आवाज में पूछा कि उसकी अनुपस्थिति में कमरा किसने खोला था?

सब चुप, चेहरे पीले पड़ गए।

विभा ने अगला सवाल किया–"किसी ने किसी को यहां आते देखा हो?"

सेवक एक-दूसरे का मुंह ताकते रहे।

"इसका मतलब हमारे सवालों का जवाब किसी के पास नहीं है और इसका मतलब ये भी है कि आप लोग लापरवाह होते जा रहे हैं, किसी ने यहां तक आकर कमरा खोला और आप में से किसी को कुछ पता ही नहीं है, हम भविष्य में इस तरह की लापरवाही बर्दाश्त नहीं करेंगे, खैर। ये कूड़ा यहां से हटा दिया जाए।"

कई सेवक एक साथ आगे बढ़ आए।

फर्श मिनटों में साफ हो गया, मैंने पूछा–"ये सब क्या चक्कर था विभा?"

"आओ, मैं तुम्हें दिखाती हूं।" कहती हुई विभा कमरे में दाखिल हो गई, उसके पीछे हम भी। कमरे के अंदर पहुंचते ही वह दरवाज़े की तरफ घुमकर बोली–"इधर देखो।"

हमने देखा। ऊपर वाली चौखट के करीब कपड़े की एक पोटली लटक रही थी। उसका मुंह खुला हुआ और नीचे की तरफ था। पोटली के मुंह पर 'नेफा' बना हुआ था। नेफे में पड़ी मजबूत डोरी का एक सिरा दाएं किवाड़ में बंधा हुआ था दूसरा बाएं में।

अभी हम उस पोटली को देख ही रहे थे विभा बोली–"पोटली में बिच्छू थे, इसे काफी कारीगरी से यहां फिक्स किया गया है, इस तरह कि दरवाज़ा बंद होने तक पोटली का मुंह बंद रहे, दरवाज़ा खुलते ही,

डोरी किवाड़ों के साथ खिंचनी थी और डोरी के खिंचते ही पोटली का मुंह खुलना था, सारे बिच्छू दरवाज़ा खोलने वाले के ऊपर।"

"म . . . मगर तुम्हें कैसे पता लग गया कि दरवाज़ा खुला है।"

"कागज़ की वह बिंदी मैं कुंडे और किवाड़ के बीच फंसाकर गई थी, बिना कुंडा खुले वह फर्श पर नहीं गिर सकती, उसे फर्श पर पड़ी देखते ही मैं समझ गई कि दरवाज़े को किसी ने छेड़ा है।"

"ओह! मगर, तुमने यह प्रबंध क्यों किया। क्या तुम्हें ऐसा ही कुछ होने का शक था?"

"डिटेक्टिव का सबसे पहला धर्म सतर्क रहना है, चूकते ही मृत्यु निश्चित है और उस वक्त तो विशेष रूप से सतर्क रहना पड़ता है, जब हत्यारा एक धमकी भरा पत्र लिख चुका हो?"

"तो यह प्रबंध हत्यारे ने तुम्हें मारने के लिए किया था?"

"नहीं।" विभा धीमे से मुस्कुराई–"पोटली में ये बिच्छू मेरे स्वागत के लिए टांगे गए थे।"

मैं गंभीर स्वर में बोला–"तुम इस केस के पीछे भाग-दौड़ करनी बंद कर दो विभा, अगर तुम्हें कुछ हो गया तो।"

"रात काफी हो गई है वेद, तुम थक गए हो। जाकर आराम करो।"

"मैं उसे देखता रह गया।"

अगले दिन।

सुबह के करीब दस बजे थे, उस ऑफिसनुमा कमरे में बैठी विभा हमसे कह रही थी–"रायतादानप हमारे खानदान से सम्बन्ध रखने वाला ही है। उधर, एस.एस.पी. ने बताया है कि सारी रात की जबरदस्त भाग-दौड़ तथा भरपूर खोजबीन के बावजूद भी निरन्तर उसे खोज निकालने के लिए जी तोड़ कोशिश कर रही है।"

"त्रिवेदी के अतीत का क्या हुआ?"

"मैंने एस.एस.पी. से उसकी सर्विस फाइल मांगी है।" विभा ने बताया–"उन्होंने कहा है कि वे एक घंटे के अंदर सर्विस फाइल यहां

मेरे पास भिजवा रहे हैं।"

"अभिक की कोई रिपोर्ट आई?"

"हां, उसने कहा है कि महेन्द्रपाल सोनी के साथ शेष रात में कोई उल्लेखनीय घटना नहीं घटी, सोनी आराम से सोया, जबकि अभिक किसी भी खतरे का मुकाबला करने के लिए सारी रात मुस्तैदी से जागता रहा, कुछ ही देर पहले सोनी अपने काम पर फैक्ट्री गया है, अभिक को आराम करने के लिए कहकर मैंने सोनी की सुरक्षा के लिए श्रीकान्त को लगा दिया है।"

"जगमोहन के बारे में कुछ पता लगा?"

"मैं उसी के यहां फोन करने के बारे मे सोच रही थी।"

कहती हुई विभा ने रिसीवर की तरफ हाथ बढ़ाया ही था कि एक सेवक ने आकर सूचना दी कि एक व्यक्ति उनसे मिलना चाहता है, विभा के पूछने पर सेवक ने बताया कि वह व्यक्ति अपना नाम मनीराम बागड़ी बताता है।

विभा ने सेवक से उसे भेज देने के लिए कहा।

फिर रिसीवर उठाकर जगमोहन के घर का नंबर डायल किया। विभा की बातों से मैंने अनुमान लगाया कि दूसरी तरफ से आरती ही बात कर रही है और यह भी जगमोहन अभी तक न तो लौटा ही है और न ही उसने अपनी कोई सूचना भेजी है। विभा के रिसीवर रख देने तक एक आकर्षक नौजवान कमरे में दाखिल हो चुका था।

अपने व्यक्तित्व और पहनावे से वह सम्पन्न युवक नजर आता था। वह करीब साढ़े छः फुट लम्बा, गोरा-चिट्टा युवक था, चेहरे पर मौजूद घनी और काली मूंछ-दाढ़ी की मौजूदगी में वह कुछ ज्यादा ही गोरा और आकर्षक नजर आ रहा था, आंख नीली थीं। नीले कांच के समान चमकती-सी-जिस्म पर शानदार नीला सूट, कई उंगलियों में कीमती अंगूठियां पहने था वह।

उसने बड़े ही शालीनता भरे स्वर में पूछा–"क्या आप ही बहूरानी हैं?"

"हां, बैठिए।" विभा ने कहा।

वह एक खाली कुर्सी पर बैठने के बाद बोला–"मेरा नाम मनीराम बागड़ी है, वाराणसी में रहता हूं और वहीं पर कपड़े का छोटा-मोटा व्यापार करता हूं। जिन्दल पुरम् आपकी कपड़ा मिल के जनरल मैनेजर मिस्टर बिजेन्द्र अहलूवालिया से व्यापार के सिलसिले में कुछ बातें करने आया था, यहां मैं 'होटल शीराज' के सूईट नंबर अड़तीस में ठहरा हूं, मैंने रात ही फोन पर अहलूवालिया से अपने आगमन की सूचना दे दी थी और उनसे मिलने का समय ले लिया था।"

"यहां कैसे आना हुआ?"

"मिस्टर अहलूवालिया ने मुझे आज अपने ऑफिस में साढ़े दस बजे बुलाया था और उस वक्त मैं अपने कमरे में वहीं जाने की तैयारी कर रहा था कि अचानक ही वेटर ने आकर मुझे यह बॉक्स दिया।" कहने के साथ ही मनीराम बागड़ी ने अपनी जेब से एक बॉक्स निकालकर मेज पर रख दिया।

बॉक्स को देखते ही हम तीनों चौंक पड़े। बॉक्स सनील का बना ठीक वैसा ही था जैसे दो बॉक्स हम पहले भी देख चुके थे, मैं और मधु हैरतअंगेज दृष्टि से मनीराम बागड़ी को देखते रह गए, जबकि विभा ने स्वयं को संयत रखते हुए सवाल किया–"उस बॉक्स में क्या है?"

"मेरे दिमाग में भी यही सवाल उभरा था जिसे मैंने वेटर से किया, वेटर ने कहा कि वह नहीं जानता। यह बॉक्स उसे साइकिल पर आए एक गांव के चौधरी जैसे व्यक्ति ने देकर कहा था कि वह इसे सूईट नंबर अड़तीस में ठहरे मिस्टर बागड़ी तक पहुंचा दे और बॉक्स को खोलकर देखने की बिल्कुल कोशिश न करे। इस काम के लिए उस चौधरी जैसे व्यक्ति ने उसे दस रुपए भी दिए थे।"

"फिर?"

"मैंने बॉक्स को खोला और इसमें मौजूद वस्तु को देखते ही मेरे मुंह से चीख निकल गई, आंखें हैरत से फट पड़ीं, वह हालत मेरे समीप खड़े वेटर की भी हुई थी।"

"बॉक्स में क्या था?"

"दो आंखें।"

"आंखें?"

"हां, सचमुच की आंखें। जैसे किसी ने किसी की आंखें निकालकर इसमें रख दी हों। इन्हें देखकर मेरी हालत बड़ी अजीब हो गई मैं वेटर पर बरस पड़ा, आखिर ये क्या मजाक है क्या इस होटल में कस्टमर्स से इतने वीभत्स और भद्दे मजाक किए जाते हैं। वेटर बेचारे की हालत तो मुझसे भी कहीं ज्यादा खराब थी। इन आंखों को लिए मैं मैनेजर के पास पहुंचा। सारा स्टॉफ इकट्ठा हो गया, तब मैनेजर मुझे अपने प्राईवेट कमरे में ले गया और बोला–"आपकी जान खतरे में है मिस्टर बागड़ी?"

"क्या बकते हैं आप?" मैं चीख-सा पड़ा।

"जी हां, पता नहीं क्या हो गया है। अनूप बाबू के मरने बाद से जिन्दल पुरम् में बड़ी ही अजीब-अजीब-सी घटनाएं घट रही हैं। मुझे यह घटना भी उन्हीं विचित्र घटनाओं की एक कड़ी लगती है, हत्यारा जुर्म करने के लिए कभी किसी का फ्लैट इस्तेमाल करता है तो कभी किसी को मारकर किसी के फ्लैट में डाल देता है। आपको फौरन बहूरानी से मिलना चाहिए।"

"कौन बहूरानी?"

"फिर उसने मुझे आपका परिचय दिया, बॉक्स लेकर सीधा आपके पास आ गया हूं। मैं यहां बिजनेस के सिलसिले में आया था और जाने यह क्या हो गया। मैं हैरान हूं, आखिर ये बॉक्स मेरे ही पास क्यों पहुंचाया गया, किसी चौधरी जैसे व्यक्ति को मेरा नाम और सूट नंबर कैसे मालूम हुआ?"

"क्या जिन्दल पुरम् में आपका कोई परिचित है?"

"जी नहीं, मैं पहली बार ही यहां आया हूं।"

"क्या इस बॉक्स में आंखों के अलावा कोई चिट भी है?" विभा ने पूछा।

"जी हां, एक चिट है जिस पर लिखा है कि–'अब वह देख भी नहीं सकती।' मेरी समझ में उस वाक्य का अर्थ बिल्कुल नहीं आ सका है।

पता नहीं कौन क्या नहीं देख सकेगी। लगता है कि ये आंखें किसी लड़की की हैं।"

"आंखें सुधा पटेल की ही होंगी विभा।" मैं कह उठा।

"क . . . कौन सुधा पटेल?" मनीराम बागड़ी एकदम चौंककर मेरी तरफ घूमा।

मैं कुछ बोलने की वाला था कि विभा ने मुझे चुप रहने का इशारा किया और बोली–"तुम्हें चिंतित होने की कोई जरूरत नहीं है मिस्टर बागड़ी, भले ही आप न समझे हों, लेकिन हम समझ गए हैं कि ये आंखें किसकी हैं और हत्यारा आपको नहीं, सब कुछ हम ही को समझाना चाहता है।"

"जी . . . जी, मैं समझा नहीं।"

"दरअसल हत्यारा इन आंखों को केवल हम तक पहुंचाना चाहता था, सो पहुंच गई हैं। बस, इससे ज्यादा इस सारे झमेले से आपका कोई संबंध नहीं है। आप बिना डरे, निश्चित होकर अपने व्यापार के कामों में व्यस्त हो सकते हैं।"

"म . . . मगर ये आंखें अगर किसी को आपके पास पहुंचानी थीं, तो मेरे पास क्यों पहुंचाई?"

"क्योंकि वह सीधे हमारे पास पहुंचाने से डरता है, साथ ही यह भी जानता है कि जिन्दल पुरम् की सरहदों में वह इन्हें जहां भी पहुंचाएगा हमें मिल जाएंगी।"

"ल . . . लेकिन जिन्दल पुरम् में तो बहुत से लोग रहते हैं, आखिर मैं ही क्यों?"

"हां, यह सवाल जरूर उठ सकता है, हमारे दिमाग में भी उठ रहा है, परंतु इसका जवाब केवल ये है कि वह अपनी सहूलियत के मुताबिक किसी को भी चुन लेता है, पहले दीनदयाल। फिर महेन्द्र पाल सोनी . . . हां। यहां मैं एक सवाल जरूर करूंगी। ये कि क्या आप एस.एन. त्रिवेदी नामक इंस्पेक्टर को जानते हैं?"

"त्रिवेदी। हां, मैं एक इंस्पेक्टर त्रिवेदी को जानता हूं।"

"गुड।" विभा की आंखें चमक उठीं–"कैसे?"

"कुछ साल पहले वह वाराणसी में हमारे ही इलाके से संबंधित थाने में रहा था, उन्हीं दिनों मेरा उससे परिचय हुआ था और फिर यह परिचय दोस्ती में बदल गया, हम साथ बैठकर पीने-पिलाने भी लगे। ओह हां। अपना ट्रांसफर होने पर उसने कहा था कि वह जिन्दल पुरम् जा रहा था, क्या त्रिवेदी यहीं है?"

"जी हां, यहीं थे।"

"थे से मतलब?"

"आपके सवाल का जवाब मैं बाद में दूंगी, पहले आप सच-सच यह बताइए की क्या त्रिवेदी वाराणसी में एक ईमानदार और कर्तव्यनिष्ठ इंस्पेक्टर था, हमारा मतलब वह किसी से रिश्वत आदि तो नहीं लेता था?"

"जी, बिल्कुल नहीं।"

विभा का स्वर थोड़ा कठोर हो गया–"आप इतने दृढ़ स्वर से दावा कैसे कर सकते हैं?"

"ज . . . जी!" बागड़ी थोड़ा बौखला गया–"वह मेरा दोस्त था।"

"इसीलिए पूछ रही हूं कि वह आपका दोस्त क्यों बन गया, क्या इलाके का हर इंस्पेक्टर आपका दोस्त होता है?

"ज . . . जी, वह . . . म . . . मेरा मतलब!"

"झूठ बोलने की कोशिश मत कीजिए मिस्टर बागड़ी।"

विभा के चेहरे पर कठोरता उभर आई थी–"झूठ बोलकर आप अनजाने ही में हत्या के एक मुजरिम को बचाने का जुर्म कर बैठेंगे।"

"हत्या का मुजरिम?"

"त्रिवेदी ने एक नहीं, अब तक ढ़ाई हत्याएं की हैं। ढ़ाई इसलिए कह रही हूं कि जिसकी आंखें इस बॉक्स में हैं, उसे अभी तक उसने पूरी तरह नहीं मारा है। आप उसके परिचित हैं, महज इसीलिए ये आंखें आपके पास पहुंचाई गईं। ऐसे कामों के लिए वह अपने परिचितों को ही चुनता है।"

"म . . . मैं कुछ भी नहीं समझ पा रहा हूं।"

"पहले आप मेरे सवाल का जवाब दीजिए।"

कुछ देर तक चुप रहा मनीराम बागड़ी। जैसे सोच रहा हो कि सच उगले या नहीं, तभी उसे विभा ने यह कहकर उत्साहित किया कि यदि वह सच बोलेगा तो उस पर कोई आंच नहीं आएगी, तब वह बोला–"आपकी शंका ठीक ही है, मैं अपना नंबर दो का काम चलाने के लिए उसे रिश्वत देता था। यही मेरी और उसकी दोस्ती थी।"

"वैरी गुड।" कहने के साथ ही विभा ने दराज खोली, उसमें से पांचों चित्र निकाले और उसके सामने डालती हुई बोली–"जरा गौर से देखकर बताइए कि क्या आप इनमें से किसी को पहचानते हैं?"

चित्र देखने के बाद बागड़ी हल्के से चौंका, बोला–"इन्हें कौन नहीं जानता, ये तो अनूप बाबू हैं।"

"इनके अलावा चारों में से किसी को जानते हो?"

"जी नहीं।"

आर्ट पेपर्स को समेटकर दराज में रखती हुई विभा बोली, "अब आप जा सकते हैं।"

"ल . . . लेकिन पता तो लगे कि आखिर ये सब चक्कर क्या है, अगर आप नहीं बताएंगी तो मैं यही सोच-सोचकर परेशान होता रहूंगा कि आखिर आंखें मेरे ही पास क्यों भेजी गईं, मुझसे पूछे गए आपके ढेर सारे सवालों का अर्थ क्या है?"

"संक्षेप में केवल आप इतना ही समझ लीजिए कि त्रिवेदी किसी अज्ञात वजह से इन पांचों का खून करने निकला है जिनके अभी-अभी आपने चित्र देखे। इनमें से दो खून वह कर चुका है, तीसरी यानी सुधा पटेल की हत्या अब उसे बहुत तड़पा-तड़पाकर कर रहा है। आप इस झमेले में महज इसलिए फंस गए, क्योंकि त्रिवेदी के परिचितों में से हैं, जैसा काम उसने आपसे लिया है वैसा वह अपने परिचितों से ही लेता है।"

"अजीब बात है?"

"आपको इस बारे में सोचकर परेशान होने की कोई जरूरत नहीं है,

अप्रत्यक्ष रूप से हत्यारे ने जितना काम आपको सौंपा था, वह आप कर चुके हैं।"

अजीब से असमंजस में फंसा मनीराम बागड़ी वहां से चला गया।

विभा ने बॉक्स खोला। बॉक्स में दो लिजलिजी और गिलगिली सी आंखें रखी थीं, रुई पर इस तरह रखीं आखें बड़ी ही डरावनी लग रही थीं। ऐसी कि जिन्हें देखकर किसी भी व्यक्ति के कंठ से बरबस ही चीख निकल सकती थी। उन आंखों को देखते हुए हमारे दिल बहुत जोर-जोर से धड़कने लगे।

आंखों के समीप ही एक कागज़ रखा था, उस पर लिखा हुआ था कि 'अब वह देख भी नहीं सकती।' राईटिंग वैसी ही गंदी और आड़ी-तिरछी थी।

"आंखें सुधा पटेल की ही हैं।" विभा ने कहा।

अजीब से भावावेश में मैंने कहा–"ये कमीना आखिर सुधा पटेल को मार ही क्यों नहीं देता, इस तरह उस बेचारी को तड़पा क्यों रहा है। पहले जीभ, फिर उंगलियां और अब आंखें भी।"

"यह हरकत हत्यारे की क्रूर मानसिक हरकत को उजागर करती है और . . ."

"वह हम से डर रहा है, उसे लग रहा है कि हम उस तक पहुंच जाएंगे और उसी वजह से अपनी ये ऊटपटांग हरकतें करके हमें अपनी नजर में आतंकित करने की कोशिश कर रहा है।

"अब त्रिवेदी को जल्दी-से-जल्दी पकड़ा जाना चाहिए विभा।" मैं अनजाने में ही त्रिवेदी से नफरत करने लगा था–"उसे अपने किए की सजा मिलनी ही चाहिए।"

"मुझे उम्मीद है कि अब इस सिलसिले का अंत आ ही गया है।" विभा ने कहा–"वैसे वेद, मनीराम बागड़ी जितनी देर भी यहां बैठा रहा, मुझे लगता रहा कि मैंने उसे कहीं देखा है। मैं बराबर दिमाग पर जोर डालकर यह जानने की कोशिश करती रही थी कि आखिर कहां देखा है, लेकिन कुछ याद नहीं आया, क्या तुम्हें भी ऐसा कुछ लग रहा था?"

"नहीं तो?"

"फिर मुझे क्यों लग रहा था?" कहती हुई विभा ने दिमाग पर जोर डालना शुरू किया ही था कि कमरे में एक इंस्पेक्टर दाखिल हुआ, उसने कहा कि एस.एस.पी. साहब ने भेजा है।

इंस्पेक्टर त्रिवेदी से संबंधित फाइल उसने मेज पर रख दी।

उसे विदा करने के बाद विभा ने फाइल उठा ली और पढ़ने लगी। फिर वह पढ़ने में कुछ इस तरह मशगूल हुई कि जैसे उसे वहां हमारी उपस्थिति का कुछ पता ही न हो। वह पढ़ती रही, हम बोर होने लगे और पूरे एक घंटे तक बोर हुए। एक घंटे में पूरी फाइल पढ़कर विभा ने मेज पर डाल दी।

"क्या लिखा है इसमें?" मैंने पूछा।

विभा ने कहा–"इसे पढ़कर मुझे बहुत निराशा हुई है।"

"क्यों?"

"क्योंकि इसमें कहीं कोई ऐसी बात नहीं है जिससे वह कारण जान सकें, जिसके वशीभूत त्रिवेदी ये हत्याएं कर रहा है।"

"क्या मतलब?"

"इसमें त्रिवेदी का सीधा-सादा परिचय है, वह जयपुर का रहने वाला है, मां का नाम शारदा और पिता का नाम हरवंश त्रिवेदी था, हरवंश त्रिवेदी बैंक में क्लर्क थे। एस.एन. त्रिवेदी अपने माता-पिता की एकमात्र संतान है, मां का देहान्त तब हो गया था जब यह दस साल का था। आठ साल पहले यह पुलिस में हैड कांस्टेबल के पद पर नियुक्त हुआ, इसकी नियुक्ति के एक साल बाद यानि आज से सात साल पहले हरवंश त्रिवेदी तपेदिक की लंबी बीमारी के बाद मरे। विभिन्न ट्रांसफरों के बाद तीन साल पहले जिन्दल पुरम् आया है। फाइल में कुछ ऐसे कारनामें भी हैं जो उसने अपनी सर्विस के दौरान अंजाम दिए और जिनका उल्लेख इस फाइल में करना विभाग ने स्वीकार है। फाइल में उसके करेक्टर को किसी भी रूप में दागदार नहीं कहा गया है। जयपुर में इसके पिता द्वारा बनाया गया एक मकान है, जिसके एक हिस्से में

इसने किराएदार बसा रखे हैं और दूसरे हिस्से पर अपना ताला लटका रखा है।"

मधु ने पूछा–"फाइल पढ़कर तुम किस नतीजे पर पहुंची विभा बहन?"

"केवल इस नतीजे पर कि त्रिवेदी के बारे में हमें खुद जानकारियां जुटानी होंगी।"

"किस तरह।"

"जब त्रिवेदी स्थाई रूप से यहां रहता है तो उसने अपने मकान के दूसरे हिस्से को भी किराए पर क्यों नहीं उठा दिया, शायद इस सिलसिले में मुझे जयपुर जाना पड़े। उफ्! ये क्या हो रहा है वेद, मुझे फिर मनीराम बागड़ी का ख्याल क्यों आ गया। बार-बार क्यों लग रहा है कि मैंने उसे कहीं देखा है।"

"यदि ऐसी बात थी उससे पूछ लेतीं, मुमकिन है कि वह कभी कहीं तुम्हारे साथ पढ़ा हो।"

"ऐसा मैंने चाहा नहीं, सोचा कि अजीब-सा लगेगा। लेकिन बात दिमाग में अटककर रह गई है बात क्लियर होने से पहले उलझन दूर नहीं होगी, पूछ ही लेती हूं।" कहकर उसने रिसीवर उठाया और नंबर डायल किए, संबंध स्थापित होने पर बोली–"हैलो मिस्टर अहलूवालिया।"

"ओह, बहूरानी। जी कहिए।"

"मिस्टर बागड़ी इस वक्त आपके पास ही हैं या चले गए?"

"कौन बागड़ी बहूरानी?"

चौंककर विभा ने पूछा–"क्या मिस्टर मनीराम बागड़ी अभी तक आपके पास नहीं पहुंचे?"

"जी, नहीं तो। मगर आप किस मनीराम बागड़ी की बात कर रही हैं?"

"वही, जिन्हें बिजनेस के सिलसिले में तुमने वाराणसी से बुलाया है।"

"आप कैसी बात कर रही हैं बहूरानी, वाराणसी में तो इस नाम का

हमारा कोई कस्टमर है ही नहीं।"

"क्या तुमने कल रात इस नाम के किसी व्यक्ति को फोन पर आज सुबह साढ़े दस बजे का 'अपाइंटमेंट' नहीं दिया था?"

"जी, नहीं तो।" दूसरी तरफ से उभरने वाली अहलूवालिया की आवाज सुनते ही विभा ने बिना एक भी क्षण गंवाए संबंध विच्छेद कर दिया और फिर अचानक ही वह बेहद चौकस और फुर्ती में नजर आने लगी, हमसे बिना कुछ कहे उसने बहुत ही जल्दी में दूसरा नंबर डायल किया और बोली–"मैं विभा बोल रही हूं . . . देखिए, आपके सूईट नंबर अड़तीस में मिस्टर बागड़ी ठहरे हैं, मुझे जरा उनसे बातें करनी हैं। क्या कहा, चले गए। कब . . . अभी-अभी . . . लेकिन कहां। ठहरिए, मैं वहीं आती हूं।"

विभा ने रिसीवर पटकने के से अंदाज में रख दिया।

"क्या हुआ?" मैं बोला।

"मेरे साथ आओ वेद।" कहने के साथ ही विभा फुर्ती के साथ कुर्सी से उठ गई।

'शीराज' होटल के मैनेजर, स्टॉफ और संबंधित वेटर से बातें करने पर भी कोई विशेष परिणाम नहीं निकला, हां अगर यह लिखा जाए तो गलत नहीं होगा कि उन बयानों से मनीराम बागड़ी का करेक्टर कुछ उलझ ही गया था। आंखों वाला बॉक्स मिलने से संबंधित बागड़ी ने जो कुछ कहा था उसकी सारे स्टॉफ ने पुष्टि की। अतः हम इस नतीजे पर पहुंचे कि बागड़ी ने उस बारे में कहीं भी झूठ नहीं बोला था।

परंतु, सवाल यह उठता था कि उसने जिन्दल पुरम् आने की अपनी वजह गलत क्यों बताई?

मैनेजर ने बताया था कि उसी ने बागड़ी को बॉक्स लेकर मंदिर चले जाने की सलाह दी थी, परंतु मंदिर से आते ही वह सीधा काउन्टर पर गया और बिल बनाने के लिए कहा। काउन्टर क्लर्क ने चौंककर पूछा भी कि अचानक ही उन्होंने जिन्दल पुरम् में दो-तीन दिन ठहरने का इरादा त्याग क्यों दिया है। जवाब में उसने कहा कि अब वह एक पल

भी इस शहर में नहीं रह सकता।

बिना कोई कारण बताए अपने सूईट में गया। वहां से अपना सूटकेस उठाकर फौरन ही काउन्टर पर आया। सामान के नाम पर उसके पास वही एक सूटकेस था। तब तक काउन्टर क्लर्क उसका बिल बना चुका था। बिल अदा करने के बाद एक मिनट भी वहां ठहरे बिना मनीराम बागड़ी चला गया।

स्टॉफ का कोई व्यक्ति यह भी नहीं बता सका कि वह कहां गया है?

पता लगाने की भरपूर कोशिश के बाद इस वक्त हम बैरंग लिफाफों की तरह मंदिर की तरफ लौट रहे थे। कार में पूरी तरह खामोशी छाई हुई थी, बातों का सिलसिला जारी करने के लिए मैं बोला–"ये मनीराम बागड़ी तो अचानक ही बहुत रहस्यमय करेक्टर महसूस देने लगा है।"

"केवल इस वजह से कि सारी वारदारत बिल्कुल ठीक बताने के बावजूद भी उसने जिन्दल पुरम् आने के अपने मकसद के बारे में झूठ क्यों बोला, अचानक ही वह इतना क्यों उखड़ गया। वह दो-तीन दिन ठहरने के लिए यहां आया था, क्यों? क्या काम था उसे और फिर अचानक ही ऐसी क्या बात हो गई, जिसकी वजह से उसने तुरंत सारा प्रोग्राम रद्द करके जिन्दल पुरम् छोड़ देने का निश्चय कर लिया?"

"अब तो तुम्हें यह याद करना इस केस के लिए भी जरूरी हो गया है विभा कि आखिर उसकी शक्ल तुम्हें कहीं देखी-सी क्यों लग रही थी?"

ड्राईविंग करती हुई विभा ने पूछा–"मेरे कुछ सवालों का जवाब दो वेद।"

"पूछो।"

"क्या वह उस आंख वाली घटना से डरकर भागा है?"

"यदि वह उस घटना से इतनी बुरी तरह डरा होता तो मंदिर में आता ही नहीं, आंख को यहीं छोड़कर भाग जाता।"

"गुड, मेरा भी यही ख्याल है। मंदिर से लौटने के तुरंत बाद वह

सीधा होटल पहुंचा। होटल छोड़ दिया, छोड़ते वक्त वह बहुत ही जल्दी में था। क्या इसका मतलब यह नहीं कि होटल छोड़ने की वजह, मंदिर में उसके और हमारे बीच होने वाली बातें या कोई अन्य बात है?"

"ऐसा ही लगता है।"

"हमने उससे क्या बातें कीं थीं। याद करो वेद, अक्षरशः उन बातों को याद करो और फिर यह अनुमान लगाने की कोशिश करो कि उनमें से कौन-सी बात ऐसी थी, जिसकी वजह से उसने होटल छोड़ा?"

"वह सुधा पटेल के नाम पर चौंका था।" मधु बोली।

मैंने कहा–"वहां उसके चौंकने की वजह उसका नाम सुनना था, जिसकी वह आंखें लाया था।"

"उस वक्त मैंने भी यही सोचा था।" विभा बोली।

"दूसरी बार वह चित्रों पर नजर पड़ते ही चौंका था, तब मैंने उसके चौंकने को इसलिए महत्व नहीं दिया, क्योंकि उसने अनूप को पहचानना स्वीकार किया था, किंतु अब लगता है कि उसके चौंकने की वजह कुछ और थी।"

"क्या?"

"शायद उन पांचों में से वह किसी अन्य को भी पहचानता था, शायद सुधा पटेल को उन सभी को भी।

"ओह!" विभा एकदम इस तरह उछल पड़ी मानो करेंट लगा हो, अचानक ही उसे कोई बहुत जबरदस्त बात याद आ गई थी, बोली–"याद आ गया वेद, मुझे याद आ गया। सारी गुत्थियां सुलझ गईं?"

"क्या याद आ गया?"

"यह कि मैंने उसे कहां देखा है?" कहने के साथ ही विभा ने अचानक ही अपने पैरों का दबाव एक्सीलेटर पर बढ़ा दिया, मध्यम गति से चलने वाली कार अचानक ही तेज हो जाने के कारण मेरे और मधु के जिस्मों को झटका सा लगा, किंतु इस बात की कोई परवाह किए बिना विभा एक्सीलेटर पर पैरों के दबाव बढ़ाती ही चली गई।

हमने चौंककर विभा की तरफ देखा। इस वक्त उसका चेहरा पत्थर की तरह सख्त था। भभका हुआ-सा लाल सुर्ख, गाड़ी अब हवा की-सी गति से सड़क पर उड़ी चली जा रही थी।

हमारी समझ में नहीं आ रहा था कि अचानक ही विभा को आखिर क्या हो गया है?

हमने पूछा भी परंतु उसने कोई जवाब नहीं दिया और अंत में कार एक तीव्र झटके के साथ मंदिर के पोर्च में रूकी। झपटने के से अंदाज में उसने दराज से वे पांचों चित्र निकाले और उनमें से टिंगू का चित्र मेरे सामने मेज पर फैंककर बोली–"ये है मनीराम बागड़ी।"

"क्या . . . क्या?" मेरे साथ ही मधु भी उछल पड़ी।

"इसे जरा ध्यान से देखो वेद और फिर बागड़ी के चेहरे पर दाढ़ी-मूंछ थीं। बस दोनों में यही फर्क है। मनीराम बागड़ी की दाढ़ी-मूंछ उसके चेहरे से हटा दो तो वह टिंगू बन जाएगा, वही। जिसका ये चित्र है।"

"म . . . मगर तुम तो कह रही थ कि जिंगारू ही टिंगू है।"

"है नहीं कहा था। कहा था कि हो सकता है, हो सकता है एक अनुमान होता है और 'है' प्रामाणिक हकीकत। वही हमारे सामने है, तुम जरा बागड़ी के चेहरे से मूंछ-दाढ़ी हटाने के कल्पना तो करो?"

"तुम शत-प्रतिशत ठीक कह रही हो, लेकिन बड़ी हैरत की बात है कि . . ."

"हां, यह हैरत की ही बात है वेद कि वह यहां आया। बैठा, हमसे बातें कीं। उसी को हमने यह चित्र भी दिखाए। मुझे वह देखा हुआ-सा लग भी रहा था, किंतु पहचान नहीं सकी। मैं चूक गई वेद। इसलिए तो मैंने कहा था कि चूक हरेक से होती है। असावधानी के कारण हुई इस चूक का मुझे अफसोस है।"

"मेरे ख्याल से तो अब भी तुम चूकी नहीं हो, हकीकत ये है कि दाढ़ी की वजह से उसकी शक्ल बिल्कुल बदली हुई थी। फिर भी तुम्हें लगा कि उसे कहीं देखा है, मुझे और मधु को तो ऐसा भी नहीं लगा।"

"मैं उसे समय रहते न पहचान सकी, इसे मैं अपनी चूक और

असावधानी ही कहूंगी। खैर, अब अफसोस करने से कुछ नहीं होगा। हां, बागड़ी ही टिंगू था। यह बात साबित होने के बाद उसके भागने की वजह सामने आ जाती है। हमसे सब कुछ सुनने के बाद वह डर गया, मौत से किसे डर नहीं लगता और फिर इस हकीकत ने तो उसके छक्के ही छुड़ा दिए होंगे कि त्रिवेदी दो खून कर चुका है। तीसरी की आंखें भिजवाई हैं।"

"लेकिन वह जिन्दल पुरम् आया किस मकसद से था?"

"इस सवाल का जवाब अभी अंधेरे में है।"

"क्या त्रिवेदी जानता होगा कि मनीराम बागड़ी ही टिंगू है?"

"यकीनन्।"

"तो क्या इस हालत में वह मनीराम बागड़ी को जिन्दल पुरम् से सुरक्षित निकल जाने देगा?"

"शायद नहीं।"

"फ . . . फिर?" मैंने धड़कते दिल से पूछा।

"यहां तक पहुंचने और सब कुछ पता लगने के बाद भी बागड़ी ने यहां से जाकर बहुत बड़ी भूल की है, अनावश्यक रूप से अपने व्यक्तित्व को छुपाकर उसने खुद को खतरे में डाल लिया है।"

"क्या मतलब?"

"मनीराम बागड़ी को कत्ल करने के लिए ही शायद जिन्दल पुरम् बुलाया गया है।" विभा ने कहा–"इसे हत्यारे का जीवटपन भी कहा जाएगा कि टिंगू को हमारे पास भेजता है, हम उसे तत्काल पहचान पाने में असफल रहते हैं, इस रूप में हत्यारे ने हमें शिकस्त दी है। इन सारी वारदातों के बीच एक अच्छाई हुई है।"

"वह क्या?"

"टिंगू, यानी मनीराम बागड़ी को शायद यह नहीं पता था कि उसे जिन्दल पुरम् किसलिए बुलाया गया है। हमसे मिलकर उसे इल्म हो गया है, अब शायद सतर्क रहकर अपनी हिफाजत खुद करेगा।"

"क्या हम उसे किसी ढंग से बचा नहीं सकते?"

"किसी भी ऐसे व्यक्ति को बचाया जाना हमारा कर्तव्य है जिसे कत्ल किया जाना हो और टिंगू को बचाना तो हमारे लिए इस केस को हल करने के लिए भी जरूरी है यकीनन्, उसका बयान इस केस की सारी गुत्थियों को सुलझा देगा, परंतु हमें खुद मालूम नहीं है कि इस वक्त वह कहां है, अतः हालात ऐसे बन गए हैं कि हम उसके लिए विशेष कुछ भी नहीं कर सकते हैं, जितना कर सकते हैं उतना किया जाएगा।"

"हम क्या कर सकते हैं?"

विभा ने किसी से संबंध स्थापित किया और बोली–"हैलो वीणा, तुम फौरन मंदिर में आकर हमसे मिलो।" बस यही एक वाक्य कहकर उसने संबंध-विच्छेद कर दिया। तुरंत ही किसी अन्य स्थान पर संबंध स्थापित करके बोली–"हैलो एस.एस.पी. साहब, ये मैं बोल रही हूं। देखिए, मैं वीणा नामक अपनी एक कर्मचारी के हाथों आपके पास पैंसिल से बना एक चित्र भेज रही हूं। जी हां, इसका नाम मनीराम बागड़ी है। दरअसल इसका कत्ल किया जाने वाला है। जी हां, चौंकिए नहीं। समय कम है, सारी बातें विस्तारपूर्वक बाद में बताऊंगी। फिलहाल इतना ही समझ लीजिए कि बागड़ी नामक ये व्यक्ति इस केस को हल करने की कुंजी है। हत्यारे की कोशिश इस कुंजी को खत्म कर देना होगी। पुलिस की कोशिश इसे बचाना और जीवित अवस्था में गिरफ्तार कर लेना होनी चाहिए। इसे तलाश कर गिरफ्तार कर लेने का काम आपको युद्ध स्तर पर करना है। जी हां, थैंक्यू।" कहकर विभा ने रिसीवर रख दिया।

"म . . . मगर इस चित्र में पुलिसवाले मनीराम बागड़ी को कैसे पहचान सकते हैं?" मैंने पूछा।

कोई जवाब देने के स्थान पर विभाग ने टिंगू का चित्र उठाया, दराज, खोलकर उसमें से एक पैंसिल निकली और फिर विभा की पतली उंगलियों में दबी पैंसिल तूफानी गति से चित्र की नाक के नीचे और ठोड़ी पर चलने लगी। मैं और मधु अवाक्-से विभा की इस क्रिया

को देख रहे थे।

मैं पहली बार ही जान रहा था कि विभा इतनी अच्छी आर्टिस्ट है देखते-ही-देखते चित्र में मूंछ-दाढ़ी बना दीं। वीणा के आने तक वह अपने काम को फाइनल 'टच' दे चुकी थी, यह देखकर मेरी और मधु की आंखों में हैरतभरी चमक उभर आई कि अब वह चित्र टिंगू का नहीं मनीराम बागड़ी का नजर आ रहा था। चित्र को मुझे दिखाती हुई वह बोली–"अब देखो वेद, क्या यह चित्र मनीराम बागड़ी का ही नहीं है?"

"स . . . सौ प्रतिशत, मैं तो चकित हूं कि . . ."

मेरी बात बीच में ही काटकर विभा ने वीणा से कहा–"तुम यह चित्र लेकर एस.एस.पी. के पास चली जाओ वीणा, मैंने उनसे फ़ोन पर बात कर ली है। उनसे कहना कि इस चित्र की ढेर सारी फोटो-स्टेट कापियां कराकर पुलिस वालों में बांट दें। पुलिस को हर हालत में इसे जीवित अवस्था में गिरफ्तार करना है।"

"जी।"

विभा ने चित्र वीणा को दे दिया और चित्र लेकर वीणा हवा के झोंके की तरह कमरे से चली गई। अपने स्थान पर बैठा मैं अभी यही सोच रहा था कि विभा ने कितनी जल्दी, कितनी खूबसूरती से चित्र में ठीक वैसी ही मूंछ-दाढ़ी बना दी, जैसी मनीराम बागड़ी के चेहरे पर थी, मैं कह उठा–"कमाल है विभा, मैं नहीं जानता था कि तुम इतनी अच्छी आर्टिस्ट भी हो, बागड़ी की मूंछ-दाढ़ी की नकल तुमने हू-ब-हू की है।"

"जितना करना इस वक्त हमारे वश में था कर चुके हैं, अगर अब भी बागड़ी हत्यारे के हाथ में से न बच सके तो यह हमारी और बागड़ी की भी बदनसीबी ही होगी।"

"क्या ऐसा नहीं हो सकता कि वह यहां से तुरंत ही वाराणसी के लिए रवाना हो चुका हो?"

"मैं इसी बारे में सोच रही हूं।"

विभा का वाक्य बीच ही में रह गया, इस वक्त फोन की घंटी का घनघनाना हमें अच्छा नहीं लगा था, विभा ने अपना वाक्य अधूरा ही

छोड़कर रिसीवर उठाया, बोली–"हैलो, विभा हियर।"

"मैं आरती बोल रही हूं बहूरानी।" आरती की आवाज बौखलाई हुई-सी थी–"व . . . वे आ गए हैं और आते ही लायब्रेरी में घुस गए हैं, उन्होंने दरवाज़ा अंदर से बंद कर लिया है बहूरानी।"

"अनूप बाबू की तरह वे अंदर यह कहकर गए हैं कि साढ़े तीन घंटे तक उन्हें कोई डिस्टर्ब न करे।"

"उसे आए कितनी देर हुई है?"

"अभी-अभी आए हैं। आप जल्दी से आ जाइए बहूरानी, मेरा दिल बहुत घबरा रहा है। उन्हें आप ही बचा सकती हैं, कहीं ऐसा न हो कि साढ़े तीन घंटे बाद वे भी अनूप बाबू की तरह . . ."

"मैं आ रही हूं।" कहने के साथ ही एक झटके से खड़ी होती हुई विभा ने रिसीवर क्रेडिल पर पटक दिया, हम दोनों भी उछलकर खड़े हो चुके थे। लगभग भागते हुए हम कमरे से बाहर निकले।

हमारे सामने एक बार फिर लगभग वही दृश्य था, जो तब देखा था जब डिनर पर पहली बार मंदिर में गए थे। आरती बुरी तरह रो रही थी। विभा के पैरों पर पड़ी वह गिड़गिड़ाकर अपने पति को बचा लेने के लिए सिसक रही थी। हमारे सामने लायब्रेरी का बंद दरवाज़ा था।

विभा उसे समझा रही थी–"रोने से कुछ नहीं होगा, बहन, अगर अपने पति को बचाना चहाती हो तो सबसे पहले मेरे कुछ सवालों का जवाब दो।"

"जी पूछिए।" वह उठकर खड़ी हो गई।

"उस वक्त क्या बजा था जब जगमोहन घर आया?"

"डेढ़।"

दो बजा रही रिस्टवॉच पर नजर डालती हुई विभा ने पूछा–"क्या तुमने पूछा कि वह कहां गया था?"

"जी हां। मैंने कोशिश की थी, परंतु उन्होंने कुछ बताया ही नहीं। वे बहुत जल्दी में थे। आते ही सीधे लायब्रेरी में घुस गए, यह भी कहा कि मैं साढ़े घंटे से पहले उन्हें डिस्टर्ब न करूं।"

"क्या तुमने उसे बताया था कि हम उससे मिलना चाहते हैं?"

"उन्होंने मौका ही कहां दिया?"

"क्या लायब्रेरी में जाता हुआ जगमोहन कुछ डरा हुआ-सा था?"

"उनके चेहरे पर पीलापन था। ऐसा, जैसा मृत व्यक्ति के चेहरे पर होता है। आंखें वीरान और निस्तेज थीं, जैसे जानते हों कि कुछ देर बाद उन्हें मर जाना है।"

विभा ने बड़ा अजीब-सा सवाल किया–"तुम्हारा बच्चा कहां है?"

"उस कमरे में सो रहा है, लेकिन आप पिंकी के बारे में क्यों पूछ रही हैं?"

विभा दौड़कर उस कमरे में गई जिसकी तरफ आरती ने इशारा किया था। बच्चे के बेड पर आराम से सोता हुआ देखकर विभा के चेहरे पर इत्मिनान के भाव उभरे। मैं समझ रहा था कि विभा ने बच्चे के बारे में क्यों पूछा है, शायद उसे डर था कि कहीं हत्यारे ने जगमोहन को उसके बच्चे को कत्ल करने की धमकी न दे रखी हो।

आरती के समीप आकर विभा ने कहा–"क्या जगमोहन के पास कोई रिवाल्वर आदि है?"

"मेरी जानकारी में नहीं है।"

रिस्टवॉच की तरफ देखती हुई विभा ने एक पल कुछ सोचा और कोई दृढ़ निश्चय करके लायब्रेरी के बंद दरवाज़े की तरफ बढ़ गई, दरवाज़े पर दस्तकें देने के साथ उसने पुकारा–"मिस्टर जगमोहन।"

"क . . . कौन है?" मौत के डर से कांपता स्वर।

"दरवाज़ा खोलो, ये हम हैं, विभा।"

"म . . . मुझे डिस्टर्ब मत करो, मैं काम कर रहा हूं।"

"शायद तुम समझे नहीं जगमोहन, हम जिन्दल पुरम् की बहूरानी हैं और हमारे लिए इसी वक्त तुमसे कुछ बातें करनी जरूरी हैं। दरवाज़ा खोलो।"

"यहां से चली जाओ, मुझे कोई बात नहीं करनी।"

"बात किए बिना हम यहां से नहीं जाएंगे बिरजू। दरवाज़ा नहीं

खोलोगे तो हम इसे तोड़ डालेंगे।"

"ओह, आप मेरा नाम भी जानती हैं लेकिन नहीं, अब कुछ नहीं हो सकता बहूरानी। उफ्। आप मेरा समय बर्बाद कर रही हैं, प्लीज। आप यहां से जाइए। मैं जरूरी काम कर रहा हूं।"

"हम जानते हैं कि तुम क्या जरूरी काम कर रहे हो, हत्यारे ने पहेली हल करने के लिए तुम्हें साढ़े तीन घंटे का समय दिया है न, तुम सोच रहे हो कि उसे हल करके बच जाओगे, लेकिन नहीं बिरजू। वह पहेली तुमसे साढ़े तीन जन्म में भी हल नहीं होगी मैं तुमसे हत्यारे के बारे में बात करना चाहती हूं, इस समय का उपयोग तुम सारी कहानी सुनाने के लिए कर सकते हो।"

"आप यहां से जाइए बहूरानी। प्लीज, चली जाइए यहां से। आह, अरे। ये मुझे क्या हो रहा है?" इन शब्दों के बाद अन्दर से जगमोहन के चीखने की आवाजें आने लगीं, ऐसी जैसे वह किसी असहनीय पीड़ा से गुजर रहा हो। इन आवाजों को सुनकर हम सब घबरा गए।

"बिरजू, बिरजू।" विभा बुरी तरह दरवाज़ा पीटती हुई चिल्लाई।

अंदर से उभरने वाली चीखें तेज और तेज होती चली गईं।

विभा ने जल्दी से चीखकर दरवाज़ा तोड़ डालने के लिए कहा और स्वयं भी पीछे हटकर अपने कंधे की जबरदस्त चोट दरवाज़े पर की। मैं, मधु और आरती भी उसकी मदद करने लगे।

अंदर से ऐसी चीखें उभर रही थी जैसे जगमोहन को किसी ने आग की भट्टी में डाल दिया हो।

पांच मिनट बाद। चौखट से टूटकर बंद दरवाज़ा धड़ाम् से कमरे में गिरा।

हम सब एक तेज झोंक में कमरे के अंदर दाखिल हो गए, बड़ी मुश्किल में हम सबने खुद को गिरने से बचाया था और जगमोहन पर दृष्टि पड़ते ही हमारे हलकों से चीखें उबल पड़ीं।

इस बार चीख विभा के कंठ से भी निकल गई थी।

सबसे जबरदस्त और भयानक चीख आरती की थी।

हम सब हक्के-बक्के रह गए, जड़वत् से जहां के तहां, चेहरे पर खौफ और आंखों में डर लिए जगमोहन की तरफ देखते ही रह गए हम और हमारी इस अवस्था की वजह जगमोहन की अवस्था थी।

चीखता हुआ वह सारे कमरे में भागा-भागा फिर रहा था, उसके सारे जिस्म से ढेरों पसीना फूट रहा था। वह इस तरह चिल्ला-चिल्लाकर अपने कपड़े फाड़े जा रहा था जैसे किसी दहकती भट्टी में पड़ा हो।

जिस्म पर मोटे-मोटे फफोले पड़ने लगे थे।

इस तरह के जैसे उसे किसी ने उबलते पानी में डाल दिया हो।

"बिरजू-बिरजू।" उसी तरफ दौड़ती हुई विभा चीखी, उसे पकड़कर झंझोड़ती हुई चिल्लाई–"ये तुम्हें क्या हुआ है, बोलो। प्लीज बोलो बिरजू।"

"म . . . मुझे एक इंजेक्शन।" एक-एक शब्द उसके मुंह से बड़ी मुश्किल से निकल रहा था–"ल . . . लगाया गया है। म . . . मैं, मैं साढ़े तीन घंटे बाद मर जाऊंगा। आह . . . आह। म . . . मुझे छोड़ दो। बहुत गर्मी लग रही है। सारा शरीर जल रहा है।"

"किसने?" विभा चीखी–"तुम्हें इंजेक्शन किसने लगाया?"

"च . . . च . . . द . . . न . . . प . . . प . . . र . . . ब . . . क . . . म . . . द . . . ा . . . स . . . के . . . .भ . . . .भ . . . .भ और बस।" भ . . . भ करते हुए जगमोहन की जुबान ऐंठती चली गई। जुबान के साथ ही सारा शरीर भी कुछ इस तरह जैसे कोई अदृश्य ताकत उसके सारे जिस्म को वैसे अंदाज में मरोड़ रही हो जैसे कपड़ा निचोड़ने के लिए मरोड़ा जाता है। विभा स्वयं ही छिटककर दूर जा गिरी।

बिरजू के कंठ से मर्मान्तक चीखें निकलने लगीं।

उसका सारा जिस्म घूमकर फर्श पर गिर पड़ा। थरथराते हुए, अपने स्थानों पर खड़े हम भी देखने के अलावा उसकी कोई मदद नहीं कर सकते थे। फर्श पर पड़ा वह ठीक उसी तरह तड़प रहा था जैसे सूखी रेत पर पड़ी मछली तड़पा करती है। हम महसूस कर रहे थे कि कोई अदृश्य

ताकत उसे मरोड़ रही है।

हाथ, पांव, उंगलियां और लगभग सारा शरीर ही ऐंठ गया था, जिस्म पर फूट-फूटकर उभरने वाले फफोलों की संख्या बढ़ गई थी।

कुछ फफोले फूट चुके थे और उन फूटे फफोलों से गंदा पानी बह रहा था। कुछ ही देर के बाद उसने तड़पना बंर कर दिया, जिस्म एकदम निश्चल होकर फर्श पर अकड़ा पड़ा रहा।

हमारे देखते-ही-देखते जगमोहन मर चुका था, किंतु शायद नहीं। मेरा उस वक्त का अनुमान गलत था। वह मरा नहीं था, उसकी पलकों को झपकतें मैंने अपनी आंखों से देखा था।

"बिरजू, बिरजू।" विभा दौड़कर उसके नजदीक पहुंची।

वह लाश के समान पड़ा रहा।

"क्या तुम बोल सकते हो मिस्टर। बोलो, क्या तुम सुन सकते हो?"

पलकें झपकाने के अलावा जैसे जगमोहन कुछ भी नहीं कर सकता था और सच्चाई थी भी यही, "पलकों के अलावा कोई भी इन्द्री उसके अपने वश में नहीं थी।"

वह न शायद सुन सकता था, न देख सकता था, न बोल सकता था, निर्विकार भाव से वह सिर्फ पलकें झपका सकता था और वही कर भी रहा था। इस ठोस हकीकत को जानने के बाद विभा उसके समीप से उठी और दौड़कर दूसरे कमरे में रखे फोन के नजदीक पहुंची, नंबर डायल किए।

पहला फोन उसने 'हरिकेश बहादुर अस्पताल' के मुख्य डॉक्टर को किया था, दूसरा एस.एस.पी. पुलिस को। तीस मिनट के अंदर ही वहां दोनों अपने दल-बल सहित पहुंच गए।

एस.एस.पी. साहब के साथ पुलिस थी, मुख्य डॉक्टर के साथ एम्बुलेंस तथा अन्य कई जूनियर डॉक्टर्स। फोन करने और उन लोगों के आने के बीच में विभा मेज पर पड़े कागज़ और खुले हुए पैन को देख चुकी थी।

कागज़ पर वही पहेली बनी हुई थी।

विभा ने जगमोहन के जिस्म पर चीथड़ों की शक्ल में झूल रहे कपड़ों की जेबें भी टटोली थीं, परंतु उनमें से कोई ऐसी वस्तु नहीं मिली थी, जिसका यहां उल्लेख किया जाए।

एस.एस.पी. महोदय जगमोहन को उस अवस्था में देखकर चकित रह गए थे, उस वक्त तो उनके आश्चर्य का कोई ठिकाना ही नहीं रहा, जब उन्हें विभा ने सारी वारदात सुनाई। यहां उल्लेखनीय बात ये है कि विभा ने जगमोहन के अंतिम शब्दों का उनसे कोई जिक्र नहीं किया था।

मुख्य चिकित्सक ने वहीं चैक करके बताया, "फिलहाल मिस्टर जगमोहन जीवित हैं, परंतु . . ."

"परंतु क्या डॉक्टर?"

"इन्हें बचाया नहीं जा सकेगा, हत्यारे द्वारा निश्चित किए गए समय बाद ये खुद मर जाएंगे।"

"क्या मतलब?"

"एक इंजेक्शन का नाम है 'टाईम डैथ' इन्हें वही इंजेक्शन लगाया गया है, इंजेक्शन कहीं मिलता नहीं है, मुझे तो हैरत है कि हत्यारे के पास आखिर वह कहां से आ गया।"

"हत्यारा अपने काम की चीजें प्राप्त कर लेता है डॉक्टर।" एस.एस. पी. बोले।

"कहा नहीं जा सकता कि इंजेक्शन इन्हें किस समय लगाया गया है, इंजेक्शन लगने के एक से सवा घंटे के बीच 'जहर' इंसान के जिस्म में दौड़ रहे खून में पूरी तरह मिल जाता है और पूरी तरह घुलने के तुरंत बाद ही वह खून को बूरी तरह उबाल डालता है, इंसान को जबरदस्त गर्मी लगने लगती है। जिस्म से बेशुमार पसीना छूटने लगता है। ऐसा महसूस देता है जैसे जिस्म के अंदर आग लग गई हो और फिर खून के उसी उबाल की वजह से सारे जिस्म पर ये फफोले पड़ जाते हैं, फफोलों के पांच से सात मिनट के बाद जिस्म ऐंठने लगता है। जुबान तक ऐंठ जाती है, इंसान ऐसे महसूस करता है जैसे उसे अंदर से मरोड़ा जा रहा

हो, इसके दो मिनट बाद ही वह गिर जाता है। सारी इन्द्रियां बेकार हो जाती हैं। पलकें झपकाने के अलावा इंसान कुछ भी नहीं कर सकता। हां, नब्ज और दिल जरूर क्रियाशील रहता है, जिसकी वजह से हम डॉक्टर लोग कहते हैं कि मरीज अभी तक जीवित है, मगर सच्चाई तो ये है कि इस अवस्था में मरीज जीवित लाश से बढ़कर कुछ नहीं है।"

"अभी यह कितनी देर तक इस अवस्था में रह सकेगा।"

"इंजेक्शन लगने के साढ़े तीन घंटे बाद नब्ज रूक जाती है, दिल धड़कना बंद हो जाता है। नाखून और बाल बढ़ने बंद हो जाते हैं, इस अवस्था को हम डॉक्टर लोग मृत्यु कहते हैं।"

"साढ़े तीन घंटे" विभा के होंठों से भभकता-सा स्वर निकला। उसका चेहरा कनपटियों तक लाल सुर्ख हो गया था, रिस्टवॉच पर नजर डालती हुई विभा बोली–"मेरे ख्याल से इसे इंजेक्शन एक बजे के करीब लगाया गया, आपकी थ्यौरी के मुताबिक साढ़े चार बजे तक यह इसी अवस्था में रहेगा, उसके बाद मर जाएगा, इस बीच भी यह लाश के समान ही रहेगा?"

"जी हां।"

"क्या 'टाईम-डैथ' इंजेक्शन के असर को काटने वाली अब तक कोई दवा नहीं बनी है?"

"अफसोस के साथ कहना पड़ता है बहूरानी कि नहीं।"

"तो क्या आप इस बीच जगमोहन को बचाने की कोई कोशिश नहीं करेंगे?"

"जब तक मरीज मर नहीं जाता बहूरानी तक तक उसे मौत के मुंह से निकालकर जिंदगी के हाथों में सौंपने की कोशिश करते रहना ही हम डॉक्टरों का धर्म और कर्तव्य है, भले ही जानते हों कि हम कामयाब नहीं होंगे। उसी धर्म और कर्तव्य का पालन हमें इस जीवित लाश की धड़कने चलने तक करना है।"

"तो समय बरबाद मत कीजिए डॉक्टर, इसे ले जाइए। ब्लड टेस्ट कीजिए, कुछ भी कीजिए। इस खतरनाक इंजेक्शन की काट दुनिया में

होनी ही चाहिए डॉक्टर, इसी काट का आविष्कार करने वाले को हम मुंह मांगा पुरस्कार देंगे।"

जगमोहन का जिस्म वहां से उठाकर एम्बुलेंस में रखवाया गया। डॉक्टरों का काफिला उसे लेकर अस्पताल की तरफ चला गया। विभा ने एस.एस.पी. से कहा–"क्या बागड़ी का कुछ पता लगा?"

"अभी तो कहीं से रिपोर्ट भी नहीं आई है।"

"आप जितनी कोशिश कर सकते हैं एस.एस.पी. साहब, कीजिए। हत्यारे का अगला शिकार मनीराम बागड़ी है और वही उसका अंतिम शिकार भी है, यदि हत्यारा उसकी भी हत्या करने में कामयाब हो गया तो समझो कि वह हमारी पकड़ से बहुत दूर निकल जाएगा।"

"पुलिस ऐड़ी-से-चोटी तक का जोर लगा रही है।"

"पता लगते ही हमें सूचित कीजिएगा।" कहने के बाद विभा ने उससे विदा ली और हम तीनों पुनः मंदिर की तरफ रवाना हो गए। रास्ते में काफी देर तक कार के अंदर खामोशी छाई रही। हमारी आंखों के सामने अभी तक जगमोहन के तड़पने का दृश्य चकरा रहा था।

एकाएक मैंने उस तनावपूर्ण सन्नाटे को भंग करने की गर्ज से सवाल किया–"क्या तुम्हें लगता है विभा कि पुलिस मनीराम बागड़ी को तलाश कर लेगी?"

"मैं एक बार फिर कहती हूं वेद कि मैं भविष्यवकता नहीं हूं और तुम्हारे सवाल का जवाब देना भविष्यवाणी करना ही होगा। यदि मैं भविष्यवाणी कर सकती हूं तो यह करती हूं कि मनीराम बागड़ी तक पहुंचने में चाहे हत्यारा सफल हो या पुलिस, लेकिन हत्यारा किसी भी सूरत में मेरी पकड़ से नहीं बच सकता।"

"अगर उसने बागड़ी को भी खत्म कर दिया तो . . . ?"

"सामने वाला भले ही हजार रास्ते बंद कर दे, किंतु निकालने वाले रास्ते निकाल ही लेते हैं वेद।" इस वक्त विभा के स्वर में मैं अजीब-सी दृढ़ता महसूस कर रहा था–"हत्यारे ने टिंगू को मेरे पास भेजा, बिरजू को इंजेक्शन लगाने के बाद जान-बूझकर मेरी आंखों के सामने मरने के

लिए छोड़ा गया। इन दो घटनाओं से लगता है हत्यारा मुझे चुनौती दे रहा है। चुनौतियां दे-देकर अपने काम को अंजाम दे रहा है, जगमोहन ने रेत पर पड़ी मछली के समान दम तोड़ दिया और मैं कुछ भी नहीं कर सकी, शायद हत्यारा ऐसे हालातों के जरिए यह कहना चाहता है कि मैं उसका कुछ नहीं कर सकती। वही होगा जो वह चाहेगा। अगर ये उसकी चुनौती है तो तुम्हारी विभा भी इस चुनौती को स्वीकार करती है दोस्त, अब होगा आक्रमण, जिसमें फंसकर वह सांप खुद ही अपनी केंचुली बदली देगा।"

विभा के शब्दों का अर्थ मैं ठीक से समझा नहीं था फिर भी कोई सवाल नहीं किया, अगर सच लिखा जाए तो वह ये है कि उस वक्त विभा से कोई सवाल करने की मेरी हिम्मत ही नहीं पड़ी थी।

इस वक्त उसकी मुद्रा ही इतनी कठोर थी कि मैंने उससे कोई भी सवाल करना ठीक नहीं समझा।

उस आफिसनुमा कमरे में पहुंचते ही विभा कुर्सी पर बैठी। हमने अपनी कुर्सियों पर बैठकर अभी पहली सांस भी नहीं ली थी विभा ने किसी से संबंध स्थापित करके कहा–"हैलो, वकील साहब।"

"जी बहूरानी।"

"क्या रहा?"

दूसरी तरफ से कहा गया–"अभी तक तो कुछ नहीं रहा, शायद कल।"

"कल . . . कल . . ." विभा अचानक उत्तेजित होकर चीख पड़ी–"आखिर कितनी कल करेंगे आप। यहां हत्यारे के हौंसले इतने बढ़ गए हैं कि वह कत्ल पर कत्ल किए जा रहा है।"

"स . . . सॉरी बहूरानी।"

"सॉरी कहने से कुछ नहीं होगा वकील साहब।" मैं पहली बार विभा को इतने गुस्से में देख रहा था–"एक नई एप्लीकेशन लीखिए, उस पहेली से संबंधित एक और हत्या हो गई है। मजिस्ट्रेट से कहिए कि वे कब तक जिन्दल पुरम् में इस किस्म की हत्याएं कराते रहेंगे।"

"मैं कल पूरी कोशिश करूंगा बहूरानी।"

"कल उस लॉकर को तोड़ डालने के आदेश जारी होने ही चाहिए और यदि कल भी आप इतनी हत्याओं के बावजूद अदालती ऑर्डर निकलवाने में कामयाब न हुए तो आप जानते हैं कि हम भी वकील हैं, हमें खुद ही अदालत में जाकर मजिस्ट्रेट से जिरह करनी होगी।"

"मुझे पूरा यकीन है बहूरानी की कल मुझे पूरी कामयाबी मिल जाएगी।"

"कल वह लॉकर टूटना ही चाहिए वकील सहाब। अपनी दलीलों से मजिस्ट्रेट को समझाइए कि इन हत्याओं का हत्यारा उस लॉकर में बंद है, जब तक लॉकर नहीं टूटेगा तक तक न केवल यूं ही दनदनाता रहेगा, बल्कि इसी तरह हर रोज निर्मम हत्याएं करता रहेगा।" कहने के बाद उसने दूसरी तरफ से बोलने वाले वकील का उत्तर सुने बिना रिसीवर क्रेडिल पर पटक दिया।

कुर्सी की पुश्त से पीठ टिकाकर विभा बुरी तरह हांफने लगी थी।

आप जरूर सोच रहे होंगे कि विभा ने फोन पर ये बातें किससे की हैं। जिन्दल पुरम् में होने वाली हत्याओं का किसी लॉकर से क्या संबंध है आदि! आपके दिमाग में अनेक सवाल चकरा रहे होंगे और उस समय स्वयं हमारे दिमागों में भी वे ही सवाल चरमरा रहे थे, चाहने के उपरान्त भी मैं अपनी उत्सुकता को दबा नहीं सका और सवाल किया–"ये फोन पर तुम किससे बातें कर रही थीं विभा?"

"अपने वकील से।" उसने शांत स्वर में जवाब दिया।

"वह तो मैं समझ गया, लेकिन यह नहीं समझा कि तुम्हारी बातों का आखिर मकसद क्या था–तुम अदालत से कौन-से लॉकर को तोड़ डालने के आदेश जारी करवाना चाहती हो, होने वाली हत्याओं से किसी लॉकर का क्या संबंध है, तुमने एक वाक्य बोला था कि उसी लॉकर में हत्यारा बंद है! आखिर कैसा लॉकर है, वह कितना बड़ा लॉकर है, जिसमें हत्यारा बंद हो सकता है?"

उसने बड़े इत्मिनान के साथ कहा–"तुम्हारे सभी सवालों का जवाब

कल तक मिल जाएगा।"

उस वक्त करीब साढ़े ग्यारह बजे थे जब भुर्राट सफेद बालों वाले अधेड़ आयु के एक वकील ने कमरे में प्रवेश किया। वकील के लंबे-तगड़े और हृष्ट-पुष्ट जिस्म पर सफेद पतलून और काला कोट था, उसका चेहरा चौड़ा, रंग गोरा और नाक मोटी थी, मोटी नाक पर काली कमानी वाला, मोटे लैंसों का चश्मा रखा था।

कुल मिलाकर वकील को आकर्षक व्यक्तित्व का मालिक कहा जा सकता है।

उससे हुई वार्ता से पहले मैं आपको यह बात दूं कि डॉक्टरों की भरपूर कोशिश के बाद भी पिछले दिन जगमोहन उर्फ बिरजू को साढ़े चार बजे के बाद जीवित नहीं रखा जा सका था–श्रीकान्त ने रिपोर्ट दी थी कि वह बराबर महेन्द्रपाल सोनी की निगरानी कर रहा है, जिंगारू ने उससे किसी भी जरिए से संबंध स्थापित करने की कोशिश नहीं की है, उधर, वकील के आने से पांच मिनट पूर्व की रिपोर्ट के मुताबिक पुलिस त्रिवेदी या मनीराम बागड़ी में से किसी को भी तलाश नहीं कर पाई थी।

मनीराम बागड़ी की भी लाश कहीं नहीं मिली थी।

वकील के कमरे में प्रविष्ट होते ही विभा ने खड़े होकर उसका स्वागत किया, बहुत ही अधीरतापूर्वक बोली–"क्या रहा वकील साहब?"

"आदेश जारी हो गए हैं।" कहने के साथ ही अदालत के हुक्म की नकल वकील ने मेज पर रख दी।

"गुड!" कहती हुई विभा ने लगभग झपटकर कागज़ उठा लिया। पढ़ने लगी, अत्यधिक उत्साह के कारण न तो वह स्वयं ही बैठी थी और न ही वकील से बैठने के लिए कहा था। अदालत के हुक्म को वह पढ़ती ही चली गई। पूरा पढ़ते-पढ़ते उसका चेहरा चमक उठा, बोली, "वैरी गुड, ये आदेश तो आज ही के लिए हैं।"

"जी हां।"

"क्या इसकी नकल बैंक और पुलिस अधिकारियों पर पहुंच गई

है?"

"जी हां, मैं इधर आया हूं। फैसले की नकल लेकर अदालत के आदमी उनके पास पहुंच गए होंगे।"

"आपके ख्याल से आज लॉकर किस वक्त तक टूट जाएगा।"

"जी, डेढ़ बजे तक।"

विभा अपनी कुर्सी पर बैठ गई और अचानक ही मुझसे संबोधित होकर बोली–"कल तुम वकील और लॉकर से संबंधित जो सवाल कर रहे थे वेद। अब मैं तुम्हें उन सभी सवालों को सवाल दे सकती हूं।"

"मैं जानने के लिए बहुत उत्सुक हूं।"

"दरअसल बहुत पहले ही मैंने वह पहेली हल कर ली थी, जिसे हल न कर पाने की सूरत में अनूप को आत्महत्या कर लेनी पड़ी या जोगा तथा बिरजू को अपने प्राणों से हाथ धोने पड़े।"

"ये तुम क्या कह रही हो?" हम इस तरह उछल पड़े जैसे बिच्छू ने डंक मार दिया हो।

"अगर तुमने यह सोचा था कि मैं उस पहेली को भूली हुई हूं, या अत्यधिक व्यस्तता के कारण उसे हल नहीं कर रही हूं तो यह तुम्हारी भूल ही थी।" विभा ने कहा–"जिस पहेली को हल कर पाने की सूरत में उन्होंने आत्महत्या कर ली, जिस पहेली को हत्यारा अपने प्रत्येक शिकार से हल करवाना चाहता है, जरा सोचो कि उस पहेली का इस केस से कितना गहरा संबंध होगा और फिर यह सोचो कि मैं, जिसने इस केस को हल करने की कसम खाई है, क्या उस पहेली को इतने समय तक डिले करूंगी, कभी नहीं वेद।"

"तुमने पहेली कब हल की?"

"उनकी मृत्यु वाली रात ही को।"

"लेकिन तुमने बताया नहीं!"

"उसकी मैंने जरूरत नहीं समझी।"

"ल . . . लेकिन उस पहेली का हल आखिर है क्या?"

"कमरे से तुम्हारे जाते ही मैं उसे पहेली को लेकर बैठ गई और सच

मानना अपने पास ही रिवाल्वर भी रख लिया, मैंने मन ही मन प्रतिज्ञा की थी कि इस पहेली को साढ़े तीन घंटे में हल करूंगी और न कर सकी तो उनकी तरह आत्महत्या कर लूंगी, लेकिन जब लेकर बैठी तो केवल तीस मिनट में हल कर दी।"

"तीस मिनट में?"

"हां, पहेली चीज ही ऐसी होती है कि यदि समझ में आए तो एक मिनट में आ जाए, न आए तो सात जन्म भी समझ में न आए, इसमें शक नहीं कि पहेली का हल हमें हत्यारे तक पहुंचा देगा।"

"तो फिर अब तक हत्यारा तुम्हारी पकड़ से दूर क्यों है?"

"बताती हूं।" कहने के साथ ही विभा ने दराज से एक कागज़ निकालकर मेरे सामने मेज़ पर फैला दिया, उस कागज़ पर वही पहेली बनी हुई थी, बोली–"अब जरा ध्यान से इस पहेली को देखो, सबसे बड़े त्रिभुज को घेरे अंग्रेजी वर्णमाला का अक्षर 'एस' बना हुआ है।"

"इतना तो मैं भी समझ गया था।"

"इस 'एस' का क्या मतलब है स्टेट बैंक।"

"ये क्या बात हुई?" मैं बोला–"एस से हम स्टेट बैंक की क्यों बनाएं, 'एस' से तो अनगिनत शब्द बन सकते हैं।"

"लेकिन इस 'एस' के अंदर छः छोटे-छोटे वृत्त बने हुए हैं, ये वृत्त भरे हुए हैं। केवल प्रत्येक वृत्त के केंद्र से निचले सिरे तक एक साफ और सीधी रेखा नजर आ रही है।"

"बेशक, लेकिन इन वृत्तों से क्या अर्थ निकलता है?"

"अब जरा स्टेट बैंक का चिन्ह याद करो।"

"ओह! मेरे मस्तिष्क की नसें खुलती चली गईं।"

"स्टेट बैंक का चिन्ह यही है, यानी एक भरा हुआ वृत्त। वृत्त के केन्द्र से निकली हुई एक सरल रेखा-वृत्त का भरा हुआ भाग अंधेरे का प्रतीक है और केन्द्र से निकली रेखा प्रकाश का, ये चिन्ह कहता है कि अंधेरे में प्रकाश की किरण, स्टेट बैंक।"

"गुड!"

"ये चिन्ह बताता है कि इस 'एस' का मतलब केवल स्टेट बैंक है, अन्य कुछ नहीं।"

"आगे?"

"त्रिभुज के अन्य बाईं तरफ लिखा है 'L' दाई तरफ 'No' यानी नंबर। कॉमन सेन्स की बात है कि जहां स्टेट बैंक और नंबर आ गया वहां 'एल' का मतलब 'लॉकर' ही हो सकता है, यानी अब हमारे पास शब्द इकट्ठे हो गए। स्टेट बैंक लॉकर नंबर।"

"लेकिन नंबर तो कहीं लिखा नहीं है।"

"ये त्रिभुज क्या है?"

"मतलब।"

"तुम्हारे सामने फीगर है। एक बड़े त्रिभुज के अंदर ढेर सारे छोटे-छोटे त्रिभुज। जरा इन त्रिभुजों को गिनों और गिनकर जल्दी से बताओ कि ये कितने त्रिभुज हैं?"

मैं इन त्रिभुजों को गिनने लगा, मेरे अलावा मधु भी गिन रही थी। विभा आराम से अपनी कुर्सी की पुश्त से टेक लगाकर बैठ गई, गिनने के बाद मधु ने कहा–"बारह।"

विभा के होंठों पर बरबस ही मुस्कान उभर आई, बोली–"इतनी जल्दी मत करो मधु बहन, मुझे आधा घंटा इन्हीं त्रिभुजों को गिनने में लगा था, यही कह सकती हूं तुमने बताए हैं वास्तव में ये उससे दुगने, तिगुने से कहीं ज्यादा हैं।"

मैं अभी तक गिन रहा था, मधु भी पुनः लगी थी। त्रिभुजों को गिनता-गिनता मैं हर बार चक्कर में आ जाता, दरअसल मैं जिधर देखता वहीं मुझे एक नया त्रिभुज नजर आता। जब मुझे लगा कि मैं सारे त्रिभुज गिन चुका हूं और अब कोई नहीं बचा है तो बोला, "इकत्तीस।"

"अभी तो तुम आस-पास भी नहीं पहुंचे हो दोस्त।"

तब फिर तुम ही बताओ, मैं पूरी कोशिश कर चुका हूं। इकत्तीस से ज्यादा नहीं गिने गए।

"ये सैंतालीस त्रिभुज हैं।"

"स . . . सैंतालीस?" मेरे मुंह से अविश्वसनीय स्वर निकल पड़ा।

"हां, पूरे सैंतालीस।"

"किस तरह, क्या तुम गिनवा सकती हो?"

"जरूर।" कहने के बाद वह कागज़ पर झुकी और फिर उस आकृति में बने त्रिभुज गिनवाने लगी, जैसे-जैसे वह गिनवाती जा रही थी, इकत्तीस के बाद वह ऐसे-ऐसे त्रिभुज गिनवाने लगी जो दरअसल मुझे नजर नहीं आए थे और उसने मुझे पूरे सैंतालीस त्रिभुज गिनवा दिए, जब मैंने स्वीकार कर लिया तो बोली–"अब पूरा मतलब ये निकला।" स्टैट बैंक लॉकर नंबर, सैंतालीस।

"वैरी गुड, लेकिन इससे लाभ क्या हुआ?"

"इस पहेली से जो मतलब निकलता है उससे जाहिर है कि किसी ने अपने उत्तराधिकारी को सांकेतिक भाषा में अपना लॉकर नंबर बताया है, निश्चय ही इस लॉकर में उस उत्तराधिकारी के लाभ की कोई वस्तु होगी।"

"लॉकर में तो आमतौर से लोग जेवर-गहने आदि ही रखते हैं।"

"जरूरी नहीं है, कुछ और भी रख सकते हैं। कोई वसीयत या किसी किस्म के जरूरी कागज़ात। हां, ये तय है कि प्रत्येक व्यक्ति लॉकर में अपनी अमूल्य वस्तु रखता है, वही अमूल्य वस्तु वे अपने-अपने उत्तराधिकारी को सौंपना चाहता है, इस पहेली का हल भी यही कह रहा है। अब हम हत्यारे पर आते हैं, क्योंकि हत्यारा इस पहेली को हल न करने वाले ही हत्या कर देता है, जाहिर है कि पहेली को वह स्वयं भी हल नहीं कर सका है, यदि कर चुका होता तो अब तक लॉकर तक पहुंच चुका होता और किसी से इसका हल न पूछता। हत्यारे के कृत्य से यह भी जाहिर है कि उसके किसी अभिभावक ने उसे इस रूप में अपना लॉकर नंबर बताया, परंतु वह समझ नहीं सका और इसी झुंझलाहट पर कत्ल-पर-कत्ल करने लगा।"

"लेकिन स्टेट बैंक की लाखों शाखाएं हैं, फिर यह कैसे समझा जाए कि यह लॉकर नंबर कौन-सी शाखा का है?"

"तुमने एक अच्छा सवाल किया है।" विभा बोली–"यही प्रॉब्लम मेरे सामने भी आई थी, मगर फिर मैंने सोचा कि जहां घटनाएं घट रही हैं उसी जगह के स्टेट बैंक को चैक किया जाए, जिन्दल पुरम में स्टेट बैंक की केवल चार शाखाएं, दो में लॉकर नहीं है और दो में हैं। जिन दो में हैं, हमारा वकील उनमें से एक के मैनेजर से मिला। पता लगा कि लॉकर नंबर सैंतालीस का मालिक कोई 'सुब्त मुखर्जी' हैं जो नियमपूर्वक हर महीने अपने लॉकर खोलने आता है। वकील दूसरे बैंक के मैनेजर से मिला, पता चला कि पिछले चार साल से लॉकर किसी 'बंकमदास' के नाम है, परंतु वह पिछले चार साल से लॉकर खोलने नहीं आया है बस, ये प्वाइंट इस बात को साबित करने के लिए काफी है कि पहेली का संकेत इसी लॉकर की तरफ है।"

"वैरी गुड।" मेरे मुंह से बरबस ही निकल पड़ा।

"बंकमदास पास के पहाड़ी गांव, चन्दनपुर का रहने वाला था, बैंक के रजिस्टर में उसका पूरा पता दर्ज है, जिसके आधार पर बैंक के आदमी ने चन्दनपुर जाकर बंकमदास की खैर-खबर ली। पता लगा कि चार साल पहले किसी दुर्घटना में बंकमदास और उसका सारा परिवार मर चुका है, बैंक परिवार के किसी वारिस को ढूंढने में नाकामयाब रहा और हमारे पास लॉकर की चॉबी भी नहीं, बिन चॉबी के लॉकर खुल नहीं सकता, सिर्फ टूट सकता है और लॉकर तुड़वाने में तो लॉकर के असली मालिक को भी दांतों पसीना आ जाता है, जबकि हमारा तो यह लॉकर भी नहीं है, इसलिए हमारे द्वारा लॉकर को तुड़वाना बेहद कठिन काम था। किसी का लॉकर बैंक वाले भी बिना अदालत के आदेश के नहीं तोड़ सकते। हमें उम्मीद थी कि लॉकर में ऐसी कोई न कोई वस्तु जरूर होगी तो वर्तमान केस के हत्यारे पर प्रकाश डालेगी, इसीलिए लॉकर तुड़वाना जरूरी था। हमने अपने वकील को इसी काम पर लगा दिया। ये तभी से, अदालत से यह आदेश प्राप्त करने की कोशिश कर रहे थे, आज सफल हुए हैं।"

"आज भी बड़ी मुश्किल से सफलता मिली है, बहुरानी।" वकील

बोला–"माननीय मजिस्ट्रेट ने आदेश तभी जारी किए जब मैं उन्हें ठीक से इस पहेली का हल और यह समझाने में कामयाब हुआ कि लॉकर नंबर सैंतालीस का संकेत इसी शाखा के लॉकर नंबर सैंतालीस से है और इस पहेली के चक्कर में कत्ल-पर-कत्ल हुए चले जा रहे हैं। यदि लॉकर को तोड़कर न देखा गया कि उसमें क्या है तो अभी और कत्ल होंगे।"

"लेकिन बंकमदास ने अपने उत्तराधिकारी को लॉकर नंबर इस पहेली के जरिए ही क्यों बताया?"

"ऐसे बहुत से सवाल हैं, जिनके अभी हमें जवाब खोजने हैं।" विभा ने कहा।

स्टेट बैंक की शंकर स्ट्रीट पर स्थित शाखा के अंदर अंडर ग्राउण्ड, लॉकर हॉल में इस वक्त मैं, मधु, विभा, वकील, आई.जी. पुलिस, बैंक मैनेजर, बैंक चेयरमैन, मजिस्ट्रेट महोदय, दो आम जनता से लिए गए व्यक्ति और गोदरेज कंपनी से आए लॉकर तोड़ने वाले कर्मचारी थे।

सबकी सहमति से लॉकर नंबर सैंतालीस तोड़ा जाने लगा।

यह सोच-सोचकर मेरा दिल धड़क रहा था कि आखिर इस लॉकर में क्या निकलेगा?

जो भी निकलेगा, क्या वह वर्तमान केस पर कोई रोशनी डाल सकेगा?

कुछ ही देर में लॉकर टूट गया। उसके अंदर से एक पुड़िया निकाली गई, जिसमें बीस जगमगाते हुए हीरे थे। उनके अलावा एक नैकलेस का, नैकलेस चांदी का बना हुआ था और उसमें जगह-जगह कीमती हीरे जड़े हुए थे।

नैकलेस को देखकर विभा की आंखें अजीब से अंदाज में सिकुड़ती चली गईं, जबकि आई.जी. साहब अचानक ही चौंककर कह उठे–"अरे, ये हीरे तो सर्राफ शिखर चन्द जैन के हैं।"

"कौन शिखर चन्द जैन?" विभा ने चौंककर पूछा।

"महानगर के माने हुए रईस हैं, इन हीरों को शिखर से इन्हें चोरी

कर लिया गया था।"

विभा की आंखें चमकने लगीं, बोली–"पहले यहां की कार्रवाई निबट जाए आई.जी. साहब, उसके बाद हम आराम से बैठकर इस बारे में बातें करेंगे।"

आई.जी. साहब ने आगे बढ़कर मजिस्ट्रेट महोदय से कहा–"लॉकर से निकला हुआ ये सामान वर्तमान केस की छान-बीन के लिए, कुछ दिनों के लिए पुलिस को चाहिए। आप सामान का पंचनामा तैयार करके, इन सब गवाहों के सामने यह सामान पुलिस कस्टडी में देने की कृपा करें।"

मजिस्ट्रेट महोदय ने यह अपील स्वीकार कर ली।

पंचनामे के बाद हीरे और नैकलेस आई.जी. साहब को सौंप दिए गए।

आई.जी. पुलिस हमारी गाड़ी में, विभा के समीप अगली सीट पर बैठे थे। मैं और मधु पिछली सीट पर थे। कार के आगे पीछे इस वक्त पुलिसमैनों से भरी दो जीपें चल रहीं थीं। हम सर्राफ शिखर चन्द जैन से मिलने महानगर जा रहे थे। अन्य लोगों को विदा करके बैंक से हम सीधे महानगर के लिए ही रवाना हो गए थे।

काफी देर से छाई खामोशी को तोड़ती हुई विभा ने आई.जी. से सवाल किया–"इन हीरों को देखते ही आपने कैसे कह दिया कि ये शिखर चन्द जैन के हैं।"

"मेरे इस पद पर रहते यही एक ऐसा अपराध हुआ था, जिसे मैं कभी नहीं भूल सकता।"

"इस अपराध में ऐसी क्या खास बात थी?"

"सबसे पहली तो यही कि ये हीरे पांच लाख के थे, इतनी बड़ी रकम के हीरे चोरी हो जाना ही काफी सनसनीखेज था, शिखर चन्द जैन की महानगर में तुती बोलती है। उन्होंने अखबार वालों को पैसे दे-देकर पुलिस विभाग पर कीचड़ उछलवानी शुरू कर दी। पुलिस इन हीरों के चोरों का पता नहीं लग पा रही थी और बस, पुलिस की इसी

नाकामी पर बुरी तरह हो-हल्ला मच गया। शिखर चन्द के संबंध सीधे केन्द्रीय मंत्रियों से भी हैं और इसी वजह से कई मंत्रियों के फोन सीधे मेरे पास आए। आप तो जानती ही हैं कि हम जैसे अधिकारियों से मंत्रियों के बात करने और आदेश देने का ढंग क्या होता है। उस वक्त तो ये लोग बिल्कुल चिढ़ ही जाते हैं जबकि पूरी कोशिश के बावजूद भी पुलिस कुछ कर न पा रही हों संक्षेप में आप इतना समझ लीजिए कि कई मंत्रियों ने मुझसे यहां तक कह दिया कि अगर शिखर चन्द के हीरे नहीं मिले तो मैं अपने पद पर बना नहीं रह सकूंगा, इसलिए ये चोरी का केस मुझे खुद देखना पड़ा। अपनी तफ्तीश मैंने सबसे पहले शिखर चन्द के यहां से ही शुरू की। हीरे उनके घर से ही गायब हुए थे। सबसे पहले मैंने घटनास्थल का निरीक्षण किया और वहां से चोरों के निशानादी उठवाए। उसके बाद शिखर चन्द से कहा कि क्या वे हमें अपने हीरों की पहचान बात सकते हैं ताकि कहीं मिलने पर पहचाने जा सकें, जब उन्होंने हमें दो फोटोग्राफ्स दिए। एक फोटोग्राफ सभी हीरों का था जो संख्या में बीच थे, फोटो कुछ इस ढंग से लिया गया था कि बीसों हीरों को अलग-अलग बड़ी आसानी से गिना जा सकता था, दूसरे फोटोग्राफ में उनमें से एक हीरे का बहुत बड़ा फोटो था, उसमें हीरे की बनावट बिल्कुल स्पष्ट देखी जा सकती थी और शिखर चन्द ने बताया था कि इन हीरों की विशेषता यही है कि ये बीस के बीस-हू-ब-हू एक ही बनावट के हैं, जैसे प्रकृति ने इन्हें एक ही 'ढाल' में ढाला हो। मैंने हीरे की बनावट और प्रत्येक कटाव अच्छी तरह दिमाग में बैठा लिया।"

"ओह, तो इसलिए आपने हीरों को देखते ही पहचान लिया?"

"जी हां, उन हीरों को भला मैं कैसे भूल सकता हूं जिन्होंने न केवल मेरा ट्रांसफर करा दिया था, बल्कि मेरे कैरियर पर लापरवाही तथा अकर्मठता का दाग भी लगा दिया था।"

"दाग?"

"जी हां।" आई.जी. महोदय ने बताया–"घटनास्थल से हमें पांच

व्यक्तियों के निशान मिले, जिससे मैं इस नतीजे पर पहुंचा कि चोरों की संख्या पांच थी। वे निशान मैंने महानगर के एक-एक चोर से मिला लिए। सर्राफे में पता नहीं कितने मुखबिर छोड़े, गर्ज यह कि एक महीने तक हम अपनी सभी कोशिशों के बावजूद भी न तो चोरों को ही तलाश कर सके, न एक भी हीरे को। फाइल बंद कर देनी पड़ी, परिणामस्वरूप ऊपर से मुझ पर लापरवाही और अकर्मठता का आरोप लगाकर मेरा ट्रांसफर कर दिया गया। मेरी आंखों के सामने यही हीरे चमकते रहे। अभी एक वर्ष ही हुआ है कि संयोग से मेरा ट्रांसफर पुनः यहां हो गया।"

"और संयोग से आज ये हीरे आपको मिल गए।"

"हां, मैं इसे संयोग ही कहूंगा। मैंने कभी ख्वाब में नहीं सोचा था कि कुदरत कभी ऐसे चमत्कारिक ढंग से ये हीरे मेरे ही सामने ला पटकेगी और मैं अपने करेक्टर पर लगे दाग को किसी हद तक साफ कर सकूंगा, लेकिन यह सब कुछ आपकी वजह से हो सका है बहूरानी। न कभी कोई उस पहेली को हल कर पाता, न कभी कोई उस लॉकर को तुड़वाने के लिए इतनी जिद्दोजहद करता और न ही मेरा नसीब जागता।"

"हमने तो अपना केस हल करने के लिए लॉकर तुड़वाया था।"

"मुझे अफसोस है कि लॉकर टूटने से आपको कोई विशेष मदद नहीं मिली, लेकिन आपकी वजह से हमें जो मिला है उसके लिए हम हमेशा आपके आभारी रहेंगे, आपका शुक्रिया अदा करने के लिए हमारे पास शब्द नहीं हैं।"

"आपने यह कैसे समझ लिया कि लॉकर के टूटने से हमें कोई मदद नहीं मिली है।"

"क्या मतलब?"

"दरअसल आपका चार साल पहले का केस हमारे वर्तमान केस से जुड़ गया है।"

"आप ये क्या कह रही हैं, हम समझे नहीं।"

"क्या आप इन हीरों को चुराने वाले मुजरिमों के नाम बता सकते हैं?"

"उनमें से एक तो वही होना चाहिए, जिसके नाम से यह लॉकर था, यानी बंकमदास।"

"बाकी चार?"

आई.जी. साहब उलझ गए, "बाकी चार का नाम अभी कैसे जान सकते हैं?"

"शायद मैं बात सकती हूं।"

"अ . . . आप?" आई.जी. साहब ने चौंककर विभा की तरफ देखा।

"जी हां।"

"आपने अपने वाक्य में 'शायद' शब्द लगाया है, इस शायद से क्या मतलब?"

"यह कि फिलहाल मैं अपना अनुमान पेश कर सकती हूं, पुष्टि थोड़ी-सी जांच के बाद हो सकेगी।"

"कैसी जांच?"

"आपको इन हीरों की चोरी से संबंधित फाइल रिकार्ड से निकालनी होगी, उसमें उन पांचों चोरों के फिंगर प्रिन्ट्स आदि चिन्ह होंगे, उन्हें उन आदमियों से मिलाने भर की देर है, जिन पर मुझे शक है।"

"आपको किन लोगों पर शक है?"

"उन्हीं लोगों पर जिनके वर्तमान केस में मर्डर हो रहे हैं यानि अनूप, जोगा उर्फ इकबाल गजनवी, जगमोहन उर्फ बिरजू चौथे का नाम है टिंगू उर्फ मनीराम बागड़ी।"

"य . . . ये आप क्या कह रही हैं?" आई.जी. साहब चकित रह गए–"भ . . . भला अनूप बाबू हीरों की चोरी में क्यों शामिल होंगे। ये हीरे केवल पांच लाख के हैं। उनके लिए पांच लाख भला मायने ही क्या रखते थे। अगर सच पूछा जाए तो अनूप बाबू शिखर चन्द जैन जैसे सैकड़ों सेठों को खरीद कर डाल दें।"

विभा के होंठों पर बड़ी ही फीकी-सी मुस्कान उभरी, बोली–

"भगवान करे आप ही की बात सच हो, लेकिन जांच के बाद दूध-का-दूध, पानी-का-पानी हो जाएगा।"

"अगर आपका अनुमान यही है तो मैं सच्चे दिल से यही प्रार्थना करूंगा कि अनुमान गलत हो।"

इन शब्दों से आई.जी. साहब के मन में अनूप के लिए छुपी श्रद्धा अनावृत होती थी, यह सोचकर विभा धीमे से मुस्कुरा उठी, बोली– "लॉकर में से हीरों के साथ एक नैकलेस भी मिला है।"

"हां।"

"उसके बारे में आप क्या सोचते हैं?"

"हम समझे नहीं।"

विभा ने कहा–"नैकलेस पर नजर पड़ते ही मैं चौंकी थी, वजह ये थी कि नैकलेस पर नजर पड़ते ही मुझे लगा था कि मैं उसे पहचानती हूं। लगा कि नैकलेस आज से पहले भी मैंने कहीं देखा है।"

"कहां?"

"काफी दिमाग लगाने के बावजूद भी अभी तक याद नहीं आ सका है।"

"अजीब बात है?"

"खुद मुझे भी अपनी बात अजीब-सी लग रही है, पता नहीं नैकलेस कहां देखा है। जब तक मैं उसे देखती रही तब तक लगता रहा कि बस, मुझे याद आने वाला है। लॉकर में से चोरी के हीरे मिलना साबित करता है कि बंकमदास एक चोर था, निश्चय ही यह नैकलेस भी उसने कहीं से चुराया होगा। अगर याद आ जाए तो शायद स्पष्ट हो जाए कि बंकमदास ने इसे कहां से चुराया था?"

"आपको याद करने की कोशिश करनी चाहिए।"

"इस भाग-दौड़ से फुर्सत मिलने पर जरूर करूंगी।"

विभा ने कहा–"लेकिन उसके लिए आपको मेरी थोड़ी मदद जरूरी करनी होगी।"

अगर मैं यहां अपनी अवस्था का वर्णन करूं तो वह बड़ी अजीब

थी–घटनाएं जिस तेजी से जिस सुलझे हुए अंदाज में आगे बढ़ रहीं थीं, उनसे मुझे लग रहा था कि शीघ्र ही बुरी तरह उलझा हुआ यह केस सुलझने वाला है, इसकी सारी गुत्थियां एक-एक करके बिखरने वाली हैं।

विभा और आई.जी. महोदय सारे रास्ते इसी केस के संबंध में बातें करते रहे, मैं और मधु बुद्धिमत्ता से भरे उनके डिस्कशन को सुनते रहे थे। महानगर में दाखिल होने के बाद हमारी कार सीधी सर्राफ शिखर चन्द जैन के शानदार बंगले की तरफ बढ़ी और कुछ ही देर बाद हमारी कार बंगले के पोर्च में खड़ी थी और हम उस बंगले के भव्य ड्राईंग रूम में शिखर चंद जैन के सामने बैठे थे।

जैन अपने हीरों को देखते ही न केवल पहचान गया, बल्कि खुशी से झूम भी उठा। आई.जी. साहब को उसने लपककर गले लगा लिया था, कहने लगा–"आपने कमाल कर दिया, चार साल बाद इन हीरों को ढूंढ निकालना वाकई हैरत की बात है, अगर सच पूछा जाए तो मैं अपने हीरों को भूल ही चुका था।"

"भले ही आप भूल गए हों, लेकिन कम-से-कम मेरे लिए इन्हें भूलना संभव नहीं था।"

नाश्ते आदि के बाद जब हम चलने लगे तो जैन ने आई.जी. से अपने हीरे मांगे, जवाब में आई.जी. साहब ने कहा–"धैर्य रखिए सेठजी, हीरे आपके हैं और जब मिल ही गए हैं तो अंततः आप ही के पास पहुंच जाएंगे। फिलहाल ये पुलिस कस्टडी में हैं और इस वक्त तो मैं आपसे सिर्फ इनकी शिनाख्त कराने लाया था। वह हो चुकी है, अब हमारा अगला काम इन्हें चुराने वालों का पता लगाना है। जरा उन चोरों की शक्ल तो देखें जिन्होंने हमारे बेदाग कैरियर पर धब्बा लगा दिया था।"

शिखर चन्द जैन केवल ठहाका लगाकर हंस पड़ा। वहां से हम आई.जी. साहब के ऑफिस में पहुंचे। चार साल पहले हुई चोरी से संबंधित फाइल आई.जी. साहब ने वहीं मंगा ली थी। फाइल में मौजूद

फोटोग्राफ्स से हीरों को मिलाने पर विभा सहित हम सबको मानना पड़ा कि हीरे वही हैं। फाइल में पांचों चोरों के फिंगर प्रिंट्स भी मौजूद थे।

आई.जी. साहब न कहा–"लाशों का दाह संस्कार करने से पहले पुलिस अपने रिकार्ड के लिए मृतक के फिंगर प्रिंट्स आदि रखती है। संबंधित फाइलों में उनकी उंगलियों के निशान भी होंगे जिन पर आपके चोर होने का शक है, पुष्टि करने के लिए अब केवल इन निशानों से मिलाना ही बाकी है।"

"जी हां।"

"तो वापस जिन्दम पुरम् चलें।"

"अंततः जिन्दल पुरम् तो जाना ही है, मगर मैं ये सोच रही थी कि जिन्दल पुरम् जाने से पहले हमें जयपुर हो आना चाहिए।"

"जयपुर क्यों?"

"मैं वर्तमान केस के संदिग्ध मुजरिम एस.एन. त्रिवेदी के पुश्तैनी मकान का निरीक्षण करना चाहती हूं।"

"ओह, श्योर।" कहने के साथ ही आई.जी. साहब उठ खड़े हुए।

जयपुर पहुंचने के बाद हमारा काफिला सीधा एस.एन. त्रिवेदी के पुश्तैनी मकान पर पहुंचा, हां मैं उसे काफिला ही कहूंगा, क्योंकि हमारी कार प्रत्येक क्षण दो पुलिस जीपों से घिरी रही थी। ऐसा इसलिए था, क्योंकि हमारे साथ आई.जी. साहब थे और उनके पास बैंक लॉकर से निकला कीमती सामान।

गुलाबी रंग से पुता वह मकान दो मंजिला था, ऊपर के हिस्से में एक छोटा-सा परिवार किराए पर रहता था। किराए पर रहने वाले परिवार का मुखिया एल.आई.सी. विभाग में क्लर्क था और उसका नाम राधेश्याम स्वामी था। मकान के निचले हिस्से में ताला लगा हुआ था।

पहले तो इतनी सारी पुलिस और आई.जी. को देखकर स्वामी घबरा ही गया, लेकिन जब उसे बताया गया कि वे त्रिवेदी के बारे में पूछताछ करने आए हैं तो कुछ आश्वस्त हुआ। स्वामी ने बताया कि

मकान के निचले हिस्से में त्रिवेदी का अपना ताला पड़ा है। बहुत से किराएदारों ने उसे किराए पर लेने की पेशकश की, परंतु इस हिस्से को त्रिवेदी ने कभी किराए पर नहीं उठाया। अपना किराया वह हर महीने मनीऑर्डर द्वारा त्रिवेदी के पते पर जिन्दल पुरम् भेजता रहा है। पूछने पर स्वामी ने बताया कि त्रिवेदी मकान पर अंतिम बार लगभग तीन महीने पहले आया था।

चैक करने के लिए विभा ने हेयर पिन से निचले हिस्से का ताला खोला। जगह-जगह मौजूद गर्द से ही जाहिर था कि इस हिस्से को एक लंबे समय से खोला नहीं गया है।

सबसे अंतिम कमरे के बंद दरवाज़े पर भी एक मोटा ताला लटका हुआ था, विभा ने ताले को खोला और दरवाज़े खुलते ही हम सब बुरी तरह उछल पड़े। मधु के कंठ से तो एक जबरदस्त चीख ही जो उबल पड़ी।

मेरे मुंह से निकलने वाली चीख हलक ही में घुटकर रह गई थी।

स्वयं आई.जी. और विभा के चेहरे पर भी हैरत नाच रही थी। हम सबकी दृष्टि कमरे के एक कोने में पड़े पलंग पर स्थिर होकर रह गई थी, पलंग पर एक लाश पड़ी थी–एस. एन. त्रिवेदी की लाश।

हमारी तो बात ही दूर, शायद आई.जी. और विभा ने भी यहां त्रिवेदी की लाश की कल्पना नहीं की थी। इसलिए वे अभी तक हक्के-बक्के से खड़े लाश को देख रहे थे। सबसे पहले विभा ने ही यहां त्रिवेदी की लाश की कल्पना नहीं की थी। सबसे पहले विभा ने ही खुद को नार्मल किया और बहुत ही सावधानीपूर्वक पलंग की तरफ बढ़ी। आई.जी. साहब भी लगभग उसके साथ ही थे।

हम अपने स्थान पर ऐसे जड़ होकर रह गए थे कि हिल तक न सके।

नजदीक जाकर विभा ने देखा। लाश का रंग बिल्कुल नीला पड़ हुआ था, मरने से पहले त्रिवेदी के मुंह से निश्चय ही झाग निकले थे क्योंकि उसके होंठों से नीचे गर्दन और वर्दी के गिरेबान पर धब्बे से पड़े हुए थे।

पलंग पर दाईं तरफ एक छोटी-सी शीशी लुढ़की पड़ी थी, जिसके

लेबिल पर 'पॉयजन' लिखा था। उसके समीप ही शीशा काटने वाला एक 'हीरा' पड़ा हुआ था।

विभा और आई.जी. की दृष्टि लगभग साथ ही पीछे की संकरी गली में खुलने वाली खिड़की की तरफ गई। खिड़की बंद थी, अंदर से चटकनी भी चढ़ी हुई थी, परंतु शीशे का एक वर्गाकार हिस्सा कटा हुआ था।

संकरी गली में खड़ा होकर कोई भी व्यक्ति कटे भाग में से हाथ डालकर चटकनी खोल सकता था।

खिड़की के नीचे फर्श पर शीशे के वर्गाकार हिस्से का कांच बिखरा हुआ था।

"लगता है कि यह केस पूर्ण रूप से खत्म हो गया है।"

विभा ने चौंककर पूछा–"क्या मतलब?"

"घटनास्थल पर मौजूद शाहदतें एक कहानी कह रही हैं।"

"क्या वह कहानी आप मुझे सुनाएंगे?"

"दरअसल वर्तमान केस में होने वाली हत्याएं त्रिवेदी ही कर रहा था, इसे विश्वास था कि इसकी योजना सुदृढ़ है और कोई भी इस तक नहीं पहुंच सकता, परंतु आपने इसके फ्लैट तक पहुंचकर इसे नर्वस कर दिया, घबरा दिया, यह समझ गया कि अब दुनिया की कोई भी ताकत इसे कानून की गिरफ्त से नहीं बचा सकती। यह पूरी तरह निराश होकर जयपुर आया, यह सोचकर कि कोई देख न ले, संकरी गली में पहुंचा। पलंग पर पड़े हीरे से शीशा काटा, चटकनी खोली। कमरे में आकर खिड़की बंद की। पलंग पर लेटकर जेब से पॉयजन की शीशी निकाली जो इसने पहले ही खरीद रखी थी। जिल्लत, बेइज्जती, मुकदमे और फांसी की सजा से बचने के लिए अपने इस पुश्तैनी मकान में जहर खाकर आराम की नींद सो गया।"

"हत्यारा हमें यही कहानी समझाना चाहता है।" विभा ने शांत स्वर में कहा।

"क्या मतलब?"

"अब मैं दावे के साथ सकती हूं कि त्रिवेदी कभी मुजरिम नहीं था।"

"ये आप क्या कह रही हैं?"

"मुंह से निकलने वाले झागों के दाग केवल त्रिवेदी की गर्दन और कमीज के कालर तक सीमित हैं, पलंग पर बिछी चादर पर कोई दाग नहीं है, जबकि झाग गर्दन और कालर से होते हुए गिरे हैं। ये दाग असल में वहां जरूर गिरे होंगे, जहां इसे जहर दिया गया।"

"ओह।"

विभा कहती ही चली गई–"लाश को जयपुर लाकर यहां, त्रिवेदी के पुश्तैनी मकान में, इस अवस्था में डालने से हत्यारे की अद्भुत दूरदर्शिता का परिचय मिलता है। वह जानता था कि जिन्दल पुरम् से कोई भी त्रिवेदी के इस मकान पर पहुंचने वाला नहीं है। चार-पांच दिन बाद जब लाश से बदबू उठेगी तो पड़ोसियों की शिकायत पर पुलिस यहां पहुंचेगी, वहां जिन्दल पुरम् में वर्तमान केस के हत्यारे के रूप में त्रिवेदी की तलाश हो ही रही है, हत्यारा यहां ऐसी शाहदतें छोड़ गया, जिनसे वही कहानी बने जो आपने सुनाई और जिन्दल पुरम् में होने वाली हत्याओं के मुजरिम को इस तरह मृत मानकर फाइल बंद कर दी जाए। असली हत्यारा मजे से जिंदगी गुजारे।"

"क्या इतनी बातें केवल आप चादर पर दाग ने होने के आधार पर कह रही हैं।"

"अन्य प्वाईंट भी हैं।"

"जैसे?"

"हमारे सुधा पटेल तक पहुंच जाने, रायतादान हासिल कर लेने आदि से यदि त्रिवेदी टूट गया था और जिल्लत आदि से बचने के लिए इसने आत्महत्या का विचार बना लिया था तो इसे अपने फ्लैट से, अभिक पर हमला करके सुधा पटेल को गायब करने की जरूरत ही नहीं रह गई थी, जिसे आत्महत्या करनी है वह भला बचाव के उपाय क्यों करेगा?"

"ल . . . लेकिन।" आगे बढ़कर मैं बोल उठा–"तुम अभिक के

बयान भूल रही हो विभा।"

विभा ने मेरी बात पूरी की–"उसने कहा था कि उस पर हमला करने वाला इंस्पेक्टर त्रिवेदी ही था।"

"हां।"

"भूल तुम रहे हो वेद, अगर सावरकर अंकल रेवतीशरण को धोखा दे सकते हैं तो हत्यारा अभिक को क्यों नहीं?"

मेरी बोलती पर ढक्कन लग गया।

"ऐसी परिस्थितियों में केस और भी उलझ गया है, अभी तक त्रिवेदी को हत्यारा समझा जा रहा था और अब इसी की लाश हमारे सामने है। अगर हत्यारा त्रिवेदी नहीं है तो कौन है?"

"फिलहाल आप संबंधित थाने को फोन करके सूचित कर दें, वे आकर अपने क्षेत्र में पड़ी इस लाश पर कार्यवाही शुरू कर देंगे। पोस्टमार्टम और फिंगर प्रिंट्स विभाग को भी सूचित कर दीजिए। परसों मंदिर में 'उनकी' तेहरवीं है और उसी दिन मैं सबसे सामने हत्यारे को बेनकाब कर दूंगी।"

आई.जी. साहब हैरतअंगेज निगाहों से विभा की तरफ देखने लगे, हम पति-पत्नी की भी यही हालत थी, जबकि विभा उस कमरे की तलाशी लेने में जुट गई।

उस वक्त रात के करीब दस बज रहे थे जब हम जयपुर से वापस महानगर में आए। रास्ते ही में विभा और आई.जी. के बीच निश्चय हो गया था कि आज की रात हम सब महानगर आई.जी. के बंगले पर ही रहेंगे। विभा ने कहा भी था कि वह रात ही में जिन्दल पुरम् निकल जाना चाहती है, किंतु विभा को उनके स्नेह भरे अनुरोध को मानना ही पड़ा और कम-से-कम मेरे लिए यह बड़ी अजीब बात थी। मैं जानता हूं कि विभा कभी भी, किसी के भी दबाव में कोई काम नहीं करती। हमेशा वही करती है, जो उसके दिल में होता है।

इसीलिए मैं नहीं मान सकता था कि उसने आई.जी. साहब के अनुरोध पर रात को उनके बंगले पर रूकना और सुबह होने पर जिन्दल

पुरम् के लिए रवाना होना स्वीकार किया है।

मैं सोच रहा था कि निश्चय ही आज की रात महानगर में रहने की विभा की अपनी ख्वाहिश थी।

मैं यह भी जानता हूं कि विभा बिना कारण कोई काम नहीं करती। उसके प्रत्येक निर्णय के पीछे कोई मकसद जरूर होता है और मेरी यह शंका उस वक्त-शत-प्रतिशत सच निकली, जब ग्यारह बजे हमारे कमरे पर दस्तक हुई।

दरअसल आई.जी. साहब ने अपने बंगले पर विभा का अलग कमरे में और हम दोनों का अलग कमरे में रहने का प्रबंध कर दिया था और अपना कमरा बंद करके अभी हम लेटने की तैयारी कर ही रहे थे कि दरवाज़े पर दस्तक हुई।

दरवाज़ा खोलने पर मैंने देखा कि नाईट गाउन पहने स्वयं आई.जी. साहब सामने खड़े थे, मेरे कुछ कहने से पहले ही उन्होंने पूछा, "क्या बहूरानी यहां हैं?"

"न . . . नहीं तो। क्यों?"

"कमाल है। पता नहीं कहां चली गई?" मैंने उन्हें चिंतित पाया।

"अपने कमरे में होंगी।"

"वहां नहीं हैं, यही तो हैरत की बात है। हमने सोचा कि शायद रात को सोने से पहले उन्हें दूध पीने की आदत है, इसलिए 'वाईफ' के हाथ दूध भिजवाया, वाईफ ने आकर बताया कि वे कमरे में नहीं हैं। कमरा खुला पड़ा है।"

मैं भी दंग रह गया और तब शुरू हुई बंगले में विभा की खोज, गैरेज से विभा की कार भी गायब देखकर हम चकित रह गए। द्वार पर खड़े सशस्त्र पुलिस कांस्टेबल ने बताया कि वे स्वयं ही अपनी कार ड्राईव करती हुई कुछ देर पहले गई हैं। कह रहीं थीं कि वे आपकी इजाजत से एक जरूरी काम से जा रही हैं।

सुनकर चौंक पड़े आई.जी. साहब, बोले–"हमारी इजाजत से?"

"जी हां।"

"क्या वे कुछ बता गई हैं कि कब तक लौटेंगी?"

"नो सर, इस बारे में न तो मैंने ही कुछ पूछा न उन्होंने बताया।"

असमजंस में फंसे हम सब उस कमरे में लौट आए, जिसमें विभा के ठहरने का प्रबंध किया गया था।

सबके दिमाग में केवल एक ही प्रश्न था, यह कि, बिना कुछ कहे ऐसे रहस्यमय ढंग से विभा आखिर क्यों और कहां चली गई? मेरी शंका ठीक ही निकली थी। किंतु यह मैं भी नहीं सोच पा रहा था कि विभा कहां गई होगी?

"अरे। वह क्या?" एकाएक ही आई.जी. साहब चौंककर बेड पर पड़े तकिए की तरफ बढ़े, तकिए के नीचे से एक कागज़ का कोना झांक रहा था, वह कागज़ विभा के हाथ का लिखा हुआ था।

"आई.जी. अंकल, उम्मीद है कि मुझे यहां न देखकर जो असुविधा आपको होगी उसके लिए क्षमा कर देंगे, मगर विवश हूं, दरअसल एक जरूरी काम से मुझे जाना पड़ रहा है। सुबह दस बजे तक आप मधु और वेद को लेकर जिन्दल पुरम् जरूर पहुंच जाएं। लॉकर से मिला सामान और केस से संबंधित फाइल साथ लेना न भूलें, ताकि मुझे अपने संदेह की पुष्टि करने में दिक्कत न हो। उम्मीद है कि सुबह दस बजे तक मैं भी मंदिर में जरूर पहुंच जाऊंगी। विभा।"

पढ़ने के बाद हम एक-दूसरे की शक्ल देखते रहे। जैसे बातें करने के लिए बाकी कुछ न रह गया हो। सारी रात हमने वहीं बातें करते गुजार दी। सुबह होते ही जिन्दल पुरम् की तरफ रवाना हो गए।

उस वक्त केवल नौ बजे थे जब हम मंदिर में पहुंच गए। पता लगा कि विभा वहां अभी तक नहीं पहुंची है।

हम बड़ी व्यग्रतापूर्वक दस बजने की प्रतीक्षा करने लगे।

उस वक्त हम खुशी से लगभग उछल पड़े, जब पोर्च में विभा की गाड़ी प्रविष्ट हुई। दरअसल हम मन्दिर लॉन ही में कुर्सियां डलवाकर बैठ गए थे। गाड़ी के रूकते ही सेवक ने ससम्मान दरवाज़ा खोला।

विभा बाहर निकली।

उसके चेहरे पर थकान के स्पष्ट भाव थे। आंखों में नींद। फिर भी वह पूरी चुस्ती-फुर्ती के साथ हमारी तरफ बढ़ी। औपचारिकतावश हम लोग खड़े हो गए, नजदीक आकर वह बोली–"इसका मतलब आप लोग समय से पहले यहां पहुंच चुके हैं।"

"कहां चली गई थीं आप?" आई. जी. ने पूरी अधीरता के साथ पूछा।

"मैं जरा तैयार हो लूं, आप ऑफिस में बैठिए, वहीं आराम से बात करेंगे।" कहने के बाद वह मुड़ गई और इस दौरान मैंने उसकी आंखों में वही विशेष चमक देखी थी, जिसका मतलब किसी गुत्थी को सुलझा लेना होता है, मैं समझ गया की रात भर में निश्चय ही उसने यदि इस केस को हल नहीं कर लिया है तो सारे मामले को बहुत हद तक समझ जरूर गई है।

यह जानने के लिए मैं बुरी तरह बेचैन हो उठा कि रहस्यमय ढंग से गायब होने के बाद से अब तक उसने क्या जानकारियां इकट्ठी की हैं। तीस मिनट बाद जब विभा ऑफिस में दाखिल हुई तब वह 'ओस' से धुला हुआ कमल-सा लग रही थी। बिना किसी मेकअप के ही मुखड़ा दमक रहा था। जिस्म पर सफेद रेशमी साड़ी और टेरिकॉट का सफेद ब्लाऊज पहने थी वह।

लम्बे बालों को मस्तक के इर्द-गिर्द से समेटकर पीछे बहुत ही कसकर बांधे थी। गरिमा और शालीनता की जीती-जागती मूर्ति-सी लग रही थी विभा। जैसे शांति की देवी हो। मुखड़े पर से थकान जाने कहां चली गई थी?

अभी वह अपनी कुर्सी पर बैठी ही थी कि आई.जी. साहब ने पुनः अपना सवाल ठोक दिया, जवाब में उसके पंखुड़ियों से होंठों पर बड़ी ही सौम्य मुस्कुराहट उभरी, बोली–"मैं चन्दनपुर गई थी आई.जी. अंकल।"

"च . . . चन्दनपुर?" आई.जी. साहब चौंक पड़े, "लेकिन, वहां क्यों गई थीं आप?"

"पता लगाने कि बंकमदास और उसका सारा परिवार किस दुर्घटना

में मारा गया?"

"क्या पता लगा?"

"बंकमदास का एड्रेस बैंक रजिस्टर में था ही, उसी के आधार पर मैं चन्दनपुर में उसके मकान पर पहुंची, इस वक्त वह मकान किसी खंडहर के समान पड़ा हुआ है, मैंने वहां किसी को अपना परिचय नहीं दिया और काफी पूछताछ की, ज्यादातर लोग यही कहते थे कि बंकमदास का परिवार एक भयानक दुर्घटना में मारा गया। कोई यह नहीं बताता था कि वह भयानक दुर्घटना क्या थी। अंत में मैं रहमत अली से मिली, रहमत अली एक छोटे से परिवार का मुखिया है। उसने मुझे बताया कि किन्हीं पांच लोगों ने मिलकर बंकमदास और उसके सारे परिवार की हत्या कर दी थी। मैंने पूछा कि वे पांच हत्यारे कौन थे तो रहमत अली ने बताया कि उन्हें सिर्फ करीम ने देखा था और बदनसीब करीम अब दुनिया में नहीं है। मैंने पूछा कि करीम कौन था तो रहमत अली ने बताया कि वह मेरा बड़ा बेटा था। और फिर सवाल-जवाबों के बाद जो जानकारी मेरे हाथ लगी उसे संक्षेप में यूं कहा जा सकता है कि करीम एक गूंगा, बहरा और अनपढ़ आर्टिस्ट था, उसने पांचों हत्यारों को देखा था, परंतु किसी को बता नहीं सकता था। बंकम का एक भाई था सुभाष वह अपनी पत्नी और एक बच्चे के साथ सहारनपुर में रहता था, जिसे बस्ती वालों ने तार भेजकर बुलवा लिया था। अपने भाई और उसके सारे परिवार का दाह-संस्कार सुभाष ही ने किया। हफ्तों तक वह पागलों की तरह बस्ती में पूछता फिरा कि यह सब कैसे हो गया और किसने किया। संयोग से एक दिन वह रहमत अली के यहां भी पहुंच गया, तब करीम ने उसे पांचों हत्यारों के चित्र बनाकर दिए, तब रोते हुए सुभाष ने रहमत अली को एक कागज़ पर बनी पहेली दिखाई और बोला कि यह पहेली उसके भाई ने कमरे के फर्श पर अपनी उंगली अपने ही खून में डुबोकर बना रखी थी। जिसका वह अब तक मतलब नहीं समझा है, हां! इतना समझ रहा है कि बंकम मरते वक्त इस पहेली के जरिए उससे कुछ कहना चाहता है। सुभाष ने कसम खाई कि इस

पहेली को समझकर रहेगा और करीम द्वारा दिए गए चित्रों के आधार पर ही दुनिया के पर्दे से हत्यारों को ढूंढकर उनसे बदला लेगा। इशारे से करीम ने यह भी बता दिया था कि वह हत्यारें बंकमदास के मकान में पूरे साढ़े तीन घंटे रहे थे।"

"तो बस।" मैं उछल पड़ा–"अब बाकी रहा ही क्या है विभा, सारी गुत्थियां तो सुलझ गई हैं। मैं दावे के साथ कह सकता हूं कि सुभाष यानी बंकम का छोटा भाई ही ये सब हत्याएं कर रहा है।"

"मान लेता हूं, लेकिन सुभाष है कहां, किसे गिरफ्तार कर लें?" आई.जी. साहब बोले–"बस्ती से उसका सहारनपुर का एड्रेस मिल सकता था?"

"घटना चार साल पुरानी हो गई है, अब वहां किसी को वह एड्रेस याद नहीं है और फिर मेरे ख्याल से अब वह सहारनपुर में नहीं, जिन्दल पुरम् में होगा, क्योंकि हत्याएं वह यहीं कर रहा है, अपने पुराने यानि सुभाष नाम को बदलकर वह यहां रह रहा है, सवाल ये है कि किसे सुभाष कहें। करीम पिछले साल हैजे से मर चुका है, गर वह होता तो मुझे भी सुभाष का चित्र बनाकर दे देता। सारी प्रॉब्लम ही हल हो जाती।"

"ओह।" मैं कसमसा उठा।

"खैर।" कहने के साथ ही विभा ने रिसीवर उठाकर किसी से संबंध स्थापित किया और बोली–"हां, हैलो, श्रीकान्त, सुनो। अब तुम्हें सोनी की निगरानी करने की कोई जरूरत नहीं है। तुम आराम करो।"

मेरी समझ में नहीं आया कि अचानक ही विभा की नजरों में महेन्द्रपाल सोनी की निगरानी करने की आवश्यकता क्यों खत्म हो गई है, परंतु मुझे सवाल करने का कोई अवसर दिए बिना, रिसीवर रखते ही विभा ने कहा–"क्या आप अपने साथ फाइल और लॉकर से निकला सामान लाए हैं अंकल?"

"हां।" कहते हुए आई.जी. ने सूटकेस खोला और जब तक उन्होंने फाइल, हीरे और नैकलेस निकलाकर मेज पर रखे तब तक विभा

वीणा और अभिक से संबंध स्थापित करके पूछ चुकी थी कि उसकी अनुपस्थिति में जिन्दल पुरम् में कोई विशेष घटना तो नहीं घटी है। उत्तर नहीं में ही रहा होगा, यह बात इसी से जाहिर थी कि विभा के चेहरे पर सामान्य भाव थे और उसने ज्यादा देर बातें नहीं की थीं।

"इस वक्त मुझे सिर्फ नैकलेस की जरूरत है।" कहती हुई विभा ने नैकलेस अपनी तरफ सरका लिया, बोली, "अगर आपको कष्ट न हो आई.जी. अंकल तो कृपा फोन पर एस.पी. महोदय से पूछ लें कि उन्हें इंस्पेक्टर त्रिवेदी या मनीराम बागड़ी में से कोई मिला है या नहीं?"

"इंस्पेक्टर त्रिवेदी?"

"हां, कृपा अभी किसी को न बताएं कि त्रिवेदी मर चुका है और हां अनूप, जोगा और बिरजू से संबंधित फाइल यहीं मंगा लें ताकि मैं अपने संदेह की पुष्टि कर लूं। तब तक मैं याद करने की कोशिश करती हूं कि आखिर यह नैकलेस मैंने कहां देखा है?"

उसके बाद आई.जी. साहब अपने काम पर जुट गए, विभा अपने पर। लगातार नैकलेस पर दृष्टि गड़ाए विभा कुछ याद करने की कोशिश कर रही थी और मैं इस अजीब नजारे को देखता हुआ सोच रहा था कि यहां, मेरे सामने अपराधी तक पहुंचने के लिए कितने आराम और शांति से बैठकर प्रयत्न किए जा रहे हैं और मैं इसके बिल्कुल विपरीत अपराधी के पीछे विजय-विकास की कितनी जबरदस्त भाग-दौड़ दिखाता हूं। इतने आराम से बैठने की तो बात ही दूर, उन्हें खाने-पीने तक का होश नहीं रहता।

कैसी है ये विभा, जो सिर्फ अपने दिमाग के बूते पर ऑफिस में बैठी-बैठी अपराधी तक पहुंच जाती है। अपने अकाट्य तर्कों से उलझी से उलझी समस्या का विश्लेषण और फिर उसका समाधान कर देती है। अपने ऑफिस में बैठी यह बिखरी हुई घटनाओं को बातों-ही-बातों में इस तरह जोड़ देती है जैसे वह एक जंजीर हो।

मैं चुपचाप बैठा अब भी अपराधी तक पहुंचने की उस अजीब कोशिश को देख रहा था मेरे कान फोन पर बात कर रहे आई.जी.

के शब्दों पर थे तथा आंखें विभा पर जमीं थीं। जो बातें आई.जी. साहब ने कीं, उनका सार यह था कि पुलिस त्रिवेदी या बागड़ी में से किसी तक नहीं पहुंच सकी है तथा संबंधित फाइलें कुछ ही देर में यहां पहुंच जाएंगी। उधर विभा लगातार अपने दिमाग पर जोर डालती हुई याद करने की कोशिश कर रही थी। वह नैकलेस को स्पर्श करके भी कई बार देख चुकी थी। अपना काम खत्म करके आई.जी. साहब भी उसकी तरफ देखने लगे थे, एकाएक ही विभा 'आह' कहकर चुटकी बजा उठी।

मेरा और मधु का दिल धड़क उठा।

"कुछ याद आया?" आई.जी. ने उत्सुक स्वर में पूछा।

"दो मिनट ठहरिए।" कहने के साथ ही एक झटके से विभा उठी, झटका लगने के कारण रिवाल्विंग चेयर अपने स्थान पर घूमती ही रह गई, जबकि हम सबको हक्का-बक्का छोड़कर वह तीर की-सी तेजी के साथ कमरे से बाहर गई। हमारा दिमाग विभा की रिवाल्विंग चेयर की तरह घूम रहा था।

दिल के धड़कनों की गति स्वयं ही तेज हो गई थी और विभा दो मिनट से कुछ पहले ही कमरे में दाखिल हुई।

उसके हाथ में एक एलबम थी।

हमारी तरफ देखा तक नहीं उसने। सीधी अपनी कुर्सी पर पहुंची, जो उसके आने तक रूक चुकी थी, एलबम खोलकर उसने मेज पर रख ली और फिर नैकलेस की एलबम के एक पृष्ठ पर रखकर जाने क्या देखने लगी?

मैंने देखा कि देखते-ही-देखते विभा का चेहरा किसी देवी की तरह आभायुक्त हो गया, आंखें किसी हीरे की तरह चमकने लगीं। मैंने महसूस किया कि विभा के सारे जिस्म में अभी-अभी सफलता की जबरदस्त झुरझुरी दौड़ी है, एकाएक ही उसने नैकलेस सहित एलबम उठाकर हम तीनों के सामने रख दी और बोली–"हो सकता है कि मुझे भ्रम हो रहा हो, आप देखकर बताइए। क्या ये यही

नैकलेस है?"

मैंने देखा। एलबम के उस पृष्ठ पर अनूप, गजेन्द्र बहादुर जिन्दल और एक युवती का चित्र था। यह चित्र किसी पार्टी में लिया गया था और युवती के गले में नैकलेस पड़ा था, ठीक वैसा ही।

"व . . . वैरी गुड।" आई.जी. साहब उछल पड़े–"आप शक कर रही हैं, मैं दावा कर सकता हूं बहूरानी कि यह वही नैकलेस है।"

"म . . . मगर।" मैंने पूछा–"ये युवती है कौन?"

"अलका।"

"क . . . क्या?" हम तीनों ही उछल पड़े।

"हां।" विभा का स्वर जाने क्यों गंभीर हो उठा–"ये अलका है, मेरी ननद। उनकी प्यारी बहन। वही, जिसने आज से चार साल पहले नदी में कूदकर आत्महत्या कर ली थी। कारण कभी किसी को पता नहीं लगा।"

"लेकिन अलका का नैकलेस बंकमदास के लॉकर में कैसे पहुंच गया?"

"यह कहानी भी खुलेगी, मेरे साथ आइए। बाबूजी से कुछ बातें मालूम करनी बहुत जरूरी हो गई हैं।

उठती हुई विभा ने कहा, उसके साथ ही हम तीनों भी उठ लिए, गैलरी में से गुजरते वक्त विभा ने कहा–"सॉरी आई.जी. अंकल, हीरे चुराने वाले चोरों के नाम में अब मैं थोड़ा-सा परिवर्तन करूंगी।"

"कैसा परिवर्तन?"

"उन चारों में 'वे' नहीं थे।"

"हम तो पहले ही कह रहे थे, अनूप बाबू को भला हीरे चुराने की क्या जरूरत थी?"

"उनके स्थान पर सुधा पटेल का नाम जोड़ लीजिए। हीरे पांच व्यक्तियों ने चुराए थे, उनमें से एक यानि बंकमदास चार साल पहले ही मर चुका है, बचे चार और हत्यारा उन्हीं के कत्ल कर रहा है।"

"लेकिन अनूप और त्रिवेदी के कत्ल?"

"सारे रहस्यों पर से मैं कल पर्दा हटा दूंगी।" कहने के साथ ही पर्दा हटाकर वह गजेन्द्र बहादुर जिन्दल के शयनकक्ष में प्रविष्ट हुई थीं हम उसके साथ ही थे। गजेन्द्र बहादुर को नैकलेस देती हुई विभा ने सबसे पहले सवाल किया–"ध्यान से देखकर बताइए बाबू जी। क्या आप इस नैकलेस को पहचानते हैं।"

नैकलेस को देखने के बाद गजेन्द्र बहादुर ने कहा–"हां बहूरानी, ये अलंका का नैकलेस है, मगर आज इतने दिन बाद यह तुम्हारे हाथ कहां से लग गया?"

"उनके कमरे में मिला है।" साधारण-सा झूठ बोलने के बाद विभा ने अगला सवाल किया–"क्या आप उस दिन की घटना को विस्तारपूर्वक बता सकेंगे, जिस जिन बहनजी ने आत्महत्या की?"

गजेन्द्र बहादुर के चेहरे पर दुःख की अनेक लकीरें उभर आईं बोले–"उस मनहूस दिन को हम कैसे भूल सकते हैं बहूरानी, लेकिन तुम आज व्यर्थ ही उस दिन का जिक्र करके हमारे और अपने दिल को क्यों दुखाती हो?"

"मुझे विस्तार से बताइए कि उस दिन क्या हुआ था?"

"विशेष कुछ भी नहीं, पड़ोस में चन्दनपुर नाम का एक छोटा-सा पहाड़ी नगर है। वहां एक झरना है, जिसे 'क्वाईट फॉल' कहते हैं। शायद इसलिए, क्योंकि वहां कई सौ गज ऊंची एक पहाड़ी से पानी नदी में गिरता है, किन्तु आवाज बिल्कुल नहीं होती यही देखकर किसी ने उसका नाम 'क्वाईट फॉल' रख दिया है। इस झरने को देखने दूर-दूर से बहुत से पर्यटक आते हैं। अलका अनूप से महीनों से जिद कर रही थी कि वह उसे झरना दिखाकर लाए, किंतु अनूप व्यस्तता के कारण जा नहीं पा रहा था अलका के अनुरोध को हंसकर टालता रहा था, किंतु उस मनहूस दिन हम ही ने अनूप को हुक्म दिया कि वह अलका को 'क्वाईट फॉल' दिखाकर लाए, वे गाड़ी से 'क्वाईट फॉल' देखने चन्दनपुर चले गए और बस, वह शान्त झरना ही हमारी बेटी को डस गया। रात को गाड़ी में डालकर अनूप उसकी लाश की जिन्दल पुरम्

लाया था।"

"क्या उस दिन जाते समय बहन जी कुछ उदास या अपसेट सी थीं?"

"बिल्कुल नहीं।"

"घटना के बारे में उन्होंने क्या बताया था?"

"अनूप ने कहा था कि शाम चार बजे तक उन्होंने झरने पर मिल-जुलकर खूब पिकनिक मनाई। अलका अच्छी-खासी हंस खेल रही थी, तितली की तरह उड़ती फिर रही थी कि वहां अनूप के कुछ दोस्त मिल गए। अलका की सहेलियां। वे अलग-अलग हो गए। उसके बाद छः बजे के करीब जब वापस लौटने के लिए अनुप ने अलका को तलाश किया तो वह कहीं न मिली और न ही वे सहेलियां, जिनके साथ वह थी। पूछताछ करने पर अनूप को पता लगा कि लड़कियों का वह झुंड तो एक बस में सवार होकर जा चुका है। अनूप एक घंटे तक अलका की तलाश में झरने पर मारा-मारा फिरता रहा। पिकनिक मनाने आए लगभग सभी लोग लौट चुके थे। झरने के आस-पास पूरी तरह सन्नाटा फैल गया, वातावरण में अंधेरा भी फैल गया था। तब अनूप के दिमाग में ख्याल आया कि कहीं अलका अपनी सहेलियों के साथ ही तो जिन्दल पुरम् नहीं चली गई है। उसे अपना विचार जंचा, क्योंकि शोख अलका ऐसी शरारतें करती रहा करती थी, उसे लगा कि उसे परेशान करने के लिए ही अलका ने यह हरकत की है और गाड़ी लेकर जिन्दल पुरम् की तरफ चल दिया। फिर भी, अलका का गायब होना उसे बार-बार खटक रहा था। वह सोच रहा था कि अगर अलका सहेलियों के साथ जाती तो उससे कहती जरूर। बिना कहे नहीं जाती। बिन कहे उसे जाना भी नहीं चाहिए था और वह यही सोचता चला आ रहा था कि अगर अलका ने शरारत की है तो मंदिर में पहुंचकर उसे डांटेगा। इसी उधेड़-बुन में वह कार बहुत तेज गति से चला रहा था। जिस वक्त उसकी कार पहाड़ों के बीच में गुजरती नदी के पुल पर पहुंची उस वक्त हेडलाईट में अचानक ही उसे एक लड़की नजर

आई। रेलिंग के साथ-साथ लड़की पुल के मध्य की तरफ भाग रही थी। हेडलाईट में वह आधे मिनट के करीब रही और इस आधे मिनट में अनूप ने उसे अच्छी तरह पहचान लिया। अलका को पहचानते ही वह भौंचक्का रह गया। ब्रेकों पर पैर जमाने के साथ ही वह अलका का नाम लेकर जोर से चीखा। पता नहीं अलका ने उसकी आवाज सुनी या नहीं, परंतु कार के रूकने तक वह नदी में कूद चुकी थी।" गजेन्द्र बहादुर सांस लेने के लिए रूके।

हम बहुत ही ध्यान से उनका एक-एक शब्द सुन रहे थे।

उन्होंने आगे कहा–"अलका-अलका चिल्लाता हुआ अनूप भी दौड़कर उस स्थान पर पहुंचा जहां से वह कूदी थी। अनूप भी उसके पीछे ही नदी में कूद पड़ा। वह अलका को बचाने के लिए कूदा था परंतु रात का समय होने के कारण पानी में अलका को ढूंढ लेना आसान बात न थी। गनीमत यह थी कि वह चांदनी रात थी। इसलिए वह अलका को ढूंढ सका। बहाव भी काफी तेज था। अनूप के मुताबिक वह करीब दस मिनट तक पानी में हाथ-पैर मारता हुआ अलका को तलाश करता रहा।

वह उसे मिल तो गई, किन्तु देर बहुत हो चुकी थी। पेट में बहुत ज्यादा पानी चला गया था, वह बेहोश हो चुकी थी। बड़ी कठिनाई से अनूप कंधे पर डालकर उसे नदी से बाहर लाया। एक पत्थर पर लिटाकर पेट से पानी निकाला। मुश्किल से एक क्षण के लिए अलका होश में आई और 'संतरे का बाग' कहकर अनूप की बाहों में झूल गई।"

"स . . . संतरे का बाग" विभा की आंखें बुरी तरह चमकीं।

"हां, अनूप के मुताबिक मरने से पहले वह यही मात्र चन्द शब्द कह सकी थी, जिसका कोई मतलब न तो कभी अनूप की ही समझ में आया, न ही हमारी। पता नहीं वह अभागी क्या कहना चाहती थी?"

"उसके बाद क्या हुआ?"

"होना ही क्या था। रोता-पीटता अनूप अपनी प्यारी बहन की लाश

कार में डालकर ले आया।"

"बस . . . उन्होंने आपको इतना ही बताया था?"

"हां।"

"ठीक से याद कीजिए बाबूजी, मुमकिन है कि उन्होंने कुछ और भी कहा हो, कुछ ऐसा जिसे आप भूले हुए हों उस वक्त उनके मुंह से निकला एक-एक शब्द अर्थ रखता है बाबूजी।" मैं नहीं समझ सका कि इतना जोर डालकर विभा आखिर क्या पूछना चाहती है।

"हमारे ख्याल से हम कुछ नहीं भूल रहे हैं।"

सुनकर विभा कुछ देर के लिए खामोश रहकर जाने क्या सोचने लगी, फिर बोली–"अब मैं आपसे सिर्फ दो सवाल और करूंगी बाबूजी और उन दोनों ही सवालों के जवाब आपको अच्छी तरह याद करके, सोच-समझकर देना है। पहला सवाल ये है कि जब बहन जी क्वाईट फॉल के लिए मंदिर से रवाना हुईं, तब क्या ये नैकलेस उनके गले में था?"

"हां, हमें अच्छी तरह याद है।"

"दूसरा सवाल। क्या यह नैकलेस उस वक्त भी उनके गले में था जब लाश यहां पहुंची?"

"हम अलका की लाश देखते ही अपने होश खो बैठे थे, हमें यह देखने की सुध कहां रह गई थी कि लाश के गले में नैकलेस है या नहीं। अतः हम विश्वासपूर्वक नहीं कह सकते कि उस वक्त नैकलेस था या नहीं?"

इसके बाद विभा ने उनसे कोई सवाल नहीं किया। हम उनके पास से उठकर उसी ऑफिसनुमा कमरे में आ गए। उत्साहित-सी विभा अपनी कुर्सी पर बैठते ही बोली–"बाबूजी विश्वासपूर्वक नहीं कह सकते, लेकिन आज मैं पूरे विश्वास के साथ कह सकती हूं कि नैकलेस अलका बहन जी की लाश के गले में नहीं था।"

मैंने बिना सोचे-समझे प्रश्न कर दिया–"कैसे?"

"अगर गले में रहा होता तो बंकमदास के लॉकर से कैसे निकल

आता?"

"ओह!" समझ में आते ही झेंपकर रह गया, क्योंकि विभा का जवाब बहुत ही सीधा-सादा समीकरण था।

"हां, इसके अलावा मैं दावे के साथ एक बात और कह सकती हूं। वह ये कि या तो अनूप ने बाबूजी को बताते समय कोई बात छुपाई थी या वह बात बाबूजी के दिमाग से उतर गई।"

"आखिर कौन-सी बात विभा, तुम बतातीं क्यों नहीं?"

"वह मैं कल बता सकूंगी।"

"ओफ्फो, अब तो तुम खुद एक पहेली होती जा रही हो।"

सुनकर विभा के चेहरे पर अजीब-सी कठोरता उभर आई, उसकी आंखें शून्य में स्थिर हो गईं, कहीं खोई-सी बोली–"हां, अब मैं खुद एक पहेली बन गई हूं दोस्त। हत्यारे के लिए बहुत ही जबरदस्त पहेली। कल मैं उसके ऊपर ऐसी बिजली बनकर गिरूंगी कि वह राख की तरह निस्तेज हो जाएगा।"

मैं अवाक्-सा उसे देखता रह गया, मधु और आई.जी. साहब की अवस्था भी लगभग मेरे ही जैसी थी। अभी हम कुछ और बात नहीं कर पाए थे कि अनूप, जोगा और बिरजू से संबंधित फाइल लिए वहीं एस.एस.पी. का भेजा हुआ एक पुलस इंस्पेक्टर पहुंच गया।

उसे विदा करने के बाद विभा ने सबसे पहले पांचों चोरों की उंगलियों के निशान अनूप की उंगलियों के निशान से मिलाए, अनूप के निशान पांचों चोरों में किसी से नहीं मिलते थे। विभा की आंखों में चमक उभर आई, मैं उसे खुशी की चमक ही कहूंगा।

बिरजू और जोगा के निशान चोरों के निशानों में मिल गए। विभा की आंखों में दूर-दूर तक सफलता-ही-सफलता चमकने लगी। फिर उसने वह बॉक्स निकाला जिसमें सुधा पटेल की उंगलियां थीं। एक साफ कागज़ पर उन उंगलियों के निशान लेकर चोरी वाली फाइल के निशानों से मिलाए।

विभा बोली–"ये रही आपकी तीसरी चोर आई.जी. अंकल। आप जानते हैं कि ये सुधा पटेल की उंगलियां हैं।"

"कमाल हो गया।" आई.जी. साहब बड़बड़ाए।

"अब केवल दो चोर ऐसे रह गए हैं, जिनकी उंगलियों के निशान नहीं मिले हैं, उनमें से एक यानी बंकमदास मर चुका है, दूसरा यानी टिंगू अब तक मौत के घेरे में फंस चुका होगा।"

विभा का वाक्य पूरा हुआ ही था कि टेलीफोन की घंटी टनटना उठी, रिसीवर उठाकर विभा ने कहा–"हैलो।"

"मनीराम बागड़ी मिल गया है बहूरानी।" एस.एस.पी. की आवाज।

"वैरी गुड, कहां?"

"स . . . सॉरी बहूरानी। दरअसल पुलिस को उसकी लाश मिल सकी है।"

"ओह!" विभा के चेहरे पर उभरा जोश कुछ फीका-सा पड़ गया बोली–"कहां?"

"होटल इन्जवॉय के रूप नंबर सेवंटी में।"

"पुलिस उस तक कैसे पहुंची?"

"दरअसल मैनेजर ने पुलिस को फोन पर सूचना दी थी कि उसके होटल के रूम नंबर सेवंटी में ठहरे बलदेव ठाकरे नामक व्यक्ति की कुछ देर पहले किसी ने हत्या कर दी है। मैं स्वयं वहां पहुंचा और लाश को देखते ही पहचान गया। लाश मनीराम बागड़ी की ही है, आपको तुरंत फोन कर रहा हूं।"

"कृपा किसी वस्तु को छेड़िएगा नहीं, हम लोग पहुंच रहे हैं।"

जिस वक्त हम इन्जवॉय होटल पहुंचे उस वक्त रूम नंबर सेवंटी में पुलिस फोटोग्राफर और फिंगरप्रिंट्स विभाग वाले अपना काम निपटा रहे थे। होटल की इमारत के बाहर काफी भीड़ हो चुकी थी। गैलरी में पुलिस तैनात थी। हमें देखते ही एस.एस.पी. लपकता-सा हमारी तरफ आया और सबसे पहले उसने आई.जी. साहब को जोरदार सैल्यूट दिया। आई.जी. के प्रश्न के जवाब में उसने बताया कि वह संबंधित वेटर, होटल के स्टॉफ और मैनेजर का बयान ले चुका है।

"काउण्टर क्लर्क का कहना है कि सात बजे के करीब रूम नंबर

सेवंटी से काउण्टर पर फोन आया। अपने कमरे से मि. बलदेव ठाकरे ही बोल रहे थे, जो बहूरानी द्वारा दिए गए चित्र के मुताबिक मनीराम बागडी हैं।" एस.एस.पी. ने सारी बातें स्पष्ट कीं–"उन्होंने काउन्टर क्लर्क से कहा कि इस वक्त वे अपने कमरे में जरूरी काम कर रहे हैं, अतः साढ़े तीन घण्टे तक उन्हें बिल्कुल डिस्टर्ब न किया जाए।"

साढ़े तीन घंटे का समय सुनकर मैंने विभा की तरफ देखा।

विभा के होंठों पर हल्की-सी मुस्कान देखकर मैं चकित रह गया।

"फिर क्या हुआ?" आई.जी. साहब ने एस.एस.पी. से पूछा।

"काउण्टर क्लर्क ने यह संदेश संबंधित वेटर को दे दिया, वेटर का कहना है कि ये साढ़े तीन घंटे, साढ़े दस बजे पूरे होते थे और साढ़े तीन घंटे की तो बात ही दूर वह साढ़े चार घंटे तक भी रूम नंबर सेवंटी के आस-पास तक नहीं गया। उस वक्त साढ़े ग्यारह बज चुके थे जब वह सेवंटी पर पहुंचा। वैल दबाई, अंदर से कोई जवाब नहीं उभरा। कई बार वेल दबाने पर भी जब कोई प्रतिक्रिया न हुई तो दस्तक देने के लिए उसने दरवाज़े पर हाथ मारा। हाथ लगते ही दरवाज़ा खुलता चला गया। वेटर की नजर लाश पर पड़ी और बुरी तरह खून-खून चिल्लाता हुआ गैलरी में भागा।"

एकाएक विभा ने पूछा–"क्या आपने पूछा कि वह बलदेव ठाकरे के नाम से यहां ठहरने कब आया था?"

"परसों।"

"गुड!" विभा मेरी तरफ पलटकर बोली–"शीराज होटल छोड़ते ही वह यहां आया और नाम बदलकर एक कमरा ले लिया।"

एस.एस.पी. बोला–"होटल के स्टॉफ का कहना है कि जिस क्षण से मि. ठाकरे ने कमरा लिया है, वे उसी कमरे में बंद हैं। एक पल के लिए भी बाहर नहीं निकले।"

"शायद इसीलिए वह पुलिस को नहीं मिला।" विभा बड़बड़ाकर रह गई।

जब फोटोग्राफर और फिंगर प्रिंट्स विभाग वाले अपना कान समाप्त

कर चुके तो हम सब रूम नंबर सेवंटी में पहुंचे। इसमें शक नहीं कि वह लाश मनीराम बागड़ी उर्फ टिंगू ही की थी।

दरवाज़े के ठीक सामने कमरे की दीवार के साथ रखे लंबे सोफे की पश्तगाह से पीठ टिकाए लाश ऐसी अवस्था में थी जैसे कोई अधलेटी अवस्था में बैठा हो। उसके सीने पर बाईं तरफ ठीक वहां गोली लगने का निशान था। जहां दिल होता है। जख्म से निकलने वाला खून अब बंद हो चुका था।

अपनी अधखुली आंखों से लाश दरवाज़े की तरफ देख रही थी।

लाश के ठीक सामने एक शानदार सेंटर टेबल थी, जिस पर उसी पहेली के अलावा एक पैन भी खुला पड़ा था, मेज के इस तरफ सोफा सेट की एक कुर्सी पड़ी थी, जो ठीक लाश के सामने पड़ती थी।

सारी सिचवेशन देखकर आई.जी. साहब कह उठे, "पहेली हल करने के लिए शायद हत्यारे ने इसे भी साढ़े तीन घंटे का समय दिया था?"

"वह तो जाहिर है।"

"सुबह सात बजे के करीब हत्यारा इस कमरे में आया, रिवॉल्वर से मिस्टर बागड़ी को कवर करके काउण्टर पर फोन करने के लिए विवश किया। फिर ये पहेली निकालकर इसके सामने रख दी। कहा कि खुद को बचाने के लिए इसके पास साढ़े तीन घंटे हैं, यदि इसने इस समय में पहेली हल कर दी तो वह उसे छोड़ देगा। साढ़े तीन घंटे तक बागड़ी पहेली को हल करने की नाकाम कोशिश करता रहा और इस बीच बिल्कुल सामने रखी सोफा सेट की इस कुर्सी पर बैठा हत्यारा रिवॉल्वर से उसे कवर किए रहा, साढ़े दस बजते ही उसने बागड़ी के दिल पर गोली मार दी। गोली की आवाज किसी ने नहीं सुनी, इससे जाहिर है कि हत्यारे के रिवॉल्वर में साईलेंसर लगा था। अपने स्थान पर बैठा बागड़ी गोली लगते ही पीछे को उलट गया।"

"मैं आपकी राय से सहमत हूं।" कहती हुई विभा लाश की तरफ बढ़ी, लाश और सेंटर टेकल के बीच में पहुंच गई वह, लाश उसके

पीछे ढक गई। इस वक्त हम में से कोई भी लाश को नहीं देख सकता था, मगर हां विभा के एक्शन्स से लगता था कि वह तलाशी ले रही है . . . तलाशी लेती हुई वह दो पल के लिए लाश के पैरों में बैठ गई। फिर खड़ी होकर कोट की जेबें टटोलने लगी और कोट की जेब से वह एक तह किया हुआ कागज़ लेकर हमारी तरफ घूमी। आई.जी. तक पहुंचते-पहुंचते उसने कागज़ की तहें खोल ली थीं।

कागज़ लगभग हम सभी ने साथ-साथ पढ़ा, उसमें लिखा था।

प्राण प्यारे, टिंगू।

न जाने कैसे कम्बख्त बिरजू को सब कुछ पता लग गया है, यह भी कि सचिन तुम्हारा बेटा है। तुम तो जानते ही हो कि बिरजू मुझ पर बुरी नजर रखता है और इसे काफी पहले से हमारे संबंधों पर शक है, वह कल रात मेरे पास आया था, धामकी दे गया है कि सचिन को मार डालेगा और उसने यह भी कहा है कि तुम्हारी पत्नी को सब कुछ बताकर तुम्हारी पारिवारिक जिंदगी को बिखेर देगा। मुझे बहुत डर लग रहा है टिंगू। ये क्या कम है कि तुम मुझे जीवन गुजारने के लिए हर महीने पांच सौ रुपए देते हो। मैं कभी नहीं चाह सकती कि तुम्हारी पारिवारिक जिंदगी बिखरे या ये कमीना तुम्हारे सचिन को कोई नुकसान पहुंचाए। इसका तुम ही कोई इलाज कर सकते हो अतः पत्र मिलते ही जिन्दल पुरम् चले आओ। यहां तुम शीराज होटल में ठहरना, बिरजू को चकमा देकर मैं तुमसे खुद संबंध स्थापित कर लूंगी। सिर्फ तुम्हारी, सुधा।

पत्र पढ़ने के बाद कई पल तक हमारे बीच सन्नाटा-सा छाया रहा, फिर विभा बोली, "ये रहा इसके जिन्दल पुरम् आने का असली मकसद।"

"तो फिर यह शीराज होटल छोड़कर इन्जवॉय में क्यों आ गया?" मैंने पूछा।

"इसे यहां बुलाने के लिए यह पत्र हत्यारे ने सुधा पटेल से जबरदस्ती लिखवाया था, उसी ने इसके पास आंखें भिजवाईं, मकसद हमारी बातें

सुनने और यह जानने के बाद वह बौखला उठा कि आंखें सुधा पटेल की हैं। इसके दिमाग में धारणा यह बनी कि हो-न-हो बिरजू ने सुधा को पकड़ लिया है और उसे सता रहा है। घबराकर इसने होटल छोड़ दिया, परंतु यह दिल से नहीं चाहता था कि बिरजू सचिन या उसकी पत्नी तक पहुंचे। अतः गुप्त रूप से किसी तरह पता लगाकर बिरजू तक पहुंचने के मकसद से नाम बदलकर यहां रहने लगा। हालांकि अपनी तरफ से इसने हर तरह की होशियारी बरती थी, किंतु होटल और नाम बदलने के बावजूद भी यह हत्यारे की नजर में था।"

विभा की बातें सुनने के बाद आई.जी. महोदय लाश की तरफ बढ़े, निरीक्षण करते रहे और फिर अचानक ही चौंककर बोले–"अरे, यह क्या बहूरानी?"

हम सबने चौंककर उसकी तरफ देखा।

वे लाश के दाएं जूते की ऐड़ी को खोलकर दिखा रहे थे, ऐड़ी में एक ढक्कन-सा सरक गया था और ऐड़ी अंदर से खोखली नजर आ रही थी। देखकर विभा बड़ी तेजी से उस तरफ लपकी और फिर कुछ देर तक ध्यान से ऐड़ी को देखने के बाद बोली–"हत्यारा कोई महत्वपूर्ण सुबूत अपने साथ ले गया है।"

"क्या मतलब?"

"ऐड़ी खोखली होने का अर्थ है कि इसमें कुछ था और खाली होने का मतलब है कि जो था निकाल लिया गया है। निकालने वाला हत्यारा ही हो सकता है, जाहिर है कि प्रत्येक व्यक्ति किसी महत्वपूर्ण चीज को ही इस तरह गुप्त रखेगा और उसी महत्वपूर्ण चीज को हत्यारा निकाल ले गया है।"

"मगर वह महत्वपूर्ण चीज क्या हो सकती है?"

"इस बारे में कोई भविष्यवाणी नहीं की जा सकती है, हां। इतना स्पष्ट है कि यदि वह महत्वपूर्ण वस्तु हमारे हाथ पड़ जाती तो शायद अब तक हम बहुत कुछ जान चुके होते।"

कमरे में एक बार पुनः गहरा सन्नाटा छा गया। जैसे कहने के लिए

किसी के पास कुछ रह ही न गया हो। विभा ने सामान के नाम पर एकमात्र सूटकेस की तलाशी ली। उसमें से ऐसा कुछ भी हाथ नहीं लगा, जिसका उल्लेख किया जाए। अतः हम लोग बाहर निकल आए। गैलरी में विभा ने अचानक ही आई.जी. से कहा–"क्या कुछ देर के लिए मुझे इंस्पेक्टर त्रिवेदी का चित्र मिल सकता है?"

"उसकी फाइल आप ही के यहां है, उसमें चित्र होगा।"

"ओह, हां। थैंक्यू।"

"लेकिन त्रिवेदी के चित्र का आप क्या करेंगी?"

विभा ने अजीब-सी मुस्कान के साथ कहा–"उससे सुभाष का वर्तमान नाम पूछूंगी।"

"लेकिन यह बात हमारी समझ में नहीं आई कि भला इंस्पेक्टर त्रिवेदी का बेजान फोटो आपको उसका नाम कैसे बता सकता है?"

"बेजान वस्तुएं सबसे ज्यादा बोलती हैं आई.जी. अंकल, दरअसल गलती हमारी है। हम उनकी भाषा समझ नहीं पाते।" कहने के बाद विभा तेजी से आगे बढ़ गई।

हमने उससे बहुत से सवाल पूछे थे, किंतु उसने उनमें से किसी का भी जवाब नहीं दिया।

ऑफिसनुमा कमरे में पहुंचते ही उसने सबसे पहले फाइल में त्रिवेदी का फोटो निकाला, कुछ देर तक उसे देखती रही और फिर सावरकर को फोन किया, बोली–"हमें आपसे इसी वक्त एक बहुत जरूरी काम है सावरकर अंकल, आपके हाथ में जो भी काम है, उसे छोड़कर तीस मिनट के अंदर यहां पहुंच जाएं।"

संबंध विच्छेद। फोटो हाथ में लिए वह उठी और बोली–"मैं अभी आती हूं वेद, तुम लोग यहीं रहना।"

हम कोई सवाल भी नहीं कर सके और वह हवा में झोंके की तरह कमरे से बाहर चली गई। हमारे दिमाग में जकड़न-सी थी, जैसे सारी नसें उलझकर एक गोला-सा बन गई हों, पन्द्रह मिनट तक मैं और मधु विभा के बारे में बातें करते रहे, एकाएक ही कमरे में दाखिल होती हुई

विभा ने कहा–"इसे पढ़ो वेद।"

मैंने देखा कि उसके हाथ में नीले कवर वाली एक बहुत छोटी-सी डायरी थी, डायरी को मैं विभा से लेता हुआ बोला–"ये क्या है?"

"टिंगू की डायरी"

"क . . . क्या?" मैं उछल पड़ा।

"हां, उसके जूते ही ऐड़ी से सबकी नजर बचाकर इसे मैंने ही निकाल लिया था और पढ़ भी चुकी हूं। डायरी में काफी काम की बातें हैं, इससें तुम्हें पता लगेगा कि बंकमदास के परिवार की हत्या क्यों हुई?"

मैं उत्सुक होकर डायरी को पढ़ने लगा, उसमें लिखा था–मेरा असली नाम टिंगू है। इस नाम से मैं चन्दनपुर में रहता था। मेरे तीन दोस्त थे। बंकम, बिरजू और जोगा। हम चारों चन्दनपुर में 'चौकड़ी' के नाम से प्रसिद्ध थे, चारों ही अपरध प्रवृत्ति के थे, किंतु अपराध छोटे-मोटे ही करते थे। राहजनी और चोरी जैसे।

हम अक्सर महानगर में जो रहते थे। एक दिन वहीं हमारी नजर सेठ शिखर चन्द पर पड़ी। वह जौहरी था और हीरों को व्यापार करता था। हम आपस में हीरों के बारे में बातें करने लगे, यह कि, एक-एक हीरा लाख-लाख रुपए का होता है। बातों ही बातों में कोई कह बैठा कि यदि हम एक बार शिखर चन्द के यहां चोरी कर लें तो वारे के न्यारे हो जाएंगे। बात गंभीर रूख ले गई और हम सचमुच चोरी करने की योजना बनाने लगे। बंकम ने कहा कि इतनी बड़ी चोरी करने से पहले हमें खूब अच्छी तरह सोच-विचार कर लेना चाहिए, अपने परिवार की जीविका के लिए बंकम प्रत्येक सीजन में संतरे के बाग का ठेका ले लेता था और उस दिन हम बंकम के बाग में बैठे चोरी करने के बारे में ही बात कर रहे थे कि एक पेड़ के पीछें छुपी सुधा ने हमारी बातें सुन लीं, सुधा चन्दनपुर की एक खूबसूरत लड़की थी, उसे हमने देख लिया। वह कहने लगी कि या तो हम चोरी की स्कीम में उसे भी शामिल कर लें अन्यथा वह हमारा भांड़ा फोड़ देगी। विवश होकर हमें सुधा को

भी शामिल करना पड़ा और शिखर चन्द के यहां चोरी की, वहां से बीस हीरे हमारे हाथ लगे, परंतु धूर्त बंकम वे सारे ही हमल कर गया। उसने साफ कह दिया कि हममें से किसी को एक भी हीरा नहीं देगा, हम उसका जो बिगाड़ना चाहे बिगाड़ लें। पुलिस में रिपोर्ट करवाने से पकड़े जाने का डर था, पकड़ें जाने से हम लोग बहुत डरते थे। बंकम हम सबसे धवल था, अतः हम उसका कुछ नहीं बिगाड़ सके और उससे हीरे तथा दुश्मनी निकालने की ताक में रहे, भगवान ने हमें बहुत जल्दी ही ऐसा मौका दे दिया।

बंकम बहुत ही अय्याश और व्यभिचारी था, जब एक दिन अलका नाम की लड़की अपनी सहेलियों की बस को विदा करके 'क्वाईट फॉल' की तरफ लौट रही थी तो उधर से गुजरते बंकम की नजर उस पर पड़ गई, सन्नाटें का फायदा उठाकर उसने अलका को किडनैप कर लिया और फिर संतरे के बाग में उसके साथ मुंह काला किया। अलका के गले में कीमती नैकलेस था, जिसे उसने उतार लिया, सब कुछ लुट जाने के बाद अलका रोटी-पीटती नदी की तरफ चली गई, हां नदी में कूदते उसे अनूप ने देख लिया। उसने अलका को पानी से निकाला, मरने से पहले वह सिर्फ 'संतरे का बाग' कह सकी थी, परंतु उसकी अवस्था देखकर अनूप समझ गया था कि उसके साथ क्या हुआ है, गले से नैकलेस गायब होने का अर्थ भी अनूप लगा चुका था। उसने वहीं अलका की लाश पर हाथ रखकर अपनी बहन की ऐसी अवस्था बनाने वाले से बदला लेने की कसम खाई और निश्चय किया कि अन्य किसी को भी यह पता नहीं लगने देगा कि मरने से पहले अलका के साथ क्या हुआ था। उसकी समझ के मुताबिक लोगों को वह सब पता लगना उसकी बहन का अपमान ही था, यह सारे दृश्य हमने देखें थे और हम बंकम से बदला लेने के मौके की तलाश में थे ही। उस वक्त तो हममें से कोई कुछ नहीं बोला, परंतु अगले दिन जब अलका की लाश का दाह-संस्कार हो चुका था तो हम चारों अनूप से अकेले में मिले। हमने कहा कि हम उसे अलका की ऐसी हालत करने वाले

का नाम बता सकते हैं। जब हमने वह सब कुछ बताया जो उसने नदी पर किया था तो उसे यकीन हो गया कि हमें सब कुछ मालूम है और अधीर होकर उसका नाम पूछने लगा। नाम बताने के हमने उससे चार लाख रुपए मांगे। पैसे की उसके लिए कोई अहमियत थी ही नहीं और शायद अलका के लिए तो बिल्कुल भी नहीं हमने अगले दिन उससे चार लाख लेकर इस शर्त के साथ नाम बता दिया कि बंकम से बदला लेने में हम भी उसके साथ रहेंगे।

बंकम का घर चन्दनपुर की बस्ती से काफी अलग एक ऊंची पहाड़ी पर था। अनूप के साथ हम हथियारों से पूरी तरह लैस होकर उसके घर पहुंचे। उस वक्त घर में बंकम, उसकी पत्नी और एक तेरह साल की लड़की थी। बंकम पर जख्मी चीते की तरह अनूप झपट पड़ा, वह उसे लेकर अंदर वाले कमरे में चला गया था, जबकि मकान का मुख्य द्वार बंद करके बंकम की बीवी और लड़की को मार डाला, तभी भीतरी कमरे का दरवाज़ा खोलकर अनूप इस कमरे में आया। उसके सारे कपड़ें खून तर-बतर थे। इस कमरे की अवस्था देखते ही वह हम पर गुर्राने लगा, कहने लगा कि ये हमने क्या किया है। इन बेचारियों का क्या दोष था। उधर तब तक जोगा अंदर वाले कमरे में पड़ी बंकम की लाश देख आया था, बंकम के अंदर वाले कमरे में संतरों के टोकरे भरे रखे रहते थे। सभी संतरे फर्श पर बिखर चुके थे और संतरों के बीच बंकम की लाश पड़ी थी। जोगा उन्हीं में से एक संतरा उठा लाया और उसे गेंद की तरह ऊपर उछालकर खेलता हुआ बोला–'ज्यादा चीखने-चिल्लाने की जरूरत नहीं हैं बेटे, यदि ये संतरा हमने किसी के सामने छील दिया तो हम तो बेरूवा, वीरान हैं ही, यहां रोटी नहीं खाएंगे, तो जेल में खा लेंगे। ये सोचों कि तुम्हारा क्या होगा। जिन्दल पुरम् के अकेले चिराग हो तुम।' यह सुनकर अनूप का रंग उड़ गया और फिर हमने उसे बताना शुरू किया कि हमने बंकम से किस बात का बदला लिया है। सुनकर वह भौंचक्का रह गया। वह वहां से जाना चाहता था, लेकिन हमने निश्चय कर लिया था कि बंकम के पूरे खानदान को ही

खत्म करके दम लेंगे, बंकम का एक छः वर्षीय छोटा लड़का मिन्टू था जो घटना के वक्त स्कूल गया हुआ था, हम जानते थे कि स्कूल की छुट्टी होते ही वह यहां आएगा, अतः उसके आने का इंतजार करने लगे। इस बीच हम सारे घर में हीरों की तलाश करते रहे जो हमें कहीं न मिल सके। अनूप इस पक्ष में बिल्कुल नहीं था, परंतु अब वह हमारे चंगुल में फंस चुका था और हम मिन्टू के आने पर उसे भी खत्म करके ही बंकम के घर से बाहर निकले।

जोश में हमने इतना भयानक नर-संहार कर तो दिया, परंतु उसी रात अपने किए से खुद ही को डर लगने लगा, हालांकि पूरा विश्वास था कि हमें किसी ने नहीं देखा है, परंतु फिर भी दिल में डर बैठ गया और यह भी डर लगने लगा कि कहीं हीरों के चोरों को तलाश करती पुलिस हम तक न पहुंच जाए। इस पर सुधा ने कहा कि हमें चन्दनपुर से भाग जाना चाहिए। मैंने कहा कि भागकर जाएंगे कहा। बिरजू बोला कि दुनिया बहुत बड़ी है। जोगा ने कहा कि हमारे पास चार लाख रुपए भी हैं। इस तरह, उसी रात हमने एक-एक लाख रुपए बांट लिए और निर्णय किया कि सब हमेशा के लिए अलग हो जाएं अपना एक लाख लेकर जिसका जहां जी चाहे जाए और अपने ढंग से बिल्कुल नई जिंदगी शुरू करें नया नाम रखें, हममें तय हुआ कि अपनी बाकी जिंदगी में हम कभी हीरों की चोरी, बंकम के परिवार की हत्या और दूसरे को याद तक नहीं रखेंगे। यह भी जानने की कोशिश नहीं करेंगे कि हममें से कौन, कहां, किस रूप में, किस हालत में किस नाम से रह रहा है। हम सब सहमत हो गए क्योंकि कानून से बचे रहने का हमें यही एकमात्र रास्ता सुझाई दिया था और अगली सुबह ही हम सब चन्दनपुर को छोड़कर नई जिंदगियों की हमने स्थापना भी की। और ये सच है कि मुझे, जोगा को और बिरजू को एक-दूसरे का बिल्कुल पता नहीं है। यह अलग बात है कि मैं सुधा से आज भी प्यार करता हूं और मौका निकालकर उससे मिलता रहता हूं।

बस, डायरी में इतना ही लिखा था और उसे पढ़ने के बाद मेरे

दिमाग की समस्त नसें खुलती चली गई, बोला–"यह डायरी तो सारी ही कहानी स्पष्ट कर देती है, विभा।"

"बेशक।" विभा बोली–"इससे जाहिर है कि हत्यारों में से कोई भी नहीं जानता कि बाद में बंकम के सुभाष नामक भाई ने उनसे बदला लेने की कसम खाई। मुख्य सवाल वहीं-का-वहीं है। कैसे पता लगे कि सुभाष का वर्तमान नाम क्या है?"

अभी इस सवाल का हमें कोई जवाब नहीं सुझा था कि कमरे में सावरकर प्रविष्ट हुआ। उसके आते ही विभा ने उससे कहा–"हमें उसके पास ले चलो सावरकर अंकल, जिससे आपने 'उनका' फेसमास्क बनवाया था।"

"चलिए।" कहने के साथ ही सावरकर उठ खड़ा हुआ।

हम चारों गाड़ी में बैठकर वहां पहुंचे जहां सावरकर ले गया था। विभा की कार एक टूटे-फूटे झोपड़ीनुमा मकान के बाहर खड़ी थी और हम झोंपड़ी के अन्दर उस व्यक्ति के सामने जिसने विभा के पूछे जाने पर अनूप बाबू का फेसमास्क बनाया जाना स्वीकार किया था। वह व्यक्ति अत्यंत ही बूढ़ा था और अपना नाम उसने हरिन्द्रनाथ चट्टोपाध्याय बताया था। विभा ने उसे त्रिवेदी का फोटो दिखाते हुए पूछा–"जरा इस चित्र को देखकर बताइए बाबा कि क्या आपने किसी को इस चेहरे का फेसमास्क भी बनाकर दिया था।"

"हां।" चित्र पर नजर गड़ाए हरिन्द्रनाथ ने कहा।

हमारे दिल धड़कने लगे। विभा की आंखें चमक उठीं, उसने पूछा–"क्या आप बता सकते हैं कि इस चेहरे का मास्क बनाकर आपने किसको दिया था?"

"उसने अपना नाम रामनरेश गोवर्धन बताया था बहूरानी।"

इस नाम को सुनकर मैं, मधु और सावरकर विभा की तरफ देखने लगे, जबकि विभा के चेहरे पर कोई विशेष भाव नहीं उभरे थे। उसने हरिन्द्रनाथ से पूछा–"क्या आप उसे पहचान सकते हैं, बाबा?"

'हां बहूरानी। अगर सामने आ जाए तो जरूर पहचान लेंगे। इस

बुढ़ापे में भी अगर आंखें इतनी तेज न होती तो भला ये फेसमास्क बनाने जैसा बारीक काम कैसे कर लेता?"

"ठीक है बाबा। शायद कल मुझे आपकी जरूरत पड़े।"

विभा ने कहा और फिर हम बाहर निकल आए। कार मंदिर की ओर रवाना हो गई। रास्ते में विभा ने स्वयं ही एक पब्लिक टेलीफोन बूथ के नजदीक कार रोकी। हमें कार ही में बैठे रहने का इशारा करके बूथ के अंदर गई। फोन पर जाने किससे उसने क्या बातें कीं इस वक्त तो मैं केवल इतना ही कह सकता हूं कि वह केवल दो मिनट में लौट आई थी।

न तो किसी ने पूछा और न ही उसने खुद बताया कि फोन पर उसने किससे क्या बातें की है। रास्ते में एक स्थान पर सावरकर को ड्राप करते हुए हम मंदिर पहुंचे और हॉल में कदम रखते ही मैं बुरी तरह चौंक पड़ा, सोफे पर एक व्यक्ति बैठा था, उसे देखते ही मैं चौंक पड़ा–"अरे, ये यहां कैसे पहुंच गया। ये तो जिंगारू है।"

जबकि जिंगारू हमें देखते ही ससम्मान खड़ा हो गया।

"हां, यह जिंगारू हैं।" कहते वक्त विभा के होंठों पर बड़ी ही चमकदार मुस्कान उभरी थी–"लेकिन डरने जैसे कोई बात नहीं है, यह अपना ही आदमी है।"

"हैं?" मेरी खोपड़ी नाच-सी उठी, "त . . . तुम्हारा . . . म . . . मगर विभा . . ."

"एक मिनट।" विभा ने मुझे चुप रहने के लिए कहा, जबकि आश्चर्य के अथाह सागर में गोते-से लगाता हुआ मैं उसे देख रहा था, उसे जिसके पैरों में मिलिट्री वाले कपड़े के बूट थे, खाकी रंग की पतलून, काई रंग का ही ओवर कोट, गले में मफलर और सिर पर चिड़िया के पंखों वाली टोपी पहने था वह, मफलर और टोपी ने उसके चेहरे के अधिकांश भाग को छुपा रखा था, इस वक्त उसके साथ एक बच्चा भी था, जिसकी उम्र करीब साढ़े तीन साल रही होगी। हैरत के कारण मैं कुछ बोलने तक की स्थिति में नहीं था।

"ये बच्चा कौन है?" विभा ने उससे पूछा।

"सचिन।" जिंगारू ने कहा।

"ओह, इसका मतलब तुम उसके अड्डे तक पहुंच गए थे।"

"जी हां, आपका अनुमान ठीक ही निकला। मुझे खुद वही पकड़कर ले गया था। वहां उसने मुझे कैद कर लिया। जिस कमरे में मुझे कैद किया गया था, उसी में सचिन भी था। मैं वहां से सचिन को लेकर भाग निकला हूं।"

"वह कौन था?"

"इंस्पेक्टर त्रिवेदी।" जिंगारू के जवाब ने मेरे होश उड़ा दिए? जबकि इसी जवाब को सुनकर विभा इस तरह मुस्कुराई थी, जैसे उसे बहुत पहले से ही इस जवाब की उम्मीद थी, उसने तुरन्त ही जिंगारू से अगला सवाल किया–"क्या तुम इसी समय हमें उसके अड्डे पर ले चल सकते हो?"

"जी हां"

"गुड!" विभा हॉल में रखे फोन की तरफ बढ़ती हुई बोली– "हमें अड्डे का पता बताओ।"

"चर्च रोड़ बंगला नंबर पी-सात सौ पैंसठ।"

आई.जी. साहब से फोन मिलाने के बाद विभा ने उपरोक्त पता बताते हुए कहा–"कृपया आप फौरन दल-बल सहित इस बंगले पर रेड कीजिए, ये बंगला अपराधी का अड्डा है। हालांकि संभावना नहीं है, लेकिन फिर भी हो सकता है कि मुजरिम वहीं हो और मुकाबला करने की कोशिश करे। अतः सतर्क रहिएगा, मैं भी पहुंच रही हूं।" कहने के बाद संबंध विच्छेद करके वह हमारी तरफ घूमी।

"इस बार मेरे साथ-साथ मधु भी उछल पड़ी।

कथित जिंगारू ने विभा के कहते ही मफलर और टोपी उतार ली, वह सचमुच कालू ही था। वही कालू, जिसने शेरू की चाल में जोगा के विषय में जानकारियां दी थी। मैं और मधु पलकें झपका-झपकाकर उसे देखने लगे। जबकि वह शोखी से मुस्कुरा रहा था, तभी विभा ने

कहा–"हैरत के समुद्र से ज्यादा देर तक गोते लगाते रहना भी ठीक नहीं हैं वेद, यह कालू ही है।"

"ल . . . लेकिन, इसका तुमसे क्या मतलब?"

"दरअसल जोगा से इसे दिली मोहब्बत थी, हमारे द्वारा जोगा के कत्ल की सूचना सुनकर इसे दुःख हुआ और इसके अनुसार जोगा को बिरजू ने ही मारा था, अतः बिरजू से अपने दोस्त की मृत्यु का बदला लेने के उद्देश्य से यह महानगर से जिन्दल पुरम् आ गया, परंतु यहां आने से पहले इसने कोई जासूसी फिल्म देखकर,खुद को गुप्त रखने के लिए ये कपड़े और जिंगारू नाम चुना। इसके दिमाग के अनुसार इस रूप में यह बिरजू का कत्ल करके महानगर लौट जाता और किसी को कानो-कान खबर तक न होती कि कत्ल कालू ने किया है। इसे नहीं मालूम था कि बिरजू कौन है, यहां आकर इसे पता लगा कि जोगा की लाश महेद्रपाल सोनी के फ्लैट में मिली थी। सो, इसने सोचा कि सोनी ही बिरजू और पुलिस को धोखा दे रहा है।"

"लेकिन इसने तो उससे नकली हेयर पिन का जिक्र किया था।"

"यहां भी इसने अपने माशा अल्लाह दिमाग का ही प्रयोग किया था। दरअसल इसने सोचा कि हमारे बयान देते वक्त यह बिरजू के खिलाफ रोष प्रकट कर चुका है। अतः यदि बिरजू की हत्या हो गई तो हमारा शक इसकी तरफ जा सकता है, इसलिए नकली हेयर पिन का एक ऊट-पटांग ईशू सामने रखकर इसने सोनी के मुंह से यह उगलवाने की कोशिश की कि वह बिरजू है।"

"ओह।"

"रेन वाटर पाईप पर लटककर जब इसने कमरे में हमारे और सोनी के बीच होने वाली बातें सुनी तो इसका यह भय दूर हो गया कि सोनी ही बिरजू है, परंतु हमारी हरकत से बौखला गया और कुछ भी समझ न पाने की स्थिति में वहां से भाग गया, मुझे आज सुबह यह उस वक्त रास्ते में मिला, जब मैं चन्दनपुर से लौट रही थीं।"

"इसीलिए तुमने आते ही आदेश जारी किया था कि अब महेन्द्रपाल

सोनी की निगरानी करने की कोई जरूरत नहीं है।

"हां।" विभा ने बताया–"इसने सुबह स्वयं ही हाथ देकर मेरी गाड़ी रोकी थी। उस वक्त इसने अपना चेहरा नहीं ढंक रखा था, जिंगारू के कपड़ों में इसे देखकर मैं भी चौंकी थी। सो, गाड़ी रोक दी। इसने मुझे वह सब कुछ बताया जो मैं तुम्हें बता चुकी हूं। सुनकर मैंने सोचा कि इस केस में जिंगारू की उपस्थिति से जितने परेशान हम थे, उससे कहीं ज्यादा हत्यारा रहा होगा। हमने सोचा कि हत्यारा यह पता लगाने की कोशिश जरूर करेगा कि आखिर 'जिंगारू' है कौन और यह जानने के लिए उसे 'जिंगारू' पर हाथ डालना पड़ेगा। इस तरह कालू बड़े आराम से हत्यारे के अड्डे तक पहुंच सकता है, मैंने सारी बातें समझाकर इससे 'जिंगारू' के रूप में जिन्दल पुरम् में घूमने के लिए कहा। जोगा के हत्यारे तक पहुंचने के लिए इसने स्कीम स्वीकार कर ली। स्कीम इसके अलावा कुछ भी नहीं थी कि यह जिंगारू बनकर घूमता रहे और बस, उसके बाद यह हमें अभी मिला है और जो रिपोर्ट इसने दी है, वह तुमने भी सुनी है।"

मैं चुप रह गया, एकदम कुछ बोलने की स्थिति तक मैं नहीं था। विभा ने कालू से प्रश्न किया–"तुम सुबह से अब तक घटी घटनाओं के बारे में हमें संक्षेप में बताओ।"

"आपसे विदा लेकर मैं आपकी राय के मुताबिक जिंगारू के इसी भेष में निरुद्देश्य सड़कों पर घूमने लगा, मैं जान-बूझकर सन्नाटेयुक्त स्थानों से गुजर रहा था कि ऐसे ही एक स्थान पर किसी ने मेरे सिर पर रिवॉल्वर के दस्ते का वार किया। वार एक पेड़ के पीछे से बिल्कुल अचानक किया गया था। इसीलिए कोशिश के बाद भी संभल न सका और बेहोश हो गया, होश में आने पर मैंने खुद को एक कमरे में कुर्सी के साथ बंधे पाया। मेरे सामने इंस्पेक्टर त्रिवेदी खड़ा था, उसने मुझसे पूछा कि मैं कौन हूं और जिंगारू बना क्यों घूम रहा हूं। मैंने उसे अपना असली परिचय दे दिया और बता दिया कि अपने दोस्त जोगा के हत्यारे को किसी भी कीमत पर नहीं छोड़ूंगा, मेरे बताने पर शायद वह

समझ गया कि मैं उसके लिए खतरनाक नहीं हूं। सो, वह कमरे को बाहर से लॉक करके चला गया। उसी कमरे में एक कुर्सी के साथ ये बच्चा भी बंधा पड़ा था। त्रिवेदी के जाते ही मैंने अपने नाखूनों में फंसे ब्लेड के टुकड़ों से बंधन काटने शुरू कर दिए। यह तरकीब भी मैंने एक जासूसी फिल्म से ही ली थी किंतु जब प्रयोग की, तो पता लगा कि यह बहुत कठिन काम था, सुबह से लगा-लगा मैं अब कहीं जाकर बंधन काटने में सफल हुआ, मेरे हाथ भी जगह-जगह से कट गए हैं, जबकि उस फिल्म में धर्मेंद्र के हाथ बिल्कुल नहीं कटे थे। आजाद होते ही मैंने इस बच्चे के बंधन खोले, इससे नाम पूछा और जब इसने नाम बताया तो मैं समझ गया कि यह मेरे दोस्त जोगा का लड़का है। उसी कमरे में एक खिड़की थी, जो पीछे की तरफ खुलती थी, सचिन को साथ लेकर मैं उसी के जरिए भाग निकला।"

"वैरी गुड़, तुमने बहुत अच्छा काम किया है कालू।"

उसकी प्रशंसा करने के बाद विभा ने सचिन से पूछा–"क्यों बेटे, क्या तुम्हारी मम्मी उसी के पास है, जिसने तुम्हें बांध रखा था।"

सहमे और डरे से सचिन ने 'हां' मे गर्दन हिला दी।

"हम अभी आते हैं मधु बहन, तुम सचिन का ख्याल रखना और तुम्हें भी यहीं रहना है कालू।" कहने के साथ ही विभा बाहर निकलने के लिए हॉल के दरवाज़े की तरफ बढ़ गई।

जब हम पहुंचे तो बंगला नंबर पी-सात सौ पैंसठ के चारों तरफ पुलिस-ही-पुलिस नजर आ रही थी। पुलिस को देखकर लोगों की भीड़ जमा हो गई थी, जिसे पुलिसमैन काबू में किए हुए थे।

बंगला काफी भव्य और खूबसूरत था, गैलरी में ही हमें आई.जी. महोदय मिल गए।

"क्या रहा अंकल?" विभा ने पूछा।

"बंगले के भीतरी कमरे से हमें एक लाश मिली है।"

विभा बोली, "लाश शायद सुधा पटेल की रही होगी?"

"जी हां बड़ी वीभत्स लाश है वह। उंगलियों रहित हाथ, कटी हुई

जीभ, अंधी और उसके पास ही किसी टेढ़ी-मेढ़ी राईटिंग में यह पर्ची लिखकर डाल रखी थी।" कहते हुए आई.जी. साहब ने एक पर्ची आगे बढ़ाई, विभा ने पर्ची ले ली। उसके साथ ही पर्ची पर लिखा वाक्य मैंने भी पढ़ा, उस पर लिखा था–अब यह कुछ भी नहीं कर सकती।

पर्ची को पढ़ने के बाद विभा ने पूछा–"और कोई विशेष बात अंकल?"

"एक कमरे से ऐसे चिह्न मिले हैं, जैसे वहां किसी को कैद किया गया था और वह किसी तरह अपने बंधन काटकर खिड़की के रास्ते से भाग निकला, हमारे ख्याल से उस कमरे में दो कैदी थे।"

"मतलब ये कि बंगले में कहीं भी अपराधी नहीं मिला?"

"जी नहीं, अपराधी की तो बात ही दूर, ऐसा कोई चिह्न तक हाथ नहीं लगा है, जिससे उसके बारे में कुछ पता लगाया जा सके, वैसे हमारे मातहत अब भी किसी ऐसे चिह्न की तलाश कर रहे हैं।"

"क्या आपने किसी पड़ोसी का बयान लिया?"

"कई का, सबका यही कहना है कि ये बंगला कर्नल बलवीर सिंह का है, वे मिलिट्री में कर्नल हैं और तीन साल से लद्दाख में हैं, उनकी फैमिली भी लद्दाख ही में है, साल में महीना बीस दिन के लिए छुट्टियां गुजारने यहां आ जाते हैं, बाकी साल बंगले पर ताला ही लटका रहता है।"

"बंगला उन्होंने किराए पर क्यों नहीं उठा दिया?"

"पड़ोसियों के अनुसार कर्नल बलवीर सिंह किराए की आमदनी को हराम की आमदनी समझते हैं।

"दुनिया में अजीब-अजीब लोग हैं।" बड़बड़ाने के बाद विभा ने कहा–"खैर, आपने पड़ोसियों से पूछा होगा कि उन्होंने पिछले दिनों बंगलें में किसी को आते-जाते तो नहीं देखा, इस बारे में उनका क्या बयान है?"

"यही तो अजीब बात है, पड़ोसियों के मुताबिक उन्होंने किसी को नहीं देखा, जबकि सुधा पटेल की लाश और उस कमरे में दो व्यक्तियों

का कैद होना बताता है कि हत्यारा इस बंगले में सचमुच सक्रिय रहा है।"

"कोई अजीब बात नहीं है अंकल, कर्नल बलवीर जैसे खफ्ती लोगों के मकान का लाभ अपराधी अक्सर उठा लेते हैं, हत्यारा कर्नल से भली-भांति परिचित होगा। इसीलिए उसने बंगले का इस्तेमाल बेखौफ किया।"

"इस तरह कब तक चलेगा बहूरानी, आज-ही-आज में यह दूसरी लाश है।

"बस, जब तक चलना था चल लिया आई.जी. अंकल। दरअसल सुधा पटेल की लाश पर हत्यारे का काम खत्म हो गया है और इसी लाश पर मेरा भी। अब हत्यारे के लिए कोई काम बाकी नहीं बचा है यानि अब उसे कोई हत्या नहीं करनी और मेरा काम भी खत्म हो गया हैं, अर्थात् अब मुझे कोई खोज नहीं करनी है।"

"क्या मतलब?"

"मतलब आपको कल तेरहवीं में पता लग जाएगा, कल आप आ रहे हैं न?"

"जरूर।" आई.जी साहब थोड़े गंभीर नजर आए, शायद तेरहवीं के नाम पर?

विभा वापस चलने के लिए मुड़ गई, उसकी इस हरकत पर मैं तो मैं, आई.जी. साहब भी चौंक–"अरे, आप जा रही हैं बहूरानी। क्या लाश और बंगले का निरीक्षण नहीं करेंगी?"

"मैं उसकी जरूरत नहीं समझती।" विभा ने ठिठककर कहा।

"क . . . कमाल कर रही हैं आप?"

"कोई कमाल नहीं है अंकल, इस केस के दौरान मैं जान चुकी हूं कि हत्यारा किस स्तर तक समझदार है। मैं कम-से कम उससे इस बंगले में सूत्र छोड़ जाने की उम्मीद नहीं करती। जो उम्मीद करती हूं, वह आप कल देखेंगे।"

कार भीड़ को चीरने के बाद पुनः मंदिर की तरफ चल दी। मेरी

समझ में कुछ नहीं आ रहा था। घटनास्थल पर जाकर बिना लाश और घटनास्थल का निरीक्षण किए वापस चल देना मुझे बहुत ही अजीब-सा लग रहा था। कम-से-कम मैं अपने किसी काल्पनिक उपन्यास में ऐसा दृश्य देने की कल्पना नहीं कर सकता था।

काफी देर की खामोशी के बाद मैंने पूछा–"क्या तुम हत्यारे तक पहुंच गई हो विभा?"

"मैं तुम्हें वह कहानी सुनाती हूं वेद, जो अब तक प्राप्त सुबूतों और जानकारियों से तैयार होती है। क्योंकि फिलहाल हम हत्यारे का वर्तमान नाम नहीं जानते हैं इसलिए मैं सुभाष नाम का ही प्रयोग करूंगी।" कहने के बाद विभा किसी टेप के समान शुरू हो गई– "गूंगे, बहरे और अनपढ़ आर्टिस्ट करीम द्वारा चित्र मिलने पर सुभाष ने उनमें से अनूप को तुरंत पहचान लिया होगा, क्योंकि वे एक प्रसिद्ध हस्ती थे, किंतु एकदम से उनका वह कुछ नहीं बिगाड़ सकता था। उसने सोचा होगा कि पूरी योजना के साथ बदला लेने के लिए यह पता लगाना भी बेहद जरूरी है कि शेष चार कहां रह रहे हैं। अनूप जिन्दल पुरम् में हैं तो शेष चारों भी यहीं होंगे, यही सोचकर सुभाष अपने परिवार सहित जिन्दल पुरम् मे आ बसा होगा। उसने सोचा होगा कि चार हत्यारे अनूप से मिलते जरूर होंगे इसलिए अनूप पर नजर रखने लगा, परंतु दो साल तक इन हत्यारों में से अनूप से कोई नहीं मिला। सुभाष निराश-सा होने लगा होगा कि एक दिन उसने जोगा को अनूप से मिलते देखा, जब उसने जोगा की निगरानी शुरू की होगी और जाना कि जोगा इकबाल गजनवी के नाम से शेरू की चाल में रह रहा है। वह अपना एक लाख बुरे कामों में उड़ा चुका था और अब पैसे की कमी के कारण उसने अनूप को ब्लैकमेल करना शुरू कर दिया। जोगा के पीछे लगा रह कर सुभाष सुधा पटेल तक पहुंच गया होगा। जोगा, सुधा पटेल, जो जिन्दल पुरम् में अब रजनी चतुर्वेदी के रूप में रह रही थी, से मिला करता था। इनके सम्बन्धों और बातचीत से सुभाष ने जाना होगा कि इनके बीच प्रेम संबंध हैं और सचिन नाम का इनका एक बच्चा भी है, जिसे ये

बिरजू से छुपाकर रखते हैं, दरअसल सुधा ने जोगा से कह रखा था कि बिरजू भी उससे प्यार करता है, जबकि वह सिर्फ उसी से करती है और यदि बिरजू को उनके प्यार और बच्चे का पता लग गया तो वह गुस्से में बच्चे को मार डालेगा, सुधा जोगा के लाख पूछने पर भी उसे यह नहीं बताती थी कि बिरजू इस वक्त कहां, किस रूप में रह रहा है। बिरजू तक पहुंचने के लिए सुभाष सुधा के पीछे लग गया होगा। तब उसने जाना कि बिरजू जगमोहन के रूप में जिन्दल पुरम् में ही रह रहा है और उसने शादी भी कर ली है। सुधा ने ठीक वैसी ही बातें बिरजू से भी की जैसा जोगा से करती थी यानी उससे वह सचिन को उसका बच्चा कहती और टिंगू के नाम से डराती रहती, उसे टिंगू का नया रूप और पता कभी नहीं बताती। अब टिंगू की खोज में सुभाष सुधा के पीछे रहा और पता लगाया कि टिंगू ने मनीराम बागड़ी के नाम से वाराणसी में अपने एक लाख से कपड़े की दुकान खोल ली और और शादी करके आराम से रह रहा है। सुधा के टिंगू से भी वैसे ही संबंध थे जैसे जोगा और बिरजू से थे, सचिन को वह उसी का बच्चा बताती थी और विलेन के रूप में जोगा के नाम से डराए रखती थी। उसे भी सुधा पटेल ने कभी जोगा का बदला हुआ नाम पता नहीं बताया। अतः अब धीरे-धीरे सुभाष की समझ में यह बात आने लगी होगी कि सुधा पटेल एक बहुत ही चालाक और चरित्रहीन औरत है, उसके संबंध तीनों से समान हैं और अलग-अलग तीनों ही को, सचिन को उसका बच्चा बता कर ठग रही है। इस प्रकार वह सचिन के नाम पर तीनों ही से पांच-पांच सौ रुपए महीना ले रही थी। ये सारी जानकारियां इकट्ठी करने और इन्हें समझने में सुभाष को पूरे दो साल लगे। सो, उसने बदला लेने के लिए अपनी योजना बना ली।"

विभा सांस लेने के लिए रूकी थी, मैं ये सोच रहा था कि विभा की कल्पना शक्ति कितनी प्रबल है, प्राप्त जानकारियों के आधार पर वह कैसी सुदृढ़ कहानी तैयार कर चुकी है।

उसने आगे कहा–"अपनी योजना के मुताबिक उसने सबसे पहले

सचिन को अपने कब्जे में किया, सचिन को मार डालने की धमकी देकर सुधा पटेल से जोगा को और टिंगू को पत्र लिखवाया। जोगा के आने पर उसे पकड़ा और फिर सुधा और सचिन को मार डालने की धमकी देकर जोगा से मनचाहा काम करवाया। जोगा, सुधा को पत्नी और सचिन को अपना बच्चा समझता ही था इसलिए सुभाष की योजना के मुताबिक उसने जो कुछ किया वह स्पष्ट ही है।"

"गुड़!" मैं बरबस ही कह उठा–"यही हुआ होगा।"

"सुबूत और जानकारियां कहती हैं कि यही हुआ है।" विभा ने अपनी बात पर जोर देते हुए कहा–"इससे आगे की कहानी मैं हत्यारे का नाम खुलने के बाद ही बता सकूंगी।"

"लेकिन हत्यारे का वर्तमान नाम पता कैसे लगेगा?"

"उसका प्रबंध भी मैं कर चुकी हूं।"

"क्या?"

"वह तुम्हें कल ही पता लगेगा, इस वक्त केवल इतना ही कह सकती हूं कि मुझे एक व्यक्ति पर शक है और उस शक की कई वजह भी हैं। इस केस में वह कई बार हमारे सामने आया है, काफी सक्रिय रोल रहा है उसका, और जहां तक मैं समझती हूं हत्यारा वही होगा।"

मैं सोचता ही रह गया कि विभा का संकेत किस व्यक्ति की तरफ है? यहीं मैं आपसे यानि अपने प्रेरक पाठकों से संबोधित होता हूं। जितनी बातें हमें या विभा को पता हैं, उतनी ही आपको भी।

जितनी जानकारियां या सुबूत विभा के पास हैं, उतने ही आपके पास भी। क्या आप बता सकते हैं कि सुभाष कौन है और लिखकर एक कागज़ पर रख लीजिए और आप सही हैं या गलत। परखने के लिए अंतिम दृश्य पढ़िए। पृष्ठ पलटते ही अपराधी का वर्तमान नाम आपकी आंखों के सामने होगा।

यूं तो तेरहवीं में सारा जिन्दल पुरम् ही उमड़ पड़ा था, परंतु उल्लेखनीय लोग निम्न थे–मैं, मधु, सावरकर, रामनाथन, अभिक, श्रीकान्त, वीणा, गजे बहादुर जिन्दल, महेन्द्रपाल सोनी, दीनदयाल,

रामअवतार, आरती यानी जगमोहन उर्फ बिरजू की पत्नी, सचिन, कालू, आई.जी., एस.एस.पी., सर्राफ शिखर चन्द्र जैन, जासूस विनोट भट्ट, रेवतीशरण, बिजेन्द्र अहलूवालिया और विभा के वकील के अलावा डॉक्टर सान्याल भी थे।

उस वक्त दस बजे थे और सब लोग मन्दिर के हॉल में उपस्थित थे जब विभा ने सभी को संबोधित करके कहा–"अब मैं आपको एक ऐसे व्यक्ति से मिलवाती हूं, जिसे देखकर आप सब चौंक पड़ेंगे।"

सभी के दिल धड़क उठे।

विभा ने सांकेतिक अंदाज़ में दो बार ताली बजाई और एक दरवाज़े की तरफ देखने लगी। मुझ सहित सभी की दृष्टि उस दरवाज़े पर टिक गई और फिर जो व्यक्ति दरवाज़े को पार करके हॉल में प्रविष्ट हुआ उसे देखते ही सचमुख सभी चौंक पड़ें, कई के कंठों से तो चीख-सी निकल गई, "म . . . मनीराम बागड़ी?"

"जी हां, आप लोगों ने ठीक पहचाना। ये मनीराम बागड़ी ही हैं।" विभा ने कहा–"इसे देखकर आप इसलिए चौंक पड़े हैं, क्योंकि यह कल इन्ज्वॉय होटल के कमरा नंबर सेवंटी में मारा जा चुका है, लेकिन नहीं, दरअसल यह मरा नहीं था। जिस वक्त हत्यारे ने इस पर फायर किया था उस वक्त इसने बुलेट प्रूफ जाकेट पहन रखी थी, सीने में एक बकरे के खून से भरा गुब्बारा छुपाए था, जो इसने फायर के साथ ही फोड़ दिया और उसी क्षण से इसने लाश में बदल जाने का नाटक किया।

यह सब इसने खुद नहीं, बल्कि मेरे इशारे पर किया था। हत्यारे को बेनकाब करने के लिए इसे जिन्दल पुरम् में रोककर मैंने ही वह नाटक कराया था। अब यह अपने मुंह से हत्यारे का नाम बताएगा, आप हत्यारे को पकड़ने के लिए मुस्तैद रहें आई.जी. अंकल।" हॉल में सन्नाटा छा गया, ऐसा कि सूई भी गिरे तो आवाज सब सुन सके।

"अब ज्यादा देर मत करो टिंगू, सब जानने के लिए उत्सुक हैं। बताओ कि वह कौन हैं?" विभा ने कहा।

टिंगू ने उपस्थित भीड़ पर अभी नजर दौड़ानी शरू की ही थी कि

"धांय . . . धांय . . . धांय।"

सारा हॉल फायरिंग की जबरदस्त आवाज से गूंज उठा।

ये फायर सीधे मनीराम बागड़ी यानी टिंगू पर किए गए थे।

एक क्षण के लिए तो हॉल में हड़बड़ी-सी फैल गई, परंतु अगले ही क्षण सारे हॉल में विभा का जबरदस्त कहकहा गूंज उठा।

वह इस तरह हंस रही थी, जैसे पागल हो गई हो।

और सबसे अजीब हालत दीनदयाल की थी। उसके हाथ में दबे रिवॉल्वर की नाल से अभी तक धुआं निकल रहा था। बौखलाया, हक्का-बक्का-सा वह कभी विभा को देख रहा था, कभी सुरक्षित खड़े मनीराम बागड़ी को और कभी अपने रिवॉल्वर को। उसके आस-पास से सभी हट गए थे। लोग सहमें से कभी दीनदयाल को देख रहे थे और कभी कहकहे लगाती हुई विभा को।

दीनदयाल ऐसा खड़ा था जैसे उसका सब कुछ ठग लिया गया हो, जबकि मुझ सहित हॉल में मौजूद हर व्यक्ति यह सोचकर हैरत मे डूबा हुआ था कि हत्यारा दीनदयाल है।

"दीनदयाल को कथकड़ी लगा दीजिए आई.जी. अंकल।" विभा ने कहा–"इसके रिवॉल्वर में सारी गालियां नकली हैं।"

दीनदयाल को गिरफ्तार कर लिया गया, तब विभा बोली–"तुम चक्कर में आ गए दीनदयाल, जिसे टिंगू समझकर अपना भेद तुम खुद ही खोल बैठे वह टिंगू नहीं, कोई और है?"

उसके इस वाक्य के साथ ही टिंगू ने अपने चेहरे से एक फेसमास्क उतारा और यह देखकर मेरे कंठ-से-चीख निकलते-निकलते रह गई कि टिंगू शेरू में बदल गया था। शेरू चाल वाला शेरू।

"लेकिन तुम्हें यह कैसे पता लगा विभा की दीनदयाल ही सुभाष है।" मैंने पूछा।

"मैंने इस केस में आए सभी व्यक्तियों पर सुभाष होने का विचार किया और हर बार दीनदयाल के नाम पर ठिठक गई, क्योंकि हेयर पिन के बारे में मेरे और तुम्हारे अलावा उस वक्त उसी कमरे में सेफ

के पीछे छुपे दीनदयाल ने ही जाना था और अगले ही दिन पिन से की गई जोगा की हत्या के बाद लाश मिली। 'पोटेशियम पॉयजन' और 'टाईम डैथ' जैसे घातक जहर किसी को आसानी से नहीं मिल सकते और दीनदयाल का मैडिकल स्टोर था। महेन्द्रपाल सोनी से परिचित होना भी मुझे इसी पर ठिठक रहा था, परंतु कोई ठोस सुबूत नहीं थे। सो, त्रिवेदी का फोटो लेकर हरेन्द्रनाथ से मिलना पड़ा। लौटते वक्त मैंने बूथ से श्रीकान्त को फोन करके हुक्म किया कि वह हरिन्द्रनाथ को लेकर दीनदयाल की दुकान के सामने से गुजरे और दीनदयाल को दिखाकर हरिन्द्रनाथ से पूछे कि क्या यही व्यक्ति त्रिवेदी का मास्क बनवाने आया था। हरिन्द्रनाथ ने दीनदयाल को पहचान लिया, अब मैं स्पष्ट जान गई कि दीनदयाल ही हत्यारा है, फिर भी मैंने सोचा कि कल सबके सामने दीनदयाल को रंगे हाथों पकड़ना उचित होगा, हरिन्द्रनाथ से बागड़ी का फेसमास्क बनवाया, क्योंकि जानती थी कि बागड़ी को देखते ही यह बौखला जाएगा, मगर समस्या यह थी कि वह मास्क को लगाकर बागड़ी कौन नजर आ सकता है, तभी मुझे शेरू का ख्याल आया। दरअसल शेरू टिंगू ही की कद-काठी का है अतः मैंने रात में ही कालू को महानगर भेजकर शेरू को बुलवा लिया। दीनदयाल के रिवॉल्वर से असली गोलियां निकालकर उसमें नकली डाल आने का काम कल रात ही अभिक कर आया था।"

विभा की बातें सुनकर सभी चकित रह गए थे,जबकि भीड़ में से किसी ने पूछा–"क्या आप यह भी बता सकती हैं बहूरानी कि दीनदयाल ने यह सब कुछ किस तरह किया?"

"सबसे पहले दीनदयाल ने अपनी बीवी-बच्चों को मायके भेजा, फिर सचिन और सुधा को मार डालने की धमकी देकर इसने जोगा से मनचाहा काम लिया, सुधा के हाथ से अनूप के नाम ढेर सारे पत्र लिखवाकर यह हमारी तिजोरी में पहले ही रख चुका था और तभी इसने उसमें से रायतादान गायब किया था। मकसद हमें उलझाना और हमारी नजरों में अनूप का चरित्र गिराना था। जोगा को कठपुतली

बनाकर इसने उससे अपना ही फ्लैट इस्तेमाल कराया था, क्योंकि इसे उम्मीद नहीं थी कि पुलिस या इंवेस्टिगेटर फ्लैट तक पहुंच सकते हैं, पुलिस इसे तलाश कर रही थी। सोचने लगा कि यदि इस पहले ही मोर्चे पर यह शिकस्त खा गया है तो आगे का काम कैसे निपटाएगा अतः पुलिस से बचता-बचाता यह मेरे पास पहुंच गया। मंदिर के उस कमरे में मुझे इसने झूठी कहानी सुनाई जो इसलिए सच उतरी, क्योंकि सारे केस में इसने सचमुच जोगा को ही फ्रंट पर रखा था। सेफ के पीछे छुपे हुए इसने कमरे में मेरे और वेद के बीच हेयर पिन के बारे में होने वाली सारी बातें सुन ली थी यानि जान गया था कि जोगा ने जो कच्चा लालच किया है, उसकी वजह से वह पकड़ा जा सकता है, अतः हवालात से निकलते ही इसने हेयर पिन को जहर में बुझाकर जोगा की हत्या कर दी, मुझे दिए गए अपने बयान को सही साबित करने के लिए इसने जोगा की लाश अपने दोस्त महेन्द्रपाल सोनी के फ्लैट में पहुंचा दी। इस तरह यह, ये प्रचारित करने में कामयाब रहा कि हत्यारा दूसरों के फ्लैट इस्तेमाल करता है। उधर, सुधा पटेल इसके इशारों पर नाचने के लिए बाध्य थी ही, इसने उससे हमें फोन कराया, मकसद हमें सुधा पटेल के चक्कर में उलझा देना और यह जानना था कि तिजोरी से हमने अनूप के नाम लिखे गए सुधा के पत्र बरामद कर लिए है या नहीं। जब हम बताए गए पते पर पहुंचे तो वहां किडनैप की कहानी कहने के लिए सारे सुबूत बिछाए गए थे। सावरकर अंकल ने अनूप के भेष में हत्यारे की तलाश में रेवतीशरण के पास जाकर अनजाने में हत्यारे की मदद की यानि केस में उलझने पैदा कर दी। उससे हमारा दिमाग व्यर्थ ही रेवतीशरण की तरफ बहक गया। उधर केस को उलझाने और आतंक फैलाने के लिए दीनदयाल ने सनील के बॉक्सों में सुधा के अंग भेजने शुरू कर दिए।

विभा एक पल के लिए रूकी।

फिर बोली–“अब सवाल उठता है त्रिवेदी का, उसके करेक्टर और इस केस में उसके पार्ट का। इसमें शक नहीं कि त्रिवेदी एक रिश्वतखोर

इंस्पेक्टर था, परंतु कम-से-कम इस केस में, अनूप के प्रति श्रद्धा रखने के कारण वह पूरी ईमानदारी से काम कर रहा था, अपने और दीनदयाल के संबंध उसने केवल अपना भांड़ा फूट जाने के डर से छुपाए थे। दरअसल उसने दीनदयाल के मुझे दिए गए बयान पर बिल्कुल यकीन नहीं किया था, यानि उसे दीनदयान पर इस केस का हत्यारा होने का शक हो गया था, इसीलिए उसने सोनी से दीनदयाल को चैक करने के लिए कहा था। दीनदयाल के यहां तलाशी में उसे वे पांच चित्र भी मिल चुके थे, अतः वह महसूस कर रहा था कि शीघ्र ही मुझसे पहले हत्यारे को बेनकाब कर देगा। वह अपने चक्कर में लगा हुआ था, जबकि दीनदयाल सोनी की बातों से सब कुछ ताड़ गया। दीनदयाल जानता था कि त्रिवेदी के उससे और सोनी से संबंध होने के कारण हम उस पर शक कर रहे हैं। दीनदयाल ये भी जान गया था कि यह शीघ्र ही त्रिवेदी को ठिकाने लगाकर और सारा शक उसी पर डालकर खुद स्वतंत्र हो जाने के लिए उसने हरिन्द्रनाथ चट्टोपाध्याय से त्रिवेदी का मास्क बनवाया, सुधा से बयान दिलवाया। त्रिवेदी की लाश जयपुर पहुंचाई। ये सारे काम करके इसने न केवल त्रिवेदी नाम की आफत से अपना पीछा ही छुड़ा लिया, बल्कि उसे हत्यारा भी साबित कर दिया। इधर इसने जगमोहन को भी इंजेक्शन लगाकर साढ़े तीन घंटे बाद मरने के लिए छोड़ दिया, क्योंकि इसकी सारी योजनाएं पूरी तरह सफल हो रही थी, इसलिए अब इसने बिरजू और टिंगू की हत्या बाकायदा मुझे चुनौती देकर की।"

"आप इस कहानी में किसे दोषी मानती हैं बहूरानी?" किसी ने पूछा।

"यह लंबी कहानी आज से चार साल पहले हीरों की चोरी और फिर बंकम द्वारा बहनजी से किए गए व्याभिचार से शुरू होकर सुधा पटेल की लाश पर खत्म हो जाती है। सबसे बड़ा दोषी बंकम दास था, जोगा, बिरजू, टिंगू और सुधा पटेल तो अपराधी थे ही, बहन का बदला लेने के लिए कानून की शरण में न जाने का अपराध अनूप ने

भी किया। उसी की सजा स्वरूप वे सारी जिदंगी संतरे से डरते रहे और अंत में उन्होंने आत्महत्या करके खुद ही खुद को सजा दे दी। अपनी लाश के पास बंकम दास सांकेतिक भाषा में सुभाष के लिए ही लॉकर नंबर लिख गया था, परंतु सुभाष उसे समझ नहीं सका, अगर समझ जाता तो शायद चार साल बाद यह हत्याकांड न होता। उस अवस्था में भाई के परिवार की हत्या को भूलकर सुभाष हीरे और नैकलेस के बेस पर ऐश कि जिदंगी गुजार रहा होता, लेकिन जुर्म के बीज जुर्म के पेड़ ही पैदा करते हैं। पूरी योजना बनाकर होशो-हवास में सुभाष या दीनदयाल ने पांच व्यक्तियों की हत्या करने का गंभीर अपराध किया है। इंसाफ के लिए कानून का दरवाज़ा न खटखटाकर, बदले के लिए स्वयं ही निकल जाना सबसे बड़ा अपराध है।"

दीनदयाल सिर झुकाए खड़ा था, मानो विभा के एक भी शब्द पर उसे कोई आपत्ति न हो। पूछने के लिए जैसे किसी पर कोई सवाल न रह गया।

अपने लेखन कक्ष में मैं ये *साढ़े तीन घंटे*; नामक उपन्यास पूर्ण कर चुका हूं। आपके दिमाग में एक सवाल और होगा और वह ये कि जब मेरी दोस्त, मेरे दिल की धड़कन ने इस बारे में एक भी शब्द न लिखने की दृढ़ स्वर में हिदायत दी थी तो मैंने सब कुछ क्यों लिख दिया, मेरे पास कोई विशेष जवाब नहीं है, सिवाय इसके कि मैं एक लेखक हूं और खुद को रोकने की भरपूर कोशिश के बावजूद भी रोक नहीं सका। मुझे यह केस कथानक के रूप में बहुत अच्छा लगा और अपने पाठकों को इससे महरूम रखना पाठकों के प्रति अन्याय लगा, उसने जिन्दल पुरम् से हमें भाव-भीनी विदाई देते वक्त मुझे एक बार फिर इस बारे में कुछ न लिखने के लिए कहा था, मगर मैंने उससे न लिखने का वादा नहीं किया। मुझे उसके शब्द याद आ रहे हैं। विभा निश्चय ही मुझसे मेरे उपन्यास के प्रकाशित होने पर नाराज होगी। शायद नफरत भी करने लगे। खैर, उसका प्यार तो न मिल सका। नफरत ही सही और फिर मधु ने लगातार जोर देकर कहा है कि मुझे विभा और पाठकों के प्रति

अपना दायित्व निभाना ही चाहिए

विभा ने सारी जिंदगी मुजरिमों से जुझने की कसम खाई है और मैं जानता हूं कि वह जूझेगी भी परंतु शायद मेरी इस धृष्टता के कारण वह मुझे अपने किसी अगले केस के बारे में एक शब्द भी न बताए और शायद भविष्य में मैं उनके बारे में कुछ भी लिखने से महरूम रहूं। निर्णय नहीं कर पा रहा हूं कि इस कथानक को लिखकर मैंने सही किया है गलत। बस इतना ही लिख सकता हूं कि यदि विभा इन पंक्तियों को पढ़ रही हो तो वह केवल यह सोचकर मुझे माफ कर दे कि उसके दोस्त के अंदर एक लेखक बैठा है और यह सब कुछ उसी लेखक ने लिखा है, वेद ने नहीं। अगर उसे नफरत करनी है तो मुझसे करे, मेरे अंदर बैठे लेखक से नहीं। सच विभा, मुझे तुम्हारी नफरत की बहुत जरूरत है।

समाप्त